Les enfants maudits de Summerbourne

Les enfants maudits de Summerbourne

EMMA ROUS

Traduit de l'anglais
par Simona Ferrari

City
Roman

Publié pour la première fois en Grande-Bretagne en anglais par Piatkus, une marque de Little, Brown Book Group sous le titre *The Au Pair.*
Couverture : Shutterstock/Studio City

ISBN : 978-2-8246-1303-1
Code Hachette : 46 2937 2

Collection dirigée par Christian English & Frédéric Thibaud
Catalogues et manuscrits : city-editions.com

Pour Brian

1

Seraphine

Août 2017

Danny et moi n'avons aucune photo des premiers instants de notre vie. Un vide de six mois s'ouvre après notre naissance dans l'album de la famille Mayes. Il n'y a pas d'images du premier jour d'école d'Edwin, aucun moyen de savoir lequel de nous deux, bébés, lui ressemblait le plus. Une double page blanche marque le chagrin accablant qui a suivi notre arrivée au monde.

C'est une soirée lourde et humide à Summerbourne. La fenêtre du bureau, fermée, étouffe le bruit sourd des vagues qui, au loin, battent les récifs et, dans cette atmosphère oppressante, ma peau est moite. J'ai passé la journée à trier de la paperasse qui, maintenant, s'empile en tours à côté du destructeur de documents. Leurs ombres allongées me rappellent le cimetière. Si Edwin a fini de préparer ses affaires, il doit m'attendre en bas ; il n'aime pas que je m'occupe de tout cela si tôt, peut-être n'aime-t-il pas que je m'en occupe tout court. Je fais tourner la chaise pivotante pour attraper une autre enveloppe dans le tiroir du bas – sans doute d'autres photos de paysage, prises par mon père – et, en me redressant, je regarde le calendrier accroché au mur. Je compte les petits carrés surlignés en rouge. Vingt jours depuis l'accident de papa. Huit jours depuis son enterrement. L'enveloppe s'ouvre, déversant des négatifs et des clichés en papier brillant sur le tapis. Je sens ma mâchoire se crisper. Je ne sais même plus depuis combien de temps je n'ai pas dormi.

La première est une photo d'Edwin, enfant, sur la plage. Je vérifie la date au verso : juin 1992, à peine quelques semaines avant notre naissance, à Danny et moi. J'observe cette version de mon grand frère à 4 ans, cherchant des signes avant-coureurs de la catastrophe imminente, mais, bien évidemment, il n'y en a pas : Edwin rit. Plissant les yeux dans la vive lumière du soleil, il pointe une bêche en plastique en direction d'une jeune femme brune aux bords de l'image. Suivent des photos de mouettes, de couchers de soleil. Je les survole, jusqu'à la dernière : une scène familiale, à la fois familière et inconnue. J'ai la chair de poule. Je retiens mon souffle. Me sentant soudain angoissée, je me concentre comme pour m'imprégner de chaque détail.

Danny et moi avons grandi sans aucune photo de nos premiers jours. Et pourtant, j'ai sous les yeux notre mère, assise dans le patio, à Summerbourne, le visage incliné vers un bébé emmitouflé, dans ses bras. Elle est encadrée par notre père et Edwin, petit, tous deux souriant fièrement à l'appareil photo.

Je me penche sur l'image pour regarder de plus près : ma mère, avant qu'elle nous quitte. Son expression est floue, la mise au point laisse à désirer, et pourtant, avec ses cheveux bien coiffés, la ligne douce de sa joue, la courbe de son corps replié sur cet unique bébé, elle dégage une grande sérénité. Aucun signe du regard effaré et rempli de détresse qui a toujours hanté mon imagination, puisque personne n'a jamais voulu me décrire ses dernières heures. Je retourne la photo et les gribouillis caractéristiques de mon père confirment qu'elle a bien été prise le jour de notre naissance, il y a un peu plus de vingt-cinq ans. Je sais de toute façon qu'elle n'a pas pu être prise plus tard, puisque le jour où elle nous a mis au monde, Danny et moi, ma mère s'est suicidée en se jetant des falaises derrière notre maison.

Mes pieds nus ne font aucun bruit dans l'escalier.

Je traverse l'entrée d'un pas vif, m'emparant au passage de mon peignoir dans un sac fourre-tout jeté près de la console. Je trouve Edwin appuyé contre le plan de travail de la cuisine, dans le noir, face aux grandes portes-fenêtres, le regard perdu dans les ombres du jardin.

— Regarde ça, dis-je en allumant. Je ne l'avais jamais vue avant.

Il prend la photo, cligne des yeux.

— Moi non plus, répond-il en l'observant attentivement. Le jour où vous êtes nés. Je ne savais pas qu'on l'avait, mais... oui, je crois que je me souviens du moment où elle a été prise.

C'est la première fois que je le vois sourire depuis des jours.

— Papa a l'air si jeune, ajoute-t-il. Et regarde un peu ! Maman semble si...

— Heureuse.

— Ouais.

Comme fasciné par le cliché, il m'a répondu dans un murmure.

— Pas comme quelqu'un qui va bientôt se suicider.

Son sourire s'évanouit.

Je lui reprends brusquement la photo et l'examine.

— Pourquoi elle ne porte que l'un de nous ? C'est moi ou c'est Danny ?

— Aucune idée. Et celle-ci ?

Je lui tends l'autre photo que j'ai descendue, celle où il rit sur la plage avec la fille brune.

— Oh, Laura. Je me souviens d'elle. Elle était gentille.

— Ta nounou ?

Maintenant qu'il a dit son prénom, je suis presque certaine de l'avoir déjà vue dans l'album de famille. La jeune fille qui s'occupait d'Edwin en ces jours insouciants d'avant notre naissance, quand nous avions encore une mère et que nous n'avions pas besoin de ces nourrices à plein temps qui se sont succédé durant toute notre enfance.

— C'est elle qui a fait cette photo, précise Edwin, essayant de me reprendre le cliché.

Mais je ne le lâche pas et me dirige vers la table de cuisine. Après m'être assise, je pose la photo à plat devant moi et lisse un coin racorni avec mon pouce.

— C'est bizarre. On dirait une mise en scène pour marquer l'occasion. Dans ce cas, ils auraient dû faire en sorte qu'on soit tous les deux sur la photo.

— Je ne sais pas, dit Edwin en secouant la tête. Je suppose qu'il s'est passé quelque chose dont nous ne savons rien.

— Mais maman a l'air si paisible. Je sais… Je *sais* pourquoi il n'y a pas de photos de nous deux bébés. Tout le monde était sous le choc après la mort de maman. Mais je n'arrive pas à croire que j'en ai enfin trouvé une, et je ne peux même pas savoir s'il s'agit de moi ou de Danny.

— Allez, donne-la-moi. Je poserai la question à mamie, propose-t-il en tendant une nouvelle fois la main.

Mais je presse le coin encore plus fort de mon pouce.

— Mamie ne veut jamais parler de tout ça. Personne ne veut jamais en parler.

Edwin pousse un soupir.

— Tu dois dormir un peu, Seph. Veux-tu essayer l'un des comprimés de mamie ? Demain, tu pourrais peut-être t'habiller, sortir te promener, prendre l'air. Ça va s'arranger, tu sais, ajoute-t-il en se frottant les yeux.

— Penses-tu qu'on pourrait retrouver Laura ? Si c'est elle qui a fait la photo, elle pourrait peut-être nous dire…

Je me penche sur l'image, observant les cheveux de ma mère, sa façon de tenir le bébé.

— C'était vraiment quelques heures avant que maman ne meure, non ? Le jour où tout a changé.

— Seraphine.

Je lève les yeux vers Edwin.

— Et nous ne savons pas pourquoi. Et maintenant que papa n'est plus là, nous n'aurons peut-être jamais…

L'injustice de notre sort – grandir privés de mère et, maintenant, perdre notre père dans un accident tellement absurde – me laisse une nouvelle fois totalement anéantie.

Le regard d'Edwin glisse de mes cheveux sales à la tache de café sur mon peignoir.

— OK, dit-il en fermant les yeux, je vais rester encore une nuit. Je ne peux pas te laisser comme ça. Je préviendrai le bureau demain matin.

Je fais rouler mes épaules, j'étire mon cou.

— Non. Ne sois pas bête. Je vais bien, vraiment. Je me demandais juste ce que Laura était devenue. Après.

Edwin m'observe ; je m'efforce de détendre les muscles de mon visage, d'afficher une expression de vague curiosité. Il pousse un nouveau soupir.

— Elle est partie après la mort de maman, mais je ne sais pas où. Je suppose qu'elle doit avoir une quarantaine d'années, aujourd'hui. Et même si tu connaissais son adresse, je t'imagine mal te présenter à sa porte et te plaindre du fait que l'un de vous deux a été exclu d'une photo il y a vingt-cinq ans. Elle te prendrait pour une folle.

Je hoche la tête. Edwin fait quelques pas en direction de l'entrée. Je tire lentement la photo, dont le coin s'est soulevé de nouveau, vers moi.

— Mais si elle pouvait nous dire ce qui s'est passé…

Il s'arrête sur le pas de la porte.

— Nous savons ce qui s'est passé, Seph. Maman était malade. Elle s'est suicidée. Nous ne pouvons rien y faire.

Je pince les lèvres.

— Veux-tu que je reste ? Je peux passer une autre nuit ici. Ou alors, prépare tes affaires et viens avec moi. Demain, tu pourrais faire une sortie avec Danny, déjeuner avec mamie. Te changer les idées.

Pendant presque trois semaines, mes frères et ma grand-mère sont restés à Summerbourne avec moi, pour gérer les préparatifs de l'enterrement, les rendez-vous avec les notaires, les visites de condoléances. Je grince des dents : comment faire comprendre à Edwin que j'ai un besoin désespéré de solitude ?

— Vraiment, non, tout va bien. Vas-y, maintenant, il est tard, dis-je avec un sourire forcé en croisant les mains sur mon ventre. Je vais aller me coucher et je viendrai peut-être pour le week-end.

— Joel est chez Michael. Je pourrais lui demander de passer te voir, pour vérifier que tu n'as besoin de rien ?

Je laisse échapper un gémissement.

— Oh, non, s'il te plaît !

Serrer la main de Joel à l'enterrement de papa a été suffisamment gênant. Je ne m'étais pas rendu compte qu'il logeait chez son grand-père, notre ancien jardinier, un peu plus bas dans l'allée.

— Bon, tu ne peux pas inviter quelqu'un ici, demain ? Une copine, une collègue... ?

Je hausse les épaules, il détourne le regard.

Je n'ai jamais vraiment eu besoin d'amis ni encouragé mes sympathies naissantes, et cela déconcerte mon grand frère. Je pense à ce que Danny dit de temps en temps en parlant d'Edwin : « Il n'est pas déçu *par* toi, Seraphine, mais déçu *pour* toi », avec un ton ironique qui adoucit la dérangeante vérité. Une nouvelle fois, refoulant ma frustration, je me retiens de lui répondre : « Je suis bien comme je suis, Edwin, laisse-moi tranquille. »

Je le laisse me prendre dans ses bras et, l'espace d'un instant, je m'appuie contre lui, respirant l'odeur de chèvrefeuille de l'assouplissant que ma grand-mère utilise quand elle séjourne ici et qu'elle fait la lessive pour nous. Quand je me dégage de son étreinte, j'évite son regard pour ne pas voir les ridules d'inquiétude qui creusent le coin de ses yeux.

— Dors un peu, Seph.

— Oui.

De retour dans l'atmosphère étouffante du bureau, j'allume

et jette un coup d'œil aux piles de paperasse. Je n'arrive pas à chasser de ma mémoire l'image d'un logo bleu qui me turlupine. Je commence à examiner les documents que j'ai sortis du tiroir du bas ce matin, et, au bout de cinq minutes, je tiens entre les mains, encre décolorée sur papier ministre, le formulaire d'une agence de nounous. Sur le papier ministre, l'encre a pâli.

Laura Silveira avait 18 ans en 1991 et était domiciliée à Londres.

Je tape son nom sur mon portable, puis j'essaie l'adresse, mais je ne trouve aucun résultat qui puisse correspondre de manière convaincante à la femme qui a travaillé ici comme jeune fille au pair il y a vingt-cinq ans. Munie du document, je descends, m'installe dans le salon et prends l'album photo des années 1991 et 1992. Je tourne les pages qui montrent la vie à Summerbourne pendant les onze mois où Laura a été employée ici, jusqu'au vide qui marque notre naissance.

Elle n'apparaît que sur une demi-douzaine de photos. Sur la plus nette, ma mère a noté de son écriture précise « Edwin avec Laura ». Comme je tire un peu sur la page pour mieux voir, la photo se détache et glisse dans ma main.

J'observe Laura. Sur les autres clichés, elle se tient à l'écart et regarde ailleurs, la mise au point est sur Edwin, souvent accompagné de son meilleur copain, Joel. Mais sur celui-là, elle sourit à l'appareil photo et tient Edwin par la main sur la plage, près des baignoires naturelles dans les rochers. Elle est grande, athlétique, avec une masse de cheveux bruns tirés en arrière. Le papier de l'agence dit qu'elle prenait une année sabbatique avant de repasser son Bac, qu'elle avait raté à cause « d'une situation familiale difficile ». J'observe attentivement son visage. Son sourire dissimule-t-il des émotions complexes ? Pour moi, elle est heureuse, tout simplement.

Le soleil s'est couché, mais la chaleur de cette journée d'août persiste. Je remonte dans ma chambre et pose l'album sur la table de chevet. Les yeux de mon père, si jeune, et de mon grand frère me suivent tandis que je fais les cent pas.

Le suicide de ma mère n'a jamais été un sujet tabou à proprement parler, mais, au cours de notre enfance et de notre adolescence, il était rarement abordé. Sur cette photo, la sérénité avec laquelle elle contemple son bébé, qu'il s'agisse de Danny ou de moi, contredit tout ce que j'ai pu imaginer à propos de cette fameuse journée. Et me fait plus que jamais prendre conscience que je ne pourrai plus entendre la vérité de la bouche de mon père. Mais si Laura était là – si Laura a vu ce qui s'est passé entre le moment où cette photo a été prise et celui où ma mère s'est jetée de la falaise –, peut-être ai-je une chance de ne pas passer le reste de ma vie dans l'ignorance.

Je pousse du lit les draps froissés de la nuit dernière et je m'allonge sur le dos, les doigts en éventail, espérant un souffle de brise par la fenêtre ouverte.

Dans l'ombre rouge et noire sous mes paupières fermées vacillent les visages d'enfants qui me précédaient de quelques années, à l'école du village — des gamins moqueurs qui nous appelaient, Danny et moi, les lutins jumeaux et qui me demandaient constamment pourquoi je ne ressemblais pas à mes frères. Ma grand-mère Vera me disait toujours qu'ils me taquinaient uniquement car je réagissais comme une furie alors qu'il suffisait à Danny d'un rire pour se débarrasser de leurs railleries.

Le gazouillis des oiseaux qui emplit la chambre aux premières lueurs de l'aube me réveille, et je me demande si je dormais ou si j'étais simplement perdue dans mes pensées. Un plan se précise déjà derrière mes paupières lourdes. À 7 heures, douchée et habillée, je déborde d'une énergie et d'une détermination que je n'ai pas ressenties depuis la mort de papa, trois semaines auparavant. Je monte dans ma voiture, tape l'ancien code postal de Laura sur mon GPS et je rejoins le flot des voitures qui quittent la côte en direction de la capitale, un trajet de trois heures, souvent même quatre.

L'ancienne adresse de Laura correspond à une coquette petite maison mitoyenne dont la porte d'entrée est décorée d'un vitrail en arc de cercle aux couleurs éclatantes. La clôture verte du petit parc d'en face brille dans le soleil de cette fin de matinée comme si elle venait d'être polie. J'hésite un instant sur le trottoir, imaginant des yeux méfiants qui m'observeraient derrière les rideaux d'un blanc immaculé. J'écoute mon cœur battre dans ma poitrine et caresse un instant l'idée de rebrousser chemin, puis je serre les dents et je frappe à la porte.

L'homme qui m'ouvre commence à sourire avant même que j'aie terminé de lui poser ma question.

— Je cherche une Laura Silveira qui habitait ici il y a vingt-cinq ans. Savez-vous par hasard où je pourrais la trouver ?

Chauve, il a un grand nez crochu, et son corps remplit l'étroite embrasure de la porte.

— Vous êtes de la famille de la haute chez qui elle vivait à l'époque ?

Je cligne des yeux. Un sourire narquois aux lèvres, il passe en revue ma robe droite en lin et mes ballerines couleur crème.

— Attendez ici. Je vais demander à sa mère, qui sait où elle travaille.

Et il me ferme la porte au nez.

De l'eau goutte d'un pot de pétunias suspendu à côté de la porte, formant une flaque terreuse qui miroite sur le pavé. La circulation plus loin dans la rue étouffe tout bruit en provenance de la maison. Même si je préférerais une réponse rapide, j'espère que la mère de Laura voudra vérifier quelles sont mes intentions. J'aime à penser que ma propre mère n'aurait pas donné mes coordonnées à une inconnue. Un souvenir surgit à mon esprit : ma grand-mère Vera me grondant quand j'étais adolescente pour avoir communiqué à quelqu'un le numéro de téléphone d'une connaissance à son insu.

La porte s'ouvre et l'homme ressort, un bout de papier entre ses doigts épais. Derrière lui, j'entrevois un escalier recouvert de moquette claire et un grand miroir rond sur le mur. Mais aucune femme, aucune figure maternelle n'apparaît pour me questionner. L'homme plisse les yeux en me regardant et tire la porte près de lui.

— C'est là où elle travaille, dit-il en serrant le papier que j'essaie de prendre. A-t-elle encore des ennuis ?

— Non, pas du tout.

Il pousse un grognement.

— Dites-lui d'appeler sa mère, OK ?

— D'accord, merci.

Dès qu'il le lâche, je plie le papier dans ma paume moite et tourne les talons.

Le GPS me guide jusqu'à un immeuble de bureaux gris à trois étages dans le nord-est de Londres. Une place de parking se libère au moment où j'arrive, comme pour me rassurer quant au fait que ma visite relève d'un comportement encore raisonnable. Une fois la voiture garée, je m'installe sur la banquette arrière d'où je peux observer la réception sans être vue derrière les vitres teintées.

Je scrute la standardiste. Elle bondit d'un tabouret derrière son bureau pour attraper des documents, et je sais qu'elle n'est pas Laura – pas assez grande, pas assez âgée. Un trottoir poussiéreux nous sépare, plus trois petites marches et deux hautes portes vitrées qui s'ouvrent et se ferment automatiquement. D'un geste machinal, je caresse la coque bombée de mon téléphone tout en me répétant silencieusement ce que je vais dire à Laura : « Je m'appelle Seraphine Mayes. Vous étiez la nounou de mon frère Edwin. Notre père vient de décéder… » Je ferme les yeux pour empêcher les larmes de couler. Plus le temps passe, moins je me sens capable de gérer cette conversation.

Les premières notes métalliques de la camionnette d'un marchand de glaces résonnent depuis le parc, à l'autre bout de la rue, et l'image de mes frères surgit à mon esprit : tous les deux grands, avec ce visage ouvert et chaleureux que les gens aiment instantanément. Pendant un moment, je m'apitoie sur ma sensation d'isolement, sur ce sentiment d'être différente, de n'être comme personne. Je m'arme de courage. J'ai une chance de découvrir ce qui s'est passé au tout début, le jour où nous sommes nés. Personne n'a jamais voulu me raconter les détails, mais Laura le pourra peut-être.

Je me rends compte que je veux la voir d'abord. Je veux voir à quoi elle ressemble avant de l'approcher, avant de lui poser la question qui pourrait tout changer.

Je sors de la voiture puis je descends la rue avant de faire demi-tour et de rejoindre l'immeuble depuis le parc. À mon entrée, je suis accueillie par une bouffée d'air froid.

— Je peux vous aider ? me demande l'hôtesse d'accueil, sourcils levés.

— J'ai une livraison pour Laura Silveira.

Un jeune homme appuyé au comptoir regarde autour de moi, les yeux de l'hôtesse fixent mes mains vides.

— Elle est où, la livraison ?

— Dans le fourgon. Elle doit être d'abord vérifiée. Si Mme Silveira l'accepte, je la transporterai jusqu'à son bureau.

La standardiste échange un regard avec le jeune homme, qui toussote.

— C'est quoi, une marchandise top secrète ?

Je fais un pas en avant, affichant la plus glaciale des expressions de ma grand-mère.

— Allez-vous la prévenir ou dois-je rentrer au dépôt et demander à mon chef d'appeler le vôtre ?

Mes ongles pianotent sur le comptoir et l'hôtesse se redresse légèrement sur sa chaise.

— Pas de souci. Et vous êtes… ?

— Je l'attends dehors.

Je passe les portes au pas de charge, descends les marches, tourne à gauche et m'éloigne rapidement jusqu'à être hors de portée de leur vue. Puis je traverse la rue, je défais mon chignon afin de cacher mon visage sous mes cheveux détachés, et je plonge à l'arrière de ma voiture, où je reprends ma surveillance derrière la vitre teintée.

Les portes s'ouvrent, mais c'est un homme grisonnant en costume-cravate qui sort. Ma robe me colle à la peau, et j'attends.

Les portes s'ouvrent une nouvelle fois, cette fois sur une femme. Grande, la carrure charpentée, elle doit bien avoir quarante-cinq ans. Ses cheveux foncés sont tirés en arrière en une queue-de-cheval. Elle porte un pantalon noir, une blouse beige informe et des chaussures noires, plates. Elle a à peine quelques kilos de trop, et pourtant, son pas semble lourd. Je n'ai pas la certitude qu'elle et la jeune fille au pair pleine de fraîcheur dans l'album familial soient la même personne. Néanmoins, c'est possible.

L'hôtesse lui dit quelque chose et elle se tourne pour observer à travers les portes vitrées les rares passants sur le trottoir et la file de voitures garées, où je me cache. Je me fais toute petite derrière la vitre, en fermant presque les yeux. Elle avance de quelques pas et les portes s'ouvrent. Maintenant, elle est à deux mètres de moi et regarde à droite et à gauche, le front plissé. Aucun fourgon en vue. Derrière elle, l'hôtesse fait un commentaire à son compagnon dégingandé, qui sourit d'un air suffisant. Mes narines frémissent.

J'étudie la femme à travers le rideau de mes cils. Pas de maquillage. Des mèches grises au niveau de la raie. Deux rides verticales sur le front. Un médaillon en argent est suspendu à son cou, mais elle ne porte aucune bague aux doigts.

Elle descend les marches pour regarder le plus loin possible dans la rue, dans chaque direction, et son air renfrogné est remplacé par une expression de méfiance. Avant que je puisse l'observer plus en détail, elle se retourne vivement, rentre dans l'immeuble d'un pas furieux et rejoint l'ascenseur sans même un coup d'œil pour les deux à l'accueil.

J'ai trouvé Laura.

Maintenant que je sais à quoi elle ressemble, quand elle sortira, je pourrai me présenter. Je refais mon chignon, sans quitter l'immeuble des yeux. Il est bientôt 13 heures. Les employés commencent à se déverser dans la rue. Plissant les yeux dans la lumière du soleil, ils retirent gilets et vestes et sortent des portables de leurs poches et de leurs sacs. Laura ne revient pas. Finalement, je grimpe sur le siège conducteur et j'allume l'air conditionné. Je peux patienter.

Si j'étais dans la voiture d'Edwin, je trouverais une bouteille d'eau et des barres de céréales dans la boîte à gants, pour les imprévus. Si Danny était là, il ne pourrait pas rester assis à attendre sans filer s'acheter un paquet de chips. Je regarde une femme flâner sur le trottoir, buvant une gorgée de café dans un gobelet en carton et je sens la faim me tenailler ; j'enlève mes chaussures puis oriente mes pieds vers les grilles d'aération, d'où s'échappent des filets d'air paresseux.

Elle finira bien par sortir.

Je pense à mes collègues à Norwich, en train de manger leurs sandwichs dans le square de la cathédrale sous le même ciel sans nuages, échangeant les blagues habituelles après une matinée passée à gérer les comptes de l'agence de recrutement. La routine rassurante de mon travail de comptable me manque : la fiabilité des chiffres, les réponses précises. Mon chef doit être à mille lieues d'imaginer la façon dont je passe mon congé de deuil.

Je sors l'album familial de mon sac et je scrute une nouvelle fois le bébé sur la photo. Je sais que j'étais le plus gros des jumeaux à la naissance – ce qui est drôle, car, maintenant, Danny me domine de deux bonnes têtes –, mais je n'arrive pas à évaluer la taille de ce nourrisson emmitouflé. Le sourire d'Edwin me fait de la peine : il a 4 ans et ne sait pas que c'est le dernier jour qu'il passera avec sa mère. Notre mère... celle qui, partie si vite, ne m'a laissé aucun souvenir d'elle à chérir dans mon cœur. Son absence a ouvert un vide profond en moi.

Laura réapparaît, m'arrachant à mes pensées.

Elle traverse le hall et, en quelques instants, elle est dehors. Elle passe tout près de moi, marchant en direction du parc. J'enfile mes chaussures et sors de la voiture pour la suivre.

Elle jette un coup d'œil par-dessus son épaule juste avant de franchir les grilles, mais le temps que j'arrive, elle a disparu.

Un sentier traverse la pelouse sur laquelle des gens se prélassent, terminant leur pique-nique. Laura n'est nulle part en vue. Je me dirige vers la deuxième grille, plus loin, qui ouvre sur la rue, et je suis l'étroit ruban d'ombre le long de la haie, inspectant les cachettes potentielles : derrière le kiosque à musique ? Sous ces arbres ?

Je ressors dans la rue remplie de la fumée des pots d'échappement, je ne la vois toujours pas. Je me frotte la nuque. En face, j'avise un petit marchand de journaux. Tout en faisant la queue pour acheter une bouteille d'eau, je balaye le trottoir du regard. Une main se pose sur mon bras nu, me faisant sursauter.

— Vous avez fait tomber ceci, dit une femme au foulard rouge en me tendant une pièce.

L'expression sur mon visage la fait fuir.

Quand je regagne la voiture, la photo – celle de ma mère avec le bébé – est toujours posée sur le siège passager. Je la retourne. Moi qui me pensais si maligne, j'ai tout foiré. Je démarre. Un moment, je reste immobile, les mains crispées sur le volant. Une question me taraude, renforçant ma frustration. Si maintenant je contacte Laura en bonne et due forme – si je lui passe un coup de fil en lui demandant de nous rencontrer –, devinera-t-elle que c'est moi qui l'ai fait appeler aujourd'hui, prétextant une livraison bidon ? Acceptera-t-elle de me parler ?

Vingt et un jours depuis la mort de mon père ; neuf depuis son enterrement. Je suis incapable de prendre une décision dans cette voiture qui est un véritable four, dans cette vieille rue poussiéreuse. Je m'essuie les paumes sur ma robe et je tape « Summerbourne » dans le GPS. Une fois à la maison, je pourrai réfléchir à tout cela à tête reposée.

2

Laura

Août 1991

Reines-claudes. Dans mon esprit, ma première visite à Summerbourne sera à jamais liée à ces prunes humbles et vertes qui, sous leur peau ordinaire, cachent une douceur si surprenante. À 18 ans, en bonne citadine, je n'avais jamais vu une reine-claude, mais elles poussaient en abondance dans les bois derrière le jardin de Summerbourne et, ce jour-là, j'en dévorai plusieurs. Elles avaient un goût de miel, de soleil, de nouveaux départs.

Le petit déjeuner à l'anglaise que j'avais avalé plus tôt à la gare de King's Cross m'avait apaisée, mais, à l'approche de midi, dans le grondement du train qui s'enfonçait de plus en plus loin dans la campagne du Norfolk, mon sentiment d'appréhension s'intensifia. J'appuyai mon front contre la fenêtre. La campagne, vaste et plate, s'étendait jusqu'à l'horizon, parsemée de villages d'un calme troublant et d'étranges maisons isolées au toit de chaume. Quelque part dans les profondeurs de mon sac se cachait un sandwich au fromage prévu pour cette partie du voyage, mais l'imminence de mon entretien me coupait l'appétit.

Une fois arrivée à King's Lynn, je me dirigeai vers la station de taxis. J'avais beau avoir bien mémorisé l'adresse de Summerbourne House, je serrai fort d'une main la lettre rédigée de l'écriture déliée de Mme Mayes. Le chauffeur me parlait avec un accent traînant, de telle sorte que je le comprenais avec un temps de retard. Je lui tendis gauchement la lettre.

— Oh, Summerbourne, c'est ça ? demanda-t-il

Avec un signe d'assentiment, je montai à l'arrière.

Ne semblant pas se soucier du fait que la route n'avait que deux voies, le chauffeur roulait à vive allure entre de hautes haies, comme si un sixième sens lui permettait d'anticiper les éventuels dangers au détour des virages.

— Nous y sommes presque, m'informa-t-il enfin d'un ton encourageant, après avoir traversé plusieurs villages et tourné dans un chemin étroit.

Je baissai ma vitre, ne sachant pas à quoi attribuer mes crampes d'estomac. Étaient-elles dues à la route sinueuse, à l'entretien qui m'attendait, ou à la peur soudaine de ne pas avoir suffisamment d'argent dans mon porte-monnaie pour payer la course ?

Une odeur puissante, douceâtre, envahit l'habitacle alors que nous longions un champ où broutaient des vaches. Puis, après un tournant, apparut une enfilade de petits cottages aux portes basses et aux murs gris en pierres irrégulières. Juste au moment où je commençais à penser qu'il s'agissait d'un cul-de-sac, nous arrivâmes à un panneau qui indiquait « Summerbourne », sur la droite. Le chemin se transformait en une allée de graviers dorés qui formait un ovale devant la plus belle maison que j'avais jamais vue. Depuis l'éclat couleur miel de ses briques patinées par le temps jusqu'à la marche de pierre aux angles arrondis de son seuil, chaque détail de Summerbourne respirait la chaleur des demeures accueillantes. Des plantes luxuriantes couvraient la façade sur toute sa longueur, encadrant la porte, au centre, de leurs feuilles brillantes qui effleuraient le bord des fenêtres du rez-de-chaussée. Le heurtoir était un simple anneau en cuivre, large et solide. La sobriété des briques et du mortier, qui contrastait avec l'opulence des majestueuses maisons londoniennes, ne faisait que renforcer l'impression que Summerbourne était une maison heureuse.

Sur un côté, une longue aile de plain-pied s'étendait en angle vers l'arrière. Ses lignes saillantes suggéraient une construction plus récente. À l'extrémité, un mur incurvé la reliait à des écuries, qui, perpendiculaires à la maison, s'étendaient le long de l'allée de graviers. Le bâtiment était percé de quatre portes dont trois étaient converties en portails de garage.

Debout près du taxi, j'étais tellement absorbée par ma contemplation que j'en j'oubliai mon anxiété, et le sourire que je décochai à la petite femme brune qui apparut sur le pas de la porte dut lui révéler tout mon émerveillement.

— Madame Mayes ?

— Appelez-moi Ruth.

Elle régla le chauffeur sans ciller. Elle avait des manières placides et aimables, mais un peu distantes, comme si son attention était en partie focalisée ailleurs. Un petit garçon l'avait suivie dehors et se cachait derrière elle. Alors que le taxi s'éloignait dans un ronronnement de moteur, je m'agenouillai sur le gravier devant l'enfant pour qui j'avais fait ce voyage.

— Bonjour. Je m'appelle Laura. Et toi, tu dois être Edwin ?

Il acquiesça d'un hochement de tête.

— Tu es venue en train ?

— Oui.

Je me mis à fouiller dans mon sac.

— Regarde, ajoutai-je, voici mon billet. Tu le veux ?

Je n'étais pas très habituée aux enfants en bas âge et je n'avais jamais vu quelqu'un changer d'humeur si rapidement : il m'arracha le billet des mains et, l'agitant en l'air, tournoya sur lui-même avec des cris de joie. Puis, il croisa le regard de Ruth. Il s'arrêta alors un instant pour me remercier, avant de se lancer dans une histoire très compliquée à propos d'un voyage en train qu'il avait fait avec sa grand-mère – ce que le contrôleur avait dit, à quelle vitesse ils allaient, à quoi servaient les différents wagons.

Ruth me sourit.

— Je vais vous faire visiter la maison, annonça-t-elle en indiquant l'aile plus récente. Là-bas, c'est la salle de jeux, qui se prolonge par l'annexe réservée à la future nounou. Commençons par cela.

Elle me guida à travers l'entrée, la cuisine et la buanderie. La salle de jeux était une vaste pièce lumineuse qui occupait une grande partie de cette extension. Plusieurs portes-fenêtres ouvraient sur une immense pelouse délimitée par un bosquet, au loin. Je dus me faire violence pour m'arracher à ce tableau et me dépêchai de rejoindre Ruth et Edwin qui m'attendaient à l'autre bout de la pièce.

— Nous voici donc dans l'annexe, annonça Ruth en ouvrant une porte et en m'invitant à entrer la première. L'agence vous a-t-elle expliqué, pour les horaires ? Nous avons besoin d'une nounou à temps partiel. Nous sommes plutôt flexibles. Une autre jeune fille qui est venue pour l'entretien a décrété que nous habitions un trou perdu. Nous n'avons jamais eu de jeune fille au pair, conclut-elle avec un soupir.

Je regardai les hauts plafonds, les murs blancs, les fenêtres généreuses.

— Je n'ai jamais travaillé au pair, avouai-je sans réfléchir.

Ma réponse ne devait pas être très rassurante, mais Ruth ne sembla pas le remarquer.

Edwin glissa sa main dans la mienne.

— Je vais tout te montrer, mademoiselle Laura Silvey. Il y a un lit dans la chambre. Il y avait aussi une énorme araignée dans la salle de bains, mais maintenant elle est partie dans la forêt.

Les meubles anciens étaient massifs, les pièces aérées et impeccablement propres. J'étais heureuse du bavardage incessant d'Edwin qui m'escortait partout. J'avais beau être prête à répondre à toute question concernant mon expérience limitée en matière de garde d'enfants, cette visite décontractée de la maison me mettait mal à l'aise.

— Tout est si… beau, commentai-je.

Ruth m'indiqua la plaque chauffante et le réfrigérateur dans un coin du séjour.

— La cuisine, dans la partie principale de la maison, est toujours à disposition. Nous laisserons la nounou choisir : elle pourra se joindre à nous pour les repas et, dans ce cas, nous en serons heureux. Sinon, si elle le préfère, elle pourra les prendre ici.

Nous rebroussâmes chemin et, cette fois, nous nous arrêtâmes suffisamment longtemps dans la salle de jeux pour que je puisse l'observer plus en détail. Des étagères croulaient sous les jeux de société et les jouets, et une grande table était encombrée de matériel d'arts plastiques. Deux canapés élimés, une télévision et un magnétoscope complétaient le décor.

— Edwin aime jouer dehors autant que possible, expliqua Ruth. Mais cette pièce est bien pratique quand on souhaite passer quelques heures au calme.

On aurait pu y faire tenir tout le rez-de-chaussée de la maison de maman.

Nous rejoignîmes le bâtiment principal en passant par la buanderie qui communiquait avec la cuisine. Les dessins d'Edwin couvraient un tableau en liège accroché à un mur et, sur l'égouttoir, des pinceaux se mélangeaient aux couverts. De doubles portes vitrées s'ouvraient sur un patio. Je suivis Ruth à l'extérieur, plissant les yeux pour traverser les tourbillons de gouttelettes lancées par les arroseurs. Plus loin, là où le gazon soigneusement entretenu rencontrait les arbres, j'aperçus des équipements de jeu dans un coin du jardin.

— Les deux dernières années ont été difficiles, raconta Ruth pendant qu'Edwin courait en direction du portique. Je cherche quelqu'un qui lui tienne compagnie et joue avec lui quand je ne suis pas disponible, à savoir la plupart des matins et quelques après-midi. Mais je peux m'adapter. Pas de baby-sitting le soir ou le week-end, sauf si nous nous mettons d'accord. Il y aura dans ce cas une rémunération supplémentaire.

— Ça me paraît très bien. Pour être honnête, ça ne me semble même pas être un vrai travail.

— Attendez qu'Edwin vous ait raconté l'histoire du train pour la treizième fois, répondit-elle avec un bref sourire. En fait, il est plein d'énergie, il a juste besoin de se dépenser, d'escalader, de courir dehors. Mais j'ai besoin de savoir qu'il est en sécurité.

Nous nous arrêtâmes près des jeux pour surveiller Edwin sur le portique.

— C'est seulement pour un an, reprit-elle. Il commencera l'école en septembre prochain.

— Eh bien, je repasserai les épreuves du Bac en mai l'année prochaine, puis je serai libre jusqu'au début de mes cours à l'université. Je touche du bois..., dis-je en tapotant une barre du portique.

— Vous avez de l'expérience en matière de garde d'enfants ?

J'hésitai.

— Un peu. J'ai fait pas mal de baby-sitting pour mes voisins. J'aime les enfants.

Je m'attendais à ce qu'elle fronce les sourcils, à ce qu'elle proteste : mes compétences n'étaient pas suffisantes et je le savais. Mais elle regardait son fils et semblait penser déjà à autre chose.

— Regarde-moi, Laura Silvey ! appela Edwin.

Couché sur le dos, il se préparait à descendre le toboggan tête la première. Mais, placé comme il l'était, il avait besoin de mon aide. Je volai à son secours.

Nous poursuivîmes notre visite du jardin et, une fois arrivés à l'orée du bois, nous avançâmes avec précaution pour ne pas écraser les fruits jonchant le sol. Les branches au-dessus de nos têtes croulaient sous les reines-claudes, comme les appela Ruth, et après en avoir cueilli plusieurs, nous en donnâmes quelques-unes à Edwin. Elles étaient parfaitement mûres et nous savourâmes leur goût divin ; puis, après avoir craché les noyaux dans les broussailles, nous nous essuyâmes la bouche du revers de la main… Je sentis alors la tension qui me serrait le ventre commencer à se dissiper.

Au premier abord, Ruth me donnait l'impression d'être une femme réservée, calme, qui parlait et bougeait de manière contrôlée. Je m'inquiétai, attribuant sa retenue au fait que je ne devais pas lui plaire. Pourtant, à mesure que nous avancions dans le sentier sinueux au milieu des arbres, je finis par me dire que telle était sa personnalité, et à ressentir de la sympathie pour elle.

Elle semblait avoir oublié qu'il s'agissait d'un entretien et qu'elle était censée me poser des questions ; elle se plaignait gentiment des toiles d'araignée qui s'emmêlaient dans ses cheveux et, lorsque Edwin lui tendit un ver de terre, elle le reposa avec délicatesse. Je l'étudiai en lui lançant des regards furtifs : petite et menue, elle était mon exact opposé. Je me demandai si elle était toujours aussi pâle, ou si son air fragile était dû à la période difficile qu'elle venait d'évoquer.

Ils me montrèrent la haute grille en fer dans le mur de clôture à l'arrière de la propriété, mais, faute de temps, nous n'allâmes pas aux falaises surplombant la mer.

— La prochaine fois, promit Ruth.

À ces mots, l'espoir m'envahit et, tout en lui rendant son sourire, je sentis ma tension s'évanouir complètement.

Sur le chemin du retour, nous passâmes par le potager et le verger. Ruth me présenta M. Harris, le jardinier. Avec son épaisse chevelure blanche et sa peau burinée, il avait l'aspect de quelqu'un ayant passé toute sa vie au grand air.

— M. Michael Harris est le grand-père de Joel, m'informa Edwin.

— Vous avez dû passer devant son cottage en arrivant, ajouta Ruth.

Le vieil homme me salua d'un hochement de tête. Je lui souris. J'aimais bien, autrefois, aider ma tante dans le jardin de sa maisonnette, avant que maman ne se brouille avec elle et m'interdise de lui rendre visite. Quand Michael ouvrit la porte de la serre pour qu'Edwin puisse cueillir une poignée de tomates tièdes de soleil, j'inhalai l'odeur humide et fraîche de la terre et des plantes.

La plus grande surprise se présenta à la fin de notre promenade. À l'abri du mur au fond des écuries, une terrasse en bois délavé et une haie de lavande encerclaient une magnifique piscine en céramique turquoise. L'eau miroitait, tentante, sous le soleil d'août.

— Vous nagez, n'est-ce pas ? demanda Ruth. J'ai bien peur que la chaleur du soleil ne suffise pas à la chauffer. Il faut être costaud pour supporter cette eau froide.

— J'ai appris à nager dans une piscine de plein air quand j'avais 10 ans, dis-je en souriant, l'eau était glaciale, mais on s'y habitue.

— Vous faites des compétitions, maintenant ?

— J'en ai fait, oui. Jusqu'à... mes examens, il y a quelques mois.

J'observai une feuille verte, la seule, qui flottait à la surface de l'eau, avant de poursuivre :

— J'adore nager.

— Tant mieux, je préfère avoir une bonne nageuse. Pour qu'Edwin soit en sécurité, vous comprenez.

Je regardai le petit garçon.

— Qu'en penses-tu, Edwin ? Aurons-nous le courage de nager dans cette eau froide ?

En guise de réponse, le petit, enthousiaste, se lança dans une folle danse et Ruth éclata de rire.

— Vous avez des questions ? s'enquit-elle. Avez-vous déjeuné ? Nous avons mangé quelque chose avant votre arrivée. Venez donc vous asseoir, je vais vous préparer un thé.

Dans le patio orné de grands vases en pierre débordant de soucis orange et de lobélies bleues, le solide mobilier en bois et les coussins moelleux étaient plus confortables que ceux du salon de maman. Ruth apporta un plateau chargé de tiffins au chocolat, de pâtisseries à la cannelle et de tranches de gâteau à la carotte recouvertes d'un épais glaçage au citron. Edwin gambada jusqu'au bac à sable pendant que sa mère servait le thé.

— La lettre de références de votre lycée m'a beaucoup impressionnée, confia-t-elle. J'aimerais vous proposer ce poste, Laura. J'espère que vous accepterez. Je crois qu'Edwin et vous pourriez vous entendre à merveille.

— Oui, merci, dis-je en attrapant gauchement une petite assiette. C'est génial.

— Parfait. Pouvez-vous commencer dans une semaine, à compter de lundi ?

Je terminais ma deuxième tranche de gâteau quand un crissement de pneus sur le gravier devant l'entrée et le claquement d'une porte brisèrent le silence du jardin.

— Le taxi de ma mère, expliqua Ruth. Théoriquement, cette maison lui appartient et elle aime bien garder un œil sur tout. Elle voulait vous rencontrer. Désolée.

Elle dut remarquer mon expression, car elle ajouta :

— Oh, ne vous inquiétez pas, elle ne vient pas très souvent. Elle descend en train depuis Londres une ou deux fois par mois. De toute façon, elle va vous adorer, j'en suis sûre.

— Mamie ! s'écria Edwin en s'élançant vers la femme qui entrait dans le patio.

Ses cheveux bruns étaient coupés en un carré parfaitement lisse et sa blouse était d'un blanc immaculé, mais elle n'hésita pas à jeter son sac par terre pour prendre le petit dans ses bras.

— Bonjour, mon chéri, le salua-t-elle en riant.

Je balayai des miettes de gâteau tombées sur mes genoux et me levai.

— Maman, je te présente Laura Silveira, dit Ruth qui resta assise. Laura, voici ma mère, Vera Blackwood.

La poignée de main de Vera était ferme. Sous son regard scrutateur, je me raidis, frappée par une troublante conviction : cette femme devinait plus de choses à propos de moi et de mon passé, par ce bref échange, que Ruth après une heure de conversation. J'observai attentivement Vera à mon tour. J'étais curieuse de savoir si elle avait rencontré la jeune fille dont Ruth avait parlé et comment elle vivait le fait de posséder une maison comme celle-ci, mais d'habiter ailleurs.

Le regard direct de Vera s'adoucit. Elle relâcha ma main et me sourit. Puis, se tournant vers sa fille, elle déclara :

— Désolée d'interrompre ton entretien, ma chérie. Alors, vous avez fait connaissance ?

— J'ai proposé le poste à Laura. Elle est parfaite.

Le sourire de Vera s'élargit.

— C'est merveilleux, je suis vraiment contente de vous rencontrer, Laura. Edwin est notre joie et notre fierté et nous voulons qu'il soit heureux.

Ruth plissa les yeux de manière exagérée et se tourna pour surveiller Edwin qui faisait le poirier.

— Ruth ? reprit Vera en inclinant la tête pour mieux observer sa fille. Tu as l'air fatiguée, ma chérie. Comment te sens-tu ?

Ruth poussa un soupir.

— Pour être honnête, j'ai un peu mal à la tête. Le soleil n'arrange pas les choses. Je pense que je vais aller me reposer un peu. Cela ne vous dérange pas, Laura ?

— Pas du tout, non, bien sûr.

Une main sur le front, elle se leva et poursuivit :

— Je suis si heureuse que vous veniez vivre avec nous. Tenez-moi au courant pour votre date d'arrivée. Le week-end prochain, peut-être ? Dès que vous le souhaitez, ma mère vous appellera un taxi pour vous ramener à la gare.

— Oh, mais…

Mère et fille me dévisagèrent et je baissai la tête, avant de reprendre :

— Je voulais dire, c'est dommage, l'autre taxi vient de partir, j'aurais dû le prendre.

Je sentis le rouge me monter aux joues. Ruth me fixait d'un regard vide, mais le sourire gentil de Vera me rassura.

— Ne vous inquiétez pas, dit-elle. Ruth, rentre et va t'allonger un peu, j'appellerai le taxi et tiendrai compagnie à Laura en l'attendant.

Les deux femmes s'éloignèrent, Edwin trottinant derrière elles. Restée seule dans le patio, je m'éventai avec un livre d'images que je trouvai sur la table.

Vera réapparut avec une carafe de sirop et envoya Edwin manger son esquimau sur le gazon, pour ne pas salir les coussins. Après m'avoir servi un verre, elle me posa quelques questions au sujet de mon école et de l'équipe de natation.

— Je suis contente que vous plaisiez à Ruth. Parfois, elle se montre trop protectrice envers Edwin. Ce qui est normal, après ce qui est arrivé à son frère. Elle vous a dit ?

Secouant la tête, je portai le verre à mes lèvres.

Elle fit tourner ses bagues autour de ses doigts.

— Edwin avait un frère jumeau. Il est décédé il y a deux ans, en décembre. Un accident.

Je m'étranglai avec le sirop et me mis à tousser. Je couvris ma bouche d'une main, la fixant.

— Non...

Elle ferma un instant les yeux.

— Ça s'est passé après leur deuxième anniversaire. Je pense qu'il vaut mieux que vous soyez au courant. Il nous manque terriblement. Mais, pour Ruth, ça a été particulièrement difficile, parce qu'elle culpabilise.

Elle parlait d'un ton neutre et je ne savais pas quoi dire.

— Ruth peut être un peu... imprévisible, parfois, reprit-elle. J'espère qu'elle ira mieux une fois que vous serez là. Elle ne veut pas que je vienne ici trop souvent et, pendant la semaine, Dominic travaille à Londres, dans la City. Elle se sent un peu seule, même si elle affirme que cela lui convient très bien.

Je l'observai faire tourner ses bagues, tout en essayant d'assimiler la signification de ses mots. Edwin avait perdu son petit frère. L'atrocité de la situation me bouleversa soudain.

Vera, qui s'était tue, me regarda attentivement, avant d'ajouter :

— Je crois que vous serez parfaite pour elle.

Edwin revint poser le bâton de son esquimau sur la table, puis repartit au galop sur le gazon, où il se mit à faire des galipettes.

— Mon numéro est dans l'agenda sur la console de l'entrée, si un jour vous avez besoin de m'appeler. Ah, le taxi est arrivé, dit-elle en se levant d'un mouvement fluide. Edwin, viens dire au revoir à Laura, elle doit partir.

Edwin glissa sa main poisseuse dans la mienne et nous traversâmes ensemble la cuisine et l'entrée.

— Tu reviens quand, mademoiselle Laura Silvey ? me demanda-t-il.

Je m'éclaircis la voix, repoussant dans un coin de mon esprit la révélation de Vera pour me concentrer sur les yeux bleus qui me scrutaient, solennels.

Je lui souris.

— Tu peux m'appeler Laura. Si je commençais le lundi de la semaine prochaine… ? proposai-je en me tournant vers Vera.

— Je pense que vous pourriez arriver le samedi 7. Cela vous laissera le temps de vous installer.

— Oui, parfait.

Je serrai brièvement Edwin dans mes bras et montai dans la voiture tandis que Vera réglait le chauffeur.

— Rentrez bien.

Je leur fis au revoir de la main, la tête penchée par la vitre baissée pour regarder aussi longtemps que possible la maison aux briques dorées. Dans ma poche, j'avais mis une reine-claude, que je savourerais dans le train pendant le trajet retour. Je disposais d'un peu plus d'une semaine pour préparer mes affaires et saluer mes amis, qui commençaient un nouveau job ou partaient pour l'université. Je pourrais alors laisser ma vie londonienne derrière moi et m'immerger dans cette année à Summerbourne qui se profilait à l'horizon. Ruth et Vera avaient assuré que j'étais parfaite pour le poste. Et, a priori, le poste était parfait pour moi.

3

Seraphine

Bien que je n'aie pas réussi à parler avec Laura, bien que mon père me manque et que j'aie de la peine, mon moral remonte en parcourant le dernier kilomètre qui me sépare de Summerbourne : je traverse le village, suis la route sinueuse entre les haies dans lesquelles, petits, nous cueillions des mûres, passe devant les cottages en pierre avec leurs fenêtres ouvertes, et, enfin, m'engage à droite, dans l'allée privée qui mène à la maison. Hormis les trois années que j'ai passées à Liverpool en colocation avec d'autres étudiants, Summerbourne est le seul chez-moi que j'ai connu.

Mon estomac crie famine. Pourtant, je reste encore une minute dans la voiture, à contempler les briques dorées que je connais si bien. J'effleure du regard les bords des fenêtres à la peinture écaillée, les orties dans les parterres. Danny et moi sommes les premiers enfants nés ici pendant l'été, depuis des générations, et même si le nom des Summerbourne s'est perdu dans les descendances, nous avons grandi fiers d'être appelés « les Summerbourne nés en été[1] ». Ce qui, au moins, compensait les surnoms moins sympathiques.

Outre Summerbourne, ma grand-mère Vera a hérité d'une belle maison à Londres, « Winterbourne », ainsi nommée par un ancêtre farceur. Lorsque Vera a décidé, il y a quelques années, qu'elle préférait les charmes d'un luxueux apparte-

1. N.D.T. : Jeu de mots : « Summerbourne » et « summer-born », signifiant né en été.

ment citadin, elle a officiellement cédé Winterbourne à Edwin le jour de son 25e anniversaire. Étant donné son travail à Canary Wharf, la maison est idéale pour lui. Mais il a toujours insisté sur le fait que Danny et moi pouvions y séjourner aussi souvent que nous le souhaitions. Il nous a même donné chacun un double des clés.

Reste la question du destin de Summerbourne. Une question qui me ronge. Le mois dernier, à l'approche de nos 25 ans, je me suis demandé si Vera envisageait de faire de nous ses deux héritiers ou si elle léguerait la maison à l'un d'entre nous seulement. Quelle pourrait être la solution la plus équitable ? Et puis papa est mort la veille de notre anniversaire et je n'y ai plus pensé. Jusqu'à aujourd'hui.

Je suis celle qui vit ici, celle qui rêve d'y rester pour toujours. Je m'imagine vieillir à Summerbourne. Même si, autrefois, j'espérais tomber amoureuse et partager la maison avec quelqu'un, je suis maintenant parfaitement résignée à y habiter seule. Edwin a Winterbourne, Vera, sa résidence flambant neuve en ville, papa, de son vivant, avait son appartement à Londres. Danny travaille souvent à l'étranger et ne montre aucune envie de vouloir se poser quelque part. Je suis celle qui vit ici ; celle qui aime profondément cette maison.

En sortant de la voiture, je fixe le heurtoir rond de la porte, déterminée à ne pas regarder l'endroit devant les écuries où le gravier maculé du sang de papa a dû être lavé au jet, le mois dernier.

À l'intérieur, il fait encore plus chaud qu'au-dehors. Après avoir ouvert les fenêtres et les portes qui donnent sur le jardin, je réchauffe des pâtes qu'Edwin a laissées pour moi dans le réfrigérateur, avec d'autres victuailles, puis je m'installe dans le patio. Le gazon s'étend en une mosaïque irrégulière de jaunes et de bruns ; l'herbe, assoiffée, est abandonnée à elle-même. L'entreprise de jardinage que Vera a engagée après le départ de Michael à la retraite, il y a deux ans, n'a jamais réussi à recréer le luxuriant tapis de velours vert qu'il obtenait sans aucun effort apparent.

Mon téléphone vibre. Un message d'Edwin :

Comment s'est passée ta journée ?

L'espace d'un instant, j'envisage de l'appeler, mais je n'ai pas le courage de lui avouer que j'ai retrouvé son ancienne nounou, que je l'ai dupée, l'ai suivie et ai fini par perdre sa trace. Je revois Laura fouillant la rue du regard, l'irritation qui, sur son visage, laissait place à l'inquiétude.

Je lui réponds par texto :

Fatiguée. Je vais me coucher.

Dehors, il fait encore jour. Je me traîne dans la cuisine avec l'intention de me servir une bière, mais je change d'avis, optant pour un chocolat chaud, dans l'espoir que le lait m'aide à m'endormir. Machinalement, je prends un mug sur l'étagère, attrape la boîte de cacao dans le placard, sors une cuillère du tiroir. Rien n'a changé dans cette cuisine depuis le temps où, petite fille, je faisais ces mêmes gestes, depuis, même, les jours encore plus lointains où je devais me jucher sur une chaise pour saisir une tasse, pour ensuite demander à Edwin ou à la nounou au moment de réchauffer mon lait dans le four à micro-ondes.

Guidée par un réflexe de mon enfance, je me dirige avec mon chocolat vers la salle de jeux, puis, secouant la tête, je rebrousse chemin. Dans le séjour, une brise légère provenant de la fenêtre ouverte agite les rideaux.

Sur une impulsion, j'envoie un texto à mamie :

Salut, mamie, ça te dirait de venir à Summerbourne, demain ? Je viendrai te chercher à la gare. J'ai une des quiches d'Edwin dans le réfrigérateur. Je t'aime, Seph.

Le jour où Danny et moi sommes nés, Vera a probablement dû se précipiter ici, impatiente de voir ses petits-enfants. Maintenant que papa n'est plus là, elle acceptera peut-être de me dévoiler quelques détails supplémentaires à propos de cette journée. Elle pourra éventuellement m'expliquer pourquoi l'un de nous deux n'est pas sur la photo. Et ce qui a pu se passer pour que ma mère décide de mettre fin à ses jours.

Je pense à Laura. Où vit-elle ? Que fait-elle en ce moment ? Si je suis en colère pour l'avoir laissé filer, je ressens malgré tout de la sympathie pour elle en repensant à l'insouciance avec laquelle l'homme au nez crochu et sa mère m'ont communiqué ses coordonnées. Quel genre de vie a-t-elle pu avoir, avec des gens comme eux pour toute famille ? Je me frotte les tempes. À cet instant même, Laura est peut-être absorbée par les activités d'une vie familiale bien chargée : surveiller les devoirs, préparer le dîner avec ses enfants adolescents, ouvrir une bouteille de vin avec son mari. Je me mordille la lèvre. Ou bien elle s'inquiète, repensant à la fausse livraison, s'imaginant victime d'un harceleur. J'allume la télévision pour me changer les idées, mais les mots « pauvre petite orpheline » surgissent à mon esprit. D'un geste brusque, je l'éteins et jette la télécommande sur le canapé.

À cet instant, mon téléphone vibre pour m'annoncer la réponse de Vera :

Avec plaisir. Viens me chercher à 12 heures.

Je monte dans ma chambre et pose le chocolat chaud sur la table de chevet, où je l'oublie sans le boire.

Le lendemain, pendant le déjeuner, je fais en sorte que notre conversation reste légère. Ensuite, Vera et moi nous installons dans le patio, à l'ombre, pour prendre le thé, dans l'espoir qu'un peu d'air vienne atténuer la chaleur implacable. Je passe un doigt sur le bord ébréché du pot en pierre à côté de moi, qui ne contient qu'un petit duvet d'herbes sauvages. Dans les deux autres se fanent des hydrangées.

Vera balaye la pelouse négligée du regard.

— Nous devons nous occuper de ce jardin.

— Ouais. Euh... mamie ?

Elle verse le thé dans nos tasses.

— Mmm ?

— Je peux te poser quelques questions sur Laura ?

Elle se fige. La théière qu'elle tient entre les mains reste suspendue en l'air. Je me penche en avant et pousse doucement la théière vers le bas, jusqu'à ce qu'elle se pose sur la table dans un bruit sourd. Ma grand-mère secoue légèrement la tête et s'adosse à sa chaise, une expression distante se peignant sur son visage.

— Laura qui ? demande-t-elle au bout d'un moment.

— Laura Silveira, l'ancienne nounou d'Edwin.

— Ma chérie, je préfère qu'on ne parle pas d'elle.

Un long moment, nous restons assises en contemplation devant le jardin, écoutant les abeilles bourdonner dans les haies de lavande décolorée. Menton relevé, Vera caresse du pouce les bagues de son autre main, tandis que je passe et repasse mes doigts sur le tissu rêche des coussins du canapé.

— Désolée, mamie, mais je ne peux pas passer le reste de ma vie sans savoir.

Elle prend acte de mes paroles et baisse la tête.

— Bon, que voudrais-tu savoir ?

— Elle était comment ?

— C'était une jeune fille qui travaillait ici il y a très longtemps, Seraphine, concède ma grand-mère avec un soupir résigné. Pourquoi me poses-tu ces questions ?

— Était-elle ici le jour où Danny et moi sommes nés ?

— Oui, elle a aidé ta mère à accoucher. Ruth montrait une hostilité ridicule à l'idée de faire appel à une sage-femme ou un médecin. C'était l'un des aspects de sa maladie.

— Je suis désolée, mamie, d'évoquer des souvenirs

douloureux. Mais… que s'est-il passé après ? Après la mort de maman ? Laura est-elle repartie aussitôt ? Edwin pense qu'il ne l'a plus jamais revue ensuite.

— Pourquoi as-tu parlé d'elle avec Edwin ?

— Oh, c'est juste que, j'ai trouvé une photo. Dans le bureau de papa. Et ça m'a fait réfléchir.

— Quelle photo ?

Je vais la chercher dans la cuisine. Vera juche ses lunettes sur son nez et l'observe longuement.

— Je ne l'avais jamais vue.

— Edwin croit se souvenir que c'est Laura qui l'a prise. Mais je ne comprends pas pourquoi maman a l'air si calme, quand à peine quelques heures après… Et pourquoi il n'y a que l'un de nous deux sur cette photo ? Pourquoi pas tous les deux ? Je ne comprends pas.

La photo s'échappe des mains tremblantes de Vera et tombe sur la table. Je la ramasse vivement, craignant qu'une malencontreuse goutte de thé ne l'abîme. Ce soir, je vais la scanner et la sauvegarder sur mon ordinateur, où elle sera à l'abri.

— Ça va, mamie ?

— Oui, ma puce. Mais c'est un choc, voir cette photo après tout ce temps. Elle a dû être prise juste avant mon arrivée, avant que tout ne se déchaîne. En réalité… c'est bien d'avoir une photo où ils semblent si heureux ensemble.

— Mais comment allait maman quand tu es arrivée ici ? Que s'est-il passé ?

Elle secoue lentement la tête.

— Elle était… en pleine confusion d'esprit. Pas bien, dit-elle me lançant un regard angoissé. Je suis désolée, Seraphine, je n'ai pas compris qu'elle allait se jeter de la falaise. J'aurais dû la sauver.

Je hoche la tête, lèvres pincées. Le coin de la photo étant humide sous mon pouce, je la tiens par les bords. Le visage de ma mère semble plus flou que jamais.

— Et pourquoi penses-tu qu'ils ont pris cette photo sans qu'on y soit tous les deux ?

Elle plisse le front.

— Je ne sais pas du tout. L'un de vous était peut-être endormi et ils n'ont pas voulu le réveiller ?

— Pourrais-tu dire lequel de nous deux c'est ?

Je lui tends la photo, mais elle garde les mains sur ses genoux.

— Non. Je ne suis pas sûre. Tu étais plus robuste que Danny, mais je ne saurais pas dire, à partir de cette image. Il peut s'agir de toi, comme de lui.

— C'est peut-être Danny. Le bébé me semble petit.

— Peut-être.

— J'ai essayé de contacter Laura.

Vera commence à tousser, repousse sa chaise derrière elle, se lève à moitié, puis se penche sur la table et essaie de reprendre son souffle.

— Ça va, mamie ?

— Ça va, assure-t-elle en agitant une main dans l'air.

— Je vais te chercher un peu d'eau.

J'ouvre le robinet, laissant couler l'eau afin qu'elle refroidisse, et j'en profite pour glisser la photo entre deux pages d'un gros livre de recettes pour l'aplatir. Une libellule se cogne contre les vitres de la fenêtre, mais, quand j'ouvre, elle s'envole vers le plafond dans un bourdonnement métallique. Je remplis un verre.

Debout à une extrémité du patio, me tournant le dos, Vera regarde la pelouse.

— Comment l'as-tu retrouvée ?

— Je suis allée à son ancienne adresse et ils m'ont donné les coordonnées de son bureau.

— Lui as-tu parlé ?

J'hésite.

— Non.

Elle se tourne et je me dis qu'elle va m'accuser de mentir,

mais elle fait quelques pas vers moi avec une expression que je ne lui ai jamais vue, comme si elle luttait contre une vague de panique.

— Seraphine, écoute-moi. Cette fille a presque détruit notre famille. Si seulement Ruth ne l'avait pas embauchée. Ne lui parle pas, Seraphine, s'il te plaît. Je ne pourrais pas le supporter. Je répondrai à toutes tes questions sur votre naissance, sur votre mère, sur tout ce que tu voudras, mais s'il te plaît, ne l'approche pas.

Je voudrais lui tapoter le bras, mais mon geste reste suspendu. Je m'éloigne, soupesant ses mots.

— Mamie, je ne voulais pas te bouleverser. En fait, il y a encore quelque chose que je voudrais te demander. Et ça n'a rien à voir avec Laura.

Elle retourne s'asseoir, se laissant tomber sur la chaise avec un soupir.

— Vas-y.

— Quels projets as-tu pour Summerbourne ? À long terme.

— Que veux-tu dire ? me demande-t-elle en écarquillant les yeux.

— Pouvons-nous parler de ces choses en toute sincérité, mamie ? Quelle que soit ta décision, je l'accepterai. Mais qui va en hériter ? Danny ou moi ? Je veux juste savoir.

— Seigneur, Seraphine, mais quelle mouche t'a piquée aujourd'hui ?

Elle sort un mouchoir de son sac posé à côté d'elle et se tamponne le contour de la bouche.

Lèvres serrées, je la regarde sans ciller. Elle baisse les yeux la première.

— Il restera de l'argent plus qu'il n'en faut pour que tu puisses acheter ta propre maison.

Je vacille légèrement et agrippe le dos d'une chaise.

— Es-tu en train de me dire que Summerbourne ira à Danny ?

Elle me fixe, puis hoche imperceptiblement la tête.

— Pourquoi ? dis-je dans un murmure.

Elle ouvre la bouche, mais l'éclair de pitié qui traverse soudain son regard me fait reculer.

Soudain, l'idée de rester près d'elle une seconde de plus m'est insupportable. Je ressens un besoin urgent, désespéré, de voir la mer. Ignorant ses appels, je traverse la pelouse à grands pas, sans me retourner. Une fois à l'abri des arbres, je me mets à courir, poings serrés, et fonce vers la grille. Summerbourne est ma maison. Je suis celle qui aime le plus cet endroit.

Quand nous étions petits, Danny avait l'habitude de se sauver. En général, ces fugues étaient déclenchées par le départ de l'une ou l'autre de nos nounous. Il préparait un sac avec des provisions et, parfois, parvenait à arriver jusqu'au village avant que quelqu'un ne s'aperçoive de sa disparition. Papa disait que Danny était prêt à explorer le monde avant même de commencer l'école.

Contrairement à lui, j'étais réticente à tisser des liens avec nos nourrices, parce que, dès mon plus jeune âge, j'avais compris que, tôt ou tard, elles finiraient toutes par nous quitter. Comme notre mère.

Si les gens n'étaient pas dignes de confiance, la maison dans laquelle j'avais vu le jour était pour moi un lieu sûr, une constante solide. Je harcelais papa et mamie pour qu'ils me racontent des anecdotes sur l'histoire de Summerbourne, mais papa ne savait pas grand-chose et mamie semblait contrariée par mes questions, ce qui m'énervait. Papa aimait beaucoup raconter qu'un jour, quand j'avais 5 ans, je m'étais coupé un doigt et il m'avait retrouvée en larmes. « Elle ne pleurait pas parce que cela lui faisait mal, expliquait-il aux gens en riant, mais parce que je lui avais dit qu'elle avait Summerbourne dans le sang, et elle ne voyait pas de poussière de briques dorées sortir de sa plaie. »

Je pense à mon frère Danny, la décontraction incarnée, et un rire sonore, strident, s'échappe de mes lèvres : je sais déjà ce qu'il dira quand il apprendra la décision de Vera au sujet de Summerbourne. « Nous pouvons la partager, Seph. Tu peux l'avoir, Seph. » La même chose qu'il répète depuis toujours, à propos de tout.

Comme d'habitude, la vue depuis le haut de la falaise m'apaise. Des mouettes montent en flèche et descendent en piqué plus loin, le long de la côte, près du petit chantier naval local, leurs cris étouffés par la rumeur des vagues qui s'écrasent sur la plage, en contrebas.

Je laisse la brise sécher mes larmes et regarde la tour de pierre qui s'élève près des marches creusées dans le rocher : construite par l'un de mes ancêtres, elle est utilisée de nos jours pour y entreposer nos transats et coupe-vent pour la plage. Je m'affaire par-ci, par-là, arrachant les herbes sauvages du muret qui encercle la tour pour ensuite faire un bouquet des plus jolies. Je passe les doigts sur les mots en latin gravés près de la porte de la tour et je m'assieds enfin dans mon coin favori, sur l'herbe qui gratte, le dos contre le mur en pierres réchauffé par le soleil.

Je revois l'expression de ma grand-mère regardant la photo, puis m'annonçant que Summerbourne irait à Danny. Malgré ses défauts, j'ai du mal à croire que Vera favoriserait un héritier mâle pour le plaisir. A-t-elle pris cette décision parce que Danny a toujours été son préféré ? Le joyeux et docile Danny qui, contrairement à moi, ne s'est jamais disputé avec elle et ne lui en a jamais voulu de l'étouffer de ses attentions ? Mais s'il y avait une autre raison ? Une autre raison en rapport avec la présence d'un seul bébé sur la photo ? Si elle avait des doutes quant à mon identité ?

Papa était à Londres le matin où nous sommes nés et il n'est arrivé que plus tard, après que Laura a aidé ma mère à accoucher de ses deux bébés. Nous étions attendus pour le mois suivant. Ce jour-là, la seule personne présente à Summerbourne était notre frère de 4 ans.

Je finis par me lever et rentre à la maison avec mon bouquet de fleurs sauvages, que je mets dans un vieux vase en verre sur la table de la cuisine. Vera est partie, prenant sans doute un taxi pour se rendre à la gare, mais elle a laissé un message sur la console dans l'entrée.

S'il te plaît, Seraphine, ne sois pas fâchée.
Au week-end prochain. V

Je chiffonne le papier et le jette dans la poubelle, puis je compose le numéro de Winterbourne.

Je dois parler à mes frères. Je fais mon possible pour faire taire la petite voix qui chuchote dans ma tête : *mais sont-ils tes frères ?*

4

Laura

Septembre 1991

Quand, une semaine plus tard, je fis mon retour dans le Norfolk, Ruth et Dominic Mayes vinrent me chercher à la gare de King's Lynn. Dominic, un homme grand, qui respirait la bonne humeur et l'enthousiasme, éclata de rire lorsqu'il souleva ma valise.

— Mais qu'y a-t-il là-dedans ? Des pierres ?

— Des livres.

— Chéri, Laura va rester un an, protesta Ruth. Elle n'a presque rien apporté.

— Je n'ai pas besoin de grand-chose, dis-je en me forçant à sourire.

Dominic ouvrit la portière arrière de sa voiture et, d'un geste, m'invita à y monter.

— Si vous avez besoin de quoi que ce soit pendant votre séjour chez nous, n'hésitez pas à demander. Edwin est pressé de vous revoir, il vous a préparé au moins cinq cartes de bienvenue ce matin.

Je contemplai la place vide à côté de moi sur la banquette, j'aurais bien aimé qu'il accompagne ses parents.

En ce samedi matin, les villages étaient plus animés que lors de mon précédent passage en semaine. Les gens tondaient leurs pelouses et promenaient leurs chiens. Alors que nous traversions le dernier bourg avant Summerbourne, Dominic me donna quelques renseignements utiles.

— Pour arriver au village, il faut compter une quinzaine de minutes à pied. Sinon, nous pouvons vous trouver un vélo. La nourriture au pub est passable. L'épicerie vend des produits de base. La boulangerie et la boucherie sont plus bas dans la rue, derrière le bureau de poste. Il y a une petite pharmacie en annexe du cabinet médical.

— Voilà l'école primaire, annonça Ruth.

— L'école maternelle se trouve dans le petit bâtiment au bout, poursuivit Dominic. Après Noël, Edwin y passera une ou deux matinées par semaine.

— Peut-être, tempéra Ruth.

— Il pourra s'y faire quelques amis, reprit-il en ignorant sa remarque. Oh, je vois Helen, là-bas. Attendez une minute.

Il se gara le long d'un square. Une femme dans une ample robe de maternité approcha, essoufflée, tandis que Ruth baissait sa vitre.

— Il fait un peu chaud pour toi, Helen ? lui demanda Dominic, tout en se penchant sur l'épaule de sa femme.

— On dirait, oui, répondit la femme en riant. Comment allez-vous, tous ?

— Très bien, merci, et toi ?

— Ces brûlures d'estomac me tuent. Comme j'en ai souffert aussi quand j'étais enceinte de Ralph, je parie que celui-ci va être un autre bébé aux cheveux bouclés. Mais bon, ça en vaut la peine, non ?

Je ne voyais pas la tête de Ruth, mais je l'entendis émettre un son indistinct.

— Ta mère m'a offert une jolie petite tenue pour le bébé, poursuivit Helen. C'est très gentil de sa part. Remercie-la encore, Ruth, tu veux bien ?

Ruth hocha la tête.

— Bien sûr. Bon. On se voit mercredi.

— Bon week-end, ajouta Dominic.

Ignorant le coup d'œil curieux que la femme me jetait, Ruth la salua de la main tandis que son mari redémarrait.

— C'était Helen Luckhurst, me confia-t-elle, se retournant rapidement vers moi. Son fils, Ralph, est dans le cours de gymnastique d'Edwin.

Dominic ralentit pour laisser traverser un groupe de passants.

— Ici, tout le monde connaît tout le monde, je le crains, expliqua-t-il en croisant mon regard dans le rétroviseur. Mais vous allez vous y habituer.

Quand nous arrivâmes à Summerbourne, Edwin se précipita dehors et glissa sa main dans la mienne à l'instant même où je descendais de voiture.

— Viens voir ma cachette et mes chatons, Laura. Ils ont des noms.

— Ce ne sont pas tes chatons, mon grand, murmura Ruth.

Vera fit son apparition sur le seuil, chargée d'un vase en verre débordant d'œillets jaunes.

— Edwin, laisse d'abord Laura entrer. Pourquoi ne lui donnes-tu pas les cartes que tu as faites pour elle ? Pendant ce temps, papa portera sa valise dans l'annexe.

La famille m'escorta, à travers la cuisine, dans la salle de jeux. La porte du fond était ouverte sur l'annexe et Vera retint Edwin tandis que je suivais Dominic et Ruth dans mon futur logement. Elle posa le vase sur la table basse de la grande pièce, que nous contemplâmes ensemble en silence.

J'essayai de m'imprégner de chaque détail : les coussins orange vif arrangés sur le petit canapé, une épaisse peau de mouton posée sur le sol devant le poêle à gaz, un bureau et une petite bibliothèque, qui avaient remplacé le fauteuil que j'avais vu dans un coin, la fois précédente.

— C'est merveilleux, dis-je enfin.

Ruth sourit.

— Je voulais installer une lampe de bureau, m'informa Dominic, j'en apporterai une le week-end prochain.

En réalité, je me sentais déjà sous le feu des projecteurs : la famille au grand complet me scrutait. M'efforçant de garder une expression détachée, j'alignai les cartes d'Edwin sur la cheminée, ce qui me permit de leur tourner le dos pendant quelques instants.

— Non, Edwin, ceci est la chambre de Laura, c'est un espace privé, ce n'est pas pour toi, dit Vera en retenant le petit qui se tortillait sur le seuil.

Dominic me tendit un porte-clés rond.

— Pour la porte d'entrée et votre chambre. Maintenant, nous allons vous laisser défaire votre valise et vous installer.

Le regard implorant d'Edwin dissipa ma confusion. Je lui souris.

— Je pourrais peut-être aller voir la cachette et les chatons avec Edwin maintenant ? Je m'occuperai de mes affaires après.

Nous quittâmes les adultes et, tout en me guidant à travers la cuisine, Edwin ne cessa de parler. Arrivé au jardin, il se mit à courir.

Je m'élançai derrière lui, sans m'arrêter, même une fois dans le bois. Je me faufilai entre les arbres, faisant rire le petit, réveillant mes muscles engourdis par le voyage. Je regardai attentivement chacun des précieux objets dissimulés dans sa cachette et lui suggérai de construire notre propre musée pour les y abriter.

— Nous pourrons faire payer le billet, s'extasia-t-il.

Il me conduisit ensuite derrière les écuries, près de la piscine, où, dans un espace vide sous la remise, le chat d'une ferme voisine gardait ses petits. Edwin se mit à caresser gentiment les deux petites créatures endormies.

— Maman ne veut pas que je les emmène à l'intérieur. Celui-ci s'appelle Stripes et l'autre Gordon. Ils sont jumeaux, tu sais, parce qu'ils sont nés le même jour.

Ma gorge se serra. Le calcul était vite fait : cet enfant avait déjà passé presque la moitié de sa vie sans son frère. Se souvenait-il de lui ? Des émotions diverses défilaient sur le visage du garçonnet.

Le regard d'Edwin alla à la chatte qui, non loin, se prélassait dans un carré de soleil, avant de se poser de nouveau sur moi. Un sourire éclaira soudain son petit visage.

— Quand je serai grand, je vivrai à Londres avec Stripes et Gordon. Tu voudras venir avec nous ?

Accroupis l'un à côté de l'autre devant les chatons, nous bavardâmes de voyages en train et du zoo de Londres, jusqu'à ce qu'une cloche retentisse dans la maison.

— C'est l'heure du déjeuner, annonça Edwin.

Le déjeuner, le samedi, était servi de manière informelle à la table de la cuisine. Avec le temps, je découvris que c'était Dominic qui cuisinait, lorsqu'il était là ; les autres jours, Ruth se limitait à réchauffer sans aucun enthousiasme des plats préparés qu'elle achetait souvent à la boucherie du village. La salle à manger était généralement réservée au traditionnel rôti que Dominic aimait cuire le dimanche.

Cette nuit-là, je restai éveillée pendant des heures, les conversations de la journée tourbillonnaient dans mon esprit. Je changeai d'oreiller plusieurs fois, essayant d'en trouver un qui ne semble pas si désespérément neuf. Même les draps semblaient bizarres, à la fois plus légers et, d'une certaine manière, plus rêches sur ma peau que la couette, chez moi. Un léger parfum de chèvrefeuille me rappelait constamment que j'étais dans un lieu inconnu, dans un lit inconnu.

Je m'y habituerai, me serinais-je. *C'est tout de même mieux qu'être à la maison.*

Quand, le lendemain matin, j'émergeai enfin dans la cuisine, Dominic enfonçait des brins de romarin dans un gigot d'agneau. Près de l'évier, des pommes de terre attendaient d'être lavées, mais il refusa d'un geste ma proposition de l'aider.

— Aujourd'hui, vous ne travaillez pas. Mettez-vous à l'aise. Ne laissez pas Edwin vous embêter.

Vera, assise dans le patio, lisait les journaux du dimanche. Ruth n'était pas encore descendue. Je finis par jouer avec Edwin dans le jardin jusqu'à l'heure du déjeuner.

Malgré les odeurs alléchantes qui m'accueillirent dans la salle à manger, je n'avais pas d'appétit. Une nappe rouge recouvrait la table sur laquelle étaient disposés de lourds couverts en argent et des verres en cristal. Les membres de la famille s'installèrent à leur place avec l'aisance des habitués, Vera et Dominic se faisant face, à chaque bout. Je m'assis sur la chaise libre, à côté d'Edwin, en face de Ruth. Pendant un instant, je crus que l'un d'entre eux allait réciter les grâces, mais ce ne fut pas le cas. Chacun commença à se servir et à passer les plats, avant d'exprimer son bonheur dès les premières bouchées. Les assiettes étaient tièdes. Je versai de la sauce sur les légumes d'Edwin.

— Alex a enfin signé le compromis de vente du cottage, la semaine dernière, annonça Dominic. Il viendra chercher les clés samedi.

— Vraiment ? demanda Ruth tout en posant son couteau. Quand lui as-tu parlé ?

— Il était en ville. Nous avons bu un verre avec les Mellard mercredi soir. Je l'ai invité à déjeuner, samedi prochain. Ça te va ?

Les pommes de terre étaient croustillantes et dorées à l'extérieur, légères et moelleuses à l'intérieur. Elles avaient dû cuire dans de la graisse de canard. Les carottes étaient caramélisées au miel et l'agneau si tendre qu'il fondait sous la langue. Je refusai le vin que Dominic me proposa, mais je me servis quelques cuillères de la sauce préparée avec la menthe du jardin.

— Absolument, répondit Ruth en coupant sa part de gigot en fines tranches. J'ai hâte de le voir.

— C'est le vieux cottage des Collison ? s'enquit Vera. Je n'avais pas compris qu'il cherchait sérieusement.

— Oui, c'est bien ça. Il aura un endroit où s'échapper chaque fois qu'il en aura besoin.

Ruth posa sa main sur celle de Dominic.

— Nous pourrions faire un pique-nique sur la plage, samedi. Si je commande des provisions chez le traiteur, tu pourras passer les chercher ?

Vera se tourna vers moi.

— Alors, vous vous plaisez, ici ? Vous savez, vous ne devez pas laisser Edwin vous dicter votre emploi du temps du week-end. J'espère que votre famille ne vous manque pas trop ?

Je finis ma bouchée en secouant la tête.

— Non, non, ça va. Je suis très heureuse ici, merci.

— Encore un peu de pommes de terre ?

— Merci.

J'en pris deux fois.

Après le repas, je me retirai dans l'annexe pour finir de défaire mes bagages. Je rangeai soigneusement mes livres sur l'étagère du haut, mis mes cahiers de textes et mes classeurs multicolores en dessous. Je sortis un cadre de ma valise et contemplai le collage d'images : mes trois meilleures amies et moi, au lycée, posant pour le bal de fin d'année en première, nous faisant l'une l'autre des oreilles de lapin. Une vague de nostalgie menaça de me submerger, avec d'autres souvenirs plus sombres, mais je m'armai de courage et reposai les photos. Tout cela était derrière moi, désormais.

Je positionnai ma chaise devant la fenêtre afin de pouvoir regarder Dominic et Edwin qui s'amusaient dans le jardin.

Avec sa haute taille et sa démarche dégingandée, Dominic me faisait penser à un animal de la forêt. Malgré sa maigreur, il avait la placidité d'un bon gros ours. C'était peut-être aussi à cause de la façon qu'il avait de prendre Edwin dans ses bras : il rugissait et feignait de le mordre et de le manger. Le petit riait et gigotait. Ruth finit par leur demander d'arrêter d'un ton sec.

Dominic repartait généralement à Londres en voiture chaque lundi matin, mais, quand Vera passait le week-end à Summerbourne, il la ramenait chez elle le dimanche soir. Lors de mon premier week-end avec eux, ils s'en allèrent juste avant l'heure de mettre Edwin au lit.

— Winterbourne me paraît toujours si calme après deux jours ici, me confia Vera.

Nous étions dans l'entrée, attendant que Dominic descende sa petite valise. Elle dut remarquer mon expression perplexe, car elle ajouta avec un sourire :

— Winterbourne est le nom de ma maison à Londres.

Incapable de comprendre s'il s'agissait d'une blague, je hochai la tête avec prudence.

Le lundi matin, jour où je commençais officiellement mon travail de jeune fille au pair, à peine le petit déjeuner fini, un beau soleil de septembre nous attira dehors, dans le patio. Les plantes du jardin brillaient comme si elles avaient été lavées et lustrées pendant la nuit.

Dans sa robe d'été en coton, de couleur claire, Ruth respirait la fraîcheur. Je pris la résolution de m'acheter avec mon premier salaire des vêtements décents et des vernis à ongles pastel, pour changer de mes habituelles couleurs sombres.

— La journée va être magnifique, annonça Ruth. Nous devons en profiter. Descendons pique-niquer à la plage.

Nous remplîmes un sac de sandwichs et de boissons, sans oublier le plaid de rigueur. Après avoir fouillé un bon moment dans un immense placard, Edwin émergea de la salle de jeux, chargé de seaux, de pelles et d'épuisettes. Sachant que la plage n'était qu'à quelques centaines de mètres de la maison, je fus surprise de voir que ces préparatifs prenaient l'allure d'une véritable expédition. Mais comment aurais-je pu deviner à quel point il était épuisant, si l'on avait oublié quelque chose, de remonter les marches de la falaise, sous le soleil brûlant ?

Le long du chemin, nous nous arrêtâmes à plusieurs reprises pour permettre à notre intrépide explorateur de bientôt 4 ans d'observer des plumes, des limaces, des papillons. Une fois arrivés à la grille, nous échangeâmes quelques mots avec Michael.

— Où est Joel, monsieur Michael Harris ? demanda Edwin.

— Ah, il est à la maternelle, mon bonhomme. Il sera là plus tard, je crois.

— Joel est le meilleur ami d'Edwin, expliqua Ruth.

— Après Theo, précisa Edwin avec une moue.

Ruth et Michael échangèrent un regard.

— Oui, mon chéri. Après Theo. Dis au revoir à M. Harris, nous allons montrer à Laura comment on arrive à la plage.

Une vue époustouflante sur la mer nous attendait de l'autre côté de la grille : bouche bée, je restai plantée à la contempler. Le littoral s'ouvrait devant nous, ondoyant vers la maison et le village à notre droite, suivant les champs qui se perdaient dans la brume, au loin, à notre gauche. L'eau d'un bleu profond scintillait jusqu'à l'horizon. Après une minute de marche, nous arrivâmes à un escalier taillé dans la falaise, à côté duquel s'élevait une tour basse en pierres de la même couleur que celles de la maison.

— La tour de Summerbourne, indiqua Ruth en me la montrant d'un geste indifférent. Nous sommes propriétaires de cette bande de terre, mais le sentier côtier est public. Si on le prend dans cette direction, on arrive au chantier naval. Dans l'autre, on va au village. La plage aussi est publique, mais il est rare que quelqu'un s'aventure jusqu'ici.

— Est-ce qu'on peut monter voir le canon, maman ? demanda Edwin en sautillant d'un pied sur l'autre.

— Pas maintenant, mon chou. Descendons aux baignoires dans les rochers avant que les crabes n'aillent à la maternelle des crabes.

— Ça n'existe pas, la maternelle des crabes, répondit Edwin sans bouger.

Je jetai un regard au canon noir qui émergeait de la plateforme, au sommet de la tour.

— Ce n'est pas un vrai canon, j'imagine ? demandai-je.

— Plus ou moins, répondit-elle alors que nous nous partagions les affaires de plage d'Edwin afin qu'il puisse avoir les mains libres pour se tenir à la rambarde en descendant les marches. Il s'agit d'un canon méridien. Il est installé sur un cadran solaire. Lorsqu'il est bien positionné, une loupe provoque la mise à feu de la mèche à midi, et le canon tonne. Maintenant, suis-moi, Edwin, et accroche-toi.

— Avec un vrai boulet ?

Ruth éclata de rire.

— Seigneur, non ! Il fait juste un boucan d'enfer, expliqua-t-elle en s'arrêtant sur les marches pour surveiller que son fils se tenait bien à la rambarde. La légende familiale raconte que Philip Summerbourne, qui a construit la maison, l'avait fait installer pour donner le signal de remballer et de remonter de la plage pour le déjeuner. Mais c'est tellement compliqué de le faire fonctionner qu'à mon avis, ils ne s'en sont jamais vraiment servis.

Nous poursuivîmes prudemment notre descente et dès que nous posâmes les pieds sur le sable, Edwin fronça les sourcils.

— Est-ce que ça existe, l'école maternelle des crabes, mademoiselle Laura Silvey ?

— Allons chercher des crabes et posons-leur la question, monsieur Edwin Mayes.

Il sourit.

C'était une petite plage. Pourtant, sous le soleil encore estival, elle ressemblait à une carte postale. Le sable était jaune pâle et, à la base de la falaise, un ruban de rochers s'étirait jusqu'à la mer, formant des baignoires naturelles à l'extrémité de la crique. Edwin et moi partageâmes une heure de bonheur, à pêcher à l'épuisette de petits poissons et des crabes, avant de les mettre dans nos seaux. Assise sur le plaid, Ruth lisait, le visage dissimulé sous un immense chapeau mou. Edwin bondissait avec agilité entre les rochers et, face à toute cette agitation, je me félicitais d'avoir opté pour un short et un T-shirt.

Quand Ruth nous appela pour déjeuner, le soleil était haut dans le ciel, incandescent.

— Regarde, maman, dit Edwin.

Il lui montra le contenu de son seau avant de courir relâcher les créatures dans les baignoires et de se rincer les mains dans l'eau.

Je me laissai tomber sur le sable.

— Mais d'où puise-t-il toute cette énergie ? m'étonnai-je en attrapant avec gratitude le sandwich que Ruth me tendait.

— Dieu seul le sait. Rien qu'à le regarder, je me sens épuisée.

— Vous arrive-t-il de nager ici ? demandai-je alors.

Nous n'avions pourtant même pas évoqué la question d'emporter des maillots de bain.

— Dominic nage le week-end. Il emmène Edwin. Il le fera peut-être samedi prochain, quand nous viendrons avec Alex, ajouta-t-elle avec un sourire, le regard perdu sur la mer. Quand j'étais petite, je venais nager ici, de temps en temps, mais…

Elle haussa les épaules.

—… jamais je ne m'aventurerais dans l'eau toute seule avec Edwin.

— Est-ce que je peux aller jouer dans la mer, maman ?

Le petit, impatient, s'était levé, son sandwich dans une main.

— Seulement si tu restes bien devant nous, mon chéri. Mais l'eau ne doit pas dépasser tes genoux. Et tu dois garder ton chapeau sur ta tête.

— D'accord, maman, promit-il en s'éloignant à vive allure.

Nous le surveillâmes tout en mangeant. Ruth lui avait mis de la crème solaire avant de quitter la maison. Elle en étalait maintenant sur ses jambes. Quand elle me passa le flacon, j'hésitai. Avec ma peau mate, je bronzais bien en général. Mais sous l'éclat implacable du soleil sur le sable, je finis par accepter en la remerciant.

— Vous êtes... quelqu'un de très discret, n'est-ce pas ? dit Ruth soudainement, rompant notre confortable silence.

Je clignai des yeux.

— Que voulez-vous dire ?

— Oh ! Seulement que vous ne posez pas beaucoup de questions.

Je lui tendis la crème solaire et baissai la tête. Souriante, elle me rassura :

— Ce n'était pas une critique, mais un compliment. Vous ne m'avez pas harcelée pour savoir pourquoi je ne nageais plus dans la mer. Pourtant, j'ai bien vu que cela vous intriguait. Et vous ne m'avez pas demandé qui était Alex.

Elle haussa les sourcils, comme pour m'inviter à l'interroger. Un détail de notre conversation avec Michael me revint alors à l'esprit. Un détail que j'avais enregistré sans avoir le temps de l'analyser.

— Qui est Theo ?

Je venais tout juste de prononcer ces mots qu'un horrible pressentiment m'envahit. Qui d'autre Edwin pouvait-il considérer comme son meilleur ami, à part le petit Joel ?

Ruth, qui était allongée, appuyée sur un coude, se rassit brusquement. Me sentant soudain horriblement gênée, je me confondis en excuses.

— Mais non, ne vous inquiétez pas, Laura. Vous m'avez juste prise de court, m'assura-t-elle en se rallongeant. Theo était le frère jumeau d'Edwin. Il est décédé juste après leur deuxième anniversaire. Un accident.

Plaquant une main sur ma bouche, je la dévisageai. Puis, au bout d'un moment, je finis par dire :

— Je suis tellement désolée. Je n'ai pas réfléchi. Je n'aurais pas dû poser cette question.

— Tout va bien. Vous ne pouviez pas savoir. Il est tombé de la falaise, sur cette plage.

Ruth inspira profondément, avant de souffler. Puis,

balayant la crique d'un regard circulaire, elle poursuivit, choisissant bien ses mots :

— Je... Je sais qu'il peut sembler bizarre que nous venions encore ici. Mais... C'est chez nous. Summerbourne. Ma maison, celle d'Edwin. Elle l'a toujours été et le sera toujours.

J'essuyai les larmes qui perlaient à mes paupières et vis son regard se perdre à l'horizon. Edwin gambadait toujours dans l'eau.

— Je suis désolée, répétai-je.

— Vraiment, ne vous inquiétez pas. Cela fait partie de notre quotidien, désormais. Je pense à lui tout le temps. Quand je me réveille. Quand je m'endors. Quand je suis avec Edwin. Quand je ne suis pas avec Edwin. Donc, parler de lui ne me trouble pas.

Elle fit couler du sable entre ses doigts, ferma les yeux un instant, inspira, et les rouvrit.

— Edwin était tellement petit quand c'est arrivé, qu'il ne se souvient pas vraiment de son frère. Mais nous parlons de lui en famille. Nous ne voulons pas qu'un jour, en repensant au passé, il se dise que nous l'avons laissé l'oublier. Simplement, quand nous devons le raconter, c'est un choc pour les gens.

Elle me tendit une serviette en papier et je me mouchai bruyamment. Je secouai la tête. Quoi que je dise, mes paroles ne seraient pas appropriées.

— Honnêtement, ce n'est pas un problème. De parler de lui. Moi aussi, je suis désolée.

Un moment, nous regardâmes Edwin jouer.

— Alors, qui est Alex ? finis-je par demander, pour essayer de ramener un sourire sur ses lèvres.

Ma tentative fut couronnée de succès.

— Ah, Alex. Vous ferez sa connaissance samedi. C'est un ami de longue date.

Sans rien ajouter, elle continua de surveiller Edwin.

Je frottai mes mollets, faisant tomber du sable.

— Et pourquoi ne nagez-vous plus dans la mer ?

— Aucune raison en particulier, répondit-elle en riant. L'eau est froide, et puis je déteste ne pas voir où je mets les pieds. C'est banal.

Elle se leva d'un bond et appela Edwin.

— Viens, mon chéri. Montrons à Laura comment on fait un château de sable à la Summerbourne.

— Un château de sable à la Mayes, maman.

— D'accord. Un super château de sable à la Mayes. Et quand tu verras oncle Alex samedi, tu pourras lui raconter comment tu l'as construit.

J'étais tentée de lui demander pourquoi, si Alex était un ami, elle l'appelait oncle. Mais j'avais à l'esprit son commentaire sur ma discrétion. Au bout d'un moment, un château commença à prendre forme. Soudain, Edwin aperçut deux silhouettes qui nous faisaient des signes de la main du haut de la falaise.

— C'est Joel ! cria-t-il en courant vers les marches

Il ne s'arrêta qu'en entendant Ruth lui intimer d'attendre que nous ayons remballé nos affaires avant de monter. Michael nous attendait en haut, tenant par la main un petit garçon à la peau mate, qu'il ne lâcha pas avant que nous soyons bien en sécurité loin du bord de la falaise.

— Joel ! s'époumona Edwin.

Les deux garçonnets se jetèrent dans les bras l'un de l'autre et se mirent à tournoyer en riant.

Michael proposa qu'ils l'accompagnent dans le verger et ils le suivirent en bavardant avec excitation.

— La maman de Joel est rentrée au Nigéria pour s'occuper de sa mère, expliqua Ruth alors que nous nous dirigions vers la maison. Chris, le fils de Michael et papa de Joel, a pensé qu'il serait préférable pour Joel et lui de s'installer dans le cottage de Michael jusqu'au retour de Kemi. Je sais que cela va vous paraître égoïste, mais cela a été formidable pour nous cet été. Les garçons s'entendent si bien. Quand

Joel est là, je n'ai pas à me fatiguer à trouver des activités amusantes pour Edwin.

— Joel va aller à la maternelle ?

— Oui. Pas à temps complet, mais on le verra moins souvent. Dominic pense qu'Edwin devrait y aller aussi, ajouta-t-elle avec une grimace, mais si vous êtes là et que vous m'aidez à m'en occuper, je préfère.

Lui emboîtant le pas, je la suivis dans la cuisine, laissant mes chaussures à côté des siennes et, après avoir posé les sacs, je bus le verre de jus d'orange qu'elle m'offrit.

— Cela vous dérangerait d'attendre que Michael ramène Edwin ? J'ai un début de migraine.

— Bien sûr, pas de problème.

Elle disparut dans l'entrée. Tandis qu'elle montait à l'étage, je m'affalai sur une chaise, serrant le verre froid entre mes mains, les yeux fermés. À quelle fréquence souffrait-elle de ces maux de tête ? Je tentai de chasser de mon esprit l'impression qu'ils n'étaient peut-être pas si anodins. Cela ne me regardait pas. Je sentais sur moi le parfum de la crème solaire à la noix de coco de Ruth. Je frottai mes pieds encore couverts de sable et écoutai le bruit des grains qui tombaient sur le carrelage, dans la maison parfaitement silencieuse. S'il avait existé quelque part un classement du meilleur premier jour de travail, le mien aurait sûrement figuré en tête.

Le reste de la semaine passa en une brume de jours ensoleillés. Nous nageâmes plusieurs fois dans la piscine, et Edwin m'impressionna avec sa timide nage du chien et son dos crawlé rudimentaire. Nous aidâmes Michael à nettoyer des parterres de fleurs, recueillant et mettant les graines dans de petits pots, divisant les plantes les plus fournies. Nous fîmes des courses, cueillîmes des framboises, nous lançâmes dans la construction d'une cachette dans le bois, dans l'espoir de repérer un blaireau ou un renard. Le mercredi, Ruth accompagna Edwin à son cours de gymnastique et je mis au point un emploi du temps pour mes révisions. Ce même soir, nous préparâmes tous ensemble un crumble aux pommes et aux prunes que nous dévorâmes avec de la crème.

Je commençais vraiment à me sentir comme chez moi à Summerbourne. Comment expliquer que je me sois habituée aussi vite ? Tous les soirs, à peine avais-je posé la tête sur l'oreiller, je m'endormais, jusqu'à ce que la sonnerie du réveil me signale le matin suivant.

J'essayai de ne pas trop penser au petit Theo, le jumeau perdu d'Edwin. Il n'y avait pas de photos au rez-de-chaussée et je me demandais comment l'accident s'était produit. Ruth ne revint pas sur le sujet et, à mesure que la semaine passait, elle se laissa distraire par l'organisation du pique-nique du samedi.

Le vendredi soir, après avoir mis Edwin au lit, elle me demanda :

— Ça vous dirait de vous joindre à nous à la plage, demain ? Cela nous ferait très plaisir. Mais si vous n'en avez pas envie, il n'y a pas de problème.

Je jetai un coup d'œil à ses listes de courses sur la table de la cuisine et je repensai au dessin qu'Edwin avait fait, un peu plus tôt, pour son oncle Alex.

— Vous pourrez décider demain matin, de toute façon, conclut-elle.

Elle sortit de la pièce en fredonnant une chanson.

La sonnerie du four à micro-ondes retentit et j'emportai dans ma chambre le mug de chocolat chaud que je m'étais préparé. J'étais indécise. Pourtant, au fond de moi, je savais que j'irais avec eux. La tentation d'un pique-nique élégant avec une famille qui avait la classe des Mayes était bien trop forte pour que je puisse y résister.

5

Seraphine

Après le départ de Vera, je passe la soirée du vendredi à inspecter le contenu du tiroir du bureau, un verre de vin blanc maintenant tiède et peu tentant posé près de moi. Sous une photo d'Edwin et de Theo en T-shirt à rayures, je trouve l'avis de décès de ma mère, paru dans un journal :

Enlevée soudainement à l'amour de sa famille, RUTH ANGELA MAYES de Summerbourne House, âgée d'à peine 29 ans, est décédée le 21 juillet 1992. Épouse aimante de Dominic Charles Mayes, fille bien-aimée de Vera Ann Blackwood et de feu John Blackwood, mère dévouée d'Edwin, Daniel et Seraphine, elle a rejoint au ciel son fils adoré Theo, son père, son frère et ses grands-parents.

Des phrases fleuries, sûrement élaborées par Vera. Je m'étonne :

Comment puis-je n'avoir jamais su que ma mère avait un frère ? Il y a trop de secrets, dans cette famille.

Je ferme les yeux et, submergée par un violent désir de sentir de nouveau mon père à côté de moi, je fais pivoter la chaise d'un côté puis de l'autre. Il ferait une grimace devant le désordre qui règne dans son bureau, m'inviterait à le suivre dans la cuisine, où il préparerait un énorme sauté de légumes tout en commentant dans le moindre détail les matchs de cricket du comté. S'il pouvait me revenir, plus jamais je ne remettrais quoi que ce soit en cause. Mais lorsque je rouvre les yeux, je suis toujours aussi seule, avec mes questions.

Le lendemain matin, assise à la table de la cuisine, en peignoir, j'inspire la fumée qui monte de ma tasse de café en volutes, lorsque j'entends une voiture arriver. Quelques instants plus tard, mes frères envahissent la maison, éparpillant leurs clés, leurs sacs, leurs téléphones. Edwin vient m'embrasser tandis que Danny sort des provisions d'un sac et commence à s'affairer autour du grille-pain, tout en surveillant le niveau de la cafetière.

— Alors, quoi de neuf, sœurette ? me demande-t-il.

Mon soupir est teinté de soulagement. Même s'ils m'énervent, je les aime à la folie. Ils sont les seuls avec qui je peux être moi-même.

— Edwin t'a-t-il parlé de la photo ?

Danny hausse les épaules.

— Ouais, et donc ?

— Et donc, dis-je en jetant un coup d'œil à Edwin, j'ai trouvé Laura.

— Tu as quoi ? s'exclame-t-il, visiblement incrédule.

— Et je me suis aussi disputée avec mamie, qui m'a dit qu'elle laisserait Summerbourne à Danny.

Ils me fixent en silence. Je compte les secondes… *quatre, cinq.*

— Attends un peu ! finit par lancer Edwin. Quelle sorte de dispute ? Qu'a-t-elle dit exactement ?

Je regarde Danny qui, parti chercher du lait dans le réfrigérateur, me tourne maintenant le dos.

— Elle ne m'a donné aucune explication. Le fait que Danny soit son petit garçon aux yeux bleus préféré semble la dispenser de se justifier.

Danny revient d'un pas traînant jusqu'à la table avec son

café et, en s'asseyant à côté de moi, heurte mon bras de son coude.

— Et pourquoi est-ce que je voudrais de cette vieille maison ? Si elle me la lègue, je te la donnerai. Ne te fais pas de soucis pour ça, déclare-t-il en surveillant la fumée qui sort du grille-pain. Tant que je peux squatter la salle de jeux quand je viens dans le coin, et que tu fais en sorte qu'il y ait toujours du café décent.

Je me penche vers lui, effleurant son bras.

— Mais c'est une question de principe, tu ne trouves pas ?

— Quand tu dis que vous vous êtes disputées… Est-ce qu'elle va bien, quand même ?

Je repense à la main tremblante de Vera contemplant la photo cachée depuis si longtemps de sa fille décédée, à l'avis de décès qui m'a appris que notre grand-mère avait, elle aussi, perdu un fils. J'arrache une feuille du bouquet de fleurs sauvages devant moi et l'écrase entre mes doigts. L'odeur me rappelle la tour sur la falaise, sous la pluie.

— Elle va bien. Tu la connais. Elle se remet toujours. Mais j'ai appris autre chose. Saviez-vous que maman avait un frère ? Je croyais qu'elle était fille unique.

Danny hausse les épaules. Mais, sourcils froncés, Edwin me demande :

— C'est mamie qui te l'a raconté ? C'est la première fois que j'en entends parler. Que s'est-il passé ?

— Aucune idée.

— Et que veux-tu dire par : « j'ai trouvé Laura » ?

Je me tortille sur ma chaise.

— J'ai découvert où elle travaille. Une compagnie d'assurances à Londres. Quels sont tes souvenirs d'elle ?

Le front toujours plissé, d'un air perplexe, son regard se perd en direction de la fenêtre.

— Elle était drôle, attentionnée. Je ne sais pas quoi ajouter. Je me souviens de la période où elle vivait ici. D'ailleurs, je ne suis pas sûr d'avoir des souvenirs d'avant cette époque. Je suppose qu'ils l'ont embauchée après la mort de Theo, pour aider maman.

— C'était en septembre 1991. Tu avais presque 4 ans.

— Tu vois, c'est bien ça.

— Mais de quoi te souviens-tu réellement, Edwin, le jour où maman est morte ?

Je pose cette question sans le brusquer, tout en l'observant avec attention. Bien évidemment, je l'ai déjà interrogé à maintes reprises, surtout quand j'étais adolescente, mais il a toujours prétendu avoir tout oublié.

Les yeux baissés, il fixe ses mains. Il est évident qu'il fait un effort, qu'il s'applique. Danny et moi échangeons un regard.

— Je pense me souvenir du moment où l'on a pris une photo, celle que tu m'as montrée l'autre soir. Mais c'est peut-être un souvenir que je me suis fabriqué. Qui sait ?

Danny hausse les sourcils et je lève un doigt. Aussi différents que nous puissions être, nous avons toujours su communiquer sans avoir besoin de nous parler : notre échange silencieux signifie que, d'ici une minute, j'irai chercher la photo pour la lui montrer. Edwin est toujours concentré sur le passé.

— Je crois que Michael aussi était là. Laura a pris la photo, et Michael, qui travaillait dans le verger, a crié « félicitations », quelque chose comme ça. Et on m'a laissé manger des biscuits au chocolat au petit déjeuner, en l'honneur de votre naissance.

Penaud, il lève les yeux, me regarde.

— Edwin et sa fameuse mémoire au niveau du ventre, plaisante Danny.

— Quoi d'autre ? Qui de nous deux maman tenait-elle dans ses bras ?

— Je te l'ai dit, Seph, je ne sais vraiment pas. Je ne pourrais même pas essayer de deviner. Je me rappelle que maman s'est fâchée, à un certain moment, et que je l'ai suivie jusqu'à la tour.

Les yeux écarquillés, Edwin se rejoue la scène en esprit. Danny et moi attendons la suite, sans bouger. Nous entendons notre respiration.

— Elle pleurait, disait que quelqu'un voulait voler son bébé.

— Quoi ?

La question a fusé, à l'unisson.

Edwin, visiblement très affecté, met un certain temps à revenir au présent.

— Je ne sais pas. C'est ce dont je me souviens. Mais ça ne peut pas être vrai, si ?

— Bien sûr que non, renchérit Danny. Personne n'avait l'intention de nous voler. Mais elle en était peut-être persuadée, pour une quelconque raison. Elle avait peut-être des hallucinations.

— Quoi d'autre ? De quoi te souviens-tu encore ?

Avec une grimace, Edwin secoue la tête.

— C'est tout. Maman m'a dit de m'en aller et je me suis caché dans la tour. Il y avait un oiseau mort. Michael m'a raccompagné à la maison. Je ne sais pas ce qui s'est passé après. Je n'ai aucun souvenir du départ de Laura.

J'insiste.

— Mais avant ce jour-là ? Quand Laura vivait ici, et que maman était enceinte de nous ? Comment c'était ?

— C'était juste… normal. Je jouais beaucoup avec Joel, tu sais, à la plage. Je me rappelle le vélo que j'avais eu à Noël. Et d'un tour avec oncle Alex, dans sa voiture de sport.

— Qui est oncle Alex ?

Encore une fois, Danny et moi avons parlé en même temps. Avec un haussement d'épaules résigné, Edwin répond :

— Je ne sais pas. J'adorais sa voiture de sport jaune.

— Eh bien, conclut Danny en prenant la cafetière pour se resservir en café, tout ceci n'explique pas pourquoi il y a un seul bébé sur la photo. À moins que quelqu'un n'ait vraiment volé l'un ou, plutôt, l'une de nous, pour la ramener ensuite au plus vite, après s'être aperçu qu'elle était un vrai cauchemar.

Il ponctue sa phrase en me décochant un regard appuyé.

— Danny, ce n'est pas marrant. Voilà pourquoi j'ai pensé que nous devrions poser la question à Laura. Elle pourrait nous dire ce qui s'est passé exactement ce jour-là. Elle était présente.

Edwin me fixe sévèrement.

— Quand tu as dit que tu as trouvé Laura, tu as voulu dire que tu as découvert où elle travaille, ou que tu es allée la voir ?

— Les deux. Je suis allée à son bureau et je l'ai vue.

— Lui as-tu parlé ?

Je sais pertinemment quelle réponse Edwin attend à sa question.

— Je l'ai suivie quand elle est sortie, mais je l'ai perdue de vue.

Danny émet un grognement.

— Bon sang, pourquoi ? s'insurge Edwin. Que voulais-tu qu'elle te dise ?

Je bondis de ma chaise pour aller chercher la photo dans le livre de recettes. Le dos tourné à mes frères pendant quelques secondes, je prends le temps de refouler les larmes qui me montent aux yeux. Puis je reviens sur mes pas et pose le cliché sur la table, devant eux.

— Regarde, Danny. C'est maman. Elle vient d'avoir des jumeaux. Elle est bien habillée, bien coiffée, je pourrais même parier qu'elle a mis du rouge à lèvres. Elle n'a pas du tout l'air de quelqu'un qui veut se suicider.

Danny tire la photo vers lui, l'observe.

— Seraphine…, murmure Edwin

Mais lui aussi regarde la photo, l'air intrigué.

— Pourquoi posent-ils pour une photo de famille avec seulement l'un des deux jumeaux qui viennent de naître ? Pourquoi papa et maman semblent-ils si normaux, alors que, quelques heures après, maman va se suicider ? C'est incompréhensible.

Danny glisse la photo vers Edwin et se redresse sur sa chaise, les yeux rivés sur moi.

— C'est un peu… surprenant, fait-il remarquer. Mais tout cela s'est passé il y a si longtemps, pourquoi se soucier de tous ces détails ? Nous savons que maman n'allait pas bien, nous savons ce qu'elle a fait. Cette photo, à la rigueur, est plutôt rassurante, non ? Elle montre qu'ils ont été heureux, ne serait-ce que pendant quelques instants, avant le drame.

— Ils pensaient qu'ils avaient toute la vie devant eux pour prendre d'autres photos, murmure Edwin en se penchant sur l'image.

— C'est ce qu'a dit mamie.

Edwin me considère attentivement. Il a deviné mon scepticisme à mon ton.

— Il n'y a pas que ça, j'imagine ? Qu'est-ce qui t'embête, au juste ? Que papa ait caché cette photo sans jamais nous la montrer ?

Je l'observe : la masse épaisse de ses cheveux châtain clair, ses yeux bleus et son menton, le menton des Mayes. Puis je regarde Danny, avec ses cheveux plus foncés, mais tout aussi épais, ses yeux tout aussi bleus et son menton tout aussi décidé. On dirait que ce sont eux, les jumeaux. Danny et moi, en revanche, nous ne nous sommes jamais beaucoup ressemblé.

Devant mes frères, bouche bée, je déclare alors à brûle-pourpoint.

— Je ne pense pas être la fille de papa et maman. Regardez-moi. Ma peau est différente, mes cheveux aussi. Et mes yeux sont marron. Je crois que je suis l'enfant de quelqu'un d'autre. Et si j'étais la fille de Laura ?

Danny me fixe, abasourdi, tandis qu'Edwin secoue la tête. Mais ni l'un ni l'autre ne semble savoir quoi répondre. Je recule ma chaise qui racle bruyamment le carrelage.

— Je savais que vous ne me croiriez pas.

Tout en titubant, je sors de la cuisine et me dirige vers le séjour en quête d'une boîte de mouchoirs. J'entends Edwin et Danny échanger quelques paroles avant de me suivre.

— Seraphine, écoute-moi, commence Edwin en s'installant à côté de moi sur le canapé. Tu ne manges pas, tu ne dors pas. Pas étonnant que tu sois incapable de penser de manière cohérente. L'accident de papa est inconcevable. Mais tout ça… tu n'as pas les idées claires. Tu es la fille de papa et maman, il n'y a pas de doute. Tu es notre sœur.

Danny agite la photo sous mon nez.

— Tu lui ressembles, Seph. Regarde comme elle était jolie. Tout le monde dit toujours que tu as hérité de sa beauté, non ?

Pour une fois, il ne me taquine pas. Ce qui laisse supposer qu'il doit être vraiment inquiet pour moi.

— C'est vrai, approuve Edwin en hochant vigoureusement la tête. Regarde-toi, tu as même hérité de sa démarche si élégante. Pas comme moi et ce grand empoté de Danny.

Lèvres pincées, j'étudie la silhouette menue de ma mère, pas si différente de la mienne, et je repense à celle, beaucoup plus charpentée, de Laura.

— Je me disais que… et si mamie voulait laisser Summerbourne à Danny parce qu'elle sait que je n'appartiens pas vraiment à cette famille ?

Danny toussote et je vois bien qu'il réprime un rire. Je le foudroie du regard.

— Mais c'est n'importe quoi ! Tu penses vraiment que mamie accepterait une intruse à Summerbourne ? Elle serait outrée !

Il se lève et se livre à une imitation d'une incroyable fidélité de notre grand-mère :

— Si vous n'êtes pas une descendante de Philip Summerbourne, vous pouvez dégager !

Je lui donne un grand coup sur la cuisse, mais je ne pleure plus.

— Il y a quelqu'un, nous prévient soudain Edwin, tendant l'oreille.

Quelques secondes après, la sonnette retentit, et nous échangeons des regards étonnés.

Puis Edwin va ouvrir au visiteur.

— C'est juste Joel, nous crie-t-il depuis l'entrée.

Je laisse échapper un gémissement. Joel, qui loge chez Michael en ce moment, a probablement vu passer la voiture d'Edwin devant le cottage, tout à l'heure. Toujours en peignoir, je ne suis pas d'humeur à m'entretenir avec qui que ce soit, et surtout pas avec Joel Harris. Danny ouvre la bouche comme pour dire quelque chose, mais il hésite, ses yeux allant du mouchoir en boule que je serre dans ma main à mon visage strié de traces de larmes.

— Ne me regarde pas comme ça.

— Comme ça comment ?

— Avec pitié.

Il sourit.

— Certes, tu as l'air un peu pitoyable, sœurette, reconnaît-il en se levant. Je vais les attirer dans la cuisine pour que tu puisses t'enfuir à l'étage. Je ne veux pas que Joel te voie dans cet état – il ne reviendrait plus jamais.

Je lui tire la langue et le laisse sortir, attendant d'entendre leurs voix s'éloigner avant de m'élancer dans l'escalier.

Joel Harris, qui est le plus vieil ami d'Edwin, a toujours été une présence constante chez nous pendant mon enfance et mon adolescence. Il me connaissait aussi bien que mes frères et, contrairement à eux, il était toujours gentil avec moi. Nous avons passé des heures ensemble tous les quatre, pendant les vacances scolaires, et, privée d'amis de mon âge, je l'idolâtrais.

J'avais 14 ans quand Joel et Edwin sont partis à l'université. Malheureuse à l'école, irritée par Danny, je m'étais mise à rêver que Joel revienne pour me déclarer sa flamme. Mon plus grand rêve était de laisser les ricanements de mes camarades de classe derrière moi, d'épouser Joel et de vivre un bonheur sans fin avec lui, à Summerbourne.

Comme je regrette l'époque où l'amour semblait si évident, si simple. Quelques semaines avant mon quinzième anniversaire, mes illusions romantiques se sont évaporées comme la rosée au soleil du matin. Si je ne tiens pas particulièrement à me replonger dans ces souvenirs, je comprends pour la première fois que, ce jour-là, Joel a dit quelque chose qui pourrait avoir un rapport avec le mystère qui entoure le jour de notre naissance.

Au lieu de prendre une douche rapide, je me fais couler un bain aux huiles essentielles, puis, immergée dans l'eau chaude, j'essaie de me concentrer.

C'était un chaud après-midi de juillet et Edwin avait invité des amis de l'université pour fêter la fin de leurs examens de première année. Ces jeunes de 19 ans, qui buvaient des bières et du cidre à côté de la piscine tout en racontant des anecdotes dont j'étais exclue et des blagues que je ne comprenais pas, me semblaient désespérément adultes. J'observais les filles à la dérobée : la façon dont, d'un geste, elles balayaient les cheveux de leur visage, la façon dont elles réajustaient les bretelles de leur bikini, leurs ongles vernis. Pour les imiter, j'avais fait passer mes cheveux sur une seule épaule, espérant ainsi attirer l'attention de Joel. Mais, depuis son arrivée, il avait à peine regardé dans ma direction.

Ralph Luckhurst qui, venu à vélo du village, avait rejoint le groupe, avait persuadé certains, dont Danny, de se lancer dans un jeu de Marco Polo dans la piscine. Edwin, affalé sur une chaise longue, discutait avec un ami de Joel, étudiant en médecine. Ils parlaient politique, du nouveau Premier ministre. Une fille appelée Ruby, vêtue d'un maillot de bain d'un rouge éclatant, avait demandé à Edwin de lui faire de la place sur la chaise longue. Devant son refus, elle était allée s'asseoir à côté de Joel.

M'immergeant plus profondément dans l'eau, je ferme les yeux devant l'image de Ruby posant sa joue sur l'épaule lisse de Joel. Le chagrin m'avait noué l'estomac. Mais Joel, ce jour-là, était distrait, irritable, et quand elle lui avait murmuré quelque chose à l'oreille, il avait répondu d'un simple haussement de sourcils, ce qui m'avait procuré un immense bonheur.

— Alors, ça fait quel effet d'avoir un jumeau ? m'avait soudain demandé Ruby.

Il m'avait fallu plusieurs secondes pour sortir de mon rôle d'observatrice malheureuse et me joindre à la conversation.

— Rien de spécial.

Danny, qui sortait de l'eau, était venu s'écrouler à côté de moi.

— Salut, sœurette.

Ruby et l'étudiant en médecine avaient ri.

Puis, il y avait eu le lot de questions habituelles : qui de nous deux était né le premier, si nous avions une connexion télépathique, pourquoi nous ne nous ressemblions pas. Ceux qui étaient encore dans la piscine s'étaient approchés du bord pour écouter nos réponses. Ne me sentant pas très à l'aise sous tous ces regards curieux, j'avais laissé la parole à Danny.

Edwin était intervenu pour raconter qu'à la naissance, j'étais deux fois plus grosse que Danny, et je me souviens encore de la manière dont Ruby, en riant, s'était appuyée sur Joel.

Tout en penchant la tête en arrière pour me mouiller les cheveux, je me concentre pour retrouver dans ma mémoire les mots exacts que Joel avait prononcés ce jour-là. J'avais l'impression qu'il ne suivait pas la conversation et j'étais déçue par son indifférence. Quand, tout à coup, il avait dit :

— Mon grand-père les appelle les lutins jumeaux de Summerbourne.

Je me redresse dans la baignoire.

C'est comme cela que les autres enfants nous appelaient quand Danny et moi avions commencé l'école primaire. J'avais toujours détesté ce surnom sans avoir aucune idée de son origine. Mais, au fil des années, les autres enfants avaient peu à peu cessé de nous taquiner. D'une part, parce que j'avais appris à ne pas réagir au quart de tour, de l'autre, parce que Danny et moi limitions désormais notre complicité à la sphère familiale.

Entendre Joel évoquer ce détail devant ces garçons et ces filles, que je considérais comme tellement sophistiqués, en sous-entendant que Michael – un adulte – nous décrivait toujours ainsi… m'avait à l'époque abasourdie

En y repensant aujourd'hui, je sens toujours ma gorge se serrer.

Je me souviens d'avoir fixé Joel, m'efforçant de comprendre pourquoi il avait choisi de révéler cette anecdote. Il avait toujours été si gentil avec moi. Un allié. J'avais alors pensé qu'il essayait peut-être d'impressionner Ruby. Et si tel était son but, il l'avait atteint.

— Ooh, pourquoi sont-ils des lutins, ces jumeaux ? avait-elle demandé.

— Ont-ils des pouvoirs surnaturels ? Ou bien provoquent-ils des phénomènes étranges autour d'eux ? avait insisté l'étudiant en médecine.

— Hé, arrêtez un peu, leur avait alors intimé Ralph, en repoussant ses boucles brunes de son visage tout en me jetant un regard inquiet.

— Tu ne nous avais pas dit que tu vivais sous le même toit que d'effrayants jumeaux, Edwin.

— Faites-nous des tours de magie.

— Attention à ne pas les fâcher, Ruby !

Joel avait fait une grimace, évitant de croiser mes yeux.

— Il s'est passé quelque chose de bizarre, ici, le jour où ils sont nés, c'est tout, avait-il marmonné.

J'expire et mon souffle trouble la surface de l'eau. Il s'est passé quelque chose de bizarre, ici, le jour où nous sommes nés.

Je m'étais attendue à ce qu'Edwin les interrompe pour leur expliquer que ce jour-là était en fait le jour où notre mère était morte, pour mettre un terme à leurs taquineries et les faire culpabiliser. Mais il avait ri avec eux. Et plus ils nous tourmentaient, plus j'avais envie de pleurer. N'y tenant plus, je m'étais levée d'un bond, renversant un verre posé sur la table basse à côté de la piscine, et, les mains plaquées sur mes oreilles, j'avais couru jusqu'à ma chambre. Je m'étais jetée sur le lit, en larmes, et, à la pensée que Danny avait été capable de participer allègrement à leurs plaisanteries, mes sanglots avaient redoublé d'intensité.

Après cet événement, j'avais évité Joel pendant des mois, même après avoir appris par Edwin que, ce jour-là, il était triste et préoccupé, car il venait tout juste d'apprendre que son grand-père souffrait de démence sénile. Je l'avais ignoré, malgré les messages que Vera me laissait sur la console dans l'entrée pour me dire que Joel avait encore téléphoné, est-ce que je pouvais le rappeler ? Et même si je pensais à lui tous les jours, je ne lui avais pratiquement plus adressé la parole pendant presque deux ans.

Et puis, comme si cela ne suffisait pas, j'avais trouvé le moyen d'aggraver encore la situation.

Lors de la fête de fin d'études d'Edwin, j'avais bu trop de cidre bouché. Ivre, je m'étais soudain jetée sur Joel et je l'avais embrassé devant tous les amis de mon frère. Dans la confusion qui s'était ensuivie, Ralph Luckhurst, interprétant mal la situation, l'avait frappé. Après cette soirée, Joel n'avait plus jamais essayé de me parler.

Maintenant, il habite le village et travaille comme médecin généraliste remplaçant, tout en cherchant un poste permanent. Je suppose que cela lui permet en même temps de surveiller son grand-père lorsque ses parents s'absentent. Devant les autres, quand nous ne pouvons pas l'éviter, nous échangeons des politesses, et personne ne pourrait deviner une quelconque tension entre nous. Simplement, nous ne sommes plus amis.

Je me rince le visage puis retire la bonde de la baignoire. L'eau est en train de refroidir, et je refuse de gâcher un instant de plus à penser à Joel Harris.

Les lutins jumeaux nés en été. Les lutins jumeaux de Summerbourne. Je réfléchis, tout en me séchant les cheveux et en passant une robe. *Il s'est passé quelque chose de bizarre, ici, le jour où ils sont nés.* Maman croyait que quelqu'un voulait prendre son bébé. Elle a posé pour une photo avec un seul de nous. Elle a accouché ici, à Summerbourne, sans l'aide d'une sage-femme. Mais n'était-ce pas imprudent, pour une naissance de jumeaux ?

Je regarde mon reflet dans le miroir. Serait-il encore possible, après toutes ces années, de mettre la main sur le dossier médical de ma mère ? L'ironie étant qu'en tant que médecin, Joel serait bien placé pour répondre à cette question. Mais je ne vais pas me précipiter en bas pour l'interroger. Je prendrai plutôt rendez-vous au cabinet médical du village, lundi matin. Pamela Larch, l'infirmière, y travaille depuis toujours et connaît tout le monde. Elle pourra peut-être m'aider.

6

Laura

Septembre 1991

Dès l'instant où Alex bondit hors de sa voiture de sport jaune, qu'il venait de garer devant l'entrée, je ressentis la vibration d'un courant secret entre lui et Ruth, un courant fébrile, palpitant sous la surface de leurs politesses et de leurs échanges gênés.

— J'ai le cottage ! proclama-t-il.

Il agita un jeu de clés d'une main, tout en levant une bouteille de champagne de l'autre.

— Et je me suis rendu compte ce matin, poursuivit-il, que cela fait dix ans que nous sommes amis. C'est incroyable, non ?

Dominic lui prit la bouteille et lui donna une tape amicale dans le dos alors que Ruth faisait un pas vers lui pour l'embrasser sur les joues. Edwin dansait autour d'eux.

— Dix ans depuis la semaine de bizutage ? Seigneur ! Nous devenons vieux, plaisanta Dominic.

Alex prit un bouquet de fleurs sur le siège passager et Ruth sourit.

— Des freesias. Elles sont très belles, dit-elle en enfouissant son visage dans les pétales jaunes et orange.

— Et des roses, précisa-t-il.

Edwin traînait des pieds sur le gravier et Alex se frappa le front en un geste exagéré.

— J'avais presque oublié le cadeau le plus important.

Il invita l'enfant à inspecter la voiture : sous les sièges et dans la boîte à gants. Edwin parvint à le convaincre d'ouvrir le minuscule coffre de l'Alfa Romeo, où il trouva un camion-benne miniature, avec lequel il partit en courant vers le bac à sable.

Un peu hésitante, je me tenais à l'écart, sur le seuil, jusqu'à ce que Dominic m'appelle pour les présentations. Alex prit ma main entre les siennes.

— Ravi de faire votre connaissance, Laura

Il souriait encore des pitreries d'Edwin.

Moins grand que Dominic, il avait les épaules plus larges, les bras musclés, et une poignée de main étonnamment douce. Nous nous tenions tous les trois en cercle autour de lui, comme transis. Il ferma les yeux pendant un instant, inspira.

— Ah, l'air de Summerbourne est incomparable.

— C'est tellement vrai, acquiesça Dominic. Ça fait un bien fou de s'enfuir sur la côte après une semaine au bureau. Tu sais, tu as lancé une nouvelle tendance – les Mellard ont visité une maison à rénover, la semaine dernière, plus près de la plage que la tienne. Apparemment, elle a un énorme potentiel.

— Et c'est un gouffre financier, je pense, commenta Alex avec un sourire.

— Les Mellard débarquer ici tous les week-ends ? maugréa Ruth. Nous devrons nous sauver en ville !

Les deux hommes éclatèrent de rire.

Un peu en retrait, je les regardai franchir la porte et se diriger vers la cuisine, absorbés dans une discussion animée à propos d'agents immobiliers, de notaires et d'experts géomètres. Dominic proposa d'ouvrir le champagne sans attendre.

Après avoir traversé furtivement l'entrée, je rejoignis Edwin dans le jardin, au bac à sable, et nous bavardâmes tranquillement jusqu'à ce que Ruth surgisse sur le seuil de la porte de la cuisine et nous lance :

— Cinq minutes ! Êtes-vous prêts, tous les deux ?

Je hochai la tête et elle disparut à l'intérieur.

— Peux-tu prendre mon camion, mademoiselle Laura Silvey ? me demanda Edwin en me tapotant le bras de sa main poisseuse de sable.

Il essayait de me faire sourire et je le pris dans mes bras, couvrant mon T-shirt de sable.

— Bien sûr, charmant petit garçon.

Nous nous partageâmes les sacs contenant le nécessaire pour le pique-nique et descendîmes sur la plage. Prenant la direction des opérations, Ruth disposa des couvertures et des glacières, puis se déchaussa et prit place sous le parasol au tissu délavé que Dominic et Alex avaient trouvé dans la tour. Le vernis rose corail de ses ongles s'harmonisait parfaitement avec sa robe.

À plusieurs reprises, Edwin demanda à ses parents de le laisser jouer dans le dériveur léger, emprunté à un des voisins, qui reposait au pied de la falaise.

— Papa t'emmènera faire un tour plus tard, mon chéri, dit Ruth. Pourquoi ne vas-tu pas explorer les baignoires dans les rochers avec Laura ?

Elle était encadrée par Dominic et Alex, qui venaient de s'asseoir à ses côtés. Ils levèrent la tête vers moi et, durant un instant, me regardèrent tous les trois en plissant les yeux. Je saisis la main d'Edwin.

— Allons-y ! dis-je au petit tout en ramassant un seau et une épuisette.

Nous filâmes en direction des rochers. Tandis qu'Edwin jouait dans la première baignoire, je m'assis, tournant le dos aux autres et baissai la tête pour ne pas entendre leurs rires. Même s'ils m'avaient proposé de rester, je n'aurais pas souhaité me joindre à eux. Je n'avais aucune envie de partager leur conversation sur les prix du mètre carré, ou leurs blagues d'amis intimes, ou leur champagne.

Edwin scrutait mon visage d'un œil soucieux.

— N'oublie pas ta crème solaire, me recommanda-t-il.

— Trouvons le crabe le plus grand qui existe, le défiai-je.

Je me mis au travail, déplaçant des pierres pour le laisser pêcher avec son épuisette, et me cassai des ongles. Au bout d'un moment, Dominic approcha de son pas nonchalant pour admirer les trésors d'Edwin et nous annoncer que le déjeuner était prêt.

Alex décréta que le pique-nique était un triomphe. Ce n'était pas le mot que j'aurais employé. Des feuilletés flasques farcis de crevettes ramollies, trop gros pour pouvoir les introduire dans la bouche en un seul morceau, trop fragiles pour y enfoncer les dents. Une salade de riz sauvage granuleuse, des sandwichs à la croûte un peu trop croustillante et presque vides à l'intérieur. Edwin et moi, assis sur notre couverture, dévorâmes à nous deux tous les pilons de poulet rôti froid.

Je refusai poliment le verre de champagne que Dominic me tendit, mais je regardai à la dérobée Ruth et Alex savourer lentement le leur. Dominic, quant à lui, avala le sien d'un trait et s'en servit aussitôt un deuxième.

Quand il en fut à son troisième, Ruth l'arrêta.

— Ne crois-tu pas que tu devrais réserver ça pour après la virée en Topper ?

— Très bien. Je te laisse vingt minutes pour digérer ton repas, jeune homme, dit-il en se tournant vers Edwin, puis nous sortirons le bateau, d'accord ?

Le petit sauta de joie.

— Je vais courir jusqu'aux baignoires vingt fois. Regarde-moi, oncle Alex !

— Où trouve-t-il toute cette énergie ? demanda Alex, le suivant des yeux.

Ruth croisa mon regard et nous échangeâmes un bref sourire.

— Dieu seul le sait, commenta-t-elle.

À la fin, Edwin perdit le compte, ralentit et finit par se jeter sur la couverture aux pieds de Ruth.

— La prochaine fois, nous apporterons du café. J'aurais dû prendre un Thermos, dit Dominic en bâillant.

Ruth évita de croiser son regard.

Secrètement, j'étais d'accord avec lui, même si j'aurais préféré du thé.

Alex aida Dominic à traîner le dériveur près du rivage, puis ils se débarrassèrent de leurs vêtements et, en maillots de bain, le firent glisser sur le ressac ; Edwin se blottit au milieu, emmitouflé dans un gilet de sauvetage orange, puis les deux hommes poussèrent l'embarcation vers les eaux plus profondes.

Ruth s'étira dans son petit carré d'ombre, s'appuya sur les coudes et soupira.

— N'est-ce pas une journée magnifique ?

J'entourai mes genoux de mes bras. Sans répondre, je regardai Alex qui immobilisait le dériveur pour permettre à Dominic de monter à bord. La brise transportait la voix stridente d'Edwin qui ne cessait de jacasser ; l'embarcation semblait fragile sur la surface un peu agitée de la mer, mais, à ma grande surprise, Edwin ne montrait aucun signe d'appréhension.

— Il aimerait avoir des enfants.

Je savais de qui elle parlait. Je hochai la tête et enlevai mes lunettes de soleil pour nettoyer une trace de crème solaire sur l'un des verres, un peu déstabilisée par cette incursion dans les secrets d'Alex. Pourtant, j'avais envie d'en entendre davantage. Ruth bâilla, puis sirota encore un peu de son champagne.

Dominic s'affaira autour de la voile et, soudain, le dériveur prit vie, bondissant sur les vagues, laissant Alex sur la rive. Edwin, bien à l'abri dans le creux du bateau, poussa des cris de joie tandis que Dominic virait, lançant le bateau vers l'avant. Ruth applaudit et nous les regardâmes zigzaguer sur la mer pendant un moment.

Alex sortit de l'eau et leva les mains.

— Ton fils est dopé à l'adrénaline ! déclara-t-il en se séchant les cheveux avec une serviette.

Des gouttes d'eau salée tombèrent sur les restes du pique-nique. Ruth lui tendit un verre et il s'assit à côté d'elle.

Je fixai mon regard sur la petite embarcation qui faisait des allers-retours, mes orteils enfouis sous le sable au bord de la couverture.

— Alors, Alex, est-ce que je dois t'accompagner faire du shopping, proposa Ruth, histoire de m'assurer que tu ne transformes pas ton cottage en une garçonnière lugubre ?

— Pour le moment, le cottage est aux antipodes d'une garçonnière, répondit-il en riant.

— Je suis sûre qu'il y a beaucoup de choses à faire niveau décoration.

Leurs pieds se trouvaient dans mon champ de vision : ceux de Ruth, pâles et délicats avec leurs ovales roses, ceux d'Alex, bruns et lisses, aux ongles coupés droit. À un moment, il lui parla à voix basse et elle se pencha vers lui. Je vis ses pieds effleurer son tibia et je ressentis la morsure de la jalousie.

Le dériveur approcha de la rive et Dominic glissa dans l'eau pour le tirer sur le sable. Des pleurs étouffés parvinrent jusqu'à nous. Je me levai d'un bond et allai à leur rencontre. Dominic me passa Edwin, que je pris dans mes bras.

— J'ai bu la tasse, sanglotait-il.

Je le posai sur le sable et l'enveloppai dans une serviette, tandis qu'Alex perçait une brique de jus de fruits avec une paille et la lui tendait.

— Pas de chance, Edwin, dit Dominic, tu t'en étais très bien sorti jusque-là. C'était une vague géante, celle qui t'a eu.

Edwin renifla, hochant la tête, et Dominic se servit un peu de champagne avant de s'allonger sur la couverture, en exhalant un soupir bruyant.

— Je vous proposerais bien de vous emmener faire un tour, Laura, mais cette sortie m'a achevé, dit-il les yeux mi-clos.

— Chéri, c'est le champagne qui t'a achevé, intervint Ruth.

Dominic leva la tête pendant un instant.

— Alex peut vous emmener, si cela vous dit ? N'est-ce pas, Alex ?

Il cala sa tête, la tournant à gauche et à droite afin de modeler le sable en un oreiller confortable.

— Notre Laura, reprit-il, est une vraie nageuse, une athlète accomplie.

Je plissai le front et frottai du sable qui collait à mes chevilles.

Ruth poussa gentiment Alex de son pied.

— Vas-y, Alex.

— Vous ne pouvez pas vivre à Summerbourne sans apprendre à naviguer en Topper, décréta Dominic, les yeux bien fermés.

Alex me scruta.

— Avez-vous déjà fait des balades en dériveur ?

Je secouai la tête.

Il se leva, s'étira. Et me tendit la main.

— On y va ?

Ruth se rappuya sur les coudes avec un sourire serein, les yeux cachés par d'immenses lunettes de soleil à la monture rose. Je m'extirpai gauchement de mon short et de mon T-shirt, tirant machinalement sur mon maillot de bain noir. J'aurais aimé porter quelque chose de plus joli. J'avais perdu du poids quand j'étais tombée malade quelques mois auparavant et n'avais pas pu depuis m'entraîner à la piscine, si bien que mes os saillants et ma silhouette flasque me complexaient.

Je me concentrai sur le bateau afin d'aider Alex à le pousser dans l'eau. Lorsqu'il attrapa mon coude pour m'aider à monter, la brise me coupa le souffle.

— Comment vous sentez-vous à bord ?

Je regardai la surface scintillante de la mer, les mèches sombres de ses cheveux, son sourire un peu hésitant.

— Pas rassurée.

Il rit et, après avoir pris son élan, se hissa à côté de moi.

— Détendez-vous et penchez-vous avec moi. Vous allez apprendre en un rien de temps.

Dès que la voile se déploya, nous fumes livrés aux éléments. Le courant, impatient, faisait gîter la coque, menaçant de nous renverser, mais le vent s'empara de nous, nous projetant au ras des vagues, fouettant nos cheveux. Les embruns reflétaient la lumière du soleil ; tout miroitait. Sa cuisse pressée contre ma cuisse, son épaule contre mon épaule, la chaleur qui émanait de son corps gonfla mon cœur d'allégresse. Nous nous penchions ensemble, nos mouvements synchronisés, pour contrer la traction de la voile tandis que le dériveur filait sur l'eau. Alex jeta la tête en arrière et rit, les yeux tournés vers le ciel. Et je m'appuyai plus fort à lui, effrayée par la puissance du vent, impressionnée par sa capacité à le maîtriser sans aucun effort visible, tout en gardant le cap.

— Ça vous plaît ?

— J'adore !

Plus tard, quand ce fut terminé, alors qu'immergés dans l'eau jusqu'à la poitrine nous traînions l'embarcation vers la rive, il me demanda si tout se passait bien à Summerbourne.

— Êtes-vous tombée sous le charme du couple parfait ? Vous traitent-ils bien ?

Une lueur intense, fugace, s'était allumée dans ses yeux. Sa question me prit au dépourvu et je me limitai à hocher vaguement la tête.

Ni Dominic ni Ruth ne quittèrent leurs places pour venir nous aider à tirer le bateau sur le sable, mais ils nous accueillirent avec des sourires et des félicitations.

— Bravo ! Qu'en pensez-vous, Laura ? On vous a convertie ? demanda Dominic.

Ruth me lança une serviette, puis indiqua d'un geste le petit garçon qui dormait à côté d'elle.

— Nous avons réussi à l'épuiser, ajouta-t-elle.

Elle me passa un gobelet de limonade fraîche et chassa

quelques grains de sable de l'épaule d'Alex, qui venait de s'écrouler près d'elle.

— C'était exaltant, dit-il, splendide. Je serai peut-être obligé de revenir ici tous les week-ends, s'il continue à faire aussi beau.

— Et en hiver aussi, plaida-t-elle, les doigts posés sur le bras lisse d'Alex. Viens me voir aussi en semaine, de temps en temps. C'est tellement ennuyeux ici, et pénible, parfois.

— J'aime ta façon de feindre d'être coincée ici contre ta volonté, chérie, grommela Dominic, allongé à plat ventre. Tu sais que ta mère convoite un de ces luxueux appartements à Kensington. Nous pouvons déménager à Winterbourne quand tu le souhaites.

Ruth orienta le bord de son chapeau pour cacher son visage à son mari.

— Tu sais bien ce que je pense de Londres. Ici, c'est beaucoup mieux pour Edwin.

Dominic se tourna, prit appui sur un coude et souleva le couvercle d'une glacière.

— Une bière ? proposa-t-il en sortant une bouteille.

Alex refusa d'un geste de la main.

— Promets-moi que tu viendras de temps en temps en semaine, pendant l'hiver, insista Ruth en fronçant les sourcils.

— Tu sais, j'ai quand même une vie, à Leeds. Quelque chose qui s'appelle le travail. Je ne peux pas passer ma vie en voiture à faire des allers-retours sur l'autoroute.

Il se tut, prit une profonde inspiration comme s'il était sur le point d'en dire plus, mais il changea d'avis.

— Même si j'aimerais passer tout mon temps libre ici, avoua-t-il dans un petit rire.

— Viens vivre ici, alors, suggéra Ruth.

Il fit une grimace.

Une mouette se posa sur le bord de ma couverture, me faisant sursauter. Elle attrapa de son bec un petit morceau de gâteau qui traînait, puis partit plus loin pour le déchiqueter sur le sable. Ruth se leva d'un bond.

— Bon, il est temps de remonter. Je ne peux pas supporter cette chaleur une minute de plus.

Elle ramassa des assiettes en papier et des déchets pour les mettre dans les glacières dont elle ferma les couvercles d'un coup sec.

— Ruth, Edwin est en train de dormir, tenta de la raisonner Dominic.

— Tu peux le porter, non ?

— Oui, mais je ne peux pas porter Edwin et tout le reste.

— Eh bien, tu pourras revenir chercher tout le reste.

Elle prit un sac et son chapeau, puis partit au pas de charge en direction de l'escalier, criant derrière elle :

— J'ai mal à la tête. Je vous reverrai après, à la maison.

— Désolé, les amis, marmonna Dominic.

— Veux-tu que je prenne Edwin ? proposa Alex.

— Non, ça va. Je le porterai. Si vous pouvez prendre chacun un sac ou deux, je reviendrai chercher le reste plus tard.

Nous n'échangeâmes pratiquement pas un mot sur le chemin du retour. Une fois arrivée en haut des marches, je trébuchai. Alex fit un pas vers moi pour m'aider à me stabiliser, les bouteilles dans la glacière qu'il portait s'entrechoquèrent dans un fracas de verre.

Il attendit que je retrouve mon équilibre et, devant son sourire, je sentis mon cœur s'emballer. Je murmurai des excuses, mais la chaleur que le contact de sa peau contre la mienne avait allumée en moi persista alors que je remontais le sentier de la falaise, traversais le bois, puis le jardin aux parterres bien soignés de dahlias rouges et d'asters en forme d'étoiles.

Les portes donnant sur la pelouse étaient ouvertes, le chapeau de Ruth abandonné sur la table de la cuisine. Dominic proposa un verre, mais Alex refusa.

— Merci, mais je vais partir. Je dois rentrer chez moi, le cottage n'est toujours pas meublé, pour le moment.

— Tu peux dormir ici, répondit-il tout en faisant un geste vague de la main.

Mais Alex secoua la tête.

— Nous avons passé une très belle journée. Vraiment. Ravi d'avoir fait votre connaissance, Laura. Appelle-moi dans la semaine, Dom.

Et il s'en alla. Edwin commençait à se réveiller et je proposai de lui préparer des galettes au beurre pour son goûter, puis de l'emmener dans la salle de jeux pour une activité au calme pendant une heure ou deux, avant l'heure du coucher.

— Vous êtes sûre que cela ne vous dérange pas ?

— Pas du tout.

— Merci, Laura. À propos, je vous ai apporté la lampe pour votre chambre. Elle est dans le coffre de ma voiture, j'irai la chercher après.

Il gagna l'entrée d'un pas traînant, puis monta à l'étage. Je repensai à toutes les affaires de pique-nique abandonnées sur la plage.

Les lunettes de soleil d'Alex émergeaient d'un sac, d'entre des serviettes. Je les pris et les posai sur le bord de la fenêtre de la cuisine.

Avec un peu de chance, il ne tarderait pas à venir les chercher.

7

Seraphine

Le lundi matin, debout aux aurores, je pars de Summerbourne à pied, une bonne demi-heure avant le rendez-vous avec Pamela Larch, au cabinet médical. Je connais Pamela depuis toujours. J'espère donc qu'elle ne m'en voudra pas de ne pas avoir communiqué la raison de ma consultation à la réceptionniste dont je me souviens très bien. Et pour cause : Hayley Pickersgill, qui avait 8 ans à l'époque, m'avait un jour demandé pourquoi je ne ressemblais pas à mon frère jumeau. Et s'il était vrai qu'une malédiction pesait sur Summerbourne, que les sorcières avaient enlevé les vrais enfants de ma mère et que celle-ci leur avait vendu son âme pour les récupérer.

— Mais les sorcières ont quand même pris les vrais jumeaux, avait-elle murmuré, les yeux ronds. Et les fées les ont échangés contre toi et Danny, des bébés lutins. C'est vrai ?

J'avais été exclue de l'école pendant trois jours après lui avoir flanqué un coup de poing. Je lui avais cassé une dent. Même si Danny m'avait dit plus tard qu'il s'agissait d'une dent de lait prête à tomber. Papa était rentré de Londres pour s'entretenir avec le professeur principal et, quand, enfin, j'avais été admise de nouveau en cours, Hayley avait raconté à tout le monde que j'étais cinglée. Je n'avais que 6 ans, mais, après cet épisode, pendant longtemps, plus personne au village ne m'a invitée aux fêtes d'anniversaire.

J'écarte Hayley Pickersgill de mes pensées. La brume de tout à l'heure s'est dissipée, révélant un ciel bleu dans lequel flottent de hauts nuages effilés, et il fait déjà chaud. La haie qui borde le chemin bourdonne d'insectes et, en approchant, j'aperçois Michael, assis dans le jardin devant son cottage. Ses cheveux blancs sont toujours aussi épais, mais il a l'air de plus en plus chétif et son visage est presque décharné. Je lève une main hésitante pour lui dire bonjour.

— Je vais défaillir ! C'est un des lutins jumeaux de Summerbourne, s'exclame-t-il lorsque j'apparais dans son champ de vision.

C'est tellement inattendu que je trébuche. Ce surnom me faisait bondir quand j'étais petite, mais l'entendre de nouveau de la bouche de Michael me fait réfléchir à son origine. Je m'appuie contre la grille et le vois plisser le front, comme s'il était en proie à une vive inquiétude.

— Je suis Seraphine, monsieur Harris, Seraphine Mayes.

Il fait une grimace, me fixe d'un regard effaré qui me trouble.

— Es-tu venue pour… pour quoi déjà ?

— Non, non, je ne fais que passer. J'ai entendu dire que Joel habitait chez vous en ce moment ?

À cet instant, la tête de Joel surgit à l'une des fenêtres du premier étage.

— Oh, c'est toi, dit-il. Attends, je descends.

Michael et moi patientons dans un silence gêné et, quand il émerge enfin, se baissant pour passer sous la porte d'entrée, très basse, mon pouls s'accélère.

— Bonjour, Seraphine.

Il porte un short et un maillot gris froissé, de vieilles baskets usées. C'est la deuxième fois que je le vois, cette année. Tout en feignant la plus grande indifférence, j'essaie de m'imprégner de chaque détail. On dirait qu'il va me serrer la main par-dessus la grille, puis, de toute évidence, il change d'avis et l'enfonce dans sa poche.

— Tu ne travailles pas, aujourd'hui ?

Comme si je le soupçonnais d'avoir une salle d'attente pleine de patients à l'étage, dans le cottage de son grand-père. Même Michael semble légèrement déconcerté par ma question.

— Euh, non. J'ai pris quelques jours de congé. Je donne un coup de main à papi pendant que mes parents sont absents.

Il plisse les yeux et me scrute. Et, sous son regard, je me fais toute petite. Une pensée me traverse l'esprit : Edwin lui a probablement demandé de me surveiller un peu, et lui a peut-être dit que, depuis quelque temps, je me comporte bizarrement.

— Et toi ?

— Je vais au cabinet médical. J'ai un rendez-vous.

Je me reprends. *Tais-toi, Seraphine. Ça ne le regarde pas.*

— Je t'emmène en voiture ? propose-t-il.

— Non, non, ça va, j'ai envie de marcher.

— Bon, OK. Dis-nous si tu as besoin de quoi que ce soit.

En guise de réponse, je fais un petit geste de la main et me remets en route. Je suis fâchée contre moi-même et contre les Harris, grand-père et petit-fils. Certes, Joel et moi ne pourrons jamais retrouver notre vieille amitié. Mais, déjà, si ces deux-là m'épargnaient certains surnoms, ou s'ils ne conspiraient pas avec mon frère dans le but de m'espionner, nous pourrions instaurer un rapport de voisinage plus agréable.

La minuscule salle d'attente du cabinet médical est vide. Je remarque le sourire forcé d'Hayley Pickersgill et, menton levé, je passe majestueusement devant elle. Je m'arrête devant un panneau dont j'étudie les affiches, chacune fixée soigneusement à l'aide de punaises. À l'extrémité de mon champ de vision, Hayley remue les doigts et sourit, radieuse, à une bague étincelante. Je me souviens alors que Vera a mentionné qu'elle s'était récemment fiancée à Ralph Luckhurst. Il m'est difficile d'ignorer le nœud qui me serre la gorge. Il fut un temps où

Ralph me disait que j'étais la fille la plus belle du monde. Il mérite bien mieux qu'Hayley Pickersgill.

Pamela m'appelle, m'invitant à la rejoindre dans son bureau. C'est une femme souriante, d'une grande gentillesse, que j'ai toujours aimée, même quand, petits, elle nous faisait ces épouvantables vaccins. Après, elle nous offrait toujours des bonbons au chocolat.

— Seraphine, quel plaisir de te revoir. Debout, dans la salle d'attente, tu ressemblais tellement à ta chère maman. Je suis désolée pour ton papa, ma belle, c'est un terrible accident. Martin et moi sommes venus aux obsèques, je ne sais pas si tu nous as vus ?

Je hoche la tête.

— Merci pour votre soutien. Ça compte beaucoup pour nous.

Je me rappelle soudain l'une des vieilles histoires de Michael, selon laquelle Martin, enfant, était un petit voyou que ma grand-mère avait pris sous son aile après avoir mis fin à l'une de ses bagarres – les gants blancs de Mme Blackwood étaient couverts du sang qui coulait du nez de Martin Larch, disait Michael.

— Une cérémonie si émouvante, poursuit Pamela. J'ai discuté un peu avec Edwin à l'église. C'est un jeune homme charmant. Et Danny a l'air de bien apprécier ces voyages à l'étranger. Comment va ta grand-mère ?

Pamela a toujours été très bavarde. Elle est d'ailleurs moins discrète à propos de ses patients qu'elle ne le croit. Mais cela, en l'occurrence, ne peut qu'aider ma cause.

— Elle va bien, merci.

Pamela sourit et le coin de ses yeux se plisse.

— Alors, qu'est-ce que je peux faire pour toi aujourd'hui, ma belle ?

— Je cherche le dossier médical de ma mère.

Elle se redresse sur sa chaise, surprise.

— Pour quelle raison ?

M'humectant les lèvres, je réponds :

— Je voudrais surtout des informations concernant ses grossesses. Voir si elle a eu des complications, comment se sont passés ses accouchements. Au cas où j'aurais besoin de savoir certaines choses dans le… futur.

Son regard se pose sur mon ventre. Elle réfléchit, l'air soudain très professionnel, mais, derrière ses yeux qui m'observent, je sens toute sa curiosité de commère du village. Je lève les mains, paumes retournées vers le ciel.

— La plupart des femmes… Eh bien, elles peuvent poser des questions à leur mère. Mais moi, hélas…

Elle serre ses lèvres.

— Évidemment, ma belle. Je comprends. Mais j'ai bien peur que le dossier de ta maman n'existe plus. À l'époque, nous ne disposions que de documents papier, qui étaient… Après la mort d'un patient, ils sont détruits, tu sais. Disons un an ou deux après. Nous n'avons pas de place pour tout conserver à long terme.

Me prenant au dépourvu, elle se penche en avant pour me tapoter la main. Mais dès qu'elle m'effleure, je recule instinctivement. Elle se raidit. Submergée par une vague de déception, je ferme les yeux, mais une larme coule sur ma joue.

Elle approche sa chaise de la mienne et, d'un geste plein d'empathie, bien rodé par des années de pratique avec ses patients, elle me tend un mouchoir en papier. Sans me toucher, cette fois.

— Courage, ma belle, ne t'inquiète pas comme ça. Que voulais-tu savoir en particulier ? Je peux peut-être t'aider.

Je me tamponne le nez.

— Je suppose que les comptes rendus des échographies faites à l'hôpital ont aussi été détruits ?

Elle acquiesce d'un signe de la tête, ses yeux écarquillés rivés aux miens.

— Connaissiez-vous bien ma mère à la période où elle était enceinte de nous… de Danny et moi ?

Elle se redresse sur sa chaise avec un petit soupir de satisfaction. Je suis sûre qu'elle sera toute contente de raconter notre conversation à Martin, ce soir. Il est inspecteur de police, le « *bad boy* » du village qui s'est racheté une conduite. En cas de problèmes ou catastrophes locales. Pamela et Martin sont forcément au courant avant tout le monde.

— Ah oui. Et même avant, quand elle attendait Edwin et Theo. De si beaux petits garçons. Quelle tragédie, dit-elle en soupirant une nouvelle fois bruyamment. Lors de sa deuxième grossesse, elle n'avait pas voulu consulter le Dr Motte ni aucun autre médecin. Après Theo, elle ne faisait plus confiance aux docteurs et aux hôpitaux. Tu sais, ils lui avaient dit que Theo avait des chances de s'en sortir, après sa chute. Tes pauvres parents n'ont pas quitté sa chambre pendant une semaine avant que la décision soit prise de débrancher le respirateur artificiel. Quelle épreuve pour eux !

— Je l'ignorais, dis-je dans un souffle.

Et, à mon avis, Edwin aussi... J'aurais préféré ne pas savoir.

— Alors, pour sa deuxième grossesse, il n'y a pas eu de suivi médical ?

— Laisse-moi réfléchir… Je crois qu'elle a quand même fait une échographie dans un hôpital privé, à Londres. Elle ne voulait pas de sages-femmes locales. Je sais aussi qu'elle voulait que le bébé naisse à la maison. Enfin, les bébés, évidemment, puisque vous étiez deux.

Elle rit, sans s'apercevoir de la troublante étrangeté de sa dernière réflexion. J'en ai la chair de poule. Le plus discrètement possible, je prends une profonde inspiration.

— Alors… elle attendait un seul bébé ?

— Eh bien, oui. Du moins, c'est ce qu'elle disait aux gens. S'ils avaient su qu'elle attendait des jumeaux, ils l'auraient obligée à se faire suivre, je pense. Alors qu'elle voulait avoir la paix et accoucher à la maison. Elle devait savoir que l'hôpital privé de Londres n'interférerait pas, ou ne chercherait même pas à vérifier.

Je souffle, sentant la tension dans mes épaules se relâcher.

— Je lui avais promis que, si elle avait besoin de moi, j'irais l'aider pour l'accouchement. Elle ne voulait pas d'inconnus autour d'elle. Bien sûr, ajoute-t-elle en me jetant un regard perçant, j'aurais appelé des renforts, conscience professionnelle oblige.

Je lui décoche mon sourire le plus rassurant.

— Vous êtes arrivés en avance, finalement, poursuit-elle. À quelle date ?

— Le 21 juillet.

— Ah, oui. Nous vous attendions à la fin août. Mais, pour des jumeaux, vous vous êtes bien approchés du terme, et votre chère maman a eu l'accouchement qu'elle souhaitait.

— Vous nous avez vus, ce jour-là ? Après...

Elle s'incline vers moi, sûrement avec l'intention de me tapoter de nouveau la main, mais se reprend à la dernière minute.

— Oh, ma chérie. Oui, je vous ai vus. J'ai accouru dès que j'ai appris la nouvelle. Ta pauvre, pauvre mère. C'était atroce. Et vous, si petits – enfin, tu étais plutôt robuste, mais, mon Dieu, ton frère n'était qu'une minuscule crevette. Ils ont envoyé trois ambulances, et même des camions de pompiers – tu sais, à cause des rochers, et tout. Et puis ils ont emmené Danny à l'hôpital. J'ai proposé mon aide, mais ton père l'a accompagné et ta grand-mère est restée à la maison avec toi et Edwin. Une journée terrible.

Je l'écoute avec une partie de mon cerveau, tandis que, de l'autre, j'analyse les informations qu'elle me fournit, cherchant la question à lui poser qui me permettrait de découvrir un détail déterminant.

— Et Laura ? Que lui est-il arrivé ?

— Laura ? répète-t-elle, ébahie. Oh, Laura, la nounou ? Une chouette fille. C'était un choc épouvantable, pour elle aussi. Elle est partie pour l'université. Edwin l'aimait beaucoup, je crois. Si elle avait pu rester jusqu'à la fin de l'été, ça lui aurait fait du bien. Mais, de toute évidence, ce n'était pas possible.

Je hoche la tête. Une pensée me traverse l'esprit.

— Vous souvenez-vous d'un homme appelé Alex, qui venait souvent voir mes parents ?

Le visage de Pamela s'illumine.

— Oh, je m'en souviens très bien. On le voyait fréquemment au village, à l'époque. Il avait acheté le vieux cottage des Collison, qu'il a revendu après la mort de ta mère. Une fois, il est passé au cabinet avec la nounou et ton frère. Il était si beau ! Qu'est-il devenu ?

Elle m'encourage d'un petit coup de coude, auquel, cette fois, je ne réagis pas.

— Je ne sais pas.

Elle hausse les épaules.

— Dommage.

— Donc, il est venu ici avec Laura ?

— Oui. Edwin s'était coupé et ils l'ont emmené au cabinet. Je lui ai mis des pansements, si je me souviens bien. Ce n'était rien de grave. Un homme charmant, c'est regrettable qu'il soit parti.

— Vous souvenez-vous de son nom de famille, madame Larch ?

Elle plisse le front.

— C'était un nom indien, commençant par K. Oh, je ne m'en rappelle pas. Mais je peux demander à Martin ce soir, si tu veux. Il a une mémoire d'éléphant, cet homme.

— Oui, s'il vous plaît, madame Larch, dis-je en me levant. Et tenez-moi au courant dès que vous le pouvez. Je vous laisse mon numéro.

Pendant que je le note, je m'aperçois qu'elle me regarde d'un air intrigué.

— Je suis désolée de ne pas pouvoir t'aider pour le dossier médical de ta maman, ma belle.

— Honnêtement, vous m'avez été très utile. Vous me direz ce dont Martin se souvient ?

Je lui tends le bout de papier avec mon numéro et elle le prend, hochant la tête.

En sortant du cabinet dans la lumière vive du matin, je me sens plus légère. Ma mère avait voulu un accouchement simple, non médicalisé, à la maison ; elle avait donc dit à tout le monde qu'elle était enceinte d'un seul bébé, même si elle savait qu'elle attendait des jumeaux. Laura avait quitté Summerbourne parce qu'elle devait commencer ses cours à l'université. Pamela en a parlé comme d'une fille bien. Ce qui est arrivé n'a pas pu être sa faute.

Je traverse le village, saluée par plusieurs personnes. Des gens qui vivent à quelques kilomètres de la maison où je suis née, des gens qui m'ont vue bébé, enfant, écolière avec des nattes. Des gens qui sont venus à l'enterrement de mon père il y a trois semaines, qui sont venus à l'enterrement de ma mère il y a vingt-cinq ans. D'un geste de la main, je dis bonjour à Helen et à Daisy Luckhurst qui passent à côté de moi en voiture. Puis, après avoir laissé les dernières maisons derrière moi, je lève le visage vers le ciel et me concentre sur le chant des oiseaux qui pépient dans les arbres et les haies.

Je vais retourner voir Laura, c'est décidé. Une fois arrivée dans l'allée, je sors mon téléphone de ma poche. La réceptionniste qui répond à mon appel me confirme que Laura sera au bureau toute la journée. J'irai à Londres cet après-midi pour lui parler en tête-à-tête, puis je passerai la nuit à Winterbourne. Si j'arrive à convaincre Laura de me raconter l'histoire de ma naissance, je pourrai peut-être me détendre un peu et profiter enfin d'une bonne nuit de sommeil.

De retour à la maison, je commence à préparer mes affaires lorsque je remarque quelque chose de bizarre : mon sac. Je ne l'ai pas pris pour me rendre au village, ce matin. Il est donc toujours près du four à micro-ondes, là où je l'ai laissé quand je suis arrivée jeudi soir. Je sais que je l'ai ouvert depuis, pour en sortir la photo. Mais le fermoir est attaché. Or, jamais je n'aurais fermé mon sac alors qu'il était posé en toute sécurité sur le plan de travail de la cuisine.

Je sens mon pouls s'accélérer. Mon téléphone est dans ma poche. Mais mon portefeuille est dans ce sac et je maudis cette mauvaise habitude familiale de laisser les fenêtres ouvertes et de ne pas fermer les portes à clé. Fébrile, je défais la boucle : n'importe qui aurait pu pénétrer ici pendant le week-end.

Je vide le contenu du sac sur le plan de travail. Mon portefeuille est là. Mon permis de conduire aussi. Un document concernant l'enterrement de papa, la lettre du bureau confirmant mes congés pour deuil familial. Rouge à lèvres, brosse, lunettes de soleil. Tout y est. Je passe mes doigts sur chaque objet.

Soudain, tétanisée, je remarque qu'il manque quelque chose : la petite feuille de papier sur laquelle l'homme au nez crochu avait noté l'adresse professionnelle de Laura a disparu. Elle était dans mon sac. Ou non ? J'en suis pratiquement certaine. Sauf que, maintenant, elle n'y est plus.

8

Laura

Septembre 1991

Une atmosphère morose s'était abattue sur Summerbourne après le pique-nique. Le lendemain, la migraine de Ruth persista et Dominic partit de bonne heure pour rentrer seulement dans l'après-midi. Le rôti que le boucher du village avait livré le vendredi demeurait intact dans le réfrigérateur, et lorsque, autour de midi, Edwin et moi commençâmes à avoir faim, nous nous contentâmes d'un sandwich au fromage. Ensuite, nous allâmes dehors, dans sa cachette, avec les milk shakes à la banane et au miel que nous avions préparés.

Les nuages se profilant à l'horizon se firent de plus en plus sombres à mesure que l'après-midi avançait, ce qui nous poussa finalement à rentrer. Edwin et moi enfilâmes nos pulls lorsque la pluie se mit à tambouriner aux fenêtres de la salle de jeux.

— L'été est fini, marmonna Ruth, descendue à pas feutrés dans la cuisine pour allumer la bouilloire.

Chaque fois que j'apercevais les lunettes de soleil d'Alex sur le bord de la fenêtre, je me souvenais de la sensation de sa peau chaude qui effleurait la mienne, de l'intensité de son regard, de la façon dont, sur sa bouche, affleurait un sourire, quand il arrêtait de parler. Je repensais à combien il avait dû être proche de moi, pour réussir à m'attraper à temps avant que je ne tombe, dans l'escalier de la falaise. Et je me demandais s'il avait songé à moi depuis le pique-nique, ne serait-ce qu'une fois, me disant peu après, avec une certitude absolue, qu'à ses yeux je ne devais être qu'une étudiante naïve et maladroite. L'année précédente, je m'étais sentie si adulte, entre les bras d'un homme de six ans mon aîné, mais je ne voulais pas y repenser, et je savais que je devais arrêter aussi de rêver d'Alex.

Je brûlais d'envie de parler avec mes amies, de rire avec elles de nos toquades ridicules, de sentir que je pouvais compter sur notre promesse d'être toujours là les unes pour les autres. Elles l'avaient tenue, lorsque mon petit ami m'avait jetée dehors de son appartement, un soir, à minuit, et que le compagnon de ma mère, Beaky, avait refusé de venir me chercher. Elles l'avaient tenue, quand j'étais à l'hôpital, quand je n'avais pas pu me présenter aux épreuves de Bac, quand j'avais l'impression d'avoir gâché ma vie. Mais, maintenant, j'évoluais dans un monde différent, et mes amies aussi étaient passées à une autre phase de leur vie. Même si j'avais connu leurs nouvelles adresses et numéros de téléphone, la perspective de les appeler depuis l'entrée, où Ruth et Dominic pouvaient tout entendre, était peu attrayante.

Lorsque je me levai, le lundi matin, Dominic était déjà parti pour Londres et la migraine de Ruth avait disparu.

— Allons au village, j'ai besoin de me procurer des timbres, proposa-t-elle. Nous pourrions acheter une glace, s'il ne pleut pas.

— Même s'il pleut, maman, s'exclama Edwin en sautant sur place.

— Oui, je pense qu'on pourrait s'asseoir sous l'abri de bus pour les manger, répondit-elle en souriant.

Nous eûmes de la chance. Installés sur un banc, au square, dans la lumière voilée du soleil, nous dégustâmes nos glaces, nous défiant de les lécher jusqu'au bout des cônes et nous arrosant de pépites de chocolat. Deux vieilles dames s'arrêtèrent pour saluer Ruth. Elles évoquèrent Theo.

Edwin ne sourcilla pas et Ruth les remercia pour leur sollicitude. Je voulais lui demander si Theo était enterré dans le cimetière de l'église, derrière le square, mais je me mordis la langue. Les mots élogieux de Ruth à propos de ma discrétion persistaient dans ma mémoire.

Cette semaine-là, la menace de l'automne imminent s'éloigna au fil des jours. Je nageai dans la piscine avec Edwin et Joel, et Michael nous apprit les noms des insectes dans le dialecte du Norfolk.

Les deux petits s'amusaient ensemble et je remarquai qu'Edwin avait un rire tout particulier lors de leurs jeux, un rire que je lui entendais seulement en présence de son ami. Quand ils en avaient assez de jouer dehors, nous faisions des dragons en pâte à modeler, ou dessinions des cartes de pirates qu'Edwin entassait dans sa boîte à trésors.

Ruth accompagna Edwin à son cours de gymnastique, le mercredi, et je commençai honorablement mes révisions de chimie.

Sur le calendrier, dans la cuisine, figurait un rendez-vous pour ce vendredi-là : **réflexologie à 10 heures** – ce qui m'intrigua, puisque pratiquement toutes les autres dates de septembre étaient vides.

En feuilletant le calendrier en arrière, je remarquai que la même annotation apparaissait une ou deux fois par mois. Ruth ne mentionna pas son rendez-vous pendant le petit déjeuner, mais, au moment où Edwin et moi nous préparions pour aller cueillir des mûres, elle nous informa de sa sortie.

— Je reviens pour l'heure du déjeuner. Avez-vous besoin de quelque chose en ville, Laura ?

— Non, merci, j'ai tout ce qu'il me faut.

À peine avait-elle fermé la porte que le téléphone dans l'entrée retentit. Je regardai par la fenêtre : déjà assise au volant de sa voiture, Ruth ajustait le pare-soleil, fouillait dans son sac sur le siège passager.

— Maison Summerbourne.

— Bonjour, Laura, c'est Alex. Comment allez-vous ?

— Bonjour. Je vais bien, merci.

— J'en suis ravi. Ruth est là ?

Je vérifiai, mais la voiture avançait désormais dans l'allée.

— Elle vient de partir.

— Ah. Savez-vous à quelle heure elle sera de retour ? Je voulais passer déposer quelque chose pour elle. Je suis au cottage, mais cet après-midi je ne pourrai pas bouger, à cause de l'électricien.

— Elle va revenir bientôt. Mais je suis là, si vous voulez passer maintenant. Je veux dire, si vous voulez me laisser le paquet pour Ruth.

— Mmm, d'accord, je vais peut-être faire ça. Merci, Laura. À tout à l'heure.

Il raccrocha. Edwin apparut devant moi, chaussé d'une sandale, un seau entre les mains.

— Qui va venir ?

— C'était oncle Alex. Il veut apporter quelque chose pour ta maman.

Edwin fit un grand sourire.

— Je vais lui montrer les crocodiles que j'ai dessinés.

Il galopa jusqu'à la salle de jeux pour aller les chercher.

Je restai dans l'entrée encore un moment, observant mes joues empourprées dans le miroir. Je résistai à la tentation de filer me brosser les cheveux et passai plutôt dans la cuisine pour allumer la bouilloire, mes doigts tambourinant sur le plan de travail dans l'attente.

Ce ne fut que quarante minutes après qu'Alex arriva. Edwin, qui s'ennuyait, était parti jouer dans le bac à sable, mais il dut entendre le bruit des pneus sur le gravier, car il traversa la maison à toutes jambes et alla se poster sur le pas de la porte, tandis que la voiture s'arrêtait.

— Salut, tout le monde ! Tu deviens de plus en plus fort, jeune homme.

Edwin, sautant sur place, attendit qu'Alex ouvre le coffre de la voiture.

— Désolé, mon grand, aujourd'hui je n'ai rien pour toi. J'ai apporté quelque chose pour ta jolie maman, annonça-t-il tout en brandissant un opulent bouquet de roses, qu'il entreprit d'arranger afin d'en cacher une ou deux qui s'étaient aplaties pendant le trajet.

— Elles sont magnifiques.

Soudain, je me sentis maladroite avec mes mains appuyées sur les hanches.

— Je voulais la remercier pour le pique-nique. C'est gentil de m'avoir proposé de passer, Laura. Puis-je mettre les fleurs dans la cuisine ?

Il hésita et je me rappelai que j'étais la personne responsable de la maison, à présent. Je fis un geste pour l'inviter à me suivre à l'intérieur.

— Nous allions cueillir des mûres, oncle Alex, mais nous t'avons attendu, l'informa Edwin.

— Oh, merci à tous les deux, dit-il. Et où est-elle allée, ta maman ?

Edwin haussa exagérément les épaules.

— Elle est allée voir les charlatans, je crois.

Alex me fixa d'un air interrogatif.

Je mimai le haussement d'épaules d'Edwin.

— Une séance de réflexologie ?

J'eus comme la sensation de trahir Ruth, après son commentaire sur ma discrétion, mais je supposai qu'elle ne m'en voudrait pas de l'avoir dit à Alex.

Il rit.

— C'est comme ça qu'il les appelle, ton papa ?

— Tu viens avec nous, alors, cueillir des mûres ? lui demanda Edwin, nous regardant tour à tour.

Alex regarda sa montre.

— Où allez-vous ? À la tour ?

Je hochai la tête. Je pensai à ses lunettes de soleil posées sur le bord de la fenêtre, mais je retins mon souffle en attendant sa réponse, espérant qu'il dirait oui.

— Et si je vous tenais compagnie ?

Il s'adressait à Edwin, mais c'était moi qu'il regardait.

Je recommençai à respirer.

— Volontiers, dis-je avec un sourire.

À ces mots, Edwin poussa un cri de joie et courut chercher son seau.

Je pris les clés, puis j'hésitai.

— Je ferme, ou bien… aurez-vous besoin de passer, si jamais vous revenez avant nous ?

Il eut un petit rire.

— Ah, je vois que vous êtes comme moi – vraiment, ces gens de la campagne qui laissent tout le temps leurs maisons ouvertes, c'est agaçant. Non, ne vous inquiétez pas, fermez, et si jamais je dois rentrer, je peux toujours grimper par-dessus le mur des écuries.

Je fermai la porte, sur un petit nuage : j'étais comme lui.

— Alors, vous êtes là pour combien de temps ? me demanda-t-il alors que nous traversions le jardin. En tant que fille au pair, je veux dire. C'est un emploi à long terme ?

— Un an, dis-je en regardant Edwin qui, devant nous, avançait en sautillant vers les arbres. Je n'ai pas pu me présenter aux épreuves de Bac. J'étais à l'hôpital. Nous… J'ai décidé que ce serait une bonne idée de laisser passer un an avant de les repasser.

— Ce n'est pas exactement comme si vous deviez les repasser, non, si vous n'avez pas pu vous présenter ?

— Non, en fait…

Je chassai le souvenir de la première épreuve, à laquelle j'avais voulu participer contre l'avis du médecin. J'étais sortie en vacillant avant même que le surveillant puisse me dire que je pouvais commencer.

Alex prit une profonde inspiration et, d'un geste, engloba la végétation luxuriante autour de nous et le ciel sans nuages.

— En tout cas, vous avez choisi un endroit génial pour votre année sabbatique. Moi aussi, j'aurais bien aimé, à votre âge, faire une pause pendant ce tour de force que sont les études. Examens, entretiens, du travail et du travail, sans trêve.

Je risquai un regard dans sa direction, hésitant à lui demander ce qu'il faisait comme métier, mais Edwin disparut dans le bosquet en chantant, et Alex éclata de rire.

— Je pourrais très bien prendre une année sabbatique. Je serais un parfait garçon au pair. Que faites-vous toute la journée ? Vous cueillez des mûres, vous allez à la plage... Plutôt facile.

— Hé !

Je secouai la tête, mais je ne pus me retenir de rire. Il me posa alors des questions concernant mes projets universitaires et, tandis que je lui parlais de ma passion pour les sciences et de mon ambition de diriger un jour mon propre laboratoire de recherches, il m'écoutait avec la plus grande attention, son regard rivé au mien. En marchant, je me sentais plus grande et ma démarche se faisait plus gracieuse, portée par les immenses espoirs qu'il semblait fonder en moi et que j'étais déterminée à ne pas décevoir.

Un cri perçant déchira cet instant d'illusion et mon ventre se noua. Nous traversâmes la dernière partie du bois en courant, pour trouver Edwin effondré au sol, près de la grille, une partie du visage striée de sang.

— Fais-moi voir, Edwin, fais-moi voir !

J'essayais de maintenir immobile la tête du petit qui s'agitait maintenant dans les bras d'Alex.

— Je suis tombé, gémissait-il en pleurant.

Le sang dont mes mains étaient couvertes les rendait glissantes.

— Nous devons rentrer à la maison, je n'arrive pas à voir.

Alex porta Edwin, marchant rapidement, mais avec

précaution, et, une fois arrivés, nous l'allongeâmes sur la table de la cuisine. Entre un sanglot et un hoquet, le petit se maintint suffisamment tranquille pour nous permettre de nettoyer la blessure : une entaille d'environ un centimètre au-dessus de l'oreille droite. Comment une telle quantité de sang pouvait-elle sortir d'une plaie si petite ?

Alex et moi échangeâmes un regard.

— Je crois qu'il serait mieux de voir un médecin, il pourrait avoir besoin de points de suture.

— Je vous emmène en voiture.

— Mais elle est trop petite, il n'y a pas de place.

— Le trajet ne prendra que deux minutes et Edwin pourra s'asseoir sur vos genoux.

Quand nous arrivâmes au cabinet médical, l'infirmière nous reçut avec une extrême gentillesse. Elle désinfecta la plaie et la referma avec des pansements, puis donna une sucette et un autocollant à Edwin pour son courage.

— Est-ce que je peux en avoir, moi aussi ? plaisanta Alex.

L'infirmière lui tapota la poitrine en riant. Je grinçai des dents.

Nous allâmes nous asseoir sur un banc dans le square, laissant Edwin terminer sa sucette. Alex étira son bras sur le dossier du banc, derrière la tête du petit, de telle sorte que je n'avais qu'à me pencher un peu en arrière pour sentir ses doigts frôler mon épaule nue. Helen, l'amie enceinte de Ruth, passa à côté de nous en se dandinant et nous lança un sourire. Alex ébouriffa les cheveux du petit, puis me fit une petite grimace par-dessus sa tête.

— Ça va ? lui demandai-je.

— Je suis juste soulagé que ce ne soit rien de grave.

Le bruit strident d'un coup de frein dans la rue nous fit nous retourner. Mon cœur bondit dans ma poitrine lorsque j'aperçus Ruth qui traversait la pelouse en courant. Elle avait laissé la porte de sa voiture grande ouverte, bloquant une camionnette qui se mit à klaxonner. Alex se leva.

— Mon Dieu ! Que s'est-il passé ?

Elle tomba à genoux devant Edwin, qui sortit la sucette de sa bouche, rigolant du bruit provoqué. Le regard de Ruth passa d'Alex à moi, puis se fixa sur Alex.

— Que s'est-il passé ? répéta-t-elle, d'un ton plus bas qui me fit frissonner.

— Il a essayé d'escalader la grille et il a glissé, expliqua Alex. Nous étions sortis cueillir des mûres.

Il aida Ruth à se relever, posa une main sur son épaule, l'autre sur sa joue, avec douceur.

— Il va bien, Ruth. Ce n'était qu'une petite entaille, l'infirmière l'a nettoyée et maintenant tout va bien.

Elle se dégagea et s'agenouilla de nouveau devant Edwin.

— Dis-moi ce qui t'est arrivé, mon chéri.

— Mlle Pamela Larch m'a donné une sucette, répondit-il en la lui montrant avant de la remettre dans sa bouche.

— Mais avant cela, Edwin. Comment t'es-tu fait mal ?

Alex et moi échangeâmes un regard. Son front était plissé et j'avais envie de serrer sa main entre les miennes, de lui dire que ce n'était pas notre faute.

Edwin balançait les jambes, évitant de croiser les yeux de sa mère.

— Je suis tombé de la grille, maman. Je voulais l'escalader. Elle était fermée.

— Elle doit être fermée, mon chéri, pour que tu sois en sécurité.

Elle se leva sans nous regarder.

— Nous allons rentrer à la maison, Edwin. Jette le bâton de ta sucette dans la poubelle, s'il te plaît.

— Ruth…, commença Alex, mais elle l'interrompit.

— Il est tout ce qu'il me reste, Alex, cracha-t-elle.

Edwin, qui avait fait ce qu'elle lui avait demandé, était revenu et avait mis sa petite main dans celle de sa mère. Ensemble, ils se dirigèrent vers la voiture.

Je fixai le dos de Ruth, ma patronne, qui s'éloignait.

— Allez avec eux, m'encouragea Alex.

Je les suivis. Tandis que Ruth installait Edwin sur son siège, je fis le tour de la voiture et me glissai sur la banquette arrière. Elle ne fit aucun commentaire et ne dit pas un mot pendant le trajet.

Une fois de retour à Summerbourne, quelque chose m'empêcha de m'excuser, mais je lui pressai doucement le bras.

— Allez vous asseoir, Ruth, je vous prépare une tasse de thé.

Au bout d'un moment, ses épaules se relâchèrent et ses yeux croisèrent brièvement les miens.

— OK, accepta-t-elle. Viens, mon petit, je vais te faire un câlin et, après, nous allons voir ce qu'il y a à la télé.

Elle s'installa avec Edwin dans le séjour.

Je m'empressai de rejoindre la cuisine, où je retirai de la table le mouchoir taché de sang et le jetai dans un sac en plastique, avant de dissimuler ce dernier dans la poubelle. Ensuite, je courus dans l'annexe et mis un T-shirt propre, laissant mon haut souillé à tremper dans mon lavabo. Et je retournai dans la cuisine juste au moment où la bouilloire commençait à siffler. Pendant que le thé infusait, je nettoyai le sang qui avait séché sous mes ongles.

9

Seraphine

Me voici une nouvelle fois garée devant le bureau de Laura, prête à l'appeler et à lui demander de descendre à ma rencontre. Au-delà du trottoir et des portes vitrées, j'aperçois l'hôtesse d'accueil qui agrafe des documents. Une jeune femme à l'allure d'adolescente ramasse une pile de courrier du bureau, puis disparaît dans l'ascenseur.

Mon téléphone vibre. C'est un numéro inconnu. Les mots « Chère Seraphine, Martin dit... » me font sourire. Pamela n'a pas perdu de temps.

Chère Seraphine, Martin dit que l'homme dont on a parlé s'appelait Alex Jay Kaimal. Il vivait à Leeds. Il a vendu le cottage des Collison un an après la mort de ta mère. C'est Billy Bradshaw qui s'est occupé de la vente. Martin a interrogé Alex après l'accident de ta mère, mais il n'a fourni aucun élément d'intérêt pour les investigations. Chaleureusement, Pamela Larch.

J'envoie une réponse rapide :

Madame Larch, un grand merci, j'apprécie beaucoup votre aide. Seraphine

Et puis je tape « Alex Jay Kaimal Leeds » dans le moteur de recherche de mon téléphone.

J'obtiens un résultat correspondant à ce nom : un cadre supérieur d'une société d'ingénierie à Leeds. Kaimal apparaît également associé à une entreprise privée en Inde, un club de course à pied à Roundhay et un bal de bienfaisance pour la recherche contre le diabète, dont il serait donateur. Il n'a pas de compte Facebook, mais je sélectionne une image miniature sur le site de la société d'ingénierie, et la photo d'un homme entre deux âges en costume-cravate surgit à l'écran.

Large d'épaules, un mélange de traits asiatiques et occidentaux, il a la peau mate, les cheveux foncés coupés court. Son attitude respire l'assurance ; le soupçon d'un sourire au coin des yeux adoucit son expression sérieuse. S'il a le même âge que mes parents, il doit avoir plus ou moins cinquante-cinq ans, maintenant ; mais il a l'air plus jeune, il n'y a aucune trace de gris dans sa chevelure. Il s'agit peut-être d'une vieille photo, ou alors il a de la chance, ou il est tout simplement vaniteux. Je repense à Pamela disant de lui qu'il était « si beau » et, en effet, malgré la petite taille de l'écran, je vois bien qu'il est pourvu d'un certain charisme.

J'observe attentivement son visage. *Qui êtes-vous, Alex Kaimal ? Quelle relation aviez-vous avec Laura ? Pourquoi avez-vous disparu après la mort de ma mère ?*

Je sors du moteur de recherche en soupirant puis j'appelle la compagnie d'assurance avant de changer d'avis. Le téléphone sonne deux fois.

— Bonjour, Crowford Insurance, que puis-je faire pour vous ?

— Bonjour, je voudrais parler avec Mme Silveira, s'il vous plaît.

— Un instant, je vous la passe.

Cette fois, le téléphone sonne six, sept, huit fois. Il n'y a pas de réponse. La réceptionniste reprend l'appel.

— Je suis désolée, Mme Silveira n'est pas à son poste. Souhaitez-vous que je vous transfère à quelqu'un d'autre ?

Je me penche en avant, me cognant le front sur le volant.

— Mais, j'ai appelé ce matin, dis-je en m'efforçant de rester calme, vous m'avez dit... C'était bien avec vous que j'ai parlé ? Vous m'avez dit qu'elle serait au bureau toute la journée.

Je regarde fixement mes genoux, pour éviter de lever les yeux et d'apercevoir son petit sourire – sourire que je sens présent, malgré tout, dans le ton de sa voix.

— Elle est peut-être en rendez-vous à l'extérieur. Pouvez-vous réessayer plus tard ?

Je raccroche.

Si elle est en réunion quelque part, elle ne va peut-être pas revenir au bureau. Mais, et si elle se trouvait toujours dans les locaux ? Si elle évitait de répondre au téléphone, après avoir été attirée dans la rue la semaine dernière, sous le prétexte d'une livraison ? Quand je me redresse, je remarque sur le volant l'empreinte humide de mon front.

J'appelle Edwin, mais il ne répond pas. Occupé au bureau. J'appelle Winterbourne sur le fixe, au cas où Danny y serait – il s'est montré évasif concernant ses projets depuis son retour du Kenya le mois dernier, évitant de répondre à toute question, même avant l'accident de papa. Mon frère jumeau cherche toujours sa vraie place dans la vie, d'une manière différente par rapport à moi. Je coupe la communication dès que le répondeur s'enclenche puis j'essaie son mobile, mais, encore une fois, pas de réponse.

Mon pouce s'arrête sur le numéro de Vera, mais j'hésite et décide d'envoyer plutôt un texto à Danny.

Je peux rester chez toi, cette nuit ?

Contrairement à Summerbourne, Winterbourne est protégée par un système sophistiqué de serrures et d'alarmes, mais j'ai mon propre jeu de clés et je connais le code. Je demande juste par politesse.

Un miroitement provenant des portes vitrées de la compagnie d'assurance attire mon attention, et il s'écoule quelques secondes avant que je ne me rende compte que la femme de haute taille qui descend à grands pas l'escalier devant moi est Laura. Nous sommes au beau milieu de l'après-midi, mais elle ne porte pas de sac et serre avec force dans une main une petite enveloppe. Elle tourne à gauche, heurtant dans son élan un homme de forte carrure qui se retourne en marmonnant ; mais elle est déjà loin. J'enfonce mon téléphone dans la poche de mon pantalon et bondis hors de la voiture, à ses trousses, esquivant des passants dans une tentative de garder bien en vue sa silhouette au dos voûté jusqu'à la grille du parc, où elle entre.

Je suis lancée, la sueur trempe mon haut. Je ne peux pas la perdre de nouveau. Dès que je passe le tourniquet, je l'aperçois immédiatement en train de s'éloigner de l'allée principale, en direction d'un kiosque à musique. Je longe la haie qui borde le parc et, même sans vraiment courir, je parviens à resserrer la distance qui nous sépare. Arrivée au niveau du kiosque, elle avance vers un banc. Le regard tourné vers la haie, je rejoins un bosquet un peu plus loin, que je contourne, afin de m'approcher le plus possible sans être vue.

Sans s'asseoir sur le banc, mains tremblantes, elle déchire l'enveloppe et en sort une lettre, qu'elle fixe pendant plusieurs secondes. Puis elle se plie en avant et vomit, s'appuyant à une poubelle à côté.

Je prends une profonde inspiration, sens mon ventre se nouer. Mais que se passe-t-il ? Est-elle sortie pour ouvrir ce courrier loin d'yeux indiscrets ? Que dit-il ?

J'avance à pas feutrés dans les broussailles pour mieux voir. Elle s'essuie la bouche d'un revers de main, puis plie la lettre en deux et la déchire en petits morceaux, qu'elle froisse et jette dans la poubelle. Elle fait la même chose avec l'enveloppe. Enfin, elle se redresse et regarde tout autour, puis rejoint le sentier principal qui traverse le parc. J'attends qu'elle se mette en marche avant d'émerger de ma cachette et de la suivre.

Des familles jouent au football et au Frisbee, des groupes sont assis sur l'herbe. Je me concentre pour ne pas perdre

Laura de vue, m'approchant progressivement tandis qu'elle se dirige vers la sortie, à l'autre bout du parc. Elle s'enfonce dans un quartier résidentiel, traverse une avenue, tourne à droite au carrefour suivant. Je suis son ombre. Nous marchons dans des rues étroites et je m'attends à ce qu'elle me remarque à tout moment, mais elle avance. Puis je la vois sortir des clés de sa poche. Et soudain, elle tourne dans le jardin d'une petite maison mitoyenne. Elle ignore les grandes marches devant l'entrée pour disparaître dans l'allée latérale, vers la porte du sous-sol.

— Excusez-moi !

J'ai crié, à travers la grille, je me suis lancée. J'ai contourné la maison. Laura s'est figée, une clé dans la serrure, la tête tournée vers moi. Je m'arrête sur mes pas, et nous nous dévisageons pendant un long moment. Elle respire par la bouche et la sueur perle sur son front.

— Je suis Seraphine Mayes.

— Je sais qui vous êtes, déclare-t-elle d'un ton neutre.

Mais ses mains tremblent, tandis qu'elle tourne la clé pour ouvrir la porte, les yeux toujours rivés sur moi.

— J'espérais pouvoir vous poser quelques questions.

Je fais un pas vers elle qui glisse à l'intérieur tout en pivotant sur elle-même, pour me faire face.

— Je ne peux pas vous aider, Seraphine, allez-vous-en, s'il vous plaît.

Elle tente de fermer, mais je pose ma main sur le battant, poussant légèrement, et elle hésite.

— Je veux seulement vous poser quelques questions au sujet de Summerbourne.

Lèvres pincées, elle secoue lentement la tête. Je la dévisage. Cela a dû être traumatisant, pour elle, de voir ma mère mourir de cette façon. Et pourtant, vingt-cinq ans après, ne devrait-elle pas être heureuse de faire la connaissance d'un des deux bébés qu'elle a aidés à venir au monde ?

— Étiez-vous là, quand nous sommes nés, Danny et moi ?

Elle recule un peu dans l'ombre du couloir et je suis obligée de pousser plus fort sur le battant : j'essaie désespérément de gagner du temps, redoutant qu'elle ne me bloque définitivement le passage.

— La photo, dis-je. C'est vous qui l'avez prise ? Dans le patio. Avec un seul de nous ?

Elle écarquille les yeux, et je vois qu'ils sont marron. Comme les miens. Ceux de mes frères sont bleus. Elle tire d'un coup sec sur la porte et je chancelle, déstabilisée, sachant que, désormais, elle peut me la claquer au nez à tout moment, faisant ainsi s'envoler la seule chance qui me reste d'entendre la vérité. Je lâche ma question avant de changer d'avis.

— Êtes-vous ma mère ?

Tout à coup, son visage s'adoucit et elle relâche quelque peu la porte. Je lis de la compassion dans ses yeux et, le cœur palpitant, me prépare à sa réponse.

— Non, je ne suis pas votre mère, Seraphine. C'est bizarre que vous pensiez une chose pareille. J'étais avec votre mère quand elle a accouché.

Elle se tient toujours sur le seuil, mais elle tend sa main libre vers moi et m'effleure gentiment le bras. Je retiens mon souffle.

— Votre mère a dit que vous étiez le bébé le plus beau qu'elle ait jamais vu. Que vous ressembliez à un ange.

Je sais que je suis en train de pleurer, car je sens les larmes couler sur mes joues, mais je la scrute dans les moindres détails : son visage, son sourire fugace, triste, lorsqu'elle parle de ma mère, son regard résolu quand elle prononce ces mots si précieux. Des mots que j'ai attendus toute ma vie. Des mots que j'aurais dû pouvoir entendre il y a très longtemps, porter en moi chaque jour, chérir comme un trésor. Prononcés aujourd'hui, ces mots me donnent le vertige.

Elle ouvre imperceptiblement la porte et j'enlève ma main, toujours posée sur le battant, esquissant un pas en arrière.

— Je ne peux plus parler avec vous, Seraphine. Je suis désolée pour votre père, je viens seulement d'apprendre la nouvelle. Ne revenez plus ici, s'il vous plaît.

Et la porte se referme sur mon nez. Derrière, j'entends des bruits de serrure.

Abasourdie, je regagne le trottoir d'un pas mal assuré. En descendant la rue, je m'arrête au niveau du montant d'une grille, sur lequel je m'appuie, tout en respirant lentement pour me remettre les idées en place. Finalement, j'ai quand même la présence d'esprit de retourner sur mes pas et de prendre note du numéro et du nom de la rue de Laura. Sur le chemin du retour, vers le parc, je ressens un vide : je suis venue pour avoir une explication, pour trouver une solution, mais je repars avec l'impression que Laura protégeait des secrets, tout à l'heure, des secrets qu'elle repoussait dans l'ombre du couloir derrière elle pour les cacher à ma vue. Une fois à l'intérieur du parc, le tremblement d'une idée éclate la bulle de ressentiment que je sentais déjà gonfler en moi.

Je me dépêche de rejoindre la poubelle près du kiosque à musique, y plonge la main, m'empare des morceaux de la lettre de Laura. Ils sont un peu mouillés, mais j'ai de la chance, ils sont bien là. Tandis qu'un enfant observe la scène la bouche ouverte, je cours vers la sortie.

De retour dans ma voiture, j'abandonne très rapidement mes tentatives de rassembler les lambeaux de papier et vérifie mon téléphone. Je trouve un texto d'Edwin :

Évidemment que tu peux rester cette nuit. Je rentre vers 20 heures.

Winterbourne est à l'opposé de Summerbourne par plusieurs aspects. Il n'y a pas ici l'amoncellement d'objets qui s'entassent dans notre maison de campagne depuis des générations. Solennelle à l'extérieur, décorée sobrement à l'intérieur, cette résidence dégage pourtant une atmosphère chaleureuse qui m'apaise immédiatement chaque fois que j'en franchis le seuil. Lorsque Edwin a emménagé, il y a quatre ans, il a remplacé les anciens brûleurs par une élégante cuisinière à induction, mais n'a pas changé grand-chose d'autre. Danny vit ici pour le moment, mais je n'ai aucune idée de comment il passe ses journées. Sa moto est garée sous l'abri dans le jardin, mais quand je l'appelle depuis l'entrée, je n'obtiens pas de réponse.

Je pose mon sac sur le bois poli de la table de la salle à manger et en sors les morceaux de papier humides, que je commence à assembler afin de recomposer la lettre ; les mots sont imprimés et forment une ligne étroite au milieu de la page. La partie à droite, en haut de la feuille, est manquante, mais j'imagine qu'elle ne devait pas contenir de texte.

Je retiens mon souffle devant les deux phrases que j'ai recréées. Puis, secouée par une vague de nausée, je me précipite dans la salle de bains. La puanteur de la poubelle du parc est restée sur mes doigts et je me savonne vigoureusement les mains. J'ai besoin de prendre une douche et de me changer, et pourtant, je me traîne jusqu'à la table pour relire le message.

Dominic Mayes est décédé. Si vous parlez de Summerbourne à qui que ce soit, votre fille sera la prochaine.

Je quitte la pièce en fermant doucement la porte derrière moi. Ma mère a dit que je ressemblais à un ange quand je suis née ; que j'étais le bébé le plus beau qu'elle ait jamais vu. Je ne repenserai pas à la lettre jusqu'au retour d'Edwin. Une heure après, douchée et habillée, je quitte la chambre que j'utilise toujours lors de mes séjours à Winterbourne. Sur mon passage, j'effleure des doigts les lourds rideaux de brocart sur le palier, puis la rampe lisse en chêne de l'escalier. Je me trouve sur les dernières marches lorsqu'une parfaite inconnue – une jeune femme mince aux longs cheveux blond platine – sort de la salle de bains du vestibule, me voit, et pousse un cri.

Danny apparaît à la porte de la cuisine, un torchon sur l'épaule, et me jette un regard noir.

— Brooke ? dit-il en rejoignant la fille. Je suis désolé. Je te présente ma sœur, Seraphine. Je sais qu'elle fait peur. En réalité, j'ignorais qu'elle était là. Seraphine, voici Brooke, notre voisine, m'informe-t-il.

Je descends encore deux marches.

— Salut.

— Salut.

Elle a les yeux bleu pâle, comme le ciel délavé par la pluie, et ne sourit pas.

— Alors, le couple de bougons a déménagé ?

À ma question, je vois Danny fermer les yeux.

— Non, répond Brooke à sa place. Je suis leur fille.

— Oh, Seigneur, je suis vraiment désolée...

— Que fais-tu ici, Seph ? demande Danny d'un ton glacial. Edwin est au courant ?

— Bien sûr qu'il est au courant, dis-je en les regardant à tour de rôle. Je dois te parler, Danny.

Brooke, en revanche, ne regarde ni l'un ni l'autre de nous, mais fixe l'horloge.

— Eh bien, Brooke dîne avec nous, ce soir, annonce Danny. Je l'ai invitée.

J'enfonce l'ongle de mon pouce dans la cire de la rampe. Et je me demande si c'est la première fois que Danny invite cette Brooke à dîner ; pendant tout le temps qu'il a passé à Summerbourne, avant et après l'enterrement de papa, il n'a pas mentionné son prénom une seule fois. Je suis aussi curieuse de savoir à quel point ils sont intimes et comment elle réagira quand elle devra manger avec une lettre de menaces au parfum douteux sous le nez.

— Je suis allée voir Laura, aujourd'hui. Elle a été menacée.

Danny secoue la tête et Brooke daigne enfin me regarder. Je m'attends à voir un soupçon d'agacement dans ses yeux, mais ils sont étrangement sereins. Elle glisse jusqu'à Danny, l'embrasse légèrement sur la joue, puis ramasse un jeu de clés sur la console dans l'entrée.

— Nous dînerons ensemble une autre fois, lui dit-elle avant de se tourner vers moi. Ravie de vous avoir rencontrée, Seraphine. Toutes mes condoléances pour votre père. Ne me raccompagnez pas, ce n'est pas nécessaire.

Et elle sort sans un regard derrière elle.

Danny me foudroie du regard, puis repart dans la cuisine, d'où j'entends aussitôt un grand fracas de casseroles. Je le suis et je m'affale sur une chaise, tout en me frottant les yeux.

— Seraphine, ton histoire a tout intérêt à être bonne.

— Je te la raconterai quand Edwin sera là.

Le dos tourné, il finit par lâcher :

— Papa me manque aussi, tu sais.

— Oh, Danny. Je sais.

Il fait volte-face et je lui tends les bras.

Quand Edwin arrive, il nous trouve assis à la table de la cuisine, main dans la main, un tas de mouchoirs en papier entre nous, nos visages maculés de larmes. Il se penche pour m'embrasser, tapote Danny dans le dos et bondit pour sauver le ragoût qui commence à brûler.

J'avoue tout à mes frères au cours du dîner : comment j'ai suivi Laura jusqu'au parc et l'ai vue lire la lettre puis vomir, comment je me suis opposée à elle sur le pas de sa porte, ce qu'elle m'a dit à propos de notre mère. Nous avons pris place en bout de table et mangeons distraitement, tandis que la lettre rafistolée nous nargue depuis l'autre bout, tel un invité surprise.

Je me sens de plus en plus mal à l'aise avec la tournure que prend cette conversation.

— Nous devrions aller voir la police, déclare Edwin. Quoi qu'il s'agisse, nous devrions les informer.

— Oh, et que vais-je leur raconter ? Que j'ai traqué cette femme ? Que j'ai sorti d'une poubelle une lettre déchirée que j'ai rapiécée ?

Je m'imagine mettre le papier tout ramolli et scotché entre les grandes mains de Martin Larch.

— Je suis inquiet, Seraphine, dit Edwin. Ce message parle

de papa et de Summerbourne. Tu t'es peut-être mise en danger en allant chez Laura aujourd'hui.

Je repousse mon assiette.

— Je ne suis *pas* sa fille !

Il me prend la main, la serre.

— Je sais, je sais. Je ne voulais pas dire ça. Je parlais juste du fait que tu te sois rendue là-bas, que tu aies posé des questions sur Summerbourne.

— Sans compter que, ajoute Danny à voix basse, l'auteur de cette lettre laisse entendre qu'il est impliqué dans la mort de papa.

Edwin et moi le fixons, puis nos regards reviennent vers la note sur la table.

— C'est un prétexte, affirme Edwin au bout d'un moment.

— Une menace fantôme, ajouté-je.

— Ouais, il utilise l'accident de papa pour faire peur à Laura, continue Edwin.

— Parce que nous savons que c'était un accident, renchéris-je. Non ?

Danny tourne et retourne le ragoût dans son assiette. L'atmosphère dans la salle à manger semble se resserrer autour de nous, oppressante.

— Bien évidemment, convient Danny.

Je reprends la parole :

— Bon. Tout ça nous dit que… Laura sait quelque chose à propos de Summerbourne et quelqu'un veut l'empêcher de parler.

— Mais ce n'est pas nécessairement quelque chose qui nous concerne, intervient Edwin avec un grognement, qui sait ce qui s'est passé cette année-là ? Si ça se trouve, il s'agit d'un ami, d'un petit-ami. Quelque chose qui n'a rien à voir avec notre famille, mais qui lui est arrivé pendant qu'elle vivait chez nous.

— Et alors, pourquoi cette référence à papa ? demande Danny.

— Exactement, dis-je. Elle sait quelque chose sur nous.

Edwin me transperce d'un regard vif.

— Non. Si tu ne veux pas aller voir la police, alors tu dois laisser tomber tout ça, Seraphine. Je suis sérieux. Tu ne dois plus jamais t'approcher de Laura.

Je tente de me raisonner puis je jette un coup d'œil à Danny pour chercher son soutien, mais il a l'air tout aussi soucieux qu'Edwin.

— Je suis d'accord, déclare Danny. Laura aussi t'a dit de rester loin d'elle. Tu dois laisser tomber, sœurette. Promets.

Je ferme les yeux en pensant à mon père. *Dominic Mayes est mort.* Et à ma mère. *Votre mère a dit que vous étiez le plus beau bébé qu'elle ait jamais vu.*

Quand je les rouvre, je vois mes frères me regarder d'un air méfiant que je connais bien. Je soupire.

— Je n'irai plus jamais voir Laura, je le promets. Bon, je suis épuisée. Merci pour le dîner. Et, Danny, je suis désolée d'avoir gâché tes plans avec Brooke. Je vais me coucher.

Je me lève, jette le ragoût auquel je n'ai pas touché dans la poubelle, mets mon assiette dans le lave-vaisselle et monte dans ma chambre. Une question me taraude : la disparition du bout de papier avec le numéro de Laura et la lettre de menaces envoyée à l'adresse professionnelle de Laura, est-ce la même personne derrière tout cela ?

Le lourd couvre-lit m'apporte du réconfort malgré la chaleur, et ma respiration se fait plus lente, plus profonde, tandis que j'observe les fines fissures sur le plafond que je connais si bien depuis mon enfance. Un papillon se cogne contre la lampe de chevet et, avant d'éteindre, je prends mon téléphone pour faire une petite recherche sur le web. Je veux savoir combien de temps il me faudra demain pour arriver à Leeds. J'ai juré à mes frères que je garderais mes distances avec Laura. Mais je n'ai rien dit à propos d'Alex Kaimal.

10

Laura

Septembre-octobre 1991

Ce n'était pas ma faute. Pendant que Ruth préparait Edwin pour aller au lit, ce soir-là, je rangeai les jouets et fis la vaisselle. Chaque fois que j'entendais un bruit dehors, m'attendant à l'arrivée de la voiture de Dominic dans l'allée, mon ventre se serrait. *Ce n'était pas notre faute.* Mais si je n'avais pas laissé Edwin courir devant nous, hors de ma vue, si je n'avais pas été si absorbée par Alex…

C'était un accident. Et Dominic le comprendrait. Je regardai une nouvelle fois ma montre et ce fut alors qu'un crissement de pneus parvint à mes oreilles.

— Papa !

Edwin dévala l'escalier en pyjama et se jeta dans les bras de Dominic. Depuis la porte de la cuisine, la croûte de sang autour de son pansement était à peine visible.

— Alors, c'est quoi cette histoire ?

— Je suis tombé de la grille, papa. J'ai eu une sucette.

Ruth, qui descendait l'escalier, s'arrêta à quelques marches du bas et s'appuya contre le mur, croisant les bras sur sa poitrine.

— Laura va te raconter, dit-elle.

Le regard de Dominic passa d'elle à moi.

— Edwin a essayé d'escalader la grille. Nous étions juste

derrière lui. Il a dû glisser. En réalité, ce n'est qu'une petite entaille.

— Il y avait du sang partout, ajouta Edwin.

Dominic embrassa le petit et le remit au sol avec un sourire forcé.

— À quel parfum était la sucette ?

— À la fraise.

— Bon, il ne faut plus escalader la grille, Edwin. Ce n'est pas une très bonne idée. Et maintenant, au lit. Je vais te lire une histoire.

Il serra brièvement le bras de Ruth en montant l'escalier et elle ferma les yeux. Quant à moi, je battis en retraite dans l'annexe et me couchai immédiatement, sans toutefois parvenir à trouver le sommeil, réduite à écouter la pluie frapper la fenêtre pendant des heures.

Le matin suivant, après le petit déjeuner, je suivis Edwin dans le jardin. Je le surveillai tout en me frottant les bras pour me réchauffer, tandis qu'il montait le toboggan sur les genoux, centimètre par centimètre. L'herbe était glissante sous mes pieds, et une vague odeur de fumée boisée se mélangeait à celle de la terre humide.

Dominic nous rejoignit, ses pantoufles imbibées de rosée, un mug de café entre les mains. Ensemble, nous regardâmes Edwin en silence pendant un moment.

— Je suis désolé si Ruth vous a vexée, hier, dit-il enfin.

— Ce n'est rien. Je comprends.

— Elle est particulièrement fragile en ce moment.

— Elle ne m'a pas vexée. Je me sens très mal à l'idée de lui avoir fait si peur. Cela doit être vraiment dur pour elle après… après ce qui est arrivé à votre enfant.

Son visage se crispa et je détournai les yeux. Il souffla bruyamment.

— Ce n'est pas uniquement cela. Elle espérait – nous espérions – avoir de bonnes nouvelles à fêter, dernièrement.

L'arrivée d'un petit frère ou d'une petite sœur pour Edwin. Mais, malheureusement…

— Papa, aide-moi à monter sur le portique ! appela Edwin.

Dominic me passa son mug avant de se précipiter vers Edwin. Toute promesse d'un peu de chaleur, qui m'aurait réconfortée, s'évanouit quand je découvris que le café était déjà froid comme la pierre.

Vera arriva le lendemain. Comme Dominic était occupé à préparer le repas et que Ruth ne se sentait pas suffisamment bien pour aller la chercher à la gare, elle arriva en taxi.

— Nous devrions peut-être vous organiser des leçons de conduite pendant que vous êtes ici, Laura, me dit-elle tout en arrangeant ses cheveux devant le miroir dans l'entrée.

Ruth, debout à côté de la porte du séjour, roula des yeux tandis que, trop gênée pour répondre, je me limitais à caresser la tête d'Edwin.

— Nous devrions peut-être organiser des leçons de conduite pour toi, maman, rétorqua-t-elle.

Vera agita la main d'un geste dédaigneux.

— Oh, je suis trop vieille pour ce genre de choses.

— Tu n'as même pas 50 ans ! Mais ne t'en fais pas. Tout le monde adore te conduire à droite et à gauche, non ? C'est un vrai plaisir pour nous tous.

Vera l'ignora.

— Alors, Edwin, qu'as-tu dessiné cette semaine ? Tu dois tout me montrer.

En regardant bien, la blessure d'Edwin semblait plus méchante ce matin-là que le premier jour, avec une croûte épaisse qui déformait le contour de son oreille. Vera ne fit aucune remarque devant le petit, et je devinai que Ruth, ou Dominic, lui avait tout raconté au téléphone. Après lui avoir montré ses dernières créations, Edwin s'installa à table dans la salle de jeux pour commencer une nouvelle peinture. Vera me fit signe de la suivre à l'autre bout de la pièce.

— Comment vous en sortez-vous ? Avec le travail – et le reste ?

— Oh, bien. C'est super. Merci.

Elle me scruta attentivement.

— Vous font-ils travailler trop ? Aujourd'hui vous devriez prendre votre journée. Le contrat prévoit vingt-deux heures par semaine, c'est bien cela ?

J'esquissai un geste pour indiquer la salle de jeux et le petit garçon qui, tout concentré, plongeait son pinceau dans un pot de peinture.

— Honnêtement, je n'ai pas l'impression de travailler. Et cela me fait plaisir de rester avec Edwin quand j'ai fini mes heures.

— Et votre famille ne vous manque pas, bloquée que vous êtes ici, au milieu de nulle part ?

Je secouai la tête.

— Vous ne vous ennuyez pas, loin de vos amis ?

— Non, tout va bien, vraiment.

— Bien. Cela dit, je rappellerai à ma fille de ne pas profiter de votre gentillesse, soupira-t-elle. Et comment va Ruth, dernièrement, selon vous ? Le petit accident d'Edwin l'a choquée, bien sûr.

Dominic, qui nous appelait depuis la salle à manger pour nous informer que le déjeuner était prêt, vint à mon secours, m'évitant de devoir répondre.

Je n'eus l'occasion de parler vraiment avec Ruth que le lundi suivant, après le départ de Dominic et Vera pour Londres. Assises à la table de la cuisine, nous faisions de notre mieux pour oublier la grisaille et la bruine, en planifiant nos activités pour la semaine.

— Ma mère dit que je ne dois pas vous surcharger de travail, déclara-t-elle en me jetant un regard de travers.

Je souris.

— Jusqu'ici vous ne l'avez pas fait et je promets que, si cela arrive, je vous le dirai.

Elle sembla se contenter de cette réponse puis poussa vers moi, le faisant glisser sur la table, un petit dépliant.

— Regardez, il y a un nouveau centre de loisirs qui vient d'ouvrir, annonça-t-elle. Je pensais y aller cet après-midi, pour une visite. Et pour qu'entre-temps Edwin se dépense un peu. Ils proposent des boissons et des pâtisseries. Vous préférez peut-être rester ici et vous reposer un peu, ou réviser, ou faire ce que vous voulez, mais si ça vous dit de prendre un café avec moi, je serais ravie que vous m'accompagniez.

Une douce chaleur se répandit dans ma poitrine.

— J'adorerais venir.

Comme nous le découvrîmes, le lieu était sombre, surchauffé et bruyant, résonnant de pleurs de bébés et de cris d'enfants. Cela dit, Edwin adora le portique, la piscine à balles et les toboggans, et Ruth et moi bavardâmes pendant une heure et demie comme des amies.

Malgré la météo épouvantable qui domina le reste de la semaine, Edwin et moi étions heureux de partager notre temps entre la cuisine et la salle de jeux.

— Ma maman faisait beaucoup de gâteaux quand j'avais ton âge, lui dis-je.

— Est-ce qu'elle te laissait battre les œufs en neige toute seule ?

Je souris.

— Non. Elle m'aidait. Mais tu peux appuyer sur le bouton, si tu veux.

Ses petites mains serraient le fouet électrique sous les miennes et sur son visage apparaissait alors une détermination acharnée.

Le cliquetis de l'appareil contre le bol déclenchait des vagues d'émotions en moi, de la nostalgie mélangée à une sorte de rage impuissante, car cela me rappelait tous les beaux moments partagés avec ma maman autour d'une recette, avant que Beaky n'emménage avec nous. Beaky n'aimait pas le désordre dans la cuisine. Beaky n'aimait pas les enfants qui

« traînaient chez les voisins pour leur apporter des gâteaux qui allaient de toute manière finir à la poubelle ».

Je laissais toujours suffisamment de pâte dans le bol pour qu'Edwin s'en régale pendant que nos pâtisseries cuisaient dans le four.

Le vendredi, après avoir mis nos manteaux et nos bottes en caoutchouc, nous pataugeâmes dans l'allée pour aller voir si Joel était chez Michael, mais personne n'ouvrit, si bien que nous rentrâmes en piétinant de nouveau dans la boue.

Le samedi soir, je gardai Edwin pour permettre à Ruth et Dominic de sortir dîner. Comme la porte de leur chambre était ouverte, je ne pus m'empêcher d'y jeter un coup d'œil depuis le couloir, après avoir mis Edwin au lit. Sur la commode, près de la fenêtre, il y avait une seule photo encadrée. J'entrai sur la pointe des pieds. Deux petits garçons blonds avec des T-shirts à rayures, bras-dessus, bras-dessous. Celui qui ressemblait le plus à Edwin souriait à la caméra, l'autre boudait. La photo avait dû être prise peu avant l'accident de Theo. Ruth et Dominic la voyaient chaque matin quand ils se réveillaient, chaque soir quand ils se couchaient.

Ce fut le lundi suivant, après le départ de Dominic, qu'Alex téléphona.

Ruth prit l'appel.

— Oh, salut, Alex, l'entendis-je dire.

Je traînais dans la cuisine, attendant qu'Edwin finisse ses céréales.

— Ce vendredi ? Je pourrais, poursuivit-elle.

Je regardai le calendrier. La case correspondant au vendredi était vide.

Une pause, puis un petit rire.

— Oui, d'accord. Absolument. Viens dès que tu es prêt.

Dès que Ruth entra dans la cuisine, je mis la bouilloire sur le feu.

— Du thé ? lui proposai-je.

— Oui, merci. C'était Alex. Il m'a invitée à déjeuner vendredi midi.

Et elle se pencha pour embrasser Edwin sur le sommet du crâne.

Je lui offris un petit sourire, mais elle secoua la tête.

— Je ne sais pas pourquoi il pense que je suis à sa disposition. J'ai beau vivre à la campagne, ma vie est quand même bien occupée, raisonna-t-elle tout en caressant les cheveux de son fils. Je veux que tu restes tout petit comme ça, Edwin, murmura-t-elle au bout d'un moment.

Je grinçai des dents. Lors du pique-nique, il y avait de cela deux semaines, elle avait pratiquement supplié Alex de passer la voir, de la sortir de son ennui ; et maintenant, elle s'en plaignait. Edwin repoussa sa main et bondit de sa chaise pour mettre son bol dans l'évier.

On ne parla plus d'Alex jusqu'au vendredi matin, et encore, ce fut moi qui l'évoquai, en voyant Ruth vérifier son rouge à lèvres dans le miroir de l'entrée et prendre son imperméable dans le placard.

— Je fais juste un aller-retour, m'informa-t-elle. Helen Luckhurst a accouché lundi. Une petite fille. Ils pensent qu'elle a quelques problèmes. Je vais lui apporter des fleurs et voir si je peux faire quelque chose pour les aider.

Je la fixai.

— Mais Alex ne vous a-t-il pas invitée à déjeuner ?

Elle rit, balayant ma question d'un geste de la main.

— Oh, Alex – j'avais presque oublié. Eh bien, il n'aura qu'à m'attendre. Je reviens dans environ une heure, dit-elle.

Elle prit son sac et sortit d'un pas résolu.

Je regardai sa voiture glisser dans l'allée, s'arrêter plus loin à côté de deux silhouettes qui approchaient, puis disparaître en direction du village. Michael et Joel marchaient d'un pas tranquille sur le gravier, et je leur ouvris la porte avant même qu'ils n'arrivent.

— S'il vous plaît, est-ce que je peux jouer avec Edwin ? demanda Joel.

Il tendait le cou pour regarder à l'intérieur, derrière moi.

— L'école maternelle est fermée, expliqua Michael dans un frémissement de sourcils. Il allait m'accompagner chez les Matthews, et Ruth a dit que ce ne serait pas un problème pour vous de le garder un peu ici. Mais je ne veux pas abuser.

J'invitai Joel à entrer en ouvrant grand la porte.

— Edwin va être aux anges.

Lorsque des cris de joie se firent entendre dans la cuisine, nous échangeâmes un sourire.

Ce matin-là, le vent soufflait en rafales et le soleil étincelant était parfois obscurci par les nuages qui filaient haut dans le ciel. Je décidai de laisser les garçons jouer pendant une demi-heure dans la salle de jeux ; ensuite, si Alex n'arrivait pas entre-temps, je les emmènerais à la plage pour qu'ils puissent courir dans le sable. Les jours de bourrasque, les enfants semblaient tout particulièrement pleins d'énergie.

Je m'efforçai de ne pas regarder ma montre toutes les deux minutes, mais alors que les petits étaient absorbés dans leurs jeux, le bruit de la voiture d'Alex me fit tressaillir. J'allai à sa rencontre et ouvris la porte.

Son expression était pleine d'espoir.

— Bonjour, Laura. Ruth est-elle…

— Elle est sortie, désolée, dis-je en me mordillant la lèvre. Elle est partie il y a environ vingt minutes, disant qu'elle serait de retour dans une heure ou deux.

Face à son air déconfit, je l'invitai à entrer sans réfléchir.

Nous traversâmes l'entrée jusqu'à la cuisine.

— Savez-vous où elle est allée ?

Son regard passait de la vaisselle sale du petit déjeuner aux dessins sur le réfrigérateur, au calendrier accroché au mur.

Je pris ses lunettes de soleil du bord de la fenêtre et les lui tendis.

— Vous les avez oubliées. Le jour du pique-nique. Elle est allée au village voir une amie qui a accouché.

— Oh ! s'exclama-t-il. Merci.

Il réfléchit pendant un petit moment, puis me regarda.

— Qu'avez-vous prévu de faire avec Edwin pendant l'heure qui vient ?

— On allait descendre à la plage, histoire de prendre l'air. Voulez-vous venir avec nous ?

— En fait, je pensais attendre ici, si cela ne vous dérange pas ?

— Oh, je vois. Non, bien sûr que non.

— Mais la plage est une idée sympa.

Il sourit, et je me dis alors que les nuages avaient dû se disperser dans le ciel, car la lumière du soleil inonda soudain la cuisine.

Edwin et Joel foncèrent dans la pièce.

— Oncle Alex ! Regarde, Joel est là !

— Génial ! J'espérais justement rencontrer deux petits garçons malins qui pourraient me montrer où se cachent les mûres sur le chemin qui va à la plage.

Quelques minutes plus tard, j'avais fermé la porte à clé et nous marchions vers la grille, à l'arrière du jardin.

— Pas d'escalade, cette fois, Edwin, rappela Alex, et le petit hocha vigoureusement la tête en courant en avant avec Joel.

Nous fîmes une pause devant la tour, la tête penchée pour apercevoir le canon qui dépassait de la plate-forme, en haut.

— Pouvons-nous monter ? me demanda Joel, battant de ses longs cils.

Je regardai Alex, qui regarda Edwin à son tour.

— Ça te dit, Edwin ?

Le petit hocha la tête et bondit jusqu'à la porte de la tour, où il lutta pour tourner la lourde poignée de fer. Alex me proposa de monter l'escalier en spirale la première, suivie par Edwin et Joel. Il serait le dernier de la file, de telle sorte qu'il puisse attraper les enfants en cas de chute. Les marches en fer perforé résonnaient du bruit métallique de nos pas et, en les gravissant, je sentis mon cœur cogner dans ma poitrine, même si la tour ne devait pas faire plus de six mètres de haut.

Lorsque j'émergeai sur la plate-forme, le vent me coupa le souffle et j'éprouvai une immense gratitude à l'égard du parapet en pierre qui l'entourait. Au centre de cet espace exigu se trouvait une estrade, également en pierre et décorée avec des serpents de mer sculptés, qui comportait un grand cadran solaire, un engin muni d'une lentille en verre et le canon, pointé vers la mer, que j'avais observé d'en bas. Nous nous disposâmes tout autour, entre l'estrade et le parapet, pour permettre à Alex de nous montrer comment le soleil brillant à travers la lentille pouvait mettre le feu à la poudre. Joel était comme hypnotisé, mais Edwin scrutait la falaise en dessous.

— Je cherche Theo, déclara-t-il soudain.

Le sourire d'Alex s'éteignit.

— Bon, les garçons, descendons maintenant, mais avec prudence. Allons voir s'il reste des mûres, proposa-t-il.

Une fois sortis de la tour, Edwin et Joel marchèrent jusqu'aux buissons, criant de joie chaque fois qu'ils trouvaient un fruit, s'en mettant plein la bouche comme s'ils n'avaient pas mangé depuis des jours. Je jetai un regard interrogateur à Alex.

— C'est ici qu'ils se trouvaient quand Theo est tombé, m'expliqua-t-il doucement. Ruth est montée d'abord avec Theo pour lui montrer le canon. Ensuite, elle est redescendue, l'a mis dans la poussette et l'a attaché, avant de prendre Edwin et de le porter en haut à son tour. Ils faisaient ça toutes les semaines ; Ruth ne montait pas l'escalier avec les deux enfants en même temps, c'était trop dangereux.

Je le fixai, les yeux écarquillés, prête à lui demander d'arrêter, de parler d'autre chose. Et pourtant, je voulais entendre. J'avais besoin de savoir.

— Theo a dû se détacher. Ruth était sur la plate-forme quand elle l'a aperçu qui s'approchait du bord de la falaise.

Je pressai une main sur ma bouche.

— Il voulait probablement rejoindre les marches, mais il a dû glisser. Il est tombé et s'est cogné la tête. Incroyablement, il n'a pas eu d'autres blessures graves. Mais il ne s'est plus jamais réveillé, dit-il les yeux pleins de larmes.

— C'est terrible, commentai-je.

Une vague de nausée m'obligea à me tourner et à me traîner jusqu'au mur en pierre, où je m'assis, tête baissée.

Alex aida les garçons à attraper une grappe de mûres au-dessus de leurs têtes et m'en apporta quelques-unes. Leur goût sucré aux notes acidulées explosa dans ma bouche.

— Désolé, murmura Alex.

Mais je secouai la tête. Au moins, maintenant, je savais ce qu'il s'était passé. Et, de toute façon, j'étais passée maître dans l'art de cacher les mauvais souvenirs dans un coin de mon esprit.

Je me concentrai sur l'inscription en latin, entourée d'un motif de vagues et de serpents de mer, près de la porte d'entrée.

— « *A fronte praecipitium a tergo lupi* », lis-je de façon hésitante. Que signifie cela ?

Il s'assit à côté de moi.

— Devant, le précipice, derrière, les loups. C'est un peu comme dire… être pris entre le marteau et l'enclume. Ou entre deux feux. À savoir : il n'y a pas d'issue.

Une violente bourrasque poussa devant nous un sac plastique, venu de je ne sais où, et le claqua contre le mur. Sous les manches de mon manteau, je sentis les poils de mes bras se hérisser.

— Pourquoi ? Est-ce que quelqu'un a été prisonnier ici ?

— Selon Dominic, le Summerbourne qui a construit la maison était impliqué dans des trafics douteux. Il a fait fortune, mais il a tout perdu par la suite. Apparemment, il avait promis à certaines familles du village de les aider à devenir riches, mais, ne pouvant plus payer ses dettes, il s'est fait des ennemis. Les gens disaient que Summerbourne, sans être hantée, portait malheur. Êtes-vous allée souvent dans le village ?

Je secouai la tête.

— Vous devriez demander aux gens. Parlez à n'importe qui de Summerbourne. Vous verrez leurs yeux s'allumer. Ils ont grandi en écoutant des légendes à propos de cet endroit. Non seulement son histoire sombre, mais aussi des contes de fées et d'autres esprits. Des lutins, comme on les appelle ici.

En effet, j'avais entendu Michael maudire les lutins quand il retrouvait ses graines mélangées dans la serre. Edwin était fasciné par l'idée d'en voir un et de l'attraper. Je me les imaginais un peu comme les *Gremlins*, film que j'avais beaucoup aimé quand j'avais 11 ou 12 ans.

— Des contes de fées ? Ce ne sont pas des choses un peu bizarres pour des adultes ?

— Qui sait ce qui s'est vraiment passé ici ? dit Alex en me souriant. Ils ne s'en souviennent probablement pas, au village. Pourtant, la première fois que j'ai rencontré mon voisin, il m'a dit de faire bien attention à moi si je venais par ici. Je lui ai répondu que j'allais simplement pique-niquer sur les falaises de Summerbourne, et il a fait un signe de croix.

J'entourai mes genoux de mes bras.

— Ils sont peut-être seulement jaloux. Au village. Les gens qui ont vécu ici ont toujours dû leur sembler…

— Privilégiés ? Vous avez probablement raison.

J'observai l'inscription en fronçant les sourcils.

— Pourtant, c'est une bien étrange devise, celle qu'a choisie le vieux Summerbourne. S'il se sentait si piégé, c'est qu'il devait regretter son comportement.

— Moi, je l'aime bien, affirma-t-il d'une voix plus basse, en se penchant légèrement vers moi. Je pense qu'elle est très appropriée à cette famille. Ne croyez-vous pas que nos amis de Summerbourne sont un peu comme des loups ?

Je jetai un regard en direction d'Edwin, mais les garçons ignoraient notre conversation, se régalant des mûres et riant ; leurs mentons dégoulinaient de jus violet.

— Que voulez-vous dire ?

J'aimais la façon dont le coin de sa bouche s'étirait en un petit sourire. Il s'approcha encore.

— Vous le voyez bien. Dominic croit être le mâle dominant, qui chasse toute la semaine en ville et rentre triomphant chaque vendredi pour nourrir sa meute. Mais tout le monde sait que le vrai alpha, c'est Vera. C'est elle qui a l'argent et le pouvoir. C'est elle qui surveille la meute, à l'affût de sang nouveau pour améliorer la race. Je parie qu'elle était présente lors de votre entretien, n'est-ce pas ? Pour vous évaluer avant que Ruth ne vous propose le poste.

— En fait, elle est arrivée après. Mais, oui, elle était bien là.

— Voilà. La moitié du village lui mange dans la main – elle est toujours prête à sauver et à aider les gens, puis, quand elle, ou la famille, en a besoin, elle demande qu'on lui rende le service.

— Et vous, vous êtes quoi, alors, dans tout ça ? Le « sang nouveau » ?

Nous éclatâmes de rire et son coude effleura le mien.

— Je ne dirais pas cela. Je ne suis pas suffisamment obéissant. Non, je suis un loup solitaire qui rôde sur leur territoire. De temps en temps, nous nous tournons autour, puis je repars à la recherche d'une meute plus idoine.

— Mais vous ne l'avez pas trouvée ?

— Pas encore.

Je me retournai pour jeter un coup d'œil aux garçons, consciente du fait que les manches de nos manteaux étaient toujours en contact.

— Et moi, je suis quoi ?

— Ah, vous. Vous êtes un loup oméga. Une humble

gardienne. Vous n'êtes pas une menace pour eux, alors ils vous traitent bien.

Je plissai le front.

— Que voulez-vous dire ?

— La meute passe toujours avant tout. Elle est plus importante que les individus qui la composent. Si vous menacez la meute, vous savez ce qu'il vous arrivera.

Je fixais sa bouche pendant qu'il parlait, l'éclat de ses dents. Il se pencha vers moi de nouveau, et je sentis ses yeux sur mes lèvres. Sa voix devint un murmure :

— Vous n'auriez aucune chance.

Edwin courut vers nous, puis s'arrêta en dérapant.

— On peut aller à la plage, maintenant ?

Alex s'éloigna de moi tandis que mon cœur faisait des bonds dans ma poitrine.

— Es-tu sûr d'avoir mangé suffisamment de mûres, Edwin ? demanda-t-il.

Les deux petits avaient des taches violettes tout autour de leurs bouches et sur le devant de leurs manteaux.

— J'ai le ventre plein, annonça Edwin.

Joel confirma en se tenant théâtralement l'abdomen des deux mains.

— Très bien. *Carpe diem*, poursuivit Alex en se lançant dans une imitation passable de Robin Williams. Profitez de l'instant, les garçons ! Descendons à la plage.

Edwin et Joel poussèrent des cris de joie, et nous crapahutâmes jusqu'en bas de l'escalier. Sur le sable, les petits couraient dans le vent en braillant et tendaient leurs bras pour faire l'avion. Je n'avais rien apporté, et je m'en voulais, sachant que Ruth aurait pensé à prendre une couverture de pique-nique, un thermos de thé. Mais voir les garçons courir me donna envie de me joindre à eux, alors, d'un revers de la main, je frappai légèrement le bras d'Alex et lui criai :

— Le premier qui arrive aux rochers a gagné !

Et, d'un bond, je partis.

— Hé ! l'entendis-je hurler derrière moi.

Puis ce fut le martèlement de ses pas sur le sable humide tandis qu'il essayait de resserrer l'écart qui nous séparait, mais je le battis.

— Bon sang, je dois me remettre en forme avant mes 30 ans.

Il se pencha en avant, posa les mains sur ses genoux, haletant. Puis :

— Revanche ! me défia-t-il.

Il me donna un petit coup sur le bras avant de se mettre à courir à toutes jambes vers les marches. Edwin et Joel nous suivirent et nous jouâmes à chat jusqu'à ce que, épuisés, ils réclament leur déjeuner.

— Comment pouvez-vous avoir déjà faim ? leur demanda Alex en riant.

Je donnai aux petits les instructions habituelles : monter les marches prudemment, rester l'un derrière l'autre, se tenir à la rampe. J'allais les suivre, lorsque Alex attrapa mon poignet. Il se baissa, cueillit de petites fleurs pourpres d'un massif de lavande au pied des marches et les accrocha à mon oreille.

— C'est joli, dit-il.

Je vacillai, persuadée qu'il allait m'embrasser. Mon cœur exultait, mon cuir chevelu picotait là où ses doigts avaient effleuré mes cheveux pour y glisser les fleurs. Ses lèvres s'entrouvrirent.

— Laura !

La voix d'Edwin nous ramena à la réalité. Je traînai le regard jusqu'à l'endroit où les enfants nous attendaient, une dizaine de marches plus haut.

— Vous devez rester derrière nous, se plaignit Edwin, son visage exprimant un mélange de colère et d'anxiété.

Alex, d'un geste, m'invita à les suivre.

— Très bien, les gars, continuez à monter, mais doucement.

Il bavarda avec eux pendant tout le trajet retour et je gardai les yeux fixés au sol, essayant de comprendre si tout cela signifiait quelque chose, ou rien – les fleurs, ses rapprochements, ses éloignements.

Mon moral s'assombrit quand, en traversant la pelouse, je remarquai que les portes de la cuisine étaient ouvertes. Ruth apparut sur le seuil et nous regarda approcher.

— Maman ! cria Edwin en s'élançant vers elle.

Alex riva ses yeux sur Ruth et ceci marqua la fin de ses regards insaisissables pour moi. Je caressai les fleurs derrière mon oreille et ralentis le pas.

Ruth se pencha sur Edwin pour l'embrasser.

— Va te laver les mains et le visage, mon chéri, Joel aussi. Vous pouvez jouer à l'intérieur en attendant que votre déjeuner soit prêt.

Quand elle se redressa, son regard se posa sur Alex.

— Ruth, tu es magnifique.

Il ouvrit les bras en avançant vers elle. Tendue, elle le laissa déposer un baiser sur chacune de ses joues.

Je m'arrêtai dans le patio et me retournai pour contempler une dernière fois le jardin avant de rentrer.

— C'est toujours d'accord pour notre déjeuner ? lui demanda-t-il

Au ton de sa voix, je sentis qu'il redoutait sa réponse.

— Pourquoi pas ? répondit-elle au bout de quelques instants. Laura, assurez-vous qu'Edwin mange un sandwich avant de lui donner d'autres fruits, d'accord ?

Avant même que je puisse répondre, ils étaient déjà partis. La voiture d'Alex démarra un instant plus tard.

J'attrapai une pomme posée sur la table, que les oiseaux avaient picorée. Les mots de Ruth (« il pense que je suis à sa disposition ») me trottaient dans la tête et j'enfonçai l'ongle de mon pouce dans la peau fripée du fruit, jusque dans sa chair flasque. Alex n'avait pas besoin de quelqu'un qui le faisait attendre, qui le faisait se sentir coupable quand il n'avait rien fait de mal. Il méritait quelqu'un qui courrait avec lui sur une plage battue par le vent, qui rirait, la tête tournée vers le ciel.

Il méritait quelqu'un qui l'aimerait – quelqu'un qui serait libre de l'aimer.

Je préparai des sandwichs au jambon pour les enfants et moi. Je coupai deux pommes intactes en des croissants de lune parfaits et les disposai sur une assiette avec une montagne de *fingers* au chocolat. Plus tard, lorsque Edwin et Joel jouèrent aux petits trains, je m'enfuis dans l'annexe et glissai les fleurs violettes qu'Alex m'avait offertes, et qui perdaient déjà de leur fraîcheur, entre les pages de mon livre le plus épais, et je les pressai jusqu'à les aplatir.

11

Seraphine

J'adore me réveiller à Winterbourne. J'adore rester allongée, les yeux fermés, à écouter le grondement étouffé du trafic, dehors, les bribes de phrases prononcées par les cyclistes passant sous les fenêtres, les commentaires paisibles échangés par les voisins au moment où ils émergent de leurs maisons. Ce matin, j'entends les gémissements aigus d'un petit chien et le bruit d'un camion poubelle qui avance par à-coups dans la rue. Mes doigts parcourent le motif bien connu dont le couvre-lit est orné, comme je le faisais déjà, toute petite, quand je venais rendre visite à ma grand-mère. Même l'odeur de la cire pour mobilier émanant de la table de chevet en acajou me renvoie en arrière, au temps où j'avais 7 ans. Et pendant un instant, je fais mine que tout va bien et que mon père est toujours là, s'affairant dans la cuisine, en bas, préparant son café, lisant son journal.

Lorsque je descends, Edwin est déjà parti au travail et Danny est en train de faire frire du bacon.

Je jette un coup d'œil à la poêlée, énorme.

— T'as invité beaucoup de gens ?

— Très drôle. J'ai besoin d'énergie. Brooke m'emmène faire un tour à pied de la ville, avec des amis de ses parents.

Je hausse les sourcils.

— Des amis de ses parents ? T'es sérieux ?

Il rentre la tête dans les épaules. Je n'ai pas l'habitude de voir Danny gêné et cela déclenche en moi un frisson d'amusement, tout en éveillant mon instinct de protection.

— J'aime bien Brooke, c'est tout, dit-il en haussant les épaules. Écoute, sœurette, à propos d'hier soir, en repensant à cette lettre, et à l'accident de papa…

Il me regarde, hésite.

— Mmm ?

— Papa m'a dit un truc, quelques jours avant de mourir, quand je suis rentré de mon voyage. Il m'a confié qu'il avait quelque chose à nous annoncer, à tous.

— Et ?

— Je ne sais pas. Il a dit qu'il était content que nous nous réunissions à Summerbourne ce week-end-là, celui de notre anniversaire, qu'il voulait nous parler.

Je suis en train de porter à ma bouche une cuillerée du muesli que je viens de me préparer. Mon geste reste suspendu en l'air.

— Eh bien, il s'agissait de quoi ?

En voyant son expression, je me rends compte qu'il n'en sait rien, et ma cuillère retombe dans le bol.

L'accident de papa s'est produit un jeudi. Il était arrivé à Summerbourne la veille de notre vingt-cinquième anniversaire afin de s'occuper des préparatifs de la fête prévue pour le samedi. Nous pensons qu'il essayait de sauver un chaton coincé sur le toit du garage quand il est tombé de l'échelle ; il est mort en se cognant violemment la tête contre le sol.

Edwin et moi étions au travail, ce jour-là – Edwin à Londres et moi à Norwich – mais Danny, tout juste rentré d'un déplacement à l'étranger, s'était rendu au village pour voir des amis, si bien que c'est lui qui a trouvé papa. C'est lui qui a vu les secouristes constater le décès, c'est lui qui a dû parler avec la police, nous prévenir, tenir à distance les voisins curieux, me relever quand je me suis écroulée sur le gravier.

Au bout d'un moment, je finis par demander :

— Papa en a-t-il touché un mot à Edwin ?

Mais Danny hausse les épaules.

— Cela m'était complètement sorti de la tête, jusqu'à ce matin. Crois-tu que ce soit important ? Personne n'était là quand il est tombé, et ça me tracasse. Comment pouvons-nous être sûrs que c'*était* un accident ?

— Danny !

Je repousse ma chaise et me lève, je fais quelques pas jusqu'à l'évier, me retourne :

— La police *a dit* que c'était un accident.

— Je sais.

Je vois très bien que, tout comme moi, il repense à notre conversation de la veille : la lettre et ses mots voilés, insinuant que la mort de papa était loin d'être le fruit du hasard, mon entêtement à croire qu'il s'agissait d'une menace fantôme. Je m'efforce de regagner cette confiance, mais dans ma voix résonne le doute.

— Tu ne crois tout de même pas que… quelqu'un l'a tué ? Assassiné ? À cause de ce qu'il allait nous dire ?

Je tente d'éloigner cette image bouleversante de mes pensées, mais j'ai du mal à respirer. Je reprends :

— S'il te plaît, Danny. Ce n'est pas vrai. Ce ne peut pas être vrai.

Nous nous regardons et je m'attends presque à le voir se lever, s'approcher, secouer mes épaules, me dire que *c'est* vrai, c'est horriblement vrai. Mais, comme il vient juste de le souligner, personne n'était là : comment pourrions-nous être sûrs ?

Danny est le premier à détourner les yeux.

— Tu as raison, sœurette, soupire-t-il. C'est probablement une réaction normale, celle de chercher un bouc émissaire. J'aurais dû ne rien dire.

Il avale un morceau de son bacon, je jette mon muesli à la poubelle. Depuis la fenêtre, j'aperçois une fine silhouette aux cheveux blond platine pousser la grille de la maison. Je me tourne vers Danny.

— Ce que papa voulait nous dire était peut-être en rapport avec tout ça, dis-je en faisant un geste vers la salle à manger. Cette lettre étrange, Laura. Qu'en penses-tu ?

La sonnette retentit. Mon frère jumeau me regarde pendant un moment, puis se lève.

— Je ne sais plus quoi penser, avoue-t-il.

Il se dirige vers l'entrée et je lui emboîte le pas, m'apprêtant à monter l'escalier, lorsqu'il se tourne vers moi.

— Qu'as-tu prévu de faire, aujourd'hui ? Vas-tu rentrer à Summerbourne ?

— Ouais.

— Pas de bêtises, OK ? me rappelle-t-il en me jetant un long regard.

La sonnette retentit une nouvelle fois.

— Bêtises ? Comme, par exemple, faire un tour de la ville à pied sous cette chaleur écrasante ?

Il fait une grimace et je disparais de sa vue avant même qu'il ouvre la porte.

De retour dans l'intimité de ma chambre, je compose le numéro de téléphone professionnel d'Alex Kaimal et la voix agréable d'une femme m'assure qu'il sera au bureau toute la journée. L'adresse est celle d'un pôle industriel dans la banlieue sud de Leeds ; et j'espère qu'Alex sera plus facile à aborder que Laura.

Après m'être douchée et habillée, j'attends que Danny et Brooke sortent, avant de descendre, puis je me mets en route. À cause de nombreux travaux, je n'arrive à destination que quatre heures après. En coupant le moteur devant l'immeuble à l'ossature métallique où Alex est censé se trouver, je me rends compte que je suis affamée, mais je ne peux pas me permettre de gâcher cette rencontre, je dois avancer. Je me brosse les cheveux, mets du rouge à lèvres, lisse ma robe. Je sors.

À une extrémité du hall d'entrée, de gros fauteuils rembourrés couleur sorbet sont disposés en fer à cheval à côté d'un distributeur d'eau. À l'autre, un homme et une femme parlent à voix basse au téléphone, derrière leur comptoir. J'attire le regard du réceptionniste, qui vient de raccrocher.

— Bonjour, je voudrais voir M. Alex Kaimal, s'il vous plaît. C'est plutôt urgent. Pourriez-vous lui demander de descendre ?

— Bien sûr, répond-il avec un sourire. Est-ce qu'il vous attend ?

— Non, je... je voulais le prévenir par mail, mais...

Que puis-je dire ? Que j'avais peur qu'en voyant mon nom dans l'adresse, il refuse de me rencontrer ? Après l'accueil que Laura m'a réservé, je ne suis pas si sûre qu'Alex me recevra les bras ouverts.

Le réceptionniste ne perd pas son sourire.

— Qui dois-je annoncer ?

J'avale ma salive.

— Seraphine... (et là je bloque sur mon nom de famille) Harris, finis-je par dire en me cramponnant au comptoir.

Il chuchote au téléphone, puis, couvrant le microphone de sa main, penche la tête vers moi.

— Je suis désolé. M. Kaimal est en réunion du conseil d'administration, son assistante dit que vous pouvez prendre un rendez-vous pour la semaine prochaine, si vous le souhaitez.

Je maîtrise l'instinct qui me commande de lui arracher le combiné des mains et je m'efforce de sourire comme si de rien n'était.

— Ce n'est pas grave, dis-je en tournant les talons.

Me sentant un peu faible sur mes jambes, je me dirige vers le distributeur puis me sers un verre d'eau glacée et m'installe dans un fauteuil près de l'ascenseur.

J'attendrai ici. Je sais à quoi ressemble Alex Kaimal et je l'approcherai quand il quittera l'immeuble. Pendant l'heure suivante, je m'occupe en feuilletant des magazines, sans que quiconque m'adresse la parole. Autour de 16 h 30, une jeune femme aux cheveux noirs, parmi lesquels se détache une mèche rose, arrive et prend place dans un fauteuil plus loin, après m'avoir décoché un sourire. Elle se concentre sur son téléphone.

J'assiste à un va-et-vient incessant de personnes – j'en compte trente-quatre – avant que les portes de l'ascenseur ne s'ouvrent sur l'homme pour qui je suis venue. Son visage s'est un peu alourdi et il est plus âgé que sur la photo trouvée sur Internet, mais il n'y a pas de doutes, c'est bien Alex Kaimal. Je me lève en même temps que la femme à la chevelure noire et rose.

— Bonjour, papa, dit-elle.

— Ma petite Kiara.

Ils s'embrassent sur la joue sans me prêter la moindre attention, puis se dirigent vers la sortie. Je les suis.

— Monsieur Kaimal.

Ma voix n'est qu'un croassement, je suis donc obligée de répéter plus fort. C'est sa fille qui se retourne la première.

Lorsque Alex Kaimal fait enfin volte-face, des frissons glacés me parcourent. Nous nous regardons en silence.

— Pouvons-nous vous aider ? me demande la fille.

Je ne peux pas détacher mes yeux de lui et j'ai du mal à articuler :

— Je suis Seraphine Mayes. La fille de Dominic et Ruth Mayes. Je crois que vous étiez un ami de mes parents.

Et à cet instant, son attitude change. Il fait un pas en arrière, levant les mains comme pour se défendre, sa respiration précipitée.

— Vous ne pouvez pas être leur fille. Ce n'est pas possible. Ruth est morte.

J'avance avec précaution.

— Je sais. Elle est morte le jour où je suis née.

Il secoue la tête, lentement d'abord, puis énergiquement.

— Non, non, c'est impossible.

— Papa ? intervient la fille, et Alex lui serre la main sans détacher ses yeux de moi.

— Edwin, mon frère, se souvient de vous.

Son visage affiche une expression peinée.

— Pourquoi dites-vous que c'est impossible, monsieur Kaimal ?

Il secoue la tête, la bouche légèrement entrouverte, incapable de prononcer un seul mot.

— Laura ? lâche-t-il enfin. Non. Comment… ?

Puis il reprend le contrôle de ses émotions et fait un pas vers moi, puis un autre, menton relevé, yeux exorbités.

— Qui *êtes*-vous ?

Je me dis qu'il est prêt à bondir sur moi et je trébuche en arrière. La fille le tire par la main.

— Papa, ça suffit. Nous devons y aller. S'il te plaît, le supplie-t-elle.

Alex semble se détendre légèrement et me scrute de la tête aux pieds, des pieds à la tête.

— Je ne sais pas qui vous êtes, me dit-il d'une voix râpeuse, mais je n'ai pas envie de parler avec vous. Ne vous approchez pas de moi. Ni de ma fille.

Ils se cramponnent l'un à l'autre, tout en se dépêchant de s'éloigner, traversent le parking et glissent dans une voiture. Des gens sont sortis de l'immeuble et me jettent des regards furtifs. Je tremble. *Impossible.* Il a dit que c'était *impossible* que je sois la fille de mes parents. L'idée qu'il puisse avoir raison me dévore. Et, tout au fond de mon cerveau, trois mots s'enchaînent en boucle. *Qui suis-je* ?

12

Laura

Octobre-novembre 1991

Une fois qu'Alex l'eut raccompagnée, après leur déjeuner, Ruth monta directement dans sa chambre, prétextant une migraine. J'avais préparé des gâteaux avec Edwin et Joel, et je mordis dans le coin croustillant d'un flapjack[1] tout en observant la voiture jaune glisser dans l'allée. À en juger par l'attitude de Ruth, je devinais que son rendez-vous avec lui n'avait pas été un succès.

En arrivant à Summerbourne, ce soir-là, Dominic était d'humeur joyeuse, humeur qui s'évapora le lendemain après un appel téléphonique. Lèvres pincées, il entra dans la cuisine.

— C'était Alex. Finalement, il ne pourra pas déjeuner avec nous. Il doit rentrer à Leeds immédiatement, une urgence au travail, je crois.

Ruth haussa les épaules.

— Tant pis. De toute façon, hier, il n'a fait que parler des travaux qu'il effectue au cottage. C'était ennuyeux. Je voudrais seulement, quand il est comme ça, qu'il t'appelle – après tout, c'est toi, son copain.

Dominic plissa le front.

— Je t'en prie, tu le connais depuis aussi longtemps que moi. L'as-tu contrarié, une fois de plus ? J'ai eu l'impression que cette urgence au travail n'était qu'une excuse.

1. Gâteau d'origine britannique, ressemblant à une barre énergétique.

— Eh bien, si lui dire que je ne suis pas son assistante et que je ne suis pas à sa disposition à tout moment pour résoudre ses problèmes de décoration intérieure revient à le contrarier, alors oui. Peut-être bien. Mais c'est sa faute.

J'étais entrée dans la cuisine pour prendre un gobelet d'eau pour Edwin et je gardai les yeux baissés. Mais, avant de retourner dans la salle de jeux, je m'arrêtai dans la buanderie, à côté, d'où je pouvais écouter sans être vue.

— Bon sang, Ruth, Alex n'a pas *besoin* de ton aide. Il est simplement excité, il veut partager son projet avec nous, disait Dominic d'un ton vivement exaspéré. Pourquoi tu te comportes toujours comme ça ?

— Tu ne sais pas ce que c'est pour moi, d'être coincée ici toute la semaine. Crois-tu que tout est jeu et amusement ? J'ai renoncé à ma carrière pour *ça*.

Je retins mon souffle. Ruth m'avait parlé de son poste dans une banque, qu'elle avait quitté à la naissance des jumeaux ; elle m'avait dit combien elle l'aimait, combien cela lui manquait. Mais j'étais vexée face à son attitude méprisante vis-à-vis du temps qu'elle passait avec Edwin et moi.

— Déménageons à Winterbourne, alors. Mettons Edwin dans la même école que les enfants des Mellard. Tu pourrais reprendre un travail à mi-temps, voir si cela te convient…

Une chaise érafla bruyamment le carrelage.

— Je ne vais pas emmener Edwin loin de Summerbourne. Je ne le ferai jamais !

Je me glissai dans la salle de jeux et fis en sorte qu'Edwin reste avec moi toute la matinée, pour ne pas les déranger.

L'humeur de Ruth ne s'améliora pas après le départ de Dominic, le lundi suivant. Edwin et moi prîmes l'habitude de jouer à l'extérieur tous les matins, dans le jardin ou à la plage, ou encore à l'aire de jeux du village, si nous avions envie de faire une promenade et un tour à l'épicerie. Nous retournions à la maison pour le déjeuner, et, ensuite, nous choisissions un projet pour l'après-midi : création de maquettes avec des boîtes de carton recyclé, préparation de biscuits, chasses au trésor. Faire des heures supplémentaires ne me dérangeait absolument pas ; plus j'étais occupée, moins j'avais de chances de me sentir seule ou de repenser à ce qui était, et n'était pas, arrivé avec Alex près de la falaise.

Ruth flânait souvent dans la cuisine pendant qu'Edwin et moi prenions notre déjeuner ; elle semblait heureuse d'écouter le bavardage insouciant du petit qui lui racontait nos aventures de la matinée, mais elle se lamenta de ses migraines pendant trois week-ends d'affilée, Dominic étant à la maison. Je n'entendis aucun d'eux mentionner Alex.

Vera appela un mardi, vers la fin du mois.

— Cela vous dérangerait-il, Laura, d'accompagner Edwin à son cours de gymnastique demain ? J'aimerais inviter Ruth à déjeuner dehors, je voudrais avoir une bonne discussion avec elle.

— Bien sûr, il n'y a aucun problème.

— Merci, ma chère. Je ne sais pas ce que nous ferions sans vous.

Le fait de devoir marcher jusqu'à la salle de sports ne découragea point Edwin. Helen Luckhurst était là avec son fils Ralph, toujours très sérieux, et la petite Daisy, emmitouflée dans un porte-bébé contre sa poitrine. Elle me proposa du café grisâtre dans une tasse de polystyrène, me soumettant à un interrogatoire sur la vie à Summerbourne, pendant que nous regardions les enfants avancer en équilibre précaire sur les poutres.

— Mais, est-ce qu'elle se comporte en vraie mère – Ruth – quand elle est à la maison ? me demanda-t-elle fébrilement.

— Dans quel sens ?

— Eh bien, elle semble toujours si… froide. Surtout depuis qu'elle a perdu son autre petit garçon. Est-ce qu'elle en veut à Edwin ? Pour l'avoir distraite ? Est-ce qu'elle l'aime toujours ? Je veux dire, vraiment, profondément ? Comme une vraie mère ?

J'inspirai et me tournai de l'autre côté. Lorsqu'elle se rendit compte que je n'avais aucune intention de répondre, elle se leva en haussant les épaules et alla bavarder avec quelqu'un d'autre.

Quand Edwin et moi rentrâmes à la maison, Ruth et Vera n'étaient toujours pas revenues, alors j'installai Edwin devant ses dessins animés préférés à la télévision. J'étais dans la cuisine au moment où le téléphone sonna.

— Maison Summerbourne.

— Bonjour, Laura. C'est Alex.

— Oh, bonjour.

Trois semaines et cinq jours s'étaient écoulés depuis le moment où il avait glissé les fleurs dans mes cheveux, se penchant tout près de moi avec son petit sourire. Avait-il compté chaque minute, lui aussi ?

— Je me demandais… Ruth est-elle là ?

Je revins à la réalité.

— Non, désolée. Elle est sortie.

— Pourriez-vous lui laisser un message de ma part ?

— Bien sûr.

Je pris le bloc de Post-it et le crayon sur la console.

— Pourriez-vous lui dire que je suis au cottage aujourd'hui et jusqu'à samedi ? Si elle veut passer, elle sera la bienvenue. Mes voisins me disent qu'il y a une fête d'Halloween dans le village demain soir – savez-vous si elle pense y aller ? Je devrais peut-être attendre jusqu'au week-end… ou appeler Dominic.

— OK. Je lui dirai.

— Super. Merci, Laura. Et merci aussi pour la plage, l'autre jour, c'était agréable.

— Oui. D'accord. Au revoir.

J'écrivis :

Alex est au cottage. Fête demain soir ?

Un peu plus tard, rentrée de son déjeuner avec Vera, Ruth fit irruption dans la salle de jeux.

— Tu t'es bien amusé à la gym, mon chéri ? demanda-t-elle à Edwin, tout en se baissant pour l'embrasser.

— Oui, maman.

Ses joues étaient d'un rouge vif et elle plissa les yeux en me regardant par-dessus la tête d'Edwin.

— Débarrassez-vous d'elle, s'il vous plaît, souffla-t-elle.

— Qui ?

— Ma mère. Persuadez-la de rentrer chez elle. Elle n'a pas arrêté de me dire que nous devons repartir de zéro, déménager à Winterbourne. Je ne peux pas supporter l'idée de devoir m'asseoir à côté d'elle, ce soir, au dîner. Aidez-moi, Laura.

Et, sur ces mots, elle embrassa Edwin de nouveau et sortit d'un pas martial de la pièce. Je lui emboîtai le pas, sachant qu'elle monterait directement dans sa chambre.

Je trouvai Vera debout dans la cuisine, face à la porte-fenêtre, le regard perdu dans le jardin.

— Tout va bien, madame Blackwood ?

Je la vis se redresser. Elle me sourit.

— Absolument. Tout va bien. Tout compte fait, je ne crois pas que je resterai dîner, ce soir. Pourriez-vous m'appeler un taxi, ma chère ?

J'allai dans l'entrée pour passer le coup de fil. Le Post-it avait disparu.

Le matin suivant, Edwin et moi rentrâmes du jardin avec des sacs remplis de feuilles mortes, envahissant l'entrée de nos imperméables et de nos bottes en caoutchouc. Ruth était au téléphone, et, visiblement, nous l'avions dérangée. Elle couvrit le bas du combiné d'une main et attendit que l'on disparaisse dans la salle de jeux avec nos trouvailles avant de reprendre sa conversation. Plus tard, elle nous rejoignit pour admirer le collage d'Edwin.

— Laura, je sais que j'avais dit que j'emmènerais Edwin à

la salle des fêtes, aujourd'hui, pour Halloween. Mais si je vous demandais de l'accompagner à ma place ?

Edwin se figea, un tube de colle dans la main, et son regard passa de sa mère à moi.

— Oui, il n'y a pas de problème.

— Oh, merci. Vous me sauvez la vie. Je veux faire un tour en ville et acheter un costume pour la fête de ce soir. Apparemment, beaucoup de voisins vont y aller.

— Est-ce que je peux venir ? demanda Edwin.

— Ce soir ? dit Ruth en lui ébouriffant les cheveux. Non, chéri, désolée. C'est une fête pour les grands. Laura te tiendra compagnie. Vous pourrez peut-être jouer au jeu des pommes dans l'eau ?

Puis elle se tourna vers moi, et le ton rêveur de sa voix se teinta d'un soupçon de brusquerie :

— Si cela ne vous ennuie pas de faire du baby-sitting, ce soir ?

Je secouai la tête.

— Non, pas du tout.

Après le déjeuner, Edwin mit son costume de pirate et je lui dessinai, à l'aide de mon eye-liner noir, des moustaches frisées et des poils de barbe. Avant de partir, je glissai dans mon sac une lampe de poche pour éclairer notre chemin, au retour. C'étaient les vacances de la Toussaint, et le village était envahi d'enfants déguisés en fantômes et diables, en passant par toutes sortes d'autres créatures épouvantables. Helen Luckhurst me présenta Kemi Harris, la maman de Joel, récemment rentrée du Nigéria. Kemi me remercia d'avoir aidé Joel à préparer des biscuits pour fêter son retour, mais comme Edwin me tirait par le bras, je les laissai bavarder et le suivis pour un tour de la salle des fêtes.

Alors que nous faisions la queue pour les jeux, il s'agrippait fort à ma main et regardait, les yeux ronds, les bandes de gamins qui couraient dans tous les sens à travers cette grande pièce plongée dans l'écho de leurs cris. Il essaya un jeu qui consistait à mordre dans des donuts suspendus à un fil, passa la main dans la boîte à surprises, où se dissimulaient des figurines visqueuses d'insectes. Les deux petits magiciens qui se jetèrent sur lui n'étaient autres que Joel et Ralph, mais Edwin enfouit son visage dans mon pull et refusa de jouer avec eux.

Au moment de rentrer, j'enveloppai bien son écharpe autour de lui et baissai le bonnet sur ses oreilles, mais, pendant le trajet, le froid s'insinua sous nos vêtements, nous faisant frissonner. Lorsque nous arrivâmes au niveau de la dernière maison, juste avant de tourner dans notre allée, une voiture ralentit puis s'arrêta. C'était Ruth.

— Quelle synchronisation ! s'exclama-t-elle tandis que nous nous glissions à l'intérieur du véhicule.

— C'était comment la fête, mon chéri ?

En guise de réponse, Edwin sortit sa lèvre inférieure.

— J'ai acheté un merveilleux déguisement de sorcière, nous informa-t-elle. Et Alex nous a trouvé de longues capes noires. Ça ira à la perfection.

Plus tard, je donnai le bain à Edwin et le mis au lit. Je lui lisais une histoire lorsque Ruth fit son apparition dans sa chambre, en dansant. Elle portait un chapeau pointu et une robe de velours noir et bordeaux, qui ondulait autour d'elle au gré de ses virevoltes. Ses ongles et son rouge à lèvres étaient rouge sang, son ombre à paupières sombre. Ses yeux pétillaient.

— Je n'aime pas, dit Edwin en se cachant le visage dans mon épaule.

Ruth arrêta de se trémousser.

— C'est seulement ta maman, Edwin, dis-je. Un déguisement. C'est une jolie robe, non ?

Edwin secoua la tête sans ouvrir les yeux.

— Bon, fit Ruth en posant les mains sur ses hanches, Alex passe me chercher dans une minute. Ne m'attendez pas, Laura, mais gardez la porte de l'annexe ouverte. On se voit demain matin.

— Amusez-vous bien.

Elle sortit dans un froufroutement et Edwin se frotta les yeux de ses petits poings.

— Je n'aime pas maman comme ça, dit-il.

— Moi non plus, chuchotai-je. Mais demain, elle redeviendra normale, ne t'inquiète pas.

Je lui lus d'autres histoires et restai assise près de lui, lui caressant les cheveux, jusqu'à ce qu'il s'endorme. Ensuite, après avoir rangé la cuisine, je m'installai avec mon oreiller et mon duvet sur le canapé dans la salle de jeux, de sorte à pouvoir entendre Edwin au cas où il m'appellerait, dans la nuit. Mais je dormis d'un sommeil ininterrompu. Lorsque je me réveillai, le lendemain, des spirales de brume grise ondulaient derrière les vitres de la fenêtre. Le soleil perçait à peine l'horizon.

Dans l'entrée gisaient les bottes noires de Ruth, luisantes d'humidité. Des traces d'eau miroitaient sur le carrelage, suggérant l'empreinte d'une autre paire de bottes, plus grandes, qu'on avait dû poser à côté. Je pensai me préparer du thé et me retirer dans l'annexe lorsque, en regardant distraitement par la fenêtre, un mouvement attira mon attention. Je m'approchai de la vitre pour mieux voir à travers la semi-obscurité mélancolique du matin.

Quelque chose bougeait, oscillait sous les arbres, dans l'allée. Y avait-il des gens ? Je plissai les yeux : deux silhouettes flottaient sur le bord de la pelouse. Toute trace de sommeil s'évanouit dans l'instant, et mon cœur se mit à cogner dans ma poitrine. Je reculai jusqu'à la console, jetant un coup d'œil au téléphone. Fallait-il appeler la police ? Réveiller Ruth ? J'hésitai. Je ressentais le froid pénétrer en moi à travers mes pieds nus posés sur le carrelage glacial. Au bout d'un moment, je me dis que je ferais peut-être mieux de retourner au lit, d'attendre que le soleil soit plus haut. Il s'agissait probablement de deux innocents voisins qui s'étaient sans doute déjà éloignés.

Un faible couinement me tira alors de mes réflexions, suivi d'un grincement aigu qui me parut familier. Je glissai de nouveau à la fenêtre. Michael se tenait près des deux silhouettes vacillantes, sa brouette posée près de lui. Je me rendis compte alors qu'il ne s'agissait pas de deux personnes. Je mis mes bottes en caoutchouc et enfilai mon manteau, mes mains tremblant sur la poignée de la porte, car mon instinct me soufflait qu'elle n'avait pas été fermée à clé. Et, en effet, c'était bien le cas. Je sortis, le ventre noué. Michael me regardait approcher, une expression sombre peinte sur le visage. Le soleil tout juste levé commençait à percer le brouillard et on voyait clairement, à présent, deux formes accrochées à la branche d'un frêne. J'avançai vers l'arbre.

— Ce ne sont pas de vraies personnes, chuchotai-je.

Cependant, Michael ne répondit pas, les yeux fixés sur moi comme s'il attendait que je fasse quelque chose. Frissonnant, je tendis les mains et sentis alors, sous mes doigts, du velours. Du velours mouillé. Les capes noires qu'Alex et Ruth avaient portées à la fête, suspendues par leurs capuches.

Une vague de soulagement m'envahit et un son semblable à un rire sortit de ma bouche. Mais quand je me tournai vers Michael, je vis qu'il était plus sérieux que jamais.

— Ce n'est pas un bon signe, décréta-t-il en secouant la tête.

Je rentrai à la maison d'un pas mal assuré, fermant la porte à clé. Je pris mon oreiller et mon duvet au passage et allai dans ma chambre, où je me recouchai jusqu'à ce que le vacarme des dessins animés à la télé me tire du lit, une heure plus tard. Je regardai par la fenêtre dans la lumière grise : les capes avaient disparu.

Edwin et moi passâmes la matinée dans la salle de jeux. Un bruit de pneus sur le gravier annonça l'arrivée d'une voiture alors que nous préparions des sandwichs pour le déjeuner. Je scrutai l'allée, floue sous le voile de la bruine, puis rejoignis Ruth, qui se trouvait dans la salle à manger.

— Alex est là.

Elle se leva d'un bond, mains pressées sur les joues. La sonnette retentit. Elle tira les rideaux d'un coup sec et se passa les doigts dans les cheveux.

— Je lui avais dit de ne pas revenir, marmonna-t-elle, puis, redressant ses épaules, ajouta :

— Ce n'est pas grave, ouvrez-lui, Laura.

Il se tenait sur le pas de la porte, les cheveux mouillés par la pluie fine. Il ne me vit même pas, ses yeux fouillaient anxieusement l'entrée derrière moi. Je l'invitai à entrer, lui indiquant la porte de la salle à manger. Edwin et moi mangeâmes nos sandwichs dans la salle de jeux et regardâmes la télé tout l'après-midi, n'osant en sortir qu'une fois la voiture d'Alex disparue.

Dominic arriva tard, ce soir-là, le coffre de sa voiture rempli de sacs de provisions. Le matin suivant, nous étions tous réunis dans la cuisine lorsque, s'apprêtant à couper des oignons et à écraser de l'ail, il demanda à quelle heure Alex était censé arriver.

Ruth s'appuya à l'évier, nous tournant le dos.

— Je ne crois pas qu'il viendra, dit-elle enfin.

Dominic se figea, le couteau en l'air.

— Et pourquoi ?

Ruth haussa les épaules.

Je pelai une banane pour Edwin et lui fis signe de me suivre dans la salle de jeux.

Une minute plus tard, Dominic pénétra à grands pas dans la pièce où nous étions en train d'étaler de grandes feuilles de papier sur la table pour faire de la peinture.

— Dis-moi, Edwin, ça te dirait si on allait voir oncle Alex au village ?

— Oui, oui ! cria le petit.

— C'est le week-end, Laura, vous ne devriez pas travailler. Je crois qu'on profite un peu trop de votre gentillesse, ici, dit Dominic en me décochant un sourire crispé.

— Ce n'est pas un problème.

— Voulez-vous faire un tour quelque part ? Je peux vous déposer en ville.

L'image de mes amies surgit dans mon esprit et je repensai à nous quatre, à nos samedis après-midi passés au centre commercial, à l'argent que nous mettions en commun pour nous acheter des chips, à nos commérages sur les camarades du lycée.

— Non, vraiment, merci. Je vais...

J'indiquai ma chambre d'un geste.

— D'accord.

Une fois qu'ils furent partis, je restai immobile à côté de la table, la gorge serrée. Que faisaient mes copines, à ce moment même ? Hazel était probablement en train de prendre des notes à ses cours du samedi matin, la première année de médecine étant plutôt chargée. Jo avait rejoint la police, et je la voyais d'astreinte pour le week-end, avalant une gorgée de café brûlant avant de se lancer dans une mission urgente. Et Pati dormait sûrement encore, dans sa chambre d'étudiante dont elle n'émergerait pas avant plusieurs heures. Elles avaient sans doute de nouvelles copines, désormais, avec qui elles partageaient des blagues et esquissaient des projets d'avenir. Trop occupées pour penser à moi ne serait-ce qu'une minute.

Un mouvement dans le jardin me tira de ce moment d'apitoiement sur moi-même en me ramenant au présent. Je m'approchai des grandes fenêtres de la salle de jeux : Ruth marchait sur la pelouse, en pantoufles et vieux gilet gris, indifférente au froid glacial de novembre. Elle disparut entre les arbres. J'étais seule à la maison.

Dans la cuisine flottait l'odeur de l'oignon et de l'ail, abandonnés sur la planche. Je piochai deux livres dans la bibliothèque du séjour puis retournai dans ma chambre avec une tasse de thé.

Quelques heures plus tard, le son des dessins animés me prévint du retour d'Edwin. Complètement absorbé par les images, il ne me vit pas passer derrière le canapé et me diriger vers la cuisine. Je remplis la bouilloire, puis, entendant la voix de Dominic en provenance du séjour, je marchai à pas feutrés jusqu'à la porte, qui était fermée.

—... pense vendre le cottage, disait-il. C'est ridicule, il l'a acheté il y a si peu de temps. C'est un bon investissement, même s'il ne veut plus y habiter.

Je ne pus déchiffrer le murmure indistinct de Ruth.

— Eh bien, quelque chose l'a contrarié, c'est sûr, poursuivit Dominic.

—... sa propre vie, rétorqua Ruth.

— Tu t'es de nouveau disputée avec lui, j'imagine ? Tu lui as fait croire que nous le voulions près de nous, puis tu lui as montré le contraire. J'espère que tu es satisfaite, maintenant.

Des pas approchèrent de la porte et je me précipitai vers la bouilloire.

— *Il* devrait déménager à Winterbourne, fulminait Ruth. Ça te plairait, j'en suis sûre. Toi et Alex. Vous pourriez vivre votre vie comme bon vous semble.

Je retournai dans l'annexe, abandonnant le thé que je voulais me préparer.

Dominic rentra à Londres le dimanche matin et, pendant le reste de la semaine, Ruth se tint à l'écart, si bien que je jugeai préférable de sortir avec Edwin autant que possible. Michael me fit goûter des coings, un autre fruit que je ne connaissais pas. Edwin et moi en cueillîmes quelques-uns et en fîmes une compote. Mais c'était leur parfum qui m'attirait le plus, un parfum qui m'évoquait les loukoums et le thé Earl Grey que Vera privilégiait. J'en mis deux sur le rebord de ma fenêtre dans l'annexe et, chaque fois que je passais à côté, je caressais leur peau jaune duveteuse, humant leur arôme ensorcelant capable de dissoudre l'atmosphère de tension qui régnait dans la maison.

Ruth et Dominic se disputèrent une nouvelle fois le week-end suivant. Il vint me voir le dimanche après-midi, alors que j'étais dans le jardin avec Edwin.

— Je suis vraiment désolé, Laura, pour cette situation, avoua-t-il d'un ton amer. Je pense que Ruth devrait faire un break, cela lui ferait du bien. Serait-il possible d'envisager que vous gardiez Edwin à temps plein pendant quelques jours ? Je voudrais réserver un séjour pour qu'elle parte un peu avec Vera.

— Bien sûr, je ferai tout ce qui est nécessaire pour l'aider.

Il me fit un petit sourire.

— Eh bien, je ne sais vraiment pas ce que nous avons fait pour mériter quelqu'un comme vous. Merci. Je vous paierai le double pour toutes ces heures supplémentaires.

J'ouvris la bouche pour protester, cela aurait été beaucoup trop pour le travail en plus que cela comporterait, mais il leva la main pour m'interrompre.

— Si vous n'acceptez pas, Laura, je vais me sentir mal à l'aise.

Comme Edwin, qui descendait à toute allure du toboggan, atterrit entre ses jambes, il rit et ajouta :

— En fait, c'est une prime de risque.

L'ambiance à la maison retrouva un peu de légèreté. Ruth me confia qu'elle allait passer quelques jours avec Vera dans un relais-château de luxe et elle recommença à prendre ses repas avec nous. Elle posait des questions à Edwin concernant ses activités du matin et, parfois, elle sortait en promenade avec lui l'après-midi, me permettant ainsi de réviser. Avant le soir, elle descendait souvent à la plage, disant que cela l'aidait à se retrouver. Je gardais Edwin les samedis soir, afin de leur permettre, à Dominic et elle, de sortir un peu. Je somnolais dans la salle de jeux jusqu'à leur retour, tard dans la nuit, puis je me traînais dans ma chambre.

Toutefois, à mesure que la date de son voyage approchait, elle redevint distante, distraite, impatiente. Je fis de mon mieux pour la rassurer, lui promettant qu'Edwin allait être bien avec moi, mais elle m'écouta à peine : cela ne semblait pas être la source de son inquiétude. Dominic pensait qu'elle était malheureuse parce qu'elle n'était toujours pas enceinte. Vera pensait qu'elle faisait une dépression. Mais aucune de ces théories ne me convainquait. Si Dominic avait raison à propos du cottage d'Alex, je devinai que Ruth devait se sentir coupable d'avoir poussé ce dernier à le vendre. Je me demandais s'il lui manquait, si elle allait essayer de l'attirer de nouveau à Summerbourne. J'étais partagée entre l'envie de le revoir et l'espoir de ne plus me retrouver face à lui.

Ce matin-là, je vérifiais l'heure sans arrêt. Dominic avait pris une journée de congé pour récupérer sa femme et sa belle-mère et les accompagner à l'hôtel. J'étais curieuse de savoir si Ruth élaborerait une excuse pour ne pas partir.

Et pourtant, quand Dominic arriva, elle parut résignée à l'idée de ce voyage et serra Edwin farouchement dans ses bras avant de rejoindre Vera sur la banquette arrière de la voiture. C'était un jeudi après-midi gris et froid, le ciel crachait une pluie fine, si bien qu'Edwin et moi restâmes dans l'entrée au moment de leur départ. Lorsque la voiture s'engagea dans l'allée, je vis sa lèvre inférieure trembler.

— Est-ce que papa va revenir, après ?

— Je ne sais pas.

Nous regardâmes la voiture disparaître au loin.

13

Seraphine

Entre le bureau d'Alex Kaimal et Summerbourne, il y a une distance de cent quarante miles. Et pendant que la route s'égrène, des questions tournent en boucle, implacablement, dans ma tête. Pourquoi Alex avait-il l'air si choqué quand il a entendu mon nom ? Disait-il la vérité quand il a assuré ne pas avoir contacté Laura ? Pourquoi a-t-il affirmé que j'étais *impossible* ?

Qui *suis*-je ?

Plus j'avance sur la route, plus le martèlement que je ressens à la base de mon crâne s'intensifie.

Quand j'arrive enfin à la maison, un oiseau mort m'attend sur le seuil. Je lui donne un petit coup de la pointe de ma chaussure. Ses pattes grêles et son bec noir pointent vers le ciel, ses yeux mi-clos sont creux. J'observe la fenêtre à l'étage au-dessus – il s'est peut-être cogné contre la vitre et n'a pas survécu à l'impact. En passant la porte, je vois une plume noire danser sur le carrelage de l'entrée, et mon souffle se coince dans ma gorge. Je pourrais jurer que cette plume était déjà là quand j'ai ouvert. *Je perds la boule.* Sur la pointe des pieds, je me bats avec le verrou, que nous utilisons rarement, afin de bien fermer la porte.

Avec chaque minute qui passe, la crispation dans mon cou et mes épaules devient plus douloureuse. Lorsque je fouille le placard de la cuisine à la recherche d'antalgiques, la boîte de somnifères laissée par Vera tombe sur le comptoir. J'avale deux comprimés d'ibuprofène, puis j'ouvre le réfrigérateur et, dans le souffle glacial qui en sort, je m'efforce de respirer lentement, profondément. Les barquettes de pâtes qu'Edwin m'a laissées me regardent d'un air boudeur. Finalement, je ferme le réfrigérateur d'un coup sec puis fouine dans le garde-manger à la recherche d'un paquet de crackers.

L'impression d'un mouvement dans le jardin me fait sursauter. Je presse le front contre l'une des portes-fenêtres, scrutant les parterres envahis par les mauvaises herbes qui bordent la pelouse. Un ruban rose s'étire encore dans le ciel, mais la nuit tombe et il est difficile de deviner ce qui se cache derrière les ombres. Un renard, peut-être ? Je me retourne vers le désordre qui règne dans la cuisine tout illuminée, mon regard tombe sur les cachets de Vera. Je les considère. Ils sont tellement minuscules que je me demande s'ils pourraient vraiment avoir raison des pensées agitées qui tourbillonnent dans mon esprit. Néanmoins, la perspective de profiter d'une nuit de sommeil profond est si irrésistible que j'en avale un avec un verre d'eau, le sentant à peine glisser dans ma gorge.

Je mordille un cracker tout en déambulant dans la maison pour vérifier que chaque porte et fenêtre soit bien fermée. L'effet du somnifère se fait sentir plus tôt que je m'y attendais. Ou bien est-ce l'épuisement qui alourdit mes paupières, alors que je monte l'escalier en me traînant ? Une vague de torpeur submerge mes pensées, qui sombrent sous la surface de ma conscience. Je me jette sur le lit sans me déshabiller et plonge dans un sommeil profond.

Je me réveille le lendemain matin dans la lumière vive du soleil qui flotte dans ma chambre, dérangée par un bourdonnement intermittent que je finis par reconnaître : c'est mon portable. Il me faut encore une minute pour me focaliser sur l'écran.

J'ai pensé à autre chose. C'est un peu délicat, en revanche. Si vous passez au cabinet ce matin nous pourrons en parler. Pamela

Que diable signifie « un peu délicat », venant de Pamela ? Une infirmière qui a affaire à des patients atteints de cancer, qui soigne des amputations, des épuisements nerveux, qui voit des malades mourir : que pourrait-il lui sembler « un peu délicat » ?

Je descends d'un pas lourd, mue par le besoin impérieux d'aller vérifier si l'oiseau mort est toujours sur le seuil, besoin plus pressant encore que ma soif désespérée. Le verrou est tellement rigide que j'en ai mal aux doigts. Quand je parviens enfin à ouvrir la porte, l'éclat éblouissant du soleil m'aveugle pendant quelques secondes. L'oiseau a disparu. Je parcours l'allée du regard. Un chat, ou un renard, l'a peut-être pris pendant la nuit. Puis, quelque chose sur le gazon délimitant l'espace ovale devant l'entrée attire mon attention. Je fais quelques pas dans cette direction, même si les cailloux effilés sous mes pieds nus me font grimacer de douleur. On dirait des traces de brûlure sur l'herbe mal soignée.

Mon cœur bat la chamade tandis que je fonce dans l'escalier et me poste à la fenêtre de ma chambre. Les lettres ont été formées avec le feu de sorte à être lues précisément de cet angle. Et, à la vue du mot qu'elles forment, j'ai la chair de poule.

ARRÊTE

Comme toujours, le cabinet médical est très calme. Haley Pickersgill me fixe, derrière son bureau, et je l'ignore, péniblement consciente du fait que je porte toujours les habits froissés d'hier et que je ne me suis même pas lavé les dents ce matin, sans parler de me brosser les cheveux. J'ai mal à la tête. La porte du bureau de Pamela étant ouverte, je l'aperçois les yeux rivés sur l'écran de son portable. Le personnel ici a un peu trop de temps à disposition, je pense.

— Seraphine, entre. Assieds-toi, je t'en prie, dit-elle en m'étudiant de son regard perçant, les lèvres serrées.

Je me force à lui offrir un petit sourire.

— Bonjour, Pamela. Vous avez dit que vous vous êtes souvenue de quelque chose.

Elle se redresse.

— Je ne savais pas s'il fallait t'en parler ou pas. Martin pense que je ne devrais pas. Mais cela pourrait être important, si tu veux en savoir plus concernant les grossesses et les naissances dans ta famille.

J'acquiesce d'un hochement de tête, serrant fort les accoudoirs de ma chaise.

— C'est quelque chose qu'on nous racontait quand j'étais petite, commence-t-elle. Au village, dans la cour de l'école. Ta maman était plus âgée que nous de quelques années. Elle était déjà à l'école primaire, alors que Martin et moi étions encore à la maternelle. Mais nous savions tout à propos d'elle. Tu connais le village.

Je hoche de nouveau la tête.

— Bon. Ta mère avait un frère jumeau.

Le frère mentionné dans l'avis de décès de ma mère.

— Oui, j'étais au courant. Que lui est-il arrivé ?

— Eh bien, il est mort, m'informe-t-elle en regardant le stylo qu'elle tourne entre ses doigts. Avant la naissance. Ta grand-mère attendait des jumeaux, mais seule Ruth a survécu.

— Oh, c'est triste. Ma grand-mère n'a jamais rien dit.

— Je ne me souviens pas de son prénom, désolée.

— C'est normal, vous n'étiez même pas née. Cela a dû être terrible pour mamie.

Je pense à Vera, à comment elle se réfère souvent à Danny et moi comme aux jumeaux de Summerbourne, à comment cela m'irrite. Je me sens coupable, maintenant que je sais qu'elle a perdu son propre fils jumeau. Sans compter son petit-fils, Theo, un autre jumeau. Au bout d'un moment, je poursuis :

— Mais pourquoi Martin pense-t-il que vous ne devriez pas me parler de tout cela ?

Pamela recommence à jouer avec son stylo.

— Martin ne pensait pas à cette partie-là. Mais au reste. À ce que les autres enfants disaient à propos de ce frère jumeau. Ils disaient des choses méchantes à ta maman, avoue-t-elle en déglutissant. Ils disaient qu'elle l'avait étranglé.

Je la fixe, ébahie.

— Quoi ?

— Il était mort-né, tu vois, avec le cordon autour de son cou. Les enfants disaient que Ruth avait enroulé le cordon autour de son cou, quand ils étaient dans le ventre de leur mère, et qu'elle avait tiré jusqu'à ce qu'il meure.

— Mais… c'est ridicule. Et horrible. Comment pouvaient-ils dire ça ?

— Je sais. Et, bien évidemment, ce n'est pas vrai.

— Évidemment.

— Mais je crois que cela rappelait aux gens les autres histoires. Les vieilles histoires.

Elle attend, immobile, et j'ai comme l'impression qu'elle est en train de me donner une chance de partir, de dire que je ne veux pas entendre.

— Quelles vieilles histoires ?

— Celles qui racontent que les jumeaux ne survivent jamais à Summerbourne, lâche-t-elle, me regardant enfin dans les yeux avec une expression peinée, presque inquiète.

J'essaie de maîtriser ma voix, mais mon cœur cogne dans ma poitrine :

— C'est… Que voulez-vous dire ?

— Le Summerbourne qui a construit la maison, explique-t-elle, a rencontré des difficultés financières, apparemment, il a presque fait faillite. Il avait des jumeaux. Au village, on dit que c'était un tricheur et un voleur. Par exemple, il refusait de payer les gens à qui il avait acheté des marchandises ou qui lui avaient rendu des services, affirmant les avoir déjà rémunérés alors que ce n'était pas le cas. Ce genre de choses.

— C'était il y a très longtemps.

— Je sais. En tout cas, selon ce qu'on raconte, un maçon local avait construit la tour et réalisé les éléments sculptés. Un forgeron du village s'était chargé du canon pour le cadran solaire. Mais, une fois les travaux terminés, M. Summerbourne maintint qu'ils avaient convenu d'un certain prix, alors qu'en réalité c'était le double. Il y a eu une dispute, et les gens du village ont menacé de détruire la tour. Seulement, lorsqu'ils sont arrivés sur la falaise, M. Summerbourne avait placé la poussette avec ses deux bébés jumeaux à proximité de l'entrée de la tour. Ils dormaient à poings fermés.

Bien malgré moi, je suis subjuguée.

— Continuez, je vous en prie.

— Eh bien, les villageois ont fait demi-tour. C'étaient des gens bien, ils ne voulaient pas provoquer une scène, faire peur aux bébés. Alors ils ont capitulé et sont rentrés chez eux. Mais cette nuit-là... Cette fameuse nuit, un des bébés a disparu de son berceau à Summerbourne. Il s'est volatilisé.

— Que s'est-il passé alors ?

— Ils ne l'ont jamais retrouvé. Il n'y avait pas de traces d'effraction ; tout le monde avait un alibi. Les gens ont dit que les lutins avaient pris le bébé pour punir Summerbourne.

Un rire ironique s'échappe de ma bouche.

— Bien sûr. Les lutins, c'est tellement plus probable, plutôt qu'un homme en chair et en os ayant des raisons d'en vouloir à Summerbourne.

Le regard que Pamela me jette est presque outré.

— Je te dis seulement ce qu'on raconte. Depuis ce jour-là, une malédiction pèse sur les jumeaux de la famille Summerbourne : ils ne peuvent pas rester en vie tous les deux. Le frère jumeau de ta mère est mort-né. Ton grand frère Theo est tombé de la falaise. Quant à Danny et toi...

Je la fixe.

— Danny et moi… quoi ?

— Eh bien, certains disent que ta pauvre mère a donné sa vie en échange de la vôtre.

Je pousse ma chaise en arrière pour mettre une distance entre elle et moi.

— Comment pouvez-vous me dire des choses pareilles ?

— Et d'autres maintiennent aussi…, poursuit-elle en tendant une main vers moi. Je suis désolée, Seraphine, mais tu voulais savoir…

Le cœur battant, je me lève et marche à reculons jusqu'à me cogner contre la porte.

— Quoi, encore ?

— D'autres maintiennent que cela n'a pas marché. Que quelqu'un a enlevé les vrais bébés de ta mère. Que Danny et toi n'êtes pas de vrais jumeaux Summerbourne, conclut-elle en penchant la tête, me regardant avec compassion. Je suis désolée, Seraphine, et je suis sûre que ce ne sont que des ragots de racontars. Mais j'ai pensé que tu devais être au courant.

J'arrive enfin à ouvrir la porte après m'être battue avec la poignée, et tandis que je traverse la salle d'attente d'un pas chancelant, Hayley me regarde la bouche ouverte. Dehors, dans la rue, le soleil est haut et brûlant et tout miroite dans la chaleur. Les maisons, les voitures, tout semble étrangement déformé. Je ne sais pas si je me suis vraiment réveillée ce matin, ou bien si je suis prisonnière d'un cauchemar.

14

Laura

Novembre 1991

Après avoir laissé Ruth et Vera sur leur lieu de vacances, Dominic rentra à Summerbourne. Il faisait déjà nuit, et le froid de novembre s'engouffra dans l'entrée lorsqu'il ouvrit la porte.

— Devine où nous allons demain, lança-t-il à Edwin. Je vais te donner un indice : c'est un endroit avec beaucoup d'eau et beaucoup de poissons.

— La mer ! s'écria le petit.

— L'aquarium, corrigea Dominic.

Le sourire aux lèvres, il se tourna ensuite vers moi :

— Je n'avais pas tellement envie de retourner à Londres, juste pour une journée.

Quand je redescendis après avoir mis Edwin au lit, Dominic m'appela dans le séjour. Les rideaux étaient tirés et il observait le ciel à travers la vitre.

— Cette nuit, il y a une lune bleue, m'informa-t-il. Venez voir.

Je me plaçai à côté de lui, l'air chaud du radiateur se mélangeant à celui, froid, venant de la fenêtre.

— On ne dirait pas qu'elle est bleue.

— C'est un terme de vieux fermier, dit-il en riant. Quand une saison comporte quatre pleines lunes au lieu de trois, on appelle la troisième « lune bleue ».

— Oh, je ne savais pas que cela existait. Mais pourquoi ce n'est pas la dernière pleine lune qui est appelée lune bleue ? C'est bien la quatrième qui est en plus, non ?

— En fait, je n'en ai aucune idée, avoua-t-il en me jetant un regard oblique. Je n'y avais jamais songé.

Je m'approchai de la fenêtre pour mieux regarder, et ma respiration embua la vitre.

— Je suis choquée que la lune bleue ne soit pas réellement bleue.

— Alors, attendez de voir une lune noire, l'été prochain, dit-il en se tournant vers moi. Je vous trouverai la date. Cela va vous bouleverser.

— Oh.

— Certains disent, de manière beaucoup plus prosaïque, qu'une lune bleue n'est qu'une pleine lune supplémentaire dans un mois.

— Comment osent-ils !

Il éclata de rire et la surprise dans ses yeux se transforma en une lueur d'intérêt.

— Vous cachez bien votre jeu, n'est-ce pas ?

— Je ne comprends pas.

— Vous ne parlez jamais de vous, de votre famille.

— Je n'y pense pas beaucoup, dis-je en haussant les épaules.

— Pour beaucoup de gens, c'est ce qui les définit : leurs origines, leurs proches.

— Pas pour moi.

— Vous viviez avec votre mère, non, avant de venir ici ?

— Oui. Et avec Beaky, son compagnon. Il ne m'aime pas.

— C'était difficile, pour vous ? demanda-t-il tout en me scrutant.

Je m'éloignai de quelques pas, lui tournant le dos, et m'arrêtai près de la table basse, où étaient posés une bouteille de vin rouge et deux verres.

Dominic me rejoignit.

— Vous me tenez compagnie ? proposa-t-il en levant un verre.

J'hésitai, me frottant les bras, mal à l'aise.

— Je vais faire du feu. Nous devons célébrer la lune bleue. Allez, asseyez-vous ici.

Je tirai les rideaux avant de me laisser tomber sur le canapé. Le vin était à température ambiante, et je le faisais tourner dans ma bouche, essayant de m'habituer à sa souple amertume, tout en observant Dominic, accroupi près de la cheminée. Il avait allumé du petit bois et empilait maintenant des bûches au-dessus des flammes. Une volute de fumée monta dans la pièce, diffusant une odeur de moisi, de vieille maison.

— Et que voulez-vous faire, dans la vie ? demanda-t-il en s'asseyant à côté de moi avec son verre. Après votre année ici et votre diplôme en biochimie ?

Je me retranchai au bord du canapé puis poussai un soupir.

— Je ne sais pas. Voyager, peut-être.

— Avec des amis ?

— Nous en parlions, avant, avec mes copines. Maintenant, je ne sais pas. Elles ont probablement d'autres projets.

— Vous êtes très gentille avec Edwin. Je vous vois bien, un jour, avoir votre propre famille.

Le riche arôme du vin commençait à me plaire. Je vidai le verre.

— Oui.

— Mais, pour le moment, vous ne sortez pas de votre coquille.

— Si je le pouvais, je m'éloignerais de tout. Pour tout recommencer, être une personne nouvelle.

— Vous réinventer ?

Cette fois, je le regardai droit dans les yeux. Son expression était ouverte, il n'y avait aucune trace de jugement. Je maintins mon regard rivé au sien pendant quelques instants.

— Oui. Ce serait vraiment bien.

Il sembla réfléchir à ces mots et ne me posa plus aucune

question. Le mélange puissant d'alcool, de chaleur et de silence paisible m'aida à me relaxer, et je m'installai plus confortablement. Il remplit mon verre et nous restâmes assis à regarder les flammes qui dansaient en dévorant les bûches.

— La vie est une drôle de chose, affirma-t-il enfin d'une voix basse, éraillée. Un instant, vous avez tout ce que vous avez toujours désiré, et celui d'après...

Ses prunelles, dilatées dans la pénombre de la pièce, reflétaient la lumière vacillante de la cheminée.

— Theo, dis-je.

Il pencha la tête en arrière, le regard rivé au plafond.

— Ruth vous a-t-elle raconté comment cela s'est passé ?

— C'est Alex qui m'a raconté.

— J'y pense tout le temps. Je pense à Theo tout le temps.

Je m'approchai de lui et posai la main sur la sienne. Ses mains étaient plus grandes que celles d'Alex, mais pas aussi lisses ; la suie tachait ses doigts, lui donnant un air vulnérable.

— Désolée, m'excusai-je.

Il se redressa, baissa les yeux et étudia ma main. Puis, il la retourna et caressa la paume de son pouce. Une vague de frissons s'empara de mon corps et je savourai cet instant délicieux.

— Vous savez, le jour où nous sommes allés à la plage. Quand vous êtes partie faire un tour en Topper avec Alex. Je pensais que vous deux, peut-être...

Je secouai la tête, forçai un sourire.

— Non.

Il caressa de nouveau ma paume.

— Ah. Auriez-vous voulu qu'il se passe quelque chose entre vous ?

Je ne répondis pas tout de suite. Je fermai les yeux, me concentrant sur la sensation de son pouce qui effleurait mes doigts, dessinait des cercles sur la partie interne de mon poignet. J'avais l'impression de flotter, c'était comme si mes muscles avaient fondu.

— Un homme comme lui ne s'intéresserait jamais à quelqu'un comme moi, dis-je au bout d'un moment.

Je revoyais Alex boire des yeux chaque geste de Ruth. Je le revoyais sur le pas de la porte, dans la pluie, le jour après la fête d'Halloween ; ses vêtements trempés, tendu dans l'espoir d'apercevoir Ruth au moins un instant.

La caresse s'interrompit et je rouvris les yeux. Dominic repoussa une mèche de cheveux de ma joue.

— Et alors, un homme comme lui serait un idiot, murmura-t-il.

Je vis ses lèvres s'entrouvrir tandis qu'il se penchait vers moi. Ses doigts glissèrent dans mes cheveux, sa main se posa sur ma nuque. Nos visages n'étaient plus qu'à un centimètre de distance.

— Nous ne devrions pas, dit-il. Mais vous êtes si…

Sa bouche frôla la mienne, puis il se redressa. Son mouvement soudain produisit un courant d'air froid qui vint s'interposer entre nous, là où quelques secondes auparavant vibrait la chaleur de sa poitrine. Je plaçai ma main à l'arrière de sa tête et l'attirai à moi.

Cela faisait tellement longtemps, depuis la dernière fois. Quand nous commençâmes à nous embrasser, je pensai à Alex. *Nous aurions pu…* Mais l'homme que je serrais entre mes bras n'était pas Alex. C'était quelqu'un qui me désirait, ici et maintenant. Quelqu'un qui s'emparait de ma bouche aussi avidement que je m'emparais de la sienne, qui arrachait mes vêtements avec le même empressement avec lequel j'arrachais les siens.

Et, finalement, cela ne m'attristait plus, qu'il ne soit pas Alex. Seuls les flammes et les ombres, et son corps inconnu arrivaient jusqu'au seuil de ma conscience. Je me concentrai sur l'instant présent, sans plus aucune pensée pour les barrières qui auraient dû nous séparer, sans plus aucune considération pour les conséquences. Nous avions envie l'un de l'autre. Nous avions besoin l'un de l'autre.

Plus tard, quand il roula sur le côté, je l'implorai de ne pas partir.

Mais il ne se retourna pas, mettant ainsi une distance entre nous tandis que les battements de nos cœurs revenaient à un rythme normal. Le feu n'était plus qu'un tas de cendres. Il se leva, tira les rideaux dans un cliquetis implacable d'anneaux métalliques, et frotta la condensation qui s'était formée sur la vitre. Dans la lumière de la lune, ses cheveux semblaient argentés.

— Quand aura-t-elle lieu, la prochaine lune bleue ? demandai-je depuis le canapé.

Il secoua la tête. Je serrai plus fort mes bras autour de mes genoux.

Un bruit dans l'entrée nous fit sursauter et je ramassai mon pull, qui était tombé par terre, pour me couvrir. Dominic alla jeter un coup d'œil, puis revint, visiblement soulagé.

— Ce n'était rien, me rassura-t-il.

Il me fixa d'un regard sombre.

— Cela ne peut pas se reproduire, Laura.

J'avalai ma salive.

— Je sais.

— Prenez-vous… ?

Plissant le front, il indiqua mon ventre.

— Mon Dieu, oui, je prends la pilule.

— C'est bien.

Et, à ces mots, il tourna les talons. J'entendis les marches grincer une à une tandis qu'il montait l'escalier, puis le bruit sourd d'une porte qui se fermait. Je me blottis sur le canapé, sans pleurer, les yeux bien ouverts. L'air froid provenant de la mer pénétrait à travers d'invisibles fissures autour de la fenêtre, et la lune bleue regardait sans ciller le feu désormais éteint et mon corps frissonnant.

15

Seraphine

En traversant la rue pour rejoindre ma voiture, je sens mes jambes vaciller. Une vive douleur me vrille les tempes. Le métal de la poignée de porte brille d'un éclat aveuglant. J'ai l'impression de suffoquer. Helen Luckhurst accourt vers moi, me demandant si je vais bien, mais je fais mine de ne pas l'entendre et, ignorant courageusement la chaleur brûlante qui émane de la poignée, je plonge dans ma voiture en claquant la portière.

Dans l'allée qui mène à Summerbourne, je roule au pas. Michael, debout près de la grille devant chez lui, lève la main pour me saluer. Je me gare brusquement sur le bord de la route, après les cottages, et l'observe dans le rétroviseur. Edwin pense que Michael était là, le matin de notre naissance, au moment où la photo de ma mère avec un seul bébé a été prise. Je sors et me dirige vers lui.

— Bonjour.

Son regard suit ma main qui se pose sur la grille.

— Bonjour, monsieur Harris. Vous souvenez-vous de moi ? Seraphine Mayes. Vous aviez l'habitude de nous appeler, mon frère et moi, les lutins jumeaux.

À ces mots, il écarquille les yeux et, se tournant légèrement en direction du jardin, il appelle :

— Joel ! Joel !

Pendant un long moment, il ne se passe rien, et je me

demande pourquoi je suis venue embêter ce vieil homme. Quand j'étais petite, il dégageait une si grande autorité, racontait des anecdotes et des histoires si fascinantes qu'aujourd'hui, je pourrais pleurer en voyant comment la démence sénile l'a gagné rapidement, à quel point il est confus lorsqu'il me regarde. Et puis Joel fait son apparition sur le seuil, dans un vieux T-shirt, le front luisant de sueur. Il ne sourit pas.

Sa voix est tendue lorsqu'il me salue, et une vague de regret, tellement écrasante que j'en ai le souffle coupé, surgit de nulle part. J'ai éloigné Joel de ma vie il y a si longtemps que, désormais, nous nous comportons comme si nous nous connaissions à peine. Et pourtant, si je devais choisir une seule personne au monde pour rester à mes côtés en ce moment, ce serait lui. Mais il est trop tard. Je m'efforce de détacher mes yeux de son visage et me concentre sur l'herbe à mes pieds, tout en inspirant profondément.

— Je voulais juste…

C'est trop tard, Seraphine. Tu arrives trop tard.

Je recommence :

— Je voulais parler à Michael… Mais si ce n'est pas…

Depuis que Joel est là, Michael s'est détendu. Son anxiété disparue, il sourit soudainement, agitant un doigt dans ma direction :

— Oh, je me souviens de toi, Seraphine Mayes. Le petit lutin.

Joel ouvre la bouche, les traits tordus en une grimace horrifiée, puis nous regarde tour à tour, Michael et moi, mais je ne lui laisse pas le temps d'intervenir :

— Ce n'est pas grave, ne t'inquiète pas.

Il semble un peu rassuré et ses épaules se relaxent légèrement. Il indique deux chaises en bois.

— Viens t'asseoir à l'ombre, je t'apporte quelque chose à boire.

Il s'engouffre à l'intérieur et ma respiration retrouve un

rythme normal. Michael s'installe déjà sur l'une des chaises, essoufflé, et je me pose sur l'autre.

— Ces fleurs sont magnifiques.

Je fais un signe de la tête vers la profusion d'impatiens roses qui débordent d'un pot en terre cuite posé sur la table, entre nous, mais il semble ne pas y prêter attention.

— Oh, Seraphine Mayes. Elle peut être rancunière, celle-là, c'est sûr. Tout est toujours la faute des autres.

Je m'éclaircis la voix, jetant un regard par-dessus mon épaule, espérant que Joel n'ait pas entendu.

— Je voudrais que vous me racontiez le jour où nous sommes nés, les lutins jumeaux de Summerbourne. Vous souvenez-vous de ma mère, Ruth ?

Michael se penche en avant avec un grognement, pour arracher une fleur morte, mais lorsqu'il se redresse, la tenant entre le pouce et l'index, il sourit.

— Oui, c'était une femme bien, Ruth. Elle était gentille. Elle m'a beaucoup aidé quand j'ai dû m'occuper de ce petit, dit-il en indiquant Joel, qui revient avec deux verres de limonade. Quelle tragédie, quand elle est tombée de la falaise.

— Papi, s'il te plaît, dit Joel en posant les verres sur la table.

— Ce n'est pas grave, Joel.

Après être allé chercher une autre chaise et un troisième verre, Joel prend place un peu plus loin. Je me tourne vers Michael.

— Continuez, monsieur Harris. Pouvez-vous me parler de ce qui s'est passé ce jour-là ? Qu'est-il arrivé à Ruth, qu'est-il arrivé à ses bébés ?

Michael me lance un regard rusé.

— Ah, les lutins jumeaux ? On a volé le bébé de Ruth, alors les fées ont eu pitié d'elle et lui ont donné deux lutins jumeaux à la place. Que dis-tu de ça ?

Et il se redresse sur sa chaise d'un air satisfait.

Un bébé volé ? Cela ne colle pas avec l'histoire que Pamela m'a racontée.

— Eh bien, monsieur Harris, c'est... une histoire intéressante. Mais que s'est-il passé, réellement ? Les fées n'existent pas.

Je lui fais un sourire encourageant, mais son visage s'assombrit.

— N'en sois pas si certaine, jeune fille. J'ai vu des sorcières à Summerbourne. Des sorcières qui se cachent dans les arbres et volent les enfants. J'ai brûlé leurs capes, tu sais. Ces jumeaux-là avaient quelque chose qui ne tournait pas rond.

— Quels jumeaux avaient quelque chose qui n'allait pas ? Danny et moi ? Que voulez-vous dire ?

— À Summerbourne, on ne peut pas garder de jumeaux, explique Michael.

Son regard se perd derrière la haie, d'où on voit apparaître les cheminées sur le toit de ma maison.

— C'est l'un ou l'autre, mais pas tous les deux, renchérit-il. Ruth et Robin, par exemple. Les fées ne pouvaient pas les laisser en vie tous les deux, non. Et... c'était quoi, déjà, son prénom ? Le petit blondinet qui est tombé de la falaise ?

— Theo, dis-je dans un filet de voix.

— Voilà.

— Mais nous, alors, monsieur Harris ? Danny et Seraphine ?

— Ceux deux-là étaient bizarres, dit-il lentement. Oh, cette famille... Ils voulaient de nouveau leurs jumeaux. Mais ce qu'ils ont fait n'était pas bien. J'ai vu la femme arriver.

— La femme ? Vous voulez dire la sage-femme ? Mais ma mère n'a pas employé de sage-femme.

Michael s'incline en avant pour mieux m'observer.

— D'où viens-tu vraiment, ma chère ? Tu n'es pas une jumelle de Summerbourne, n'est-ce pas ?

On entend un grand bruit. Mon verre s'est brisé sur la table, projetant limonade et éclats partout.

Joel se lève d'un bond.

— Ça va ? Es-tu blessée ?

Je n'arrive pas à respirer et fixe Joel parce que, dans ses yeux, malgré le dépit, je ne lis aucune surprise. Il a déjà entendu tout cela.

— Ça va ? répète-t-il.

— Je suis désolée, j'ai dû mal évaluer…

— Joel ? Qui est-elle ? demande Michael, bouleversé, essayant de se lever à son tour.

— Tout va bien, papi, répond-il doucement, assieds-toi.

Il nettoie la table des morceaux de verre et Michael s'exécute en soupirant.

— Tu es un gentil garçon, murmure-t-il tout en arrachant une autre fleur morte.

Mon cœur bat toujours très vite lorsque Joel me raccompagne à la voiture.

— Je suis désolé. Son état empire. Ce qu'il a dit ne signifie rien.

Son regard se pose sur mon véhicule et je m'aperçois soudain qu'il est extrêmement sale.

— Je n'aurais pas dû lui poser ces questions. C'est ma faute.

Je profite de l'occasion pour le dévisager. Sous ses traits tendus émerge une fatigue intense. Sa barbe de quelques jours accentue cette impression, on dirait qu'il ne dort pas assez. Je ne sais pas du tout à quoi ressemble sa vie, dernièrement. Et cela me chagrine de constater qu'il semble malheureux.

— Et *toi*, Joel, ça va ?

À ces mots, il se tourne vers moi et ses yeux sombres brillent d'émotion.

— Il aimait bien raconter de vieilles histoires quand j'étais gamin, tu sais ? Au pub, tout le monde se regroupait autour de lui – il était l'expert du folklore local. Une partie de ces histoires, c'était sa grand-mère qui les lui avait transmises.

Le reste, je crois qu'il les inventait. Il adorait être au centre de l'attention. Il s'épanouissait.

Je n'ai aucun souvenir d'être allée au pub quand j'étais enfant, mais je me rappelle les contes que Michael brodait pour Danny et moi, entre deux séances de jardinage à Summerbourne. Il n'avait aucune difficulté à faire surgir dans nos esprits des visions de pirates sournois, de fées en colère, de rois et reines et de méchantes sorcières.

— Mais il aimait aussi des histoires plus récentes, poursuit Joel. Ou, plutôt, des ragots, qu'il embellissait de détails fantasques. Dont certains trop réels, peut-être, trop près de…

Je l'observe tandis qu'il plisse le front.

— Ruth et Robin. Et Theo. Surtout lui. C'était comme un horrible conte pour enfants, j'en faisais des cauchemars. Parfois, je me demandais si… Je m'inquiétais, je me disais que c'était *moi,* peut-être, qui avais détaché Theo dans sa poussette. Je croyais même me souvenir de l'avoir vu tomber.

— Joel, non, c'est impossible. Tu n'avais que 2 ans à l'époque. Tu n'aurais pas pu te balader là-haut tout seul.

Il me considère pendant un long instant, puis se redresse et semble se secouer.

— Je sais. Bien sûr, c'est ridicule. C'est seulement qu'entendre mon grand-père renouer avec ces horribles histoires a réveillé en moi cette peur, et…

Il s'interrompt et je voudrais lui dire que je suis là pour lui, que tout va s'arranger. Je lui tends la main. Il la saisit et, pendant un instant, nous restons ainsi, immobiles. Mon sang pulse dans mes veines.

— Je voudrais…

Je retiens mon souffle, attendant qu'il continue. Mais son regard glisse au-dessus de mon épaule, vers le jardin où Michael est toujours assis, et je détache mes doigts des siens. Nous prenons tous deux une profonde inspiration.

— Je suis désolé pour ton père, finit-il par dire.

Je hoche la tête. Que puis-je faire d'autre ? Finalement, je monte dans ma voiture et je pars, le laissant derrière moi, silhouette floue dans mon rétroviseur, tandis que je parcours les dernières centaines de mètres qui me séparent de Summerbourne.

Dans la cabane à outils derrière les écuries, je fouille dans un enchevêtrement de râteaux et de bêches, avant de trouver enfin ce que je cherche : une fourche. Puis je me dirige d'un pas martial vers l'endroit où les lettres balafrent la pelouse, et je plante les dents en acier dans le sol asséché par le soleil, en tapant fort avec mon pied sur la barre horizontale pour les enfoncer encore plus profondément. Dans ma furie, je déloge des mottes de terre, je passe et repasse la fourche sur l'herbe jusqu'à ce que le mot devienne illisible. *Des gamins*, songé-je, *des gamins du village faisant des bêtises.*

Plus tard, je m'assieds à la table de la cuisine avec un mug de café bien fort, attendant que les larmes arrêtent de couler. Je pense à Joel, enfant, effrayé par les histoires de Michael. Toutes les tragédies, tous les chagrins de leurs voisins transformés en contes horribles destinés à captiver les enfants, à leur faire peur. Petite, je n'avais jamais vu aucune malice dans ses histoires, mais, naturellement, Michael devait réserver celles qui concernaient Summerbourne à un autre public. Je me demande combien de gens au village ont grandi au rythme des récits légendaires de Summerbourne : lutins, malédictions et jumeaux malchanceux.

Soudain, une pensée me frappe : Michael serait-il toujours capable d'impressionner les gens, en dépit de ses trous de mémoire et de sa force déclinante ? Traverse-t-il des périodes de lucidité ? Autrement dit, aurait-il pu se faufiler ici, à la faveur des ténèbres, et écrire le message en brûlant le gazon avec du désherbant ? Pourtant, Michael semblait content de pouvoir parler de notre famille, aujourd'hui, malgré ses affabulations. Non. Il ne peut pas être l'auteur de cette mise en scène.

C'était l'œuvre d'enfants stupides, voilà tout. Mais la possibilité qu'une explication plus sinistre existe me taraude. Je ne sais toujours pas ce qui s'est passé ici le jour où je suis venue au monde. Je ne sais toujours pas pourquoi papa et maman, sur la photo, semblaient célébrer la naissance d'un seul bébé au lieu de deux. Mais si quelqu'un essaie de m'empêcher de fouiner, quel est donc le secret qu'il essaie de protéger ?

Le soleil est encore haut et les cachets de Vera me narguent depuis le comptoir, mais j'opte plutôt pour un bon bain qui m'aidera à me détendre. Je monte avec mon mug, mais en entrant dans la salle de bains, il m'échappe des mains et s'écrase au sol, projetant des morceaux de porcelaine dans toutes les directions et des éclaboussures de café brûlant sur mes jambes. Mes yeux fixent le miroir au-dessus du lavabo. Un message au rouge à lèvres couleur sang y est griffonné :

Arrête de poser des questions sinon tu perdras ta famille.

Tous mes doutes se volatilisent.

Quelqu'un s'est introduit ici, chez moi. Quelqu'un qui veut m'empêcher de découvrir la vérité.

Je pose malencontreusement le pied sur un éclat pointu, me coupant le talon, mais je ne ressens aucune douleur, anesthésiée par l'adrénaline qui a accéléré mon rythme cardiaque. Je dois prévenir quelqu'un. J'ai besoin d'aide. Il faut que j'appelle la police.

Je descends en boitillant, laissant derrière moi des taches de sang. Le combiné du téléphone fixe de l'entrée n'est pas sur son socle. L'aurais-je oublié dans une autre pièce ? Puis j'aperçois mon portable qui clignote. Je m'en empare : l'écran affiche des notifications bleues et vertes. Des messages entrants.

Je commence à composer le numéro des urgences, puis, à l'affût du moindre bruit, j'hésite. Le message sur le miroir est-il une véritable urgence ? Je dois réfléchir.

Je n'étais pas entrée dans la salle de bains depuis mon retour de Londres et de Leeds : hier soir, je me suis jetée sur le lit sans me déshabiller et, ce matin, je me suis précipitée au village pour voir Pamela après avoir trouvé le mot brûlé dans le gazon. Le message sur le miroir pourrait donc avoir été écrit il y a quarante-huit heures. Son auteur n'est sûrement plus ici.

J'imagine une voiture de police qui arrive à toute vitesse, moi qui conduis les policiers à l'étage et leur montre ces mots écrits au rouge à lèvres. Les policiers énervés. Pis, amusés. Je me raisonne. Non. Je n'appellerai pas les urgences. Le commissariat local, alors. Martin Larch.

Cependant, si je le contacte, je devrai aussi lui parler du papier avec l'adresse de Laura qui a été volé dans mon sac. Ce qui implique de lui expliquer également que j'ai suivi Laura ; lui parler de la lettre de menaces qu'elle a reçue et qui évoque papa et Summerbourne ; et, enfin, lui annoncer que j'ai trouvé une photo de famille où il manque un bébé, d'où ma crainte de ne pas être vraiment Seraphine Mayes.

Ai-je le courage ?

Comme toujours dans les moments de doute, je me réfugie dans le mantra de protection que je me répète depuis mon enfance : Edwin saura quoi faire.

Je compose le numéro d'Edwin. Pas de réponse. J'essaie Winterbourne, puis Danny, puis Vera. Personne. Pendant un instant, mon pouce hésite sur le numéro de papa, que je ne peux toujours pas me résoudre à supprimer. Et enfin, je laisse tomber le téléphone sur la table. Je pourrais retourner chez Michael, demander à Joel de jeter un coup d'œil au miroir. Mais je lui dirais quoi ? Et que ferait-il ?

Je reprends mon téléphone. Le dernier message est de Pamela :

Désolée de t'avoir bouleversée ce matin. J'espère que tu vas bien. Pamela

La notification bleue, en revanche, est une demande d'amitié sur Facebook. Dernièrement, j'ai évité les réseaux sociaux encore plus que d'habitude, sachant que je pourrais y trouver des vœux d'anniversaire, de la part de gens qui ne seraient pas au courant pour papa, et un flux de condoléances.

Je sélectionne la notification à l'écran et l'image d'une jeune femme apparaît. Une jeune femme avec une mèche rose dans ses cheveux noirs coupés court. Le téléphone tremble dans ma main.

Kiara Kaimal souhaite vous inviter à rejoindre sa liste d'amis sur Facebook.

Son profil n'affiche que son nom et sa photo, avec une image en arrière-plan : une mer turquoise sous un ciel bleu sans nuages. Je lis son message.

Salut, j'espère que ça ne te dérange pas que je te contacte. Mon père refuse de me parler de toi, mais j'ai la sensation qu'il y a peut-être un lien entre toi et ma mère. Elle est morte quand j'étais très petite et je n'ai aucun souvenir d'elle. Mon père me disait qu'il était trop triste pour me parler d'elle. Mais je crois qu'il me cache quelque chose. Pouvons-nous nous rencontrer ? Si tu ne préfères pas, je comprendrai. Je te souhaite le meilleur, quoi que tu décides. Kiara Kaimal

16

Laura

Novembre-décembre 1991

La vie à Summerbourne prit une tournure embarrassante après la nuit de la lune bleue. Le matin suivant, Dominic, contrit, sérieux, marmonna des excuses, puis envoya Edwin jouer dans le jardin afin de m'expliquer que cela ne devait pas se reproduire.

— Ruth ne devra jamais le découvrir, affirma-t-il d'une voix rauque.

L'espace d'une infime seconde, ses yeux croisèrent les miens, puis se détournèrent.

— Évidemment. C'était une erreur stupide.

Une fois qu'il fut sorti, je regardai mes mains, qui tremblaient légèrement. Je respirais à peine. J'avais la sensation de marcher sur une corde suspendue entre culpabilité et indignation. Le moindre faux pas, et je risquais d'être renvoyée de Summerbourne.

Le tremblement de mes mains devint presque imperceptible. À bien y réfléchir, les mots de Dominic étaient plutôt rassurants : ma plus grande crainte était qu'il veuille me virer sur-le-champ. Je vivais à Summerbourne depuis onze semaines seulement, mais je me sentais déjà différente ; ici, j'étais respectée, écoutée, traitée gentiment. L'idée d'être bannie, d'avoir à retourner chez maman et Beaky et d'habiter avec eux jusqu'à mon départ pour l'université l'année suivante m'incitait à mettre en œuvre tous les efforts nécessaires pour oublier ce troublant épisode avec Dominic.

Les jours suivants, dans des moments d'optimisme, j'espérais que Ruth rentrerait de ses vacances revigorée, d'humeur positive. Hélas, elle revint pâle et taciturne. Souffrante, elle passa plusieurs jours au lit. J'avais essayé de ne plus penser aux paroles de Dominic, le mois précédent, selon lesquelles Alex réfléchissait à vendre son cottage. Hélas, Michael m'informa avoir appris qu'Alex était passé au cabinet immobilier du village pour un rendez-vous en tête à tête avec le patron.

— Mais ça n'a aucun sens ! m'exclamai-je, consciente du ton désespéré de ma voix, et, en en même temps, trop choquée pour le cacher. Il n'a acheté le cottage qu'en septembre dernier ! Il est peut-être passé à l'agence pour discuter de quelque chose d'autre.

Les yeux de Michael pétillaient.

— Il a eu une prise de bec avec Mme Mayes, voilà ce que les gens disent. Il n'a plus envie de venir ici s'il n'est pas le bienvenu à Summerbourne.

— Mais ils se sont déjà disputés auparavant, non ? Ruth et Alex ? Ils vont se réconcilier.

— Nous verrons, commenta Michael avec un sourire. C'est à cause des lutins, tu sais, qui sèment la zizanie à Summerbourne, comme d'habitude. Tu as intérêt à ne pas les provoquer, ma petite Laura, où ils vont s'en prendre à toi aussi.

Je n'aimais pas quand il parlait comme cela. Ces absurdités avaient commencé à s'insinuer dans les rêves d'Edwin. Michael avait raconté aux enfants avoir trouvé des capes suspendues aux arbres et, ayant voulu les brûler, elles avaient libéré des scintilles vertes. Cette nuit-là, Edwin avait fait un cauchemar où des sorcières l'encerclaient dans la tour, volant de plus en plus vite sur leurs balais, jusqu'à ce que leurs capes prennent feu dans une explosion de flammes vertes. J'avais demandé à Michael de ne plus évoquer ces capes.

À la maison, personne ne prononçait le nom d'Alex. Dominic rentrait chaque week-end et nous étions parfaitement courtois l'un vis-à-vis de l'autre, mais toute trace de la chaleur amicale d'autrefois avait disparu.

Je me lançai dans la décoration de la salle de jeux pour la fête d'anniversaire d'Edwin, à laquelle étaient invités une petite dizaine d'enfants du village.

— Vous ne voudriez pas préparer un gâteau, Laura ? me demanda Ruth. D'habitude, c'est moi qui le fais, mais…

— Pas de souci, j'adorerais m'en occuper.

Edwin m'aida à disposer des parts de moelleux au chocolat pour former un « 4 », et à les recouvrir ensuite de glaçage. Je le supervisai tandis qu'il découpait la croûte d'un pain de mie pour faire des canapés et mettait des gaufres roses sur des assiettes, tout en préparant moi-même des brochettes de fromage et d'ananas que je plantais dans un pamplemousse. Nous en fîmes une sorte de porc-épic, qu'Edwin décora d'une cerise confite en guise de nez.

Vera arriva de Londres pour aider et me serra fort la main, me disant que j'étais « une vraie perle ». Les petits invités étaient polis, même si leurs parents, en revanche, profitèrent un peu trop du vin blanc que Ruth leur proposa. Elle s'en plaignit ensuite.

— Avez-vous vu tous les verres qu'Helen s'est envoyés ? dit-elle. Et je l'ai surprise dans l'entrée, en train de lire les noms dans mon agenda. C'est incroyable, non ?

— Elle est inquiète à cause de sa fille, dit Vera. Daisy aura des problèmes à long terme. Je crois que ça lui a fait du bien d'oublier tout ça pendant quelques heures.

— Bon, heureusement, Kemi a pu la raccompagner chez elle en voiture, une nouvelle fois. Helen n'était pas en état de rentrer toute seule.

— Sois gentille, Ruth.

Dominic arriva une fois la fête terminée, les bras chargés de cadeaux, et tonna en passant la porte d'entrée :

— Où est mon petit Summerbourne né en hiver ?

Il y eut des journées d'un froid mordant, en décembre, durant lesquelles le sommet de la falaise se couvrait de gel et les mouettes affamées survolaient la plage à la recherche de nourriture. Edwin et moi, emmitouflés dans nos manteaux, des bonnets sur la tête, passions toujours quelques heures dehors ; Ruth me prêtait ses gants et Edwin portait des mitaines attachées à un cordon passé entre ses manches. Je connaissais désormais chaque centimètre carré de la propriété, et aussi une bonne partie de la campagne qui l'entourait. On voyait moins Michael, mais, de temps en temps, nous l'apercevions quand même et quand je savais qu'il travaillait chez nous, je lui apportais toujours une tasse de thé brûlant.

Je pris soin d'éviter les repas en famille pendant les premiers week-ends de décembre, prétextant que j'avais besoin de faire une pause. Secrètement, j'essayais de passer le moins de temps possible en présence de Dominic. Toutefois, Ruth m'invita expressément à l'un de ces repas le dimanche avant mon départ pour les vacances de Noël, que je devais passer chez maman. J'acceptai à contrecœur. Vera était là également, et Ruth mit un soin particulier dans la décoration de la table, reprenant sèchement Edwin quand il déplaça les serviettes. Nous étions encore en train de manger, discutant entre deux bouchées, lorsque Dominic fit tinter sa fourchette contre son verre.

— Nous avons une petite annonce à faire, déclara-t-il en souriant.

Son regard passa de celui de Vera, fébrile, au mien, vide, à celui d'Edwin, surpris.

Ruth fit un petit signe de la tête à Vera et je posai ma fourchette.

— Nous allons avoir un bébé, dit Dominic avec un sourire radieux. Tu auras un petit frère ou une petite sœur, Edwin.

Je regardai Ruth, essayant de calmer ma respiration. Sous

la nappe, à l'abri de tous les regards, j'enfonçai les ongles dans mes paumes.

— Mais c'est une merveilleuse nouvelle ! s'exclama Vera.

Elle applaudit tandis qu'Edwin faisait semblant de tomber de stupéfaction, ce qui fit rire Ruth.

Je repensai à la photo des petits jumeaux dans la chambre de Ruth. C'était une *vraie* bonne nouvelle et je m'en réjouissais.

— Félicitations, dis-je.

Un brouhaha de voix excitées retentit dans la pièce.

— À combien de semaines es-tu ? demanda Vera.

— Oh, c'est le début, répondit vaguement Ruth.

— Un petit Summerbourne qui va naître en été ! s'exalta Vera.

Dominic gloussa.

— Exactement, il était temps qu'on en ait un par ici, convint-il.

— C'est une fille ou un garçon, maman ? demanda Edwin.

— Nous ne le savons pas encore, mon chéri. Nous devons patienter encore un peu.

— Cela se pourrait que tu attendes encore des jumeaux, commenta Vera.

Une chape de silence tomba sur nous tous pendant quelques secondes.

— Comment vous sentez-vous, Ruth ? demandai-je.

Elle me décocha un sourire reconnaissant.

— Mal fichue !

En vérité, elle était très pâle et semblait ne pas participer complètement à la joie collective.

Edwin commença à suggérer des prénoms pour le bébé.

— Ce sont des prénoms tirés de ta série *Thomas et ses amis,* j'imagine ? l'interrogea Dominic d'un air faussement soupçonneux.

— Bien sûr, papa !

Ruth ne prit pas de gâteau, mais Vera en mangea deux

parts, ce qui était très inhabituel. Je ne l'avais jamais vue aussi heureuse.

Je m'éclipsai dès que j'en eus l'opportunité, mais, en me dirigeant vers l'annexe, je croisai Dominic dans la cuisine. Je le félicitai une nouvelle fois.

Il me décocha un petit sourire. Mais, si dans ses yeux s'alluma, l'espace d'un instant, la lueur de notre ancienne amitié, ses lèvres légèrement pincées me révélèrent qu'il repensait à notre nuit ensemble.

Au fil des heures, mon humeur, déjà maussade, devint encore plus triste ; j'abandonnai ainsi mes livres et me couchai tôt. Quelques jours plus tard, assise dans la cuisine, Edwin sur mes genoux et ma valise posée à côté, j'attendais Ruth, qui devait m'accompagner à la gare, lorsque le téléphone sonna.

— Bonjour, maman, l'entendis-je dire depuis l'entrée.

Un silence, puis :

— Eh bien, alors, tu devras l'annuler. Je ferai l'échographie où bon me semble. Non, je ne vais pas te le dire.

Il y eut encore une longue pause.

— Je ne t'écoute plus. Je sais ce que je fais. Si tu essaies de prendre des décisions à ma place, je…

Quelques secondes après, elle raccrocha.

Quand elle entra dans la cuisine, elle était blanche comme un linge. Je fis descendre Edwin de mes genoux.

— Veux-tu me faire un dessin, mon petit loup ? Un dessin pour Noël, que je pourrai emporter chez moi ? lui demandai-je.

Son regard passa de sa mère à moi.

— Je veux aller voir les trains, déclara-t-il.

— Tu les verras, tout à l'heure. Mais je vais d'abord préparer un thé pour ta maman.

Il poussa un soupir et trottina jusqu'à la salle de jeux. Ruth s'assit, coudes sur la table, et se prit la tête entre les mains. Elle leva les yeux et me sourit tristement quand je fis glisser la tasse devant elle, puis secoua la tête.

— Merci, mais je n'en ai plus envie, s'excusa-t-elle. C'était ma mère. Elle essayait de me convaincre de voir un médecin qu'elle connaît. Elle s'oppose à mon idée d'accoucher à la maison, mais pas question que je remette les pieds dans un hôpital.

Les couleurs revenaient peu à peu sur ses joues alors que je lui demandais à quelle date sa grossesse arrivait à terme. Elle saisit ma main.

— Oh, Laura, je ne peux en parler avec personne, avoua-t-elle en commençant à pleurer.

Repliée sur elle-même, les épaules secouées de sanglots, elle posa son front sur la table. Je fixai les traces que ses larmes laissaient sur le bois.

— Que se passe-t-il ?

Elle émit un gémissement, comme si elle avait mal au ventre.

— Ruth ! Que se passe-t-il ?

— C'est le bébé d'Alex, chuchota-t-elle les yeux fermés. C'est le bébé d'Alex, Laura.

— C'est impossible, parvins-je à articuler.

Elle abandonna ma main.

— Oh, mon Dieu. C'est tellement compliqué.

— Mais…

J'allais presque dire « comment ? », mais je me rattrapai à temps.

— En êtes-vous sûre ?

— Oui, j'en suis sûre. Même si je voudrais ne pas l'être. C'était la semaine où ma mère essayait de nous persuader de déménager à Winterbourne. J'étais tellement en colère, tellement malheureuse. Je suis allée à la fête d'Halloween avec Alex. Et il… il a été gentil avec moi, Laura. C'est la seule personne qui m'ait jamais aimée telle que je suis. Ma mère voulait que je me marie avec lui. Elle me disait que Dominic ne pourrait jamais m'aimer autant que lui.

Je secouai la tête. Elle avait tort. Je savais à quel point Dominic l'aimait, à quel point, désespérément, il voulait qu'elle soit heureuse. Soudain, le souvenir de ses lèvres sur les miennes envahit mon esprit. Je serrai les poings, écœurée.

— Je déteste penser qu'elle avait raison, maugréa Ruth.

— Qu'allez-vous faire ?

— Je n'ai pas le choix. Je vais tricher avec les dates. Dominic ne se mettra pas à faire des calculs. J'espère que le bébé ne ressemblera pas trop à Alex. Oh, Seigneur.

Elle enfouit son visage entre ses mains pendant un moment, puis se redressa et tendit son bras vers moi. Au niveau de son poignet, les veines se détachaient, bleues, sur sa peau blanche.

— Regardez. Croyez-vous que la couleur de nos deux peaux pourra se mélanger pour correspondre à celle de Dominic ?

J'émis un petit rire incrédule

— Ruth, que racontez-vous ?

Mais elle sembla ne pas m'avoir entendue.

— Chez Alex, ils sont à moitié Indiens, à moitié Anglais du Yorkshire. Ses sœurs ont la peau plus claire que lui. Avec un peu de chance... Il a toujours été jaloux de ses sœurs. Elles sont toutes mariées, avec des enfants. Il a beaucoup de nièces et de neveux. Il a beau dire que son travail est tout pour lui, je sais qu'il désire fonder une famille...

Soudain, elle se pencha en avant et me serra le bras, enfonçant ses ongles dans ma peau.

— Aïe !

— Vous ne devez rien dire à personne, souffla-t-elle en plissant les yeux. Jamais. Même pas à Alex. Ni à mon mari. À personne.

— Bien sûr que non.

— Vous me le promettez ?

Elle me serra encore plus fort.

— Je ne le dirai à personne ! criai-je.

Je récupérai mon bras et me levai. Lui tournant le dos, je regardai l'endroit où apparaissaient déjà des marques rouges, puis observai son reflet dans la vitre de la fenêtre.

Elle s'essuya le visage, se passa les doigts dans les cheveux, parut recouvrer son calme.

— Edwin, mon chéri, appela-t-elle en se levant, viens mettre tes chaussures. Il est temps d'accompagner Laura à la gare.

Edwin arriva en courant, avec un dessin pour moi : il montrait Dominic, Ruth et moi d'un côté du sapin de Noël, avec lui-même de l'autre. Une forme sinueuse ondulait au-dessus de nos têtes.

— C'est un serpent de mer, expliqua-t-il. Il va nous engloutir. Nous sommes son repas de Noël.

17

Seraphine

Je n'arrive pas à réfléchir clairement, ici, dans la chaleur étouffante de la cuisine. L'invitation de Kiara est la goutte d'eau qui fait déborder le vase : le mot brûlé dans l'herbe, le message écrit sur le miroir, la lettre d'intimidation reçue par Laura que j'ai repêchée au fond d'une poubelle. Je voudrais tant n'avoir pas déclenché tous ces événements. Je veux revenir aux choses telles qu'elles étaient avant que je ne trouve la photo. Je veux faire le deuil de mon père sans me demander s'il *était* mon père.

J'ai besoin de me changer les idées. J'ai besoin d'aller faire un tour sur les falaises.

Les clés de la porte d'entrée glissent entre mes doigts tandis que je vérifie pour la énième fois que tout est bien fermé. Même si je suis certaine que personne ne pourrait se dissimuler dans l'annexe sans que je m'en aperçoive, je ferme également cette porte et en cache la clé dans la cuisine. Le jardin a l'air exténué sous le soleil du milieu d'après-midi. Des insectes vrombissent au-dessus des mauvaises herbes, un massif de fleurs rouges s'affaisse sur le gazon. La fragrance pleine, désuète et douce des roses flotte dans l'air tandis que je me dirige vers la grille.

La brise marine m'apaise, comme toujours, et je m'affale dans les hautes herbes au pied de la tour, me tortillant sur les fesses pour trouver une position plus confortable, puis je laisse la chaleur des pierres imprégner mon dos. C'est mon endroit préféré, même en hiver. C'est ici que je viens presque tous les jours, après le travail, au lieu de sortir et de rencontrer des gens, comme Edwin me le suggère – « une fête de temps en temps ne va pas te tuer, Seraphine ». Je fronce les sourcils. Edwin ne m'a jamais comprise. Pas comme Danny ; pas comme papa, autrefois.

Papa travaillait à temps partiel, à Londres, de telle sorte qu'il venait toujours passer quelques jours par mois à Summerbourne, pour me tenir compagnie. On dînait ensemble, on faisait des balades le week-end, mais quand j'avais envie de m'isoler un peu, cela ne le dérangeait pas. Si je ne suis pas la fille de mes parents, ai-je vraiment envie de le savoir ? Mon père est mon père, il l'a toujours été, il le sera toujours. Je ne veux pas d'autres parents. Je veux rester celle que je suis.

Je ferme les yeux et attends que mon esprit retrouve un peu de sérénité, mais la question qui me tourmente revient à l'assaut sans arrêt, malgré mes efforts pour l'ignorer : qui suis-je ?

Pendant une grande partie de mon enfance, je me suis sentie comme une étrangère. Edwin et Danny se faisaient de nouveaux amis sans effort et jouaient dans le square du village, après l'école, avec leurs bandes de copains. Je me sentais gênée quand j'essayais de me joindre à eux, mal à l'aise face à l'insouciance affichée par les autres enfants vis-à-vis des sentiments de chacun. Je voulais que tous les jeux soient justes, mais ils ne l'étaient pas, et même si je savais que j'exagérais avec mes récriminations, j'ai mis très longtemps à contrôler mes réactions. Une fois, chez l'épicier du village, j'ai surpris deux femmes dire que j'aurais pu être une petite fille plus gentille si j'avais eu une mère qui s'occupait de moi. J'ai envoyé valser des boîtes de conserve en faisant irruption dans l'allée où elles se trouvaient, leur criant qu'elles étaient bêtes et qu'elles ne comprenaient rien.

La plupart des filles dans ma classe m'ignoraient, les enfants dans la cour se moquaient de moi, et le seul endroit où je me sentais bien, c'était à la maison : à Summerbourne. Pendant les vacances, je décrochais le combiné du téléphone fixe pour empêcher les copains de mes frères de les inviter chez eux, et je savourais les jours où on n'était que tous les trois, et Joel. Le jardin, l'allée et la falaise étaient notre terrain de jeux, et, en ces jours, je me sentais rassurée, acceptée.

J'essaie maintenant de me rappeler en quoi consistaient exactement les plaisanteries douteuses des autres gamins. Le fil conducteur était toujours le même : Danny, ou moi, ou peut-être tous les deux venions d'ailleurs. Nous n'étions pas les enfants de Ruth. Papa, évidemment, nous disait toujours que c'était ridicule. Mais ils parlaient aussi de bébés lutins et d'une sorcière dans une longue cape noire qui volait les enfants.

Notre histoire a toujours manque de cohérence : un ou deux bébés nés, un ou deux bébés volés, deux bébés laissés pour solde de tout compte. Cela n'a aucun sens. Comment la réalité et l'imaginaire ont-ils pu se brouiller au point d'engendrer un conte aux détails si étranges ? Sur quels faits se basaient les vieilles histoires ?

Mes joues et mes épaules ont rougi au soleil, ce qui annonce le risque d'une brûlure. Je me force à me lever. Sur le pâle croissant de plage, en contrebas, un homme lance une balle à son chien. Une mouette voltige au-dessus de l'animal et, bien que trop loin pour entendre, je sais que le chien est en train d'aboyer. À la vue de cette scène, je me sens transpercée par le désir lancinant de retourner à une vie normale, insouciante. Je me réfugie dans l'ombre, derrière la tour.

Si je laisse tout tomber, si j'arrête de poser toutes ces questions, à quoi mon avenir ressemblera-t-il ? Je regagnerai la routine prévisible, confortable, de mon travail. Que Vera laisse Summerbourne à Danny, ou pas, je ne devrai probablement pas partir d'ici ; et j'aurai une photo du jour de ma naissance, même si je ne saurai jamais si je suis le bébé sur le cliché. L'existence reprendra son cours tranquille, sûr. Ses mystères resteront irrésolus, mais elle sera équilibrée.

Mais si Kiara, en revanche, me révélait un détail – un fait à première vue banal, au sujet de son père ou de ma famille – qui me donnerait la clé pour comprendre tout le reste ?

Je récupère mon téléphone, qui rôtit au soleil sur l'herbe asséchée, et relis le message de Kiara. Cela me semble risqué d'accepter de la rencontrer sans prévenir la police des menaces que j'ai reçues. Pourtant, ma déposition aux forces de l'ordre déclencherait des événements en chaîne. Ils devraient interroger Alex. Et cela pourrait dissuader Kiara de me voir, réduisant à néant toute possibilité que je découvre la vérité.

Quand, enfin, je décide de rentrer, l'homme et le chien ont disparu. Je jette un regard circulaire autour de moi : pas âme qui vive en vue. Je me mets en marche et, en arrivant, je ferme la grille derrière moi, inspectant les fenêtres de la maison. Tout est immobile.

Une fois à l'intérieur, je parcours les pièces une à une. Le téléphone fixe sur la table basse du séjour clignote, annonçant un message. C'est Joel, qui me demande de l'appeler en cas de besoin et récite son numéro de portable exactement comme un médecin aux prises avec un patient récalcitrant. Je l'écoute plusieurs fois, et je suis tentée de rappeler Edwin, mais je crains qu'il n'insiste pour que j'efface le message de Kiara et que je cède aux avertissements. Tout compte fait, je ne suis pas prête à prendre cette décision.

Je contemple le message écrit au rouge à lèvres pendant un long moment. Je ne veux pas perdre ma famille. Mais je dois savoir ce qui s'est passé le jour où je suis née. Je dois savoir qui je suis.

Je m'active. Je balaye les fragments du mug cassé, lave le sol, nettoie les taches de café et de sang sur le tapis. Ensuite, je pulvérise du produit dégraissant sur le miroir, poussant un soupir de soulagement à la vue de ces traces rouges agressives qui s'effacent gentiment. Au soir tombé, dans le souffle de la brise qui vient de la mer, je change les draps de mon lit et je me couche, plongeant dans un sommeil sans rêves. Et la nuit passe sans que d'autres menaces surgissent.

Le lendemain matin, installée dans le patio avec un bol de café, je réponds au message de Kiara :

Oui, rencontrons-nous. Peux-tu venir chez moi, samedi à midi ? Nous pourrons déjeuner ensemble.

Dix minutes après, je reçois son message :

OK. Envoie-moi l'adresse.

Je lui demande :

Cela te dérange si mes frères viennent aussi ?

Son texto me parvient plus tard, dans l'après-midi :

Pas de problème. Je vais laisser un mot à mon père, pour qu'il sache où je suis allée. Il le verra samedi soir.

Je comprends alors qu'elle ne sait pas si elle peut nous faire confiance. Elle veut compter sur son père au cas où on l'attirerait à Summerbourne dans une situation louche. Un crissement de pneus sur le gravier me tire de mes réflexions et je fonce à l'intérieur pour regarder depuis les fenêtres de l'entrée. Une voiture que je ne connais pas fait demi-tour devant la maison puis s'éloigne dans l'allée. Je jette un coup d'œil au téléphone sur la console, repensant au message de Joel.

— Joel ? Bonjour, c'est Seraphine.

— Oh, salut. Attends une minute…

J'entends des bruits à côté, et je me demande s'il est toujours chez Michael.

— Désolé. Tout va bien ? As-tu eu mon message ?

— Oui, merci. C'est Edwin qui t'a demandé de me surveiller ?

— Oui, en effet. Mais je voulais aussi m'excuser pour hier, pour les histoires de papi.

— Ce n'est pas grave, vraiment. C'était ma faute.

Il y a un silence.

— As-tu... besoin de quelque chose ?

Je me suis déplacée dans la cuisine, et mon regard se pose sur mon sac, ouvert, comme d'habitude.

— Tu n'as vu personne de suspect dans l'allée, dernièrement ?

— Non, pourquoi ? Que s'est-il passé ?

J'hésite.

— Oh, rien. Je ne sais pas. Je me sens juste un peu nerveuse, tu sais, ici, toute seule.

Je me perche sur un fauteuil, l'ongle de mon pouce éraflant le bois de la table basse.

— Veux-tu que je passe ?

J'analyse le ton de sa voix : pas enthousiaste. Un peu réticent, ou peut-être méfiant.

— Non, ça va. Je vais demander à Edwin et Danny de venir pour le week-end. Je vais te laisser, maintenant. Tout va bien.

Il commence à dire quelque chose, mais je raccroche, le cœur battant très vite. *Tout va bien. Tout va bien.* Nous sommes si *polis* l'un envers l'autre, ces jours-ci, si distants. Je voudrais tant ne pas l'avoir appelé.

Je sais que je dois parler avec Edwin, même si je suis bien déterminée à ne pas lui faire part immédiatement des menaces – celle tracée sur le gazon et l'autre, griffonnée sur le miroir. Je veux qu'il vienne avec Danny pour que l'on rencontre Kiara ensemble. Je veux que nous nous montrions unis face à la fille d'Alex, au cas où elle nous jetterait à la figure une révélation à laquelle nous ne sommes pas préparés.

Je prends une douche dans la petite salle d'eau annexe à ma chambre, me tenant debout sous le jet d'eau chaude jusqu'à ce que la température commence à diminuer. Ensuite, j'enfile des vêtements propres et, une fois prête, ne pouvant tergiverser plus longtemps, j'appelle Edwin sur son portable.

— Salut, Seph, comment vas-tu ?

— Je vais bien. Peux-tu parler ?

— J'ai rendez-vous avec Danny et Brooke. Nous allons prendre un verre ensemble, il fait si beau ce soir, m'informe-t-il.

Au rythme de sa respiration, je comprends qu'il est en train de marcher.

Je ne sais pas pourquoi la nouvelle petite amie de Danny me déstabilise autant. Il n'a jamais eu de relations sérieuses, mais cette fille semble différente des autres. Elle donne l'impression d'être quelqu'un qui obtient ce qu'elle veut.

— Edwin, écoute. Je dois te parler de quelque chose.

— Seigneur, Seraphine. Ne me dis pas que tu es allée de nouveau voir Laura.

— Non, ce n'est pas ça.

Il y a un moment de silence.

— Bon. Vas-y. Je t'écoute.

En repoussant la vision des mots écrits au rouge à lèvres dans un coin de mon esprit, j'essaie de décider par où commencer.

— Seph ? Tu es toujours là ?

— Je suis allée voir Alex. Alex Kaimal.

— Quoi ?

Il a tonné si fort que j'ai dû écarter le téléphone de mon oreille. J'attends qu'il intègre l'information.

— Et merde, Seraphine ! Qu'a-t-il dit ?

— Il a dit que je ne pouvais pas exister.

— Quoi ?

Je soupire avant de répondre :

— Il connaissait papa et maman, mais ne savait pas qui j'étais. Il a dit que je ne pouvais pas être leur fille.

— Seraphine, tu ne peux pas aborder comme ça des inconnus. C'est du harcèlement.

— Mais non, c'est que… Kiara, sa fille, veut nous rencontrer. Je l'ai invitée à Summerbourne pour déjeuner, samedi.

— La fille d'Alex ? Sérieusement ? Pourquoi ?

— Elle veut seulement… nous voir. Et… elle aussi a perdu sa mère quand elle était bébé. Elle sait peut-être quelque chose. Pouvez-vous venir ici, Danny et toi ? Je ne veux pas l'accueillir toute seule.

J'attends, me mordillant la lèvre, écoutant mon propre souffle.

— J'ai promis à mamie qu'on passerait un week-end en famille à Winterbourne, dit-il finalement. Elle veut que tu viennes aussi, Seraphine. Ça te ferait du bien. Je vais préparer un rôti, dimanche.

— Mais samedi ? S'il te plaît. J'ai vraiment besoin de vous ici.

Un autre silence, un soupir.

— Je pense que nous pourrions venir. Je vais en parler à Danny.

Puis, plus doucement, il ajoute :

— Nous allons venir.

— Merci, dis-je en fermant les yeux.

— Bon, je vais essayer de quitter le bureau tôt, demain, et de partir immédiatement pour Summerbourne. Mais ne fais rien d'insensé avant notre arrivée, d'accord ?

Je me lève et m'approche de la fenêtre, d'où je scrute l'allée jusqu'au cottage de Michael.

— Bien sûr. Passe une bonne soirée avec Danny et la reine des glaces.

Edwin raccroche.

Plus tard, lorsque je découpe un bloc de cheddar durci pour en tirer de quoi me préparer un sandwich, la sonnette retentit.

Joel est à la porte, sourcils levés, comme s'il se demandait s'il est vraiment le bienvenu, ici. Mon regard dérive vers le secteur où le gazon a été défiguré, mais j'ai pris la précaution de garer ma voiture juste devant, afin de ne pas le voir. Joel me tend un sac de provisions : des barres chocolatées, des fruits, des biscuits, quelques bouteilles.

— Je t'ai dit que je n'avais besoin de rien.

Maintenant que j'ai protesté, je m'efface pour l'inviter à entrer, le cœur battant la chamade.

Il avance dans la cuisine, où il pose le sac sur la table.

— Je voulais juste m'en assurer.

Puis, après avoir jeté un coup d'œil à la planche où j'ai laissé le fromage :

— Je vais te laisser à ton dîner.

— Non, reste. Et merci, c'est gentil de ta part.

Je sors les produits du sac, lui tournant le dos pour lui cacher mon trouble, puis lui propose une bière, qu'il accepte.

— Regarde bien, Joel, je vais faire griller ce sandwich, comme ça, tu pourras faire ton rapport à Edwin et lui dire que je mange.

Il prend la chaise en bout de table et m'adresse le plus infime des sourires. Il s'est rasé, mais des cernes profonds creusent toujours ses yeux.

— Comment va Michael, aujourd'hui ? demandé-je d'un ton faussement désinvolte.

Il pousse un soupir.

— Pas trop mal. Encore deux semaines, puis mes parents seront de retour. C'est plus facile quand ils sont là, pour nous partager les tâches.

— Ça veut dire que tu ne peux pas travailler quand ils sont absents ?

— Si, je peux travailler. Un peu. Je fais des remplacements, de façon à pouvoir le surveiller avant et après mes horaires.

— Tu ne peux pas faire venir quelqu'un ? Si tu as besoin d'aide, ça ne me dérangerait pas de lui tenir compagnie.

Et là, il me décoche un vrai sourire. Mon couteau glisse du bloc de cheddar, me faisant sursauter.

— Merci, mais en réalité, il est bien tout seul. Il n'essaie même plus de cuisiner. Il se limite à faire du jardinage ou des promenades dans les champs. Mais c'est gentil à toi d'avoir proposé. Je pensais que tu en avais assez de l'écouter.

— Je suis plus solide qu'autrefois.

Nos regards se croisent et j'ai la déconcertante impression d'avoir de nouveau 14 ans. Il me fixe comme s'il pouvait lire dans mes pensées et je m'oblige à me tourner pour m'occuper de mon repas.

Le grill, que j'avais mis à chauffer, est maintenant prêt. Joel prend les gants de cuisine de leur crochet et me les passe. Après avoir disposé mon sandwich sur la plaque, je l'introduis dans le four.

— Je me souviens d'une fois où Edwin et moi avons failli mettre le feu à la cuisine, me confie-t-il.

— Ah, oui ? C'était quand ?

— On se préparait des toasts pour le goûter, un jour après l'école. On devait avoir 10 ans, je crois. C'était une journée glaciale. Nous avons mis le pain sur la plaque puis l'avons oublié. Vous aviez cette jeune fille au pair allemande, à l'époque. Tu t'en rappelles ?

Je secoue la tête.

— Tu devais avoir 5 ou 6 ans. Elle était vraiment sympa. Tu ne t'en souviens pas du tout ?

— Nous en avons eu tellement. Je n'étais pas comme Danny. J'essayais de ne pas m'attacher.

— Eh bien, en tout cas, les toasts ont pris feu, il y avait des flammes et on a eu vraiment peur. On nous a passé un de ces savons…

— Ce n'est pas étonnant.

Joel laisse vagabonder ses yeux dans la pièce autour de nous, tandis que je lave des pots en plastique, tout en suivant des yeux son reflet dans la vitre de la fenêtre. Dans le silence qui se prolonge, le tic-tac de l'horloge accrochée au mur semble résonner de plus en plus fort.

Je pivote sur moi-même et lui demande, du but en blanc :

— Tu te souviens de Laura ? La fille au pair qu'Edwin avait avant notre naissance ?

— Ouais, vaguement. Elle faisait des gâteaux avec nous.

— Et Alex ? Alex Kaimal ?

— Non, qui est-il ?

— Tu te souviens de quand Danny et moi sommes nés ?

Il me considère pendant un long moment.

— Seraphine…, commence-t-il.

Mais je le coupe.

— D'accord. Je vois. Edwin t'a parlé, n'est-ce pas ? Qu'a-t-il dit ? Jette un coup d'œil sur cette pauvre Seraphine, elle a perdu la boule, elle pense que les fées l'ont substituée au vrai bébé de nos parents ?

— Seraphine, dit-il calmement, ton sandwich est en train de brûler.

Je fourre les mains dans les gants, ouvre le four et tire d'un coup sec la plaque vers moi, la faisant tomber avec fracas. C'en est trop. J'abandonne. Appuyée au chambranle de la porte qui donne sur le jardin, je regarde la pelouse, laissant le nœud qui me serre la gorge se défaire peu à peu, tandis que la fumée sort de la cuisine et monte en spirale dans la brise.

— Je n'ai pas de véritable souvenir de votre naissance, dit Joel derrière moi. Désolé. Je me rappelle d'Edwin et moi, avant qu'on commence à aller à l'école, de nos jeux ici. Que des souvenirs heureux. Mais, après, c'était toujours… triste, dans cette maison ; deux bébés qui braillaient, ton père halluciné, Vera qui s'agitait à droite et à gauche, de nouvelles nounous qui arrivaient, qui repartaient. Ensuite, les choses se sont améliorées. En fait, vous ne criiez pas *tout le temps*, je ne voulais pas dire ça.

Je me tourne, essayant de lui sourire.

— Oh, ne t'inquiète pas, ma grand-mère dit toujours que j'étais un bébé insupportable.

— C'est vrai que tu étais intraitable, à l'époque. Tu te souviens d'Edwin et moi vous apprenant, à Danny et toi, à faire du vélo ? C'était avant que vous alliez à l'école. J'avais l'impression que ça nous prenait toutes nos vacances d'été et tu faisais une crise chaque fois que tu tombais. Tu tapais des pieds, tu nous criais dessus, disant que c'était notre faute.

— Je ne m'en souviens pas.

— Tant mieux, dit-il en faisant une grimace.

— Je parie qu'en revanche, Danny était une crème.

Il ne répond pas, mais je vois, au coin de sa bouche qui s'incurve en un petit sourire, que c'est exactement ce qu'il pense.

— Je dois y aller. Je voulais juste voir si tu allais bien. J'espère que je ne t'ai pas attristée encore plus.

Je le raccompagne à la porte. Après avoir fait un pas dehors, il fait volte-face et me regarde en silence. Je remarque une légère cicatrice pâle et sinueuse, sous son menton, qui se détache sur sa peau foncée. Sans réfléchir, je l'effleure du doigt.

— Comment tu t'es fait ça ?

Ses yeux s'écarquillent et il s'empare de ma main, puis la baisse avec douceur.

— Avec le verre, ce jour-là.

Je le fixe.

— Quel jour ?

Il serre toujours ma main dans la sienne, inspire profondément.

— Seraphine. Le jour où je t'ai vexée, près de la piscine, quand tous les autres t'embêtaient, et tu es partie en courant. Le verre que tu as cassé… ça m'a coupé.

— Mais, personne… Je ne…

— Ce n'est rien, j'ai oublié depuis longtemps. Ça m'a permis de comprendre que les histoires que racontait mon grand-père pouvaient nuire. Je suis désolé. J'ai essayé d'arranger les choses, après, mais…

Vraiment ? Comment ai-je pu le blesser sans jamais m'en douter ? Je frissonne, perdue.

— Tu as froid. Tu devrais rentrer.

Il lâche ma main et fait un pas en arrière, mais je l'attrape par la manche de sa chemise avant qu'il puisse s'enfuir.

— Reste.

Et soudain, il me prend dans ses bras et me serre fort, comme pour m'empêcher de tomber.

— Hé, qu'y a-t-il ?

Il y a une trace de réserve dans sa voix ; il doit penser que j'ai perdu les pédales. Lui, Edwin : tout le monde est persuadé que je deviens folle.

Et peut-être ont-ils raison.

Mais il ne me quitte pas pour autant. Ses doigts cherchent les miens et, ensemble, nous rebroussons chemin jusqu'au séjour. Nous nous asseyons sur le canapé.

— Dis-moi tout.

Je ne sais pas par où commencer, je ne sais pas ce qu'Edwin lui a déjà raconté. Mais je veux croire à mon instinct, qui me souffle qu'il n'ira pas tout répéter à mon frère, qu'il comprendra mon besoin d'échanger avec Kiara avant d'impliquer la police, qu'il sera de mon côté. Je ne le connais presque plus, mais le désir de me confier à lui, de croire en ses yeux bruns et sérieux, m'emporte.

— Quelqu'un s'est introduit dans cette maison.

Et je déballe tout le reste : Laura, Alex et Kiara ; le message sur le miroir, le mot brûlé sur la pelouse, l'adresse volée dans mon sac, l'oiseau mort devant la porte. J'ai peur qu'il pense que j'invente tout, et, pourtant, il m'écoute attentivement, sans m'interrompre. Quand enfin je me tais, j'ai la gorge enrouée.

— Je te crois.

Ses mots me font l'effet d'une couverture douce et chaude dans laquelle on me borderait tendrement. Serrant toujours sa main, je me détends et le regarde réfléchir. Comme il semble différent, et pourtant identique…

— Si tu penses avoir fermé les portes lundi et qu'il n'y a pas de traces d'effraction, tu dois faire une liste de toutes les personnes qui ont un jeu de clés. La femme de ménage, je suppose ?

Je le reconnais bien là, cette façon d'aborder les choses, rationnelle et déterminée.

— C'est Vera qui s'en occupe. Ce n'est pas toujours la même personne, d'ailleurs, parfois c'est quelqu'un du village, parfois une agence.

— Le plombier, l'électricien ? Le traiteur en charge de la réception après l'enterrement de ton père ?

— Je ne sais pas. Vera gère tout l'entretien. Après tout, c'est chez elle, ici. Je n'ai jamais eu à…

J'inspire profondément, me détestant : je dois lui faire l'effet d'une enfant gâtée. Pourtant, je voudrais préciser que *ce n'est pas et ne sera jamais ma maison.* Mais la question n'est pas là, je le sais. Soudain, une pensée me traverse l'esprit.

— Michael a-t-il une clé ?

Joel fronce les sourcils.

— Je n'en ai aucune idée. Écoute, je sais que tu ne veux rien dire à la police avant d'avoir parlé avec la fille d'Alex, je le comprends bien. Mais je suis inquiet. Tu ne devrais pas rester seule ici tant que nous ne savons pas qui est l'auteur des messages. Penser que quelqu'un…

— Edwin et Danny viennent demain.

— C'est bien.

Il baisse les yeux, regarde ma main toujours dans la sienne, réfléchit, j'en suis sûre, aux mots qu'il est sur le point de prononcer.

— Mais ce soir, poursuit-il, y a-t-il quelqu'un chez qui tu pourrais aller ? Sinon… tu peux rentrer avec moi, chez mon grand-père. Tu prendras ma chambre, je peux dormir en bas.

Je m'efforce de me concentrer sur sa proposition, mais il

est trop près de moi, comment ne pas penser à son torse qui se gonfle sous son T-shirt à chaque respiration, comment ne pas me laisser hypnotiser par le mouvement de ses cils…

— J'aurais voulu…

Ses yeux plongent dans les miens, il retient son souffle.

— Tu aurais voulu quoi, Seraphine ?

— J'aurais voulu t'écouter quand tu as essayé de me dire que tu étais désolé.

— Je donnerais tout pour ne jamais avoir parlé de ce stupide surnom. Je n'imaginais pas que…

— Que je réagirais si mal ?

Il cligne des yeux et j'essaie de sourire.

— Désolée de t'avoir écarté de ma vie.

Je voudrais dire davantage, mais je n'ai plus de voix. Ce moment s'étire dans un long silence et je ferme les yeux, ne ressentant plus que la chaleur qui émane de son corps, la sensation de sa main sur la mienne.

— Tu m'as manqué, Seraphine.

Quand je rouvre les yeux, il essuie une larme qui roule sur ma joue. Mais une seconde après, il est debout, et quelque chose dans la tension qui crispe son front et sa mâchoire me ramène à un soir d'automne brumeux, dans le jardin de Summerbourne : nous quatre dans la lumière basse du soleil, Edwin qui essayait de nous persuader de filer en douce à la tour, Joel objectant que nous n'en avions pas le droit, que nous allions avoir des ennuis.

— La priorité est de trouver une solution pour que tu puisses passer la nuit en sécurité. Nous ne pouvons pas tout résoudre dans l'immédiat. Si tu ne veux pas venir au cottage avec moi, est-ce qu'il y a quelqu'un au village qui pourrait…

Je secoue la tête.

— OK. Alors… si tu venais chez grand-père ?

— Peux-tu rester ici ? Avec moi ?

Comme il ne répond pas tout de suite, je commence à craindre qu'il dise non.

— Je dois rentrer au cottage et prévenir grand-père. Mais, oui, je vais rester.

C'est seulement une fois qu'il est parti chez Michael que je m'autorise à rejouer ses mots dans ma tête : *tu m'as manqué, Seraphine.* Mais, visiblement, il n'a pas envie de parler de cela ce soir. Lorsqu'il revient, je suis en train de ranger la cuisine, donnant un coup d'éponge ici et là, jetant à la poubelle les restes caoutchouteux de mon toast au fromage.

Il est revenu avec du jambon emballé dans le papier absorbant de la boucherie du village. Il me prépare un sandwich et, assis à la table de la cuisine, nous partageons une bière. Notre conversation manque de naturel, nous nous réfugions derrière l'innocuité des nouvelles du village et la banalité de cette surprenante canicule, mais bientôt nous nous laissons aller à nos souvenirs d'enfance et commençons à nous détendre.

— Tu te souviens de notre système de signaux pour les incursions dans la serre ?

— Les cris des oiseaux ? Un pigeon, si c'était ton grand-père qui arrivait, une mouette, si c'était ma grand-mère.

— Sauf que la fois où ta grand-mère a vraiment débarqué, tu as miaulé.

J'agite en l'air ce qui reste de mon sandwich.

— Bon, de toute façon, tu allais te faire prendre, tôt ou tard.

Il rit.

— Nous étions vraiment voraces. On mangeait énormément, aux repas, puis une heure après, on était déjà affamés.

— Les épis de maïs et les pommes de terre qu'on faisait rôtir sur le feu, dans le jardin, tu t'en souviens ?

— Ça, c'était le meilleur. Avec du beurre fondu… et nous devions utiliser des fourchettes de camping, car ta grand-mère ne voulait pas qu'on perde ses beaux couverts. Je n'en reviens toujours pas que tu nous aies fait détruire notre feu de joie, cette fois-là.

— C'est parce que j'avais vu un hérisson dans les flammes.

— C'est impossible.

— Et pourtant, dis-je en riant, je l'ai vraiment vu.

— C'est ça. Edwin n'était pas très content de devoir manger ses pommes de terre à moitié crues.

— Je lui ai donné les miennes, j'en suis sûre.

— D'habitude, c'était avec moi que tu partageais les choses.

Soudain, notre contact visuel devient trop accablant, et je finis par baisser les yeux sur mon assiette vide.

— Je t'aimais bien, tu n'étais pas casse-pieds comme mes frères.

— Tu sais, cette nuit-là, j'ai dû partir, dit-il dans un murmure. Après la fête de fin d'études d'Edwin. J'étais en plein milieu de ma session d'examens, et j'avais prévu de rentrer directement à la fac, quoi qu'il arrive.

— OK.

— Mais j'aurais dû revenir. Te parler.

Nous nous regardons.

— C'était ma faute. Je veux dire, je ne savais pas que Ralph allait te frapper, mais…

— Nous pourrions recommencer. Essayer de nouveau.

Mon cœur s'emballe. Parle-t-il d'amitié ? Ou de plus ? J'ouvre la bouche, mais aucun son ne sort.

— Je sais, poursuit-il, tu dois d'abord voir comment se passent les choses dans les prochains jours. Bon. Espérons que cette Kiara pourra t'aider. Mais après, je serai là. Près de toi.

Plus tard, dans la pénombre du palier, alors que je l'accompagne à la chambre d'amis, je me sens soudain très timide.

— Bonne nuit, Seraphine.

Je rive mes yeux aux siens et je sais que c'est lui, l'homme avec qui j'ai toujours voulu, au plus profond de moi, partager ma vie à Summerbourne. Je suis tentée de lever la main, d'effleurer la peau lisse de son bras, de m'approcher, de me presser contre lui. Lorsque je m'efforce de détourner le regard, j'aperçois le reflet d'un rayon de lune sur un morceau de porcelaine niché contre la plinthe.

— Bonne nuit.

Je bats en retraite dans ma chambre. Le poids de ces menaces, de ces secrets que je n'arrive pas à avouer à mes frères, pèse sur moi, avec l'inquiétude liée à la venue de Kiara, après-demain. Mais la présence de Joel tout près de moi me réconforte. Les choses finiront par s'arranger, peut-être. Et une fois que tout ceci sera terminé, résolu, une fois que je saurai qui je suis, Joel et moi penserons à régler nos problèmes.

18

Laura

Décembre 1991

Les vacances chez ma mère furent lamentables. Beaky me posait des questions sur tout. Que faisait Dominic comme travail ? Vera allait-elle léguer Summerbourne à Ruth ? Les Mayes m'avaient-ils donné un bonus pour Noël ? Si j'avais envoyé ma candidature pour le poste de jeune fille au pair chez eux, c'était seulement parce que Beaky avait insisté. Je me souvenais encore de ses mots le jour où j'étais rentrée de l'hôpital : « Comme première chose, demain matin, tu passeras à l'agence. Nous allons voir si tu vas aimer t'occuper du gosse de quelqu'un d'autre. » Maintenant qu'il avait compris que je m'étais sincèrement attachée au petit garçon dont j'avais la charge, il était devenu extrêmement attentif au moindre changement qu'il percevait en moi et se moquait de tout ce que je disais, imitant ma voix dans une parodie d'accent bourgeois.

— Oh, nous ne faisons pas comme cela à Summerbourne, disait-il.

Il s'acharnait :

— J'ai vu ton ex-petit ami, au pub, l'autre soir. J'ai bien discuté avec lui et, tu sais quoi ? Il ne se souvenait même pas de ton prénom !

— Ne fais pas attention à ce qu'il dit, ma chérie, me recommandait maman après. Il ne s'est pas encore habitué au fait que tu as grandi. Évite seulement de trop parler de cette *Summerbourne House*, OK ? Ça l'énerve.

Pendant ces deux semaines, je passai pratiquement tout mon temps dans mon ancienne chambre. Mes affiches de Bon Jovi avaient été décollées des murs et les cartons de vin *duty free* de Beaky occupaient désormais toute la place. Mais mon lit était toujours là, ainsi que mes trophées de natation, bien alignés sur l'étagère. Le nez dans mes livres, je me demandais si mon ex-petit ami se rappelait comment il m'avait jetée dehors, disant que j'étais une salope assoiffée d'attention. Il était tout le contraire d'Alex.

Mes pensées dérivaient souvent vers lui. Je le revoyais en train de me poser plein de questions sur ma vie, écoutant mes réponses avec son petit sourire. Allait-il retourner à Summerbourne, était-il au courant de la grossesse de Ruth ? Je repensais à Ruth, cette fameuse journée sur la plage, me confiant qu'Alex aurait tellement aimé avoir des enfants. Et je pleurais sur mes cahiers de révision.

Le matin de Noël, je me cachai dans ma chambre pour ouvrir les cadeaux de la famille Mayes : une belle écharpe en laine, toute douce, et des gants assortis de la part de Dominic et Ruth, un agenda de la part de Vera, une boîte de chocolats de la part d'Edwin. Maman prépara une dinde avec pommes de terre rôties et chipolatas, mais comme j'avais mal au ventre ce jour-là, je picorai seulement quelques morceaux sous le regard curieux de Beaky, avant de me réfugier dans ma chambre.

Mon anniversaire, deux jours après Noël, passa inaperçu, ou presque. Maman m'offrit un livre et des pyjamas trop petits pour moi. À vrai dire, mes copines étaient occupées et je n'avais pas mentionné cette date aux Mayes. Je lus mon nouveau livre, assise sur mon lit, grignotant les chocolats d'Edwin. Quand Pati, Jo et Hazel appelèrent, quelques jours plus tard, je leur dis que je n'allais pas bien et que je ne pouvais pas sortir. Je n'avais pas envie de parler de Summerbourne à qui que ce soit, ni d'entendre les autres me raconter leurs nouvelles vies.

Je saluai mon retour à Summerbourne comme on salue le réveil après un cauchemar. Je rentrai la veille du Nouvel An, afin de garder Edwin – puisque Dominic et Ruth avaient prévu d'aller à une fête chez Kemi et Chris Harris. J'étais si heureuse d'être de nouveau parmi eux que j'avais presque l'impression que c'était moi qui leur devais de l'argent pour m'avoir reprise, et pas le contraire.

Tandis que Dominic réglait le chauffeur, Edwin m'accueillit dans l'entrée en dansant de joie.

— Laura ! Le Père Noël m'a apporté un vélo rouge. Est-ce que nous pouvons sortir jouer ?

La journée était grise et froide, c'était bon d'être au chaud, à l'intérieur, mais j'avais besoin d'un grand bol de l'air vivifiant de la côte, qui m'avait tellement manqué.

— D'accord, alors mets vite ton manteau.

Nous allâmes dans le jardin pour qu'il essaie son nouveau vélo, riant face à ses progrès hésitants, heureux de nous retrouver.

Après le départ de Ruth et Dominic, je mis Edwin au lit, puis je m'installai dans le séjour et passai en revue les cartes de vœux reçues par la famille. Il devait y en avoir plus d'une centaine, exposées sur la cheminée, les étagères de la bibliothèque, les bords des fenêtres. Enfin, je trouvai celle d'Alex :

Je vous souhaite un très joyeux Noël. J'espère vous voir l'année prochaine.

Il avait gagné le prix du message le plus banal.

J'allumai la télé et écoutai la cloche de Big Ben sonner les douze coups de minuit, tandis que, le visage scotché à la fenêtre de l'entrée, je regardais les feux d'artifice du village. Comme les Luckhurst et les Harris étaient voisins, je me dis que Joel et Ralph devaient être encore debout, en train de faire la fête avec leurs parents. J'étais contente de savoir Edwin tranquillement endormi dans son lit.

— Bonne année, murmurai-je à la nuit profonde.

Une boule de feu explosa dans le ciel, dessinant un arc qui laissa une traînée de lumière argentée sur son passage. Je fus presque tentée de formuler un vœu, comme si j'avais vu une étoile filante. Mais ce n'était qu'un feu d'artifice et, de toute manière, je ne savais pas quel était mon souhait le plus profond : qu'Alex *revienne*, ou qu'il ne revienne plus.

19

Seraphine

Tôt le lendemain matin, Joel frappe à ma porte pour m'apporter un café. Je suis réveillée depuis un bon moment, ressassant notre conversation de la veille, mais voilà que je regrette de ne pas m'être levée avant, pour au moins me brosser les cheveux et mettre quelque chose de plus joli que ce vieux T-shirt d'Edwin qui a le seul mérite d'être très confortable. Je tire le drap jusqu'à mon menton.

— Je dois y aller, Seph. Je vais voir papi avant de filer au travail. Ça ira pour toi, ici, jusqu'à l'arrivée d'Edwin et Danny ?

J'acquiesce d'un hochement de tête.

— Fais attention et appelle-moi si tu as besoin.

Une fois arrivé sur le pas de la porte, il se retourne :

— Oh, à propos. Tu es magnifique.

Le nez dans mon café, qui est juste parfait, je souris. Mais comme la caféine aiguise mes sens, je suis frappée par la certitude que Michael possède bel et bien un double de nos clés.

Un souvenir revient à mon esprit : un jour, lorsqu'il vivait encore ici avant de déménager à Winterbourne, Edwin avait perdu ses clés sur la plage. Il m'avait ensuite raconté que, comme aucune des portes et des fenêtres n'avait été laissée ouverte, il avait fini par escalader le mur près de l'écurie et marché jusqu'au cottage de Michael. Et ce dernier avait sorti sous ses yeux un tas de clés de toutes sortes, dont l'une correspondait à la porte principale de Summerbourne.

Parce qu'ils lui faisaient confiance, me dis-je. Papa, maman, Vera. L'un d'eux a dû confier les clés à Michael, à un moment ou à un autre. Ou, encore avant, les parents de Vera. Elle aura 65 ans la semaine prochaine et je dirais volontiers que Michael est plus âgé d'une dizaine d'années ; il a peut-être vécu dans le cottage et travaillé pour mes arrière-grands-parents bien avant que Vera n'hérite de la maison. Une fois, au village, le vieux directeur du bureau de poste m'a confié que mes arrière-grands-parents organisaient des fêtes scandaleuses à Summerbourne pendant les « fabuleuses années 1950 » : des gens qui dansaient nus sur la plage ; des bébés conçus devant des feux de joie ; des chants étranges provenant du haut de la tour. Ce n'est pas étonnant que Summerbourne n'ait jamais pu se défaire de son aura de lieu appartenant à un autre monde.

J'essaie d'imaginer Michael Harris me surveillant : lundi dernier, il me laisse partir, puis quitte son cottage, parcourt l'allée en traînant les pieds, ouvre la porte, entre, monte l'escalier, écrit le message sur le miroir avec du rouge à lèvres. Je me lève. C'est le comble du ridicule.

Joel a laissé une note pour moi sur la table de la cuisine :

N'oublie pas ton petit déjeuner.

Je fourre du porridge prêt à l'emploi dans le four à micro-ondes et m'oblige à l'avaler. Ensuite, je repousse mes angoisses dans un coin de mon esprit pour me concentrer sur le ménage. Et j'ouvre grand portes et fenêtres, laissant entrer la brise fraîche de la mer qui chassera l'air vicié des pièces.

Jusqu'au mois dernier, ma solitude était ponctuée par les visites régulières de papa. Si Edwin l'accompagnait, ils passaient volontiers le dimanche matin à préparer un rôti, et si Vera se joignait à nous, on sortait la vieille nappe rouge et on faisait de l'occasion un événement solennel. Danny reste une semaine, de temps en temps, entre l'un et l'autre de ses projets de volontariat à l'étranger, et, dans ce cas, quand je rentre du travail, il prépare du pop-corn que nous dévorons en regardant de vieux films.

Mais j'ai rarement d'autres visiteurs. Je ne ressens pas le besoin d'avoir des amis. Au-delà de ma famille, la seule personne dont j'ai toujours souhaité être proche est Joel, et j'ai misérablement échoué. Quand des connaissances au village m'invitent au pub, ou à une fête, ou à un barbecue, je décline. Aujourd'hui, j'essaie de me convaincre, tout en comptant les serviettes de table et en enlevant les toiles d'araignée de chaque recoin, que ma nervosité croissante à l'idée de la visite imminente de Kiara n'est due qu'à cette unique raison. J'essaie de me persuader que je n'ai pas peur de ce qu'elle pourrait dire. Que je n'ai pas peur de regretter de l'avoir même seulement connue.

Alors que je suis en train de vérifier le contenu du réfrigérateur, me demandant si la salade de pâtes n'est pas périmée, mon téléphone me signale l'arrivée d'un texto de Danny :

Est-ce OK si je viens avec Brooke, ce soir ?

Comme si je n'avais pas suffisamment de soucis avec la venue de Kiara, demain ! Cela signifie-t-il que c'est du sérieux, alors, entre Danny et cette fille ? Lui a-t-il déjà dit que cette maison lui appartiendra un jour ?

Je claque la porte du réfrigérateur et, oubliant complètement la nourriture, je tape :

Je serais heureuse de voir Brooke bientôt, mais ce week-end ne me semble pas le meilleur moment. J'espère que tu seras d'accord ?

Longtemps après, lorsqu'il me répond pour me dire qu'il a compris, c'est déjà le milieu de l'après-midi, et la maison est enfin, plus ou moins, prête pour accueillir mon invitée. Soudain, la sonnette retentit, me faisant sursauter. Devant l'entrée est garée une camionnette dont le logo annonce : « Luckhurst, votre jardinier paysager ». Ralph Luckhurst ? Mais que fait-il ici ?

— Bonjour, Seraphine.

Il se tient à quelques mètres de la porte, mains dans les poches. Il s'est fait pousser la barbe depuis la dernière fois que je l'ai vu et, avec ses boucles foncées, l'effet est saisissant : il semble beaucoup plus vieux, et plus sérieux.

— J'ai promis à ta grand-mère que je passerais jeter un coup d'œil au jardin, mais je peux revenir une autre fois. Ma mère voulait savoir aussi si tout va bien.

— Je vais bien, merci.

Réponse automatique. C'est que Ralph et moi sommes devenus des étrangers. Quand nous étions enfants, il était toujours gentil, mais son intérêt pour moi a évolué au fil du temps. Il m'attendait à la sortie du lycée, quand j'avais 17 ans, pour me proposer un film au cinéma ou un verre, et j'ai parfois accepté, essayant de me convaincre que j'en pinçais pour lui. Essayant d'oublier Joel.

Ralph était présent lors de ce fameux après-midi autour de la piscine. Il savait que, pendant les deux années suivantes, j'avais tout fait pour éviter Joel – de telle sorte que, quand il nous a vus nous embrasser à la fête de fin d'études d'Edwin, il a cru que Joel me harcelait et a réagi en conséquence. Joel a quitté la fête avec un œil au beurre noir, trop choqué pour accepter mes excuses bien arrosées. Et Ralph et moi avons maintenu le lien d'une amitié fragile pendant un an encore. Enfin, nous nous sommes perdus de vue après mon départ pour l'université. Ma vie romantique a toujours été un désastre.

Je vois Ralph jeter un regard en direction du gazon abîmé.

— Tant mieux. Ma mère m'a dit que tu n'avais pas l'air

dans ton assiette l'autre jour, mais je suis content de savoir que ça baigne.

Je sens le rouge me monter aux joues en me revoyant sortir du cabinet médical avant-hier. Qu'a-t-elle pu penser, Helen ? Sans compter que, naturellement, Hayley Pickersgill, la fiancée de Ralph, a dû lui raconter la scène au cabinet médical. Je me cramponne plus fermement à la poignée de la porte, prête à le congédier.

— Je suis vraiment désolé pour ton père, murmure-t-il alors.

Et, pendant un instant, j'ai une vision de Ralph adolescent : toujours disposé à aider les autres, malgré la responsabilité constante de sa mère et sa sœur, dont il s'occupait ; j'étais très fâchée contre lui pour l'histoire du coup de poing, mais je n'ai jamais douté qu'il avait agi ainsi pour me protéger. Même longtemps après que Joel avait disparu, Ralph, lui, avait continué de prendre de mes nouvelles. J'ouvre la porte plus en grand.

— Puisque tu es là, autant que tu ailles voir la pelouse.

— J'aurais dû appeler avant. Je peux revenir quand c'est mieux pour toi.

— Non, je t'en prie. Ça fait tellement longtemps depuis la dernière fois que je t'ai vu. Sans compter que je deviens un peu folle ici, toute seule.

Il lève les yeux vers les fenêtres de l'étage, puis pousse un soupir.

— OK.

Je remplis deux verres d'eau fraîche et il me suit dans le patio. Je m'installe dans un fauteuil puis l'observe tandis qu'il parcourt la pelouse de long en large tout en l'examinant. Il me rejoint peu après, nerveux, mais ses yeux se tournent de nouveau vers le jardin. Je suis son regard.

— Ce n'est pas en très bon état, non ? Quand Michael Harris se chargeait de l'entretien, c'était tout autre chose. J'aimerais bien que Vera ne fasse plus appel aux jardiniers actuels. Tu pourrais t'occuper de notre jardin, si ma grand-mère te le demandait ?

Il s'éclaircit la voix.

— En fait, elle voudrait que je me concentre plutôt sur le côté paysager, à long terme. Elle a résilié le contrat avec votre entreprise de jardinage il y a quelques jours. C'est pourquoi… je vais au moins traiter le gazon, en attendant qu'elle trouve un autre jardinier.

Je hoche la tête, déterminée à ne pas lui montrer à quel point je suis surprise qu'il soit plus au courant que moi des projets de ma grand-mère. Il y a un ton de respect tel dans sa voix, quand il parle d'elle, que je me sens coupable de ne pas m'être excusée après notre dispute la semaine dernière. Elle a beaucoup aidé sa famille, au fil des années, et, évidemment, il lui en est reconnaissant.

— Ma grand-mère m'a dit : elle a trouvé un travail pour Daisy au village, c'est bien ça ?

— Oui, à la boulangerie. Elle adore.

— C'est génial.

Nous prenons une gorgée d'eau et regardons le jardin. Je n'ai pas envie de lui poser de questions sur sa vie, sur Hayley et leur futur mariage. Je voudrais tellement ne pas l'avoir invité à s'asseoir ; il serait déjà loin, en train de faire son rapport à sa mère et à ma grand-mère. Puis, des fleurs de pissenlit frissonnent dans la brise et, soudain, une idée me traverse l'esprit.

— Si on pulvérise du désherbant sur les mauvaises herbes, dis-je en indiquant d'un geste la pelouse devant nous, est-ce que cela peut détruire aussi le gazon ?

— Il faudrait utiliser le bon produit.

— Non, ce que je veux dire c'est, quel désherbant brûlerait aussi le gazon ?

— Dans quels sens, « brûler » ?

— Si on utilisait le mauvais désherbant, est-ce qu'il pourrait laisser des traces de brûlure dans le gazon ?

— Oui, bien sûr. Un désherbant ou un chalumeau à gaz.

— C'est quoi ?

Il me regarde droit dans les yeux, plisse le front.

— C'est une lance thermique utilisée pour brûler les mauvaises herbes. Mais pourquoi ces questions ?

— Comme ça, sans raison particulière. Pourquoi tu as ce ton ?

Il se redresse sur son fauteuil, toujours en me fixant.

— Parce qu'on m'en a volé un, l'autre jour, dans la camionnette. Un chalumeau à gaz.

— Quoi ?

— Ouais. Je l'avais acheté à Michael Harris, quand il est parti à la retraite. Joel l'avait aidé à revendre ses outils.

Je remarque qu'il prononce le nom de Joel avec beaucoup de prudence.

— Et as-tu porté plainte à la police ?

Il m'observe en silence.

— Tu as quelque chose à m'avouer, Seraphine ?

— Mais non ! Ne sois pas ridicule. Je ferais quoi, à ton avis, avec un chalumeau à gaz ?

Mais mes joues rougissent de plus belle et l'éclair d'amusement que je vois s'allumer dans ses yeux me fait regretter notre ancienne amitié.

— En effet. Non, je n'ai pas encore prévenu la police. J'en parlerai à Martin quand je le verrai. J'ai été bête, la camionnette n'était pas fermée, et c'est la seule chose qui a été volée. Des gamins en train de faire des bêtises, voilà ce que j'ai pensé. Ou alors, quelqu'un qui l'a juste (et son sourire s'évanouit) emprunté.

— Mais qui ?

Il baisse les yeux sur sa montre et fait une grimace.

— Je dois vraiment y aller, désolé. Merci pour l'eau.

Il traverse la maison à longues foulées et, en lui emboîtant le pas, j'ai du mal à suivre son rythme.

— Tu ne me réponds pas ?

La main sur la poignée de la porte, il se tourne et me dévisage avec une expression étonnée :

— Quoi ?

— Qui donc pourrait avoir emprunté le chalumeau ?

Il me considère. Lorsqu'il reprend la parole, je comprends qu'il est sincèrement inquiet pour moi :

— Je suis vraiment désolé pour ton père, Seraphine. C'était un homme bien. Il va nous manquer. Si… tu as besoin de quelque chose, surtout n'hésite pas à m'appeler.

Il s'empresse de rejoindre sa camionnette.

Je m'appuie contre l'évier, réfléchissant à toutes les conversations tordues que j'ai eues depuis une semaine. Ralph, Laura, Pamela, Alex, Michael… Savent-ils quelque chose dont je ne suis pas au courant ? Ont-ils un ordre du jour, obéissent-ils à un schéma supérieur ? Est-ce personnel ? Est-ce moi ?

Je n'ai pas les réponses à ces questions. L'horloge dans l'entrée sonne, me ramenant à la réalité. Il faut que j'arrête de tourner en rond. Je me prépare un thé puis erre dans les pièces, fouille le buffet du séjour et reprends les albums photos. Un détail me nargue, un souvenir me revient à l'esprit, et je reviens sur mes pas, dans la salle de jeux. L'objet au centre de mes pensées se trouve dans la grande armoire qui s'ouvre sur un côté de la pièce, sorte de faille temporelle où s'entassent les jeux et les jouets de nombreuses générations d'enfants. Mais comme je sais ce que je cherche, en quelques minutes, j'en sors un carton, à peine plus grand qu'une boîte à chaussures, décoré avec un collage de cartes postales, dessins et tickets. La boîte à trésors d'Edwin.

Je m'assieds et pose la boîte sur la vieille table. Dans cette pièce lumineuse, les cartes postales que je me rappelais exotiques et pleines de couleurs apparaissent ternes, banales. Je soulève le couvercle avec précaution. Des pommes de pin ratatinées, des marrons. Un galet avec un « S » entaillé, des billets pour les marionnettes, l'aquarium, le musée de cire de Madame Tussauds. Des billets de train – beaucoup, beaucoup de billets de train. Des programmes pour les spectacles de l'école : « Edwin Mayes dans le rôle de l'aubergiste ». Des certificats de natation, de karaté, de compétitions d'orthographe. Au fond, un paquet de lettres et de dessins. Je dirais qu'Edwin a dû arrêter de cacher ses secrets dans cette boîte quand il avait 7 ou 8 ans. Je me souviens que, lorsque Danny et moi avons attrapé la varicelle, au cours de notre année de CP, Edwin nous a laissé jouer avec ses trésors, pour nous faire oublier nos démangeaisons et notre mauvaise humeur.

Je défais le paquet et passe les dessins en revue. Presque tous montrent des personnages humains, allant de petits bonshommes stylisés à des silhouettes plus élaborées aux expressions minutieusement détaillées. Je me demande bien ce que cela dit de moi, qui dessinais sans arrêt Summerbourne, mais rarement des gens. Avec Danny, j'élaborais des labyrinthes complexes et, une nouvelle fois, je me dis que nos personnalités auraient pu être différentes si nous avions grandi avec une mère.

Un dessin attire mon attention : deux petites silhouettes, l'une marquée avec un « E », l'autre avec un « T ». Edwin et Theo. Un autre, plus récent, montre « papa, mamie, Seraphine, Danny ». Il y en a d'autres encore, avec Edwin et Joel entourés d'animaux.

Il y a aussi des cartes postales de Vera, de Londres, et de nos grands-parents paternels en Écosse, décédés il y a quelques années. Je trouve enfin une carte de vœux :

> Cher Edwin, je suis chez moi maintenant, mais tu me manques énormément. Je te souhaite un joyeux Noël, je te reverrai bientôt. Je t'embrasse, Laura

Je vérifie les autres messages : il n'y en a plus, de Laura. Et d'Alex, aucun.

Un fracas de sacs jetés dans l'entrée annonce l'arrivée de mes frères, peu avant 21 heures. Je retrouve aussitôt leurs affaires éparpillées partout dans la cuisine, que j'avais si diligemment rangée.

Ni bonjour ni bonsoir, Danny me lance immédiatement :

— Tu m'avais promis que tu rentrerais directement ici. Alex Kaimal ? N'importe quoi ! Qu'est-ce qui t'arrive, bon sang ?

— Au moins, moi, je fais *quelque chose.* J'ai besoin de savoir ce qui s'est passé ce jour-là !

Edwin se place entre nous, s'empare d'une des bouteilles de bière posées sur la table, puis cherche le décapsuleur dans le tiroir.

— Merci d'avoir pensé à la bière, Seph.

— C'est Joel qui l'a apportée, en fait.

— Va-t-il passer, ce soir ?

Je secoue la tête.

Danny ouvre deux autres bouteilles et m'en passe une.

— Bon, me dit-il, vide ton sac.

— Venez d'abord voir ce que j'ai trouvé.

Ils me suivent dans la salle de jeux. Le soleil couchant enveloppe la pièce et le contenu de la boîte à trésors d'Edwin, étalé sur la table, d'une lumière rose aux reflets dorés. C'est une scène étrangement belle, et pourtant, je voudrais ne pas avoir exhumé ces vieux bibelots. Je voudrais seulement que papa soit là, et que nous soyons réunis à Summerbourne autour d'un événement joyeux. Edwin avance, ayant reconnu ce dont il s'agit.

— Ça fait des années que je n'ai pas vu ma boîte. Regarde-moi ça, s'émerveille-t-il.

Il prend des cartes et des dessins et les montre à Danny.

— Je m'en souviens, répond Danny. J'avais commencé une boîte à trésors, moi aussi, mais je n'ai jamais eu la patience de collectionner des objets.

Je m'appuie un peu sur son épaule et, ensemble, nous regardons Edwin, concentré sur ses œuvres.

— C'est vous deux en train de voler sur des oiseaux

géants, déclare-t-il en tenant dans la main une feuille aux couleurs vives.

— Bien sûr, murmure Danny.

Edwin s'arrête sur un autre dessin, qu'il pose sur la table pour mieux l'étudier. Je le reconnais pour l'avoir vu tout à l'heure : un oiseau avec un bec et des pattes filiformes, et un petit bonhomme au visage triste, couché. Étrangement, c'est fait au crayon noir, la seule couleur étant une tache rouge sur le corps de l'animal.

— Theo et le rouge-gorge, dit Edwin tout bas.

J'écarquille les yeux.

— Quel rouge-gorge ? demande Danny.

— Je ne sais pas, admet Edwin en secouant la tête. Mamie a dit quelque chose à propos d'un rouge-gorge, le jour où maman est morte, sur la falaise.

— Le frère jumeau de maman s'appelait Robin[1]. Il est mort avant la naissance, le cordon s'était enroulé autour de son cou.

Ils me fixent.

— Comment as-tu… ?

— C'est Pamela qui me l'a dit. Elle m'a aussi raconté…

Soudain, j'ai la tête qui tourne. Je ne me vois pas révéler à mes frères que les jumeaux ne survivent jamais à Summerbourne, que c'est pour cela que Theo est mort, et que personne au village ne croit que nous sommes les vrais jumeaux Summerbourne.

J'inspire profondément.

— Bon, aucune importance. Je suis contente que vous soyez là. J'espère seulement que Kiara pourra nous donner quelques informations utiles, demain.

Edwin et Danny me dévisagent, si bien que je m'efforce de respirer calmement, bien consciente des autres secrets que je ne leur dis pas : les mots brûlés dans le gazon, le message griffonné sur le miroir.

1. N.D.T. : Robin, en anglais, signifie rouge-gorge.

— À quelle heure vient-elle ? demande enfin Edwin en poussant un soupir.

— Vers midi.

— Et après, tu nous accompagneras à Londres pour le déjeuner du dimanche, d'accord ?

Je hoche la tête tout en me triturant nerveusement les doigts.

Edwin, qui s'attaque maintenant aux couches de coupons et de cartes collées au couvercle de la boîte, se redresse soudain après avoir complètement déchiré un billet de train.

— Regardez !

Il vient de mettre la main sur un carré de papier brillant, tout fin, où, sur un fond gris foncé, se détache une forme blanche, granuleuse. Il le décolle et se penche dessus pendant quelques instants, puis le pousse sur la table, vers nous. C'est une image d'échographie. Les mots imprimés sur le bord supérieur indiquent « Ruth Mayes, 10/02/92 ». Le cliché montre un bébé. Un seul.

Cela me donne la chair de poule.

Danny et moi échangeons un regard, puis nous considérons de nouveau l'image.

— Et merde, dit-il.

— Je n'y crois pas, murmuré-je.

Nous continuons de fixer le cliché en silence.

— Peut-on obtenir des images individuelles de jumeaux, à l'échographie ? demande-t-il finalement.

Je me frotte le visage.

— Je ne sais pas. Nous pourrions poser la question à Joel.

— Edwin, pourquoi avais-tu cette image dans tes affaires ? C'est maman qui te l'a donnée ? interroge Danny.

— Je crois, répond-il en haussant les épaules.

À mon tour :

— Est-ce que tu t'en souviendrais, si tu avais vu deux images d'échographie, une pour chaque bébé ?

— Oh, Seraphine, je ne *sais* pas.

Sans un mot de plus, nous abandonnons la table recouverte de ses reliques et prenons nos bières pour retourner dans le salon, où nous nous affalons sur les canapés.

— Et les courses, demain matin ? demande Edwin au bout d'un moment.

— La livraison est prévue entre 9 et 10 heures. J'ai commandé de quoi faire un risotto, si cela te dit de le préparer. Et pourrais-tu envoyer un texto à Joel ? J'aurais dû lui dire de passer avant midi, s'il veut te voir.

Il hoche la tête.

— Je ne peux pas croire que Kiara ait envie de faire tous ces kilomètres seulement parce que son père connaissait nos parents, marmonne Danny.

Il soupire, me tapote le bras et poursuit :

— En tout cas, sœurette, je suis vraiment désolé, je vois que tu es bien atteinte.

— Atteinte ? Que veux-tu dire ?

— Atteinte. Tu as mentionné Joel au moins quinze fois depuis qu'on est arrivés.

— Oh, tais-toi, idiot, dis-je les joues en flammes, tout en le frappant avec un coussin.

Il rit et je me joins à lui, mais soudain je repense à Joel et à la fête autour de la piscine.

— Attendez, trêve. Je dois vous poser une question. Vous souvenez-vous de ce jour près de la piscine, lors de la fête que tu avais organisée, Edwin, avec tes amis de l'université, quand Joel nous a appelés lutins jumeaux ?

Edwin se contente de hausser les épaules.

— Ouais, finit-il par confirmer, c'était il y a dix ans, mais bien sûr, je m'en souviens.

— Que s'est-il passé quand je suis partie ? Joel s'est-il blessé ?

Edwin penche la tête en arrière et contemple le plafond ; Danny attend, détournant le regard.

— Tu as fait tomber un verre de la table quand tu t'es

sauvée en courant, dit Edwin calmement. On aurait pu croire que tu l'avais fait exprès. Ce n'était peut-être pas le cas, je ne sais pas. Un morceau de verre a été projeté et a coupé Joel sous le menton.

— Je ne l'ai jamais su. C'était un accident.

Silence.

— Et ensuite ? A-t-il eu besoin de points de suture ?

— Nous avons appelé Michael, raconte Edwin. La nounou aurait fait toute une histoire. Michael a accompagné Joel chez le médecin, qui l'a recousu, et tout s'est bien passé.

— Il a beaucoup saigné, ajoute Danny.

Je pose lentement ma bouteille de bière sur la table.

— Mais pourquoi vous ne m'avez rien dit ? Personne ne m'en a jamais parlé.

— Avec toi, tout tourne toujours au drame, Seph, dit Danny.

Sa voix douce est en contraste avec la dureté de ses mots.

— Qui sait comment tu aurais réagi, renchérit-il. De toute façon, tu as passé le reste de l'été à te cacher pour éviter Joel, montrant les dents chaque fois qu'on essayait d'aborder le sujet. Disons que c'était plus facile de laisser tomber.

Le fait que ni l'un ni l'autre de mes frères ne précise « et ça l'est toujours », ne fait que creuser encore plus le silence qui s'étire entre nous.

20

Laura

Janvier à mars 1992

Les visites de Vera se firent plus fréquentes à partir du début de la nouvelle année. Elle venait au moins une fois par semaine, parfois même deux, et profitait de chaque occasion pour me parler en privé, à l'insu de Ruth. Je détestais être mise ainsi dans l'embarras, peu disposée que j'étais à décrire le comportement étrange de sa fille et, pourtant, réticente à mentir en l'assurant que tout allait bien. Je commençai à redouter ses venues.

Ruth accompagna Edwin à la journée d'adaptation à l'école maternelle, mais, le lendemain, je l'entendis, au téléphone, annuler sa place pour le trimestre, disant qu'il ferait un nouvel essai après les vacances de Pâques.

Elle ne m'en parla pas et je ne lui posai aucune question.

Un jour, elle embaucha un artisan pour repeindre la salle de jeux, mais une fois qu'il eut déplacé tous les meubles et recouvert chaque objet d'une housse de protection, elle le renvoya, prétextant qu'elle ne supportait pas l'odeur de la peinture. Elle m'avoua qu'en réalité, elle n'aimait pas ses yeux, qu'elle ne lui faisait pas confiance.

Une autre fois, laissant l'air triste et glacial de janvier s'engouffrer dans la maison, elle passa dix minutes à bavarder sur le seuil, dans l'entrée, avec une vendeuse ambulante, à qui elle acheta deux beaux bougeoirs en verre. Plus tard, elle les fracassa dans l'évier de la cuisine, les broya avec un rouleau à pâtisserie et en jeta les morceaux à la poubelle.

Et pourtant, de temps en temps, son humeur virait à la joie. Dans ces moments-là, elle chantait, tout en s'affairant dans la cuisine, inventant des mots sans queue ni tête pour amuser Edwin. Elle ne l'accompagnait plus à son cours de gymnastique, mais, souvent, se joignait à nous sur la plage, malgré le froid, et, à notre retour à la maison, nous prenions un chocolat chaud tous ensemble.

J'aurais pu parler de cela à Dominic, mais il ne me posait jamais aucune question. Il était sur le qui-vive, c'était comme s'il me regardait, parfois, sans vraiment me voir.

Une fois, j'entendis Ruth lui dire :

— Je sais que tu as de nouveau parlé de moi avec ma mère derrière mon dos. Vous utilisez les mêmes phrases, c'est pathétique. Je vais bien. *Nous* allons bien. J'ai rendez-vous pour l'échographie le 11 février et je suis très satisfaite de mon médecin. Tu dois me laisser faire les choses à ma manière, Dominic. Fais-moi confiance, je sais ce qui est mieux pour mon bébé.

— Pour notre bébé.

À ces mots, elle se mit à pleurer et il la consola en lui murmurant des mots rassurants.

Je m'engageai à garder Edwin un dimanche soir jusqu'au mardi suivant, afin de permettre à Ruth de passer quelques jours à Londres avec Dominic, qui allait aussi l'accompagner à son échographie. Mais le lundi après-midi, alors qu'avec Edwin et Joel nous faisions des gâteaux, un taxi glissa dans l'allée. Pendant quelques instants, je me dis que ce devait être Alex. J'hésitai, regardant par la fenêtre, espérant le voir sortir de la voiture et croiser mon regard. Mais ce fut Ruth qui en émergea, après avoir réglé le chauffeur, marchant d'un pas énergique jusqu'à la porte d'entrée.

Elle tourbillonna à l'intérieur, avec un sourire radieux, enleva son manteau et ajusta ses cheveux devant le miroir au-dessus de la console.

— Devinez ! Il y a seulement un bébé et tout va bien !

Edwin accourut depuis la cuisine pour se jeter à son cou, Joel resta un peu à l'écart, le visage maculé de farine.

— Eh bien, c'est super ! Mais votre échographie n'était-elle pas prévue demain ?

— Oh, oui, mais finalement je suis passée au cabinet ce matin et ils m'ont dit qu'ils pouvaient me la faire tout de suite. Je n'ai pas pu résister. Voir mon bébé a été une expérience magique. Fille ou garçon, peu importe. Je dois appeler Dominic et lui raconter.

J'ôtai la farine du visage de Joel et poussai gentiment les petits dans la cuisine.

— Alors, Dominic n'est pas venu avec vous ?

— Non, comme je vous l'ai dit, j'ai agi sur un coup de tête. Voulez-vous voir l'image ?

Je la regardai droit dans les yeux pour la première fois depuis son arrivée. J'avais commencé à la soupçonner de ne pas avoir fait d'échographie, de sorte que sa proposition de m'en montrer la preuve me prit au dépourvu. Mais elle fouillait déjà dans son sac et en sortait un petit cliché carré, qu'elle me tendit.

Je le pris avec précaution. On distinguait une forme blanche sur un fond noir. Le nom de Ruth ainsi que la date figuraient sur le bord supérieur.

Elle se pencha sur l'image.

— Voici la tête, et ça, c'est la colonne vertébrale. Les jambes sont là, et ici on peut voir une partie d'un bras.

— C'est incroyable.

— J'ai vu son petit cœur qui battait. Le rythme était parfait. Et vous savez, je pensais que j'allais être déçue, que ce ne soient pas des jumeaux, mais en fait, je crois que ce sera plus facile comme ça.

Des larmes me montèrent aux yeux, ce qui me déconcerta. Mon expérience personnelle, résolument négative, en matière de jumeaux se limitait à la relation pratiquement inexistante entre ma mère et sa sœur jumelle. Leur lien se résumait au regard renfrogné que ma mère jetait aux cartes postales de lieux exotiques envoyées par ma tante. Se sentir triste pour Edwin, triste pour sa petite sœur ou son petit frère n'avait aucun sens.

— Alors, vous ne savez pas si c'est un garçon ou une fille ?

— Non, je ne veux pas le savoir. Je veux rencontrer ce petit garçon ou cette petite fille le moment venu, pour profiter pleinement de cet instant.

— Vous ont-ils indiqué la date à laquelle vous serez à terme ?

Elle se figea, et je me mordis la lèvre. Quand elle sortit enfin de son immobilité, ce fut pour me retirer brusquement le cliché des mains.

— Fin août, dit-elle en me toisant.

— OK.

— Je dois appeler Dominic. Pourriez-vous aller surveiller les enfants ?

— Bien sûr.

Je fermai la porte de la cuisine derrière moi, ne voulant pas entendre un seul mot de cette conversation.

Plus tard, après être revenus du cottage de Michael, où Edwin et moi avions raccompagné Joel et laissé une boîte de gâteaux, Ruth montra à Edwin l'image de l'échographie.

— C'est ta petite sœur, ou ton petit frère, dit-elle en souriant.

— Ce bébé n'est pas très joli.

— Il le sera beaucoup plus quand il sera né, je te le promets.

Edwin prit l'image et se dirigea vers la salle de jeux.

— Je vais faire un dessin du bébé et je vais coller cette photo sur ma boîte à trésors.

— C'est une très bonne idée, mon chéri.

J'avais dû afficher un air étonné, car, une fois qu'il fut parti, elle ajouta sur un ton légèrement défensif :

— Dominic pourra toujours voir l'image quand il

reviendra à Summerbourne. C'est mon bébé, pour le moment. Une fois qu'il sera né, Dominic en tombera amoureux et tout ira bien.

Sur ces mots, elle monta à l'étage pour aller se reposer.

Cet après-midi-là, il commença à neiger furieusement et, pendant plusieurs jours d'affilée, nous ne sortîmes pas. La veille de la Saint-Valentin, Ruth, faisant montre d'un enthousiasme exagéré, découvrit une boîte de sucreries devant la porte.

— Oh, Edwin, regarde. Jack Valentine[1] nous a laissé un cadeau !

Elle et Edwin, de très bonne humeur ce soir-là, mangèrent leurs friandises tout en essayant d'apercevoir par la fenêtre les empreintes laissées par le mystérieux visiteur. Je devais avouer que Jack Valentine ne s'était jamais aventuré jusqu'à ma porte, à Londres, alors qu'ici, dans le Norfolk, il jouissait de la même importance que le Père Noël et la Petite Souris.

Comme les routes étaient verglacées et que Ruth l'avait supplié de ne pas prendre de risques inutiles, Dominic resta à Londres, ce week-end-là. Bloqués à la maison en raison de la neige, nous fîmes une orgie de pop-corn et de pizzas surgelées, regardâmes de vieux films et traînâmes au lit jusqu'à tard dans la matinée. Puis, la neige commença à fondre et une pointe d'amertume m'enserra la gorge à l'idée que cette brève parenthèse prenait fin. Mais les bois qui entouraient Summerbourne n'avaient jamais été aussi beaux : des perce-neige se blottissaient les uns les autres, formant des bouquets de part et d'autre du sentier, et les sombres squelettes des pruniers offraient leurs premières fleurs tendres et blanches à un ciel d'un gris délicat, promesse d'un printemps qui n'allait pas tarder.

Le vendredi soir suivant, Dominic arriva avec des projets de vacances pour la petite famille avant l'arrivée du bébé.

---

1. N.D.T. : Selon la tradition, dans l'est de l'Angleterre, la veille de la Saint-Valentin, un mystérieux personnage du nom de Jack Valentine frappe aux portes des maisons et laisse de petites surprises, aussi bien aux adultes qu'aux enfants.

— Je ne veux pas aller à l'étranger, et je ne veux pas partir trop près de mon terme. Et j'aimerais que Laura vienne avec nous, pour nous aider avec Edwin, déclara Ruth.

J'étais dans la cuisine avec eux, mais je quittai l'évier où j'étais en train de faire la vaisselle et me dirigeai vers la porte, évitant de croiser le regard de Dominic.

— Attendez, Laura. Ce n'est pas que je ne veux pas vous emmener. Je pense seulement, dit-il en se tournant vers Ruth, que ce serait sympa de partir tous les trois, c'est une occasion spéciale.

Ruth soupira, et Dominic me jeta un regard suppliant, de telle sorte que je dus intervenir dans leur discussion :

— Une semaine de révisions à la maison ne me ferait pas de mal.

— Bon, voilà, Ruth, c'est réglé. Regardons la brochure des Center Parcs.

En fin de compte, je restai chez ma mère plus longtemps que prévu, car Edwin attrapa un rhume, qu'il passa à Ruth. Puis, ce fut mon tour. Épuisée, léthargique, je mis trois semaines à récupérer, pendant que Ruth, Dominic et Edwin passaient leurs fameuses vacances ensemble. Heureusement, Beaky étant parti en déplacement dans le Kent pour son travail, maman et moi profitâmes d'une ambiance plus sereine. Malgré cela, je restai dans ma chambre la plupart du temps.

Une réticence grandissante à l'idée de retourner à Summerbourne commença à s'insinuer en moi. Je ne savais pas si j'allais pouvoir rassembler suffisamment d'énergie pour affronter les sautes d'humeur de Ruth, la gêne de Dominic et les ridicules soubresauts d'espoir désespéré que je ressentais chaque fois que la sonnette de la porte retentissait, et que je me demandais si c'était Alex.

Je passai en revue les annonces dans le journal local et envisageai sérieusement d'envoyer ma candidature pour des postes de serveuse à mi-temps.

— Mais je croyais que tu te plaisais, là-bas ? me demanda maman lorsqu'elle me vit en train de les surligner.

— Oui, mais ces jobs me permettraient aussi de gagner un peu d'argent et je pourrais te payer un loyer. Je pourrais réviser ici pendant ces dernières semaines.

— Ma chérie, tu n'as pas à me payer un loyer.

— Beaky n'est pas du même avis.

Elle poussa un soupir.

— Il veut seulement que tu apprennes à assumer tes responsabilités.

Je jetai le journal sur la table et me levai.

— J'ai commis une seule erreur. Pendant combien de temps encore faudra-t-il que je paie ?

— Il pense juste…

Je la foudroyai du regard.

— Je me fiche de ce qu'il pense. Tu te mets à parler comme lui, tu sais ?

Après avoir poussé les cartons de vin de Beaky contre la porte de ma chambre, je m'y barricadai pour le reste de l'après-midi. Une partie de moi espérait que maman essaierait de me convaincre de sortir de mon isolement forcé, mais elle ne le fit pas. Je sortis la lettre de démission que j'avais préparée le matin même, la tenant entre mes mains tremblantes pendant la relecture. Je ne l'avais pas encore signée ni datée.

Quand Beaky rentra, quelques jours plus tard, je montai le volume de la télévision pour ne pas entendre la tirade qu'il déclamait à maman dans la cuisine. Peu après, il fit irruption dans ma chambre et éteignit le poste avec un grognement.

— Ici, ce n'est pas un hôtel. Tu vas suffisamment bien pour travailler, donc tu vas y retourner, et plus vite que ça.

Tout en me regardant de haut en bas, ses lèvres se plièrent en un rictus.

— Ta mère dit que tu n'as pratiquement pas bougé depuis que tu es rentrée. Je croyais que tu allais retrouver la forme dans cette maison de bourgeois, à jouer au tennis toute la journée avec tes amis snobinards. Ils en ont déjà assez de toi, j'imagine ?

Le soir même, j'appelai Summerbourne, où je retournai dès le lendemain. La lettre de démission, que je n'avais toujours pas signée, était entre les pages de mon classeur de biologie. D'humeur léthargique pendant le voyage en train, je sentis que je reprenais courage à mesure que le taxi approchait de ma destination. Edwin se précipita dehors et se jeta dans mes bras.

— Il a été un peu difficile, me confia Ruth quand le petit s'éloigna.

— Il est plus que prêt pour la maternelle, commenta Dominic.

Ruth me serra le bras et me sourit.

— Je suis contente de vous revoir.

À ces mots, je fus certaine d'avoir fait le bon choix en décidant de revenir. Ma vie, désormais, était liée à cet endroit, et ce n'était pas le genre d'attachement dont je pouvais me défaire facilement : Summerbourne coulait dans mes veines. Lorsque, quelques jours plus tard, je trouvai Ruth en pleurs dans le grenier, devant un carton de vêtements de bébé qui avaient été envahis par les moisissures, je pris en main la situation. J'appelai Vera et lui demandai de venir garder Edwin le lendemain, ce qui nous permit, à Ruth et moi, d'aller faire du shopping à Norwich. Après des mois passés à préparer des gâteaux, bien à l'abri dans la chaleur douillette de la maison, et sans entraînements quotidiens à la piscine, mon corps reprenait des formes, les os saillants qui étaient les miens lors de mon arrivée à Summerbourne avaient disparu. Quand je me regardais dans le miroir, j'étais heureuse de constater que les cernes foncés sous mes yeux s'étaient effacés et je savourais l'idée de m'acheter quelques nouveaux vêtements et un peu de maquillage, peut-être même un chapeau de soleil comme celui de Ruth.

Nous passâmes quelques heures agréables, essayant des tenues, nous extasiant devant des pyjamas pour nouveau-né, choisissant des articles essentiels pour la chambre du bébé.

Ruth nous offrit une pause au café du centre commercial.

— Merci d'avoir proposé cette sortie, dit-elle.

— Ça a été sympa. Je suis impatiente de savoir si c'est une fille ou un garçon.

Soudain, elle me décocha un regard pénétrant.

— Vous resterez avec nous tout l'été, n'est-ce pas, après la naissance du bébé ? Ce sera génial : des journées tranquilles dans le jardin, à la plage… Nous en profiterons au maximum, avant qu'Edwin commence l'école et que vous nous quittiez.

J'hésitai, ma dernière cuillerée de dessert suspendue en l'air, regardant les sacs et les boîtes d'équipement pour bébé autour de nous, et, enfin, je lui souris.

— On dirait qu'un beau programme nous attend.

Elle me sourit en retour, portant la main à son ventre arrondi. Mais cette dernière bouchée de dessert se coinça dans ma gorge, tandis que je me persuadais d'envisager ces derniers mois à Summerbourne avec optimisme : le bébé de Ruth trouverait en Dominic un papa exceptionnel ; Dominic serait moins sur ses gardes avec moi ; Alex pourrait revenir à Summerbourne…

J'admirai un gilet minuscule que Ruth avait sorti d'un des sacs. Oui, Alex pourrait revenir à Summerbourne.

— Tout va bien ? me demanda-t-elle.

— Oui, tout ce shopping m'a épuisée !

Elle rit puis se tourna pour appeler un membre du personnel, à qui elle demanda de porter nos achats jusqu'à la voiture. Mais, pendant ce temps, je sentis mes entrailles se tordre, comme compressées entre les ondulations d'un serpent marin.

21

Seraphine

Le lendemain matin, Edwin et moi rangeons ensemble les courses. Comme toujours, la perspective de préparer un bon plat le réjouit : le sourire aux lèvres, il effleure du pouce les oignons, plie les branches de céleri, respire le parmesan, examine les crevettes. Il est dans son élément, heureux, détendu ; en des moments comme celui-ci, il me rappelle tellement papa.

Je dresse la table dans le séjour, dispose verres, couverts et serviettes sur la vieille nappe rouge, scrutant chaque détail, irritée face à mon incapacité à faire les choses calmement, contrairement à mes frères. Je porte une robe neuve en coton, mais je n'ai pas trouvé les sandales assorties. Lorsque la sonnette retentit, j'ouvre distraitement la porte, pieds nus.

Joel se tient devant moi avec un bouquet d'hydrangées.

— Du jardin de grand-père. Pour la table.

— Oh.

— Ça va ?

Je tends la main pour prendre les fleurs et nos doigts s'effleurent au passage.

Je voudrais lui poser tant de questions : *ne savais-tu vraiment pas que Michael a les clés de Summerbourne ? Pourquoi n'as-tu pas réagi quand Ralph t'a frappé, à la fête ? Sais-tu que le vieux chalumeau à gaz de Michael a été volé dans la camionnette de Ralph la semaine dernière ? Que voulais-tu dire quand tu as suggéré que l'on pourrait recommencer, toi et moi ? Comme des amis ? Ou plus ?*

Mais je me contente de l'informer qu'Edwin est dans la cuisine, et je me sauve dans le séjour avec le bouquet d'hydrangées.

Les corolles des fleurs sont pleines, lourdes, de petites gouttes de rosée encore accrochées aux pétales roses. Une vague de nostalgie déferle en moi : nostalgie de notre jardin, autrefois si beau, des jours où Michael y régnait, tel un joyeux souverain, du passé, quand Joel et moi étions amis et la vie simple.

Kiara arrive avec presque une heure d'avance. En passant par hasard dans l'entrée, toujours pieds nus, je me fige : une voiture est garée dans l'allée et elle en sort, habillée d'une robe-combinaison noire, soyeuse, sans manches. Des sandales délicates à talons hauts complètent sa tenue. Elle est grande et mince, et je comprends alors que le mot que je cherche pour la qualifier est tout simplement : élégante.

Danny, qui vient de descendre dans un vieux short et un T-shirt, l'air ensommeillé, observe la scène par la fenêtre et émet un sifflement admiratif :

— Belle voiture.

Edwin arrive, suivi par Joel, et tous deux regardent aussi avec curiosité.

Puis on sonne à la porte. D'une main posée sur la chute de mes reins, Danny me donne une petite poussée :

— C'était ton idée, sœurette.

Prenant une profonde inspiration, j'ouvre, me forçant à sourire.

— Bonjour, Kiara.

Ses cheveux, avec leur mèche rose, sont exactement comme dans mon souvenir, mais, de près, je remarque maintenant un petit diamant qui brille sur l'aile de son nez ainsi qu'une rangée de minuscules piercings chatoyants à ses oreilles. L'ensemble m'hypnotise.

Elle me tend une boîte de chocolats belges.

— Bonjour. Désolée d'être si en avance, je m'étais donné de la marge, pour la circulation, mais finalement la route était complètement dégagée.

Elle semble nerveuse et je me sens honteuse, car le fait qu'elle partage mon trouble me rassure et m'aide à me détendre. Tandis qu'elle avance dans l'entrée, je me tourne vers les garçons pour faire les présentations.

— Voici Danny, mon frère jumeau.

— Salut, ça va ?

— Et Edwin, notre grand frère.

Edwin lui serre la main.

— Enchanté, Kiara. Je me souviens de ton père, je l'aimais beaucoup.

À ces mots, je la vois sourire.

— Et enfin, Joel, notre voisin, qui ne nous tiendra pas compagnie aujourd'hui.

— Ravi de te rencontrer, dit-il en lui serrant également la main.

Son regard s'attarde-t-il sur son visage, ou c'est une impression ? La trouve-t-il attirante ? Je suis déjà en train de regretter de l'avoir invitée.

— Bon, je ne sais pas vous, mais, moi, j'ai besoin d'un café, annonce Danny. Tu en voudras, toi aussi, Kiara ?

— Oui, merci, lui répond-elle avec un sourire, en le suivant dans la cuisine.

Tandis qu'Edwin les rejoint, Joel et moi restons seuls. Nous écoutons pendant quelques instants la conversation polie entre mes frères et cette inconnue. Je sens le regard grave de Joel sur moi, mais je ne me tourne vers lui que quand il vient m'effleurer la main de ses doigts.

— Bonne chance, me dit-il avec un bref sourire avant de partir.

Lorsque je retourne dans la cuisine, Edwin est de nouveau penché sur la table, en train de couper des légumes, et Danny verse du lait dans des mugs de café. Kiara, quant à elle, observe les vieilles photos collées au panneau.

— Ça doit être sympa, dit-elle, de grandir avec autant de souvenirs de famille.

Le ton de sa voix semble nostalgique, et pourtant, en regardant autour de moi les portes usées des placards, les surfaces vieillies par le temps, les tomettes ébréchées, j'ai soudain une vision d'elle, ce matin même, dans une cuisine immaculée, ultramoderne, en marbre blanc et acier miroitant.

— Avoir des souvenirs de famille n'est pas aussi bien qu'on le dit.

Frappés par le commentaire que j'ai maugréé dans le silence de la pièce, ils se tournent tous vers moi. Mais personne ne répond.

Les fenêtres sont ouvertes sur le patio : encore une journée ensoleillée et un ciel sans nuages. Edwin s'attelant à la cuisson du risotto, nous sortons avec nos cafés.

— Quel magnifique jardin…

Kiara a l'air si enchantée que j'oublie pendant un instant l'état d'abandon dans lequel se trouvent le gazon et les plates-bandes, pour en apprécier la beauté avec elle. Nous parcourons les petites allées, lui montrons le verger et le potager, nos anciens terrains de jeu, nous promenons jusqu'à la grille. Nous pourrons descendre à la plage un peu plus tard.

Nous évitons de mentionner nos parents jusqu'au moment où nous nous réunissons autour de la table, devant les hydrangées ployant sous la chaleur.

— C'est délicieux, dit Kiara à propos du risotto. Et je voudrais tant que la raison qui m'amène ici ne soit pas si étrange. Seraphine, pourquoi es-tu venue voir mon père ?

Je pose lentement ma fourchette.

— Le jour où Danny et moi sommes nés, ma mère a fait une crise. Nous ne savons pas exactement ce qui s'est passé, mais elle a fini par se suicider en sautant de la falaise derrière la maison. Nous n'avions que quelques heures de vie.

— Oh, je suis tellement désolée, dit Kiara, qui se couvre la bouche d'une main.

— Bon. Notre père n'a plus travaillé qu'à mi-temps, nous avions notre grand-mère et une série de jeunes filles au pair pour prendre soins de nous, donc nous nous en sommes sortis. Nous avons toujours compté les uns sur les autres. Et puis, le mois dernier, mon père a eu un accident. Il est mort en tombant d'une échelle.

Danny, qui est assis à côté de moi, pose sa main sur la mienne.

Je me rends compte que tous les trois me fixent et que mes frères attendent ma réponse tout aussi anxieusement que Kiara. Pourquoi donc suis-je allée voir son père ?

— Je pense que ma mère a accouché d'un seul bébé. J'ai trouvé une photo d'elle avec juste un bébé dans les bras. Et les gens ont toujours dit... Il y a toujours eu des rumeurs comme quoi il s'était passé quelque chose de bizarre le jour de notre naissance. Une nounou, Laura Silveira, travaillait ici à l'époque et j'ai pensé qu'elle aurait pu nous dire... Son nom te dit quelque chose ?

Kiara secoue la tête.

— Est-ce la femme dont tu nous as parlé ? Celle qui a reçu la lettre de menaces que tu as accusé papa d'avoir envoyée ?

— Je ne l'ai pas accusé. Je lui ai posé la question, c'est tout.

— Mais il n'a pas écrit cette lettre.

— Quelqu'un a envoyé une lettre à Laura, après la mort de notre père, la prévenant que si jamais elle parlait de Summerbourne à qui que ce soit, sa fille aussi serait en danger.

— Qui est sa fille ? demande Kiara.

Nous la regardons. Sa silhouette élancée, ses pommettes, la texture de ses cheveux. Laura a le teint mat et Alex, la peau foncée. Kiara, elle, est plus pâle. Mais que cela pourrait-il prouver ?

— Nous ne le savons pas, dis-je après un moment de silence.

— Tu penses que ce pourrait être moi ?

Kiara me fixe en plissant le front.

— Ou toi ? ajoute-t-elle. Je ne comprends pas.

— Attends, je vais chercher la photo.

Une fois dans la cuisine, je contemple les portes ouvertes sur le jardin, me disant que je pourrais les franchir, sortir, fuir sur la falaise, renoncer à poursuivre cette conversation avec Kiara, revenir à mon ancienne vie – ou, plutôt, à ce qu'il en reste. Un faible courant d'air humide me rappelle que, dehors, il fait encore plus lourd qu'à l'intérieur.

Je tourne les robinets, place mes poignets sous le jet d'eau froide jusqu'à ce que mes pensées s'éclaircissent, puis récupère la photo dans le livre de recettes et regagne ma place à la table du séjour.

— C'est notre mère, dis-je en passant le cliché à Kiara, avec l'un de nous deux. Danny ou moi. En tout cas, avec son nouveau-né. Apparemment, avant de mettre fin à sa vie, elle s'était persuadée que quelqu'un essayait de voler son enfant. Au bout du compte, ils se sont retrouvés avec deux bébés au lieu d'un seul.

Kiara observe l'image.

— Tu lui ressembles. Tu ressembles à ta mère.

Et, à ses mots, je sens mes yeux se remplir de larmes.

— Merci.

Danny se tortille sur sa chaise.

— Que t'a dit ton père à propos de ta mère ? demande-t-il à Kiara. Quelle est ta date de naissance ?

En me tendant la photo avec précaution, Kiara répond :

— Le 21 juillet 1992.

Nous la fixons, et elle se raidit.

— Quoi ?

— C'est…, commence Danny, puis il s'interrompt, secouant la tête.

Edwin pousse sa chaise en arrière et pose les mains sur la

table, comme s'il était sur le point de se lever, mais il s'immobilise dans cette position, détournant la tête.

Dès que j'ai repris mon souffle, j'indique à Kiara que c'est aussi la date de notre anniversaire.

Elle jette un regard circulaire à la pièce, puis ses yeux s'arrêtent sur le plafond. Un long silence s'installe entre nous.

— OK, dit enfin Danny. Donc, nous sommes tous les trois nés le même jour. Que sais-tu à propos de ta mère ?

— Elle est morte peu après ma naissance. En Inde. Mon père m'a emmenée en Angleterre quand j'étais toute petite, et a fait convertir mon acte de naissance indien en un certificat britannique. J'ai regardé ces deux papiers de nombreuses fois. Sur le document indien, le nom de ma mère est illisible, sur le britannique, il a été noté que son nom n'a pas pu être vérifié. Mon père dit qu'il l'aimait tellement que parler d'elle lui est impossible.

Les yeux écarquillés, Edwin se tourne pour la dévisager.

— Ta mère était indienne ?

— Non, elle aussi était britannique.

— Alors, pourquoi es-tu née en Inde ? demande encore Danny.

Kiara hausse les épaules.

— Parfois, je me demande si c'est vrai, que je suis née là-bas. Cela me semble une excuse facile.

— J'appelais ton père oncle Alex, ajoute Edwin. Je suis sûr que l'année où vous êtes nés, il a passé beaucoup de temps à Summerbourne. Je me souviens de lui ici, avec Laura. Mais il n'est jamais venu avec quelqu'un qu'il nous aurait présenté comme sa petite amie ou sa femme.

— Il devait bien s'entendre avec Laura, dis-je. Une fois, tu t'es fait mal en escaladant la grille et ils t'ont emmené au cabinet médical ensemble. Edwin, t'en souviens-tu ? C'est Pamela Larch qui me l'a dit.

Il me regarde d'un air ahuri, mais Kiara se penche en avant sur sa chaise.

— Est-ce pour ça que tu voulais parler avec lui, Seraphine ? Parce qu'il était un ami de Laura ?

— Je pensais que Laura lui avait peut-être raconté quelque chose à propos de Danny et moi, après son départ, ou qu'ils étaient toujours en contact et qu'il pourrait ainsi la convaincre de me parler. Je croyais qu'il savait quelque chose. J'ignorais qu'il avait une fille et des secrets, lui aussi.

— OK, alors résumons, dit Kiara.

Nous nous redressons sur nos chaises, rappelés à l'ordre par son ton résolu.

— Votre mère a eu un bébé le 21 juillet 1992. Ma mère aussi. Votre mère croyait que quelqu'un voulait lui enlever son enfant. Vous avez grandi convaincus d'être les jumeaux de votre mère, mais vous ne pensez pas que cela soit possible.

Nous la scrutons en retenant notre souffle.

— Bon, poursuit-elle, nous sommes tous les trois nés le même jour. Vos parents ont eu un bébé, mais en ont trouvé un deuxième. Ou bien, le bébé de votre mère a été volé, et elle en a trouvé deux autres. Nos mères sont mortes plus ou moins au même moment. Et si votre mère était ma mère ? Sauf que je ne ressemble pas du tout à la dame sur la photo, alors que vous, qui n'êtes pas sûrs de l'identité de vos parents, vous leur ressemblez…

Ses épaules s'affaissent, et elle secoue la tête, vaincue.

— Eh bien, je suis content que nous soyons au moins arrivés à cette conclusion, déclare Danny.

Je le foudroie du regard, Kiara fait une grimace, Edwin pousse un grognement, et nous éclatons tous de rire, trouvant dans nos doutes un lien qui nous unit.

Kiara, visiblement inspirée, poursuit :

— Nous sommes peut-être des triplés ? Le bébé de votre maman a été volé et ma maman lui a donné deux de ses bébés ? Y avait-il une voisine ou une autre femme dans la famille enceinte ? Ou un orphelinat dans le coin ?

— Je sais bien qu'ici, à la campagne, on vit un peu à

l'ancienne, mais nous ne sommes pas au 19e siècle, proteste Danny. Il n'y a pas d'asile de pauvres, au village.

— Alors, je renonce, avoue Kiara.

Soudain, Edwin se lève.

— Vous n'entendez pas… ?

Nous tendons l'oreille. Des cris nous proviennent, au loin, derrière la maison. Nous suivons Edwin, qui traverse la cuisine d'un pas vif, jusqu'au patio. Deux silhouettes, au loin, sortent du bois en vacillant.

— C'est Joel, annonce Edwin en se lançant dans leur direction.

Danny et moi l'imitons, tandis que Kiara reste dans le patio.

Arrivée à mi-chemin, je me rends compte que la personne que Joel soutient, l'aidant à marcher, est Laura. Mais que fait-elle ici ? Je vois du sang sur sa tête et sur sa chemise, du sang sur les épaules et les mains de Joel.

— Appelez une ambulance, hurle Joel.

Je trébuche, regarde ma robe : pas de poches, pas de téléphone. Edwin, qui est plus près d'eux, se tourne vers nous, je vois Danny lui faire un signe de la tête, pivoter sur lui-même, et repartir, toujours en courant, vers la maison.

Lorsque je les rejoins, Joel et Edwin soulèvent Laura pour la transporter. Les yeux mi-clos, elle essaie de parler, mais aucun son ne sort de sa bouche. Elle est en état de choc, pas tout à fait consciente.

— Je l'ai trouvée près de la tour, nous informe Joel. Elle a un traumatisme crânien, il faut la transporter à l'hôpital.

— C'est Laura, dis-je bêtement à Joel, marchant à leurs côtés.

Il fait une grimace, comme s'il était sur le point de dire quelque chose, puis renonce en secouant la tête.

Lorsque nous arrivons dans le patio, Kiara et Danny déplacent la table pour permettre à Joel et Edwin de poser Laura sur le canapé, en position assise. Ses yeux sont un peu plus ouverts, maintenant, et elle fait un effort visible pour se concentrer sur nos visages. Le sang qui coule de sa blessure se répand sur les coussins couleur crème.

Joel me demande d'aller chercher un torchon propre, qu'il utilise ensuite pour tamponner la plaie.

Laura regarde Edwin, prononçant son prénom d'une voix râpeuse.

Il s'agenouille devant elle, avec un petit sourire.

— Laura, que s'est-il passé ?

Elle secoue la tête.

— Je ne sais pas, je crois… que quelque chose m'est tombé sur la tête depuis le haut de la tour.

Ses doigts tressautent vers moi, je prends alors sa main dans les miennes et la serre gentiment.

— Que faites-vous ici, Laura ?

Mais elle ne répond pas à ma question. Elle fixe Danny et Kiara, côte à côte près de la table. Comme elle essaie de se redresser, un filet de sang frais coule sur sa joue. Mon cœur cogne douloureusement dans ma poitrine. *Arrête de poser des questions sinon tu perdras ta famille.* Quelqu'un a attaqué cette femme juste derrière notre maison. Est-ce cela le danger dans lequel j'ai mis ma famille ? Edwin, Danny ou Vera pourraient-ils être les prochaines victimes ? Ou moi ?

La sirène perçante d'une ambulance résonne dans l'allée et Joel se dépêche d'aller ouvrir la porte aux secouristes. Laura ferme les yeux et gémit, tout en appuyant la tête sur le coussin. Elle porte une main au médaillon en argent suspendu à son cou.

— Qui a pu faire ça ?

Yeux écarquillés, nous nous regardons avec des expressions incrédules.

Nous laissons la place aux ambulanciers qui s'activent, transférant Laura sur le brancard, la questionnant avec gentillesse. Elle murmure quelques mots, sans rouvrir les yeux. Alors qu'ils la soulèvent, je ramasse un bout de papier qui vient de tomber de la poche de son pantalon, mais ce n'est pas le moment de le lui rendre, vu son état. Je vais le garder et le lui remettrai dès qu'elle ira mieux.

Nous suivons les brancardiers à l'extérieur. Joel leur propose d'accompagner Laura, mais ils refusent, l'informant que la police, qui a été appelée et ne va pas tarder à arriver, voudra lui poser quelques questions. Nous suivons du regard l'ambulance qui s'éloigne dans l'allée.

Joel se tourne vers moi, très calme malgré le sang dont il est couvert, pour me demander s'il peut utiliser la salle de bains. Edwin monte à l'étage avec lui pour lui prêter des vêtements propres.

Tout en suivant Danny et Kiara qui retournent dans le patio, je déplie le papier de Laura et lis le message. Une fois, deux fois. Mon pouls s'accélère tandis que je m'efforce de donner un sens à ces mots.

Chère Laura,
J'ai désespérément besoin de ton aide. Pourrais-tu venir à Summerbourne et me rencontrer samedi à midi, à la tour ? Je t'expliquerai tout, mais tu sais que je ne te dérangerais pas si je n'étais pas en difficulté. Passe par l'arrière et prends le sentier qui longe le chantier naval. Je te rejoindrai à la tour.
Edwin

Edwin, mon grand frère, qui est avec Joel en ce moment même. Et Joel, son meilleur ami, qui ferait tout pour lui et qui a quitté notre maison avant midi, aujourd'hui, pour revenir couvert du sang de Laura.

22

Laura

Mars à juillet 1992

En ce mois de mars, les jonquilles étaient partout, promesse de temps plus joyeux à venir, leurs pétales jaunes frémissaient dans la brise. Au village, tout le monde prédisait que Ruth allait bientôt retrouver la forme – elle méritait sûrement quelques mois de bien-être lumineux avant la fin de sa grossesse. Mais ce ne fut pas le cas. Elle souffrait de douleurs, de spasmes ; elle dormait mal la nuit et, exaspérée, aigrie, faisait des siestes le jour ; sujette à des crises de larmes, de temps en temps, elle explosait en rires hystériques. Le comportement d'Edwin se détériorait, oscillant entre caprices et pleurs ; il déclarait que personne ne l'aimait, et même lorsqu'il était de bonne humeur, il se plaignait de ne pas obtenir tout selon ses désirs.

Nous souffrîmes tous les trois de rhumes et toux à répétition jusqu'au mois d'avril. J'avais beau faire tous les jours des projets de sorties, le temps humide et notre mauvaise forme physique nous obligeaient souvent à rester à la maison. La cuisine, avec sa tiédeur et ses vapeurs, avait alors sur nous un effet apaisant et nous cuisions des gâteaux et des biscuits à tout moment, attendant patiemment que le minuteur du four sonne. Même une promenade jusqu'au village, pour faire une course ou simplement pour nous acheter une friandise qui nous ferait retrouver le sourire, était devenue une corvée.

Il ne fut plus question d'école maternelle pour Edwin, après Pâques. Mais comme en mai le temps se radoucit, et que Michael se remit à travailler régulièrement dans le jardin, Joel revint plus souvent jouer à la maison. Il était le seul capable de faire rire Edwin de ce rire profond qui était le sien et d'allumer dans ses yeux bleus un éclat de malice, si bien que je suppliai Michael de venir avec le petit autant que possible. Même si Kemi, sa maman, le gardait lorsqu'elle ne travaillait pas, nous avions quand même le plaisir de sa compagnie trois après-midi par semaine. Et l'état de santé d'Edwin s'améliora énormément.

Les week-ends, je renonçai à la plupart des activités familiales, prétextant que je devais étudier. Je retournai chez ma mère pendant les deux semaines d'examens et, pour une fois, Beaky me laissa tranquille, me permettant ainsi de me concentrer sur mes révisions finales. Je rêvais d'une carrière scientifique depuis l'école primaire et je devais obtenir un A et deux B si je voulais être admise à l'université de mon choix et suivre mon cursus de biochimie. Les épreuves de maths et de biologie se passèrent bien et le test pratique de chimie fut moins difficile que je ne l'avais craint, si bien que je fis mon retour à Summerbourne raisonnablement confiante quant aux résultats.

Cependant, je continuai d'éviter les repas en famille. Chaque fin de semaine, je prenais le bus pour Norwich, où je dépensais un peu de l'argent de ma paie dans quelques vêtements ou du maquillage, j'allais au cinéma. Quand j'en avais assez de ces occupations, je me plongeais pendant des heures dans la lecture d'un livre à la bibliothèque municipale. Voir de nouveaux visages autour de moi, même s'il s'agissait d'inconnus, était rafraîchissant.

Ce fut pendant l'une de ces visites à la bibliothèque que je dénichai un ouvrage expliquant le calendrier lunaire. Et je découvris que le mois de juin comportait deux nouvelles lunes, cette année-là : une le 1er, que j'avais donc déjà ratée, et l'autre le 30. Il s'agissait de la lune noire dont m'avait parlé Dominic. Mais quand j'examinai les graphiques, je compris qu'en réalité il n'y avait rien à voir. La nouvelle lune est la phase pendant laquelle sa face illuminée par le soleil n'est pas tournée vers la terre ; la lune est donc noire dans le ciel nocturne – invisible, là-haut, tout comme je me sentais invisible ici, en bas.

Je pensais à la lune noire, ce dernier jour de juin, tout en préparant des toasts à la marmelade pour Edwin et moi. Le ciel était d'un bleu magnifique, le soleil glorieux : je ne m'étais pas sentie aussi bien depuis des mois. Nous dévorâmes notre goûter.

— Tu sais quoi, Edwin ? Aujourd'hui est un jour spécial. Il va se passer un truc qui n'arrive pas souvent.

— Quoi donc ?

Soudain, je sentis mon estomac se nouer et je dus prendre une profonde inspiration. Parler de la lune noire à Edwin était une mauvaise idée : qu'arriverait-il s'il le disait à son père ? Je ne voulais pas donner à Dominic l'impression que je pensais encore à ce que nous avions fait cette nuit-là – pis, que je l'avais raconté à Edwin.

— Oh, regarde dehors : c'est une journée merveilleuse, la plus belle de tout l'été. Nous devons fêter ça : allons au village pour nous acheter des bonbons, qu'en dis-tu ?

Edwin hocha la tête tout en avalant son dernier morceau de toast.

— Pouvons-nous aller au square ?

— Bien sûr.

— Et regarder à travers la grille de l'école si nous voyons Joel ?

Quelques semaines auparavant, nous avions observé les enfants dans la cour qui jouaient au cerceau et au ballon.

— Oui, bien sûr.

Ruth préférant rester à la maison pour se reposer, Edwin et moi partîmes tous deux en direction du village. L'odeur écœurante des champs de colza s'était estompée maintenant que la récolte arrivait à son terme et le parfum de lavande provenant des jardins nous accompagna pendant tout le trajet. En arrivant en vue du square, Edwin et moi aperçûmes la voiture de sport jaune en même temps.

— Hé, ce n'est pas… ?

Edwin pointa le doigt, tandis que je fixai le véhicule. Cela faisait presque huit mois depuis la dernière fois qu'on l'avait vu à Summerbourne. Huit mois, c'est une longue période pour un enfant de 5 ans à peine, mais Edwin adorait les voitures, et adorait Alex.

— C'est la voiture d'oncle Alex ! s'écria-t-il.

Je me sentis alors comme un jouet mécanique qu'on remonte avec une clé. À ce moment précis, mon cœur reprit vie. Ma seule pensée fut : lui ai-je manqué ? Nous scrutâmes la rue de long en large, mais Alex n'était nulle part en vue.

— Peut-être dans le magasin, Laura ?

La sonnette de la porte tinta quand nous entrâmes, et le parfum du pain chaud et du café nous accueillit. Alex était là, dans l'allée sur la droite, le sommet de sa tête visible par-dessus les boîtes de conserve. Mon cœur battait la chamade.

Edwin courut jusqu'à lui et j'entendis un cri de joie suivi d'une exclamation de surprise. Puis Alex avança vers moi, bras ouverts.

— Laura.

Il m'embrassa sur les joues, m'enveloppant de son odeur qui sentait bon le savon et les citrons verts ; ses cheveux étaient coupés plus court.

— Laura a dit qu'aujourd'hui il se passerait quelque chose de spécial, elle savait ! dit Edwin.

— C'est vrai ? répondit-il en me souriant.

Edwin sautillait autour de lui.

— Laura a dit aussi que je pouvais prendre deux choses, oncle Alex, mais je veux vraiment, en plus, un œuf en chocolat. Vraiment.

Il regarda le petit avec bienveillance.

— Je pense que Laura sait de quoi elle parle. Allez, choisis tes deux choses et après, nous irons nous asseoir dehors, comme ça, tu pourras me raconter ce que tu as fait pendant tout ce temps.

Je traversai la rue, encadrée par Edwin qui serrait ma main, et Alex qui me guidait en me tenant le coude.

Nous nous installâmes sur un banc et Edwin partit jouer.

— Alors, comment allez-vous ? me demanda-t-il.

— Je vais bien. Très bien.

— Ils s'occupent bien de vous, là-bas ?

Je scrutai son visage, mais n'y vis aucune trace d'humour.

— C'est moi qui suis censée m'occuper d'Edwin, vous vous souvenez ?

— Oui, je sais. Bon. Et comment va Ruth ?

Mon cœur s'arrêta. Comment avais-je pu oublier Ruth et le bébé ? Ou, plus exactement, le lien qui l'unissait à Ruth et au bébé ? Je me mordis la lèvre. Je ne lui avais pas manqué, bien sûr. J'étais si naïve.

— Elle va bien.

Était-il au courant ?

— Tant mieux, commenta-t-il en haussant les sourcils.

Il voulait peut-être que je lui donne plus de détails, mais je me concentrai sur Edwin, qui montait sur le toboggan.

— Et Dominic ?

— Il va bien, lui aussi.

Je laissai passer quelques secondes avant d'ajouter :

— Évidemment, ils sont tout excités à cause du bébé.

Il pivota vers moi et, dans le mouvement, son genou se cogna contre le mien.

— Le bébé ? Est-elle enceinte ?

Je hochai la tête.

— Merde, alors !

Il se redressa, appuyant son dos au banc, et se passa une main sur le visage.

— Désolé, reprit-il. Je voulais dire, c'est une excellente nouvelle. Un seul bébé ou… ?

— Un seul.

— C'est bien. À quel mois est-elle ?

— Elle arrive bientôt à terme. Elle doit accoucher en août. À la fin août.

Son regard resta figé sur les maisons de l'autre côté du square. Un homme âgé passa devant notre banc, traînant derrière lui un petit terrier en laisse. Une sensation de froid se répandit dans ma poitrine et, soudain, je sus que je ne pourrais pas supporter de rester assise là une seconde de plus.

Je bondis sur me pieds.

— Edwin, nous devons rentrer.

— Pensez-vous que… ? commença-t-il en se levant également.

J'attendis.

— Pensez-vous que cela dérangerait Ruth si je vous raccompagnais ?

— Je crois que vous feriez mieux de l'appeler d'abord.

Il hocha rapidement la tête.

— Oui, d'accord, c'est une bonne idée. Je le ferai.

— Au revoir, oncle Alex, dit Edwin en plissant les yeux pour le regarder.

Alex lui ébouriffa les cheveux.

— Au revoir, Edwin. Dis bonjour à ta maman de ma part.

Au moment de nous séparer, il ajouta :

— C'était sympa de vous revoir tous les deux.

Nous nous arrêtâmes rapidement devant l'école maternelle pour qu'Edwin puisse saluer Joel et Ralph, que les maîtresses appelaient à l'intérieur pour l'heure des contes. Tout au long du trajet retour, Edwin se plaignit du fait que je ne l'avais pas laissé jouer très longtemps, que je ne lui avais pas acheté d'œuf en chocolat, que je n'avais pas permis à Alex de rentrer avec nous. J'avais trop chaud dans ma chemise à manches longues, et ma peau me piquait.

Dès notre retour à Summerbourne, mes bonnes résolutions de passer la rencontre avec Alex sous silence s'avérèrent inutiles. Edwin, apercevant sa mère en train de se reposer sur le canapé, se jeta sur elle en braillant :

— Devine qui nous avons vu.

Elle eut besoin de boire un verre d'eau avant de récupérer l'usage de la parole.

— Comment vous a-t-il semblé ? me demanda-t-elle.

Puis, sans attendre ma réponse, elle déclara qu'elle ne voulait pas le voir.

Lorsque le téléphone sonna, ce soir-là, j'eus le temps de l'entendre chuchoter : « Je ne crois pas que cela soit une bonne idée », avant de me dépêcher de monter à l'étage avec Edwin. Me sentant un peu ridicule, je croisai les doigts tout en regardant l'eau couler dans la baignoire. Si Alex rentrait à Leeds pour de bon, j'aurais un souci en moins.

On ne mentionna pas Alex pendant le reste de la semaine, week-end inclus. Le dimanche, Dominic emmena Ruth et Edwin déjeuner au pub du village, ce qui me permit de profiter d'une bonne sieste dans le patio. Mais le lundi après-midi suivant, tandis que j'étais au téléphone avec Vera, j'aperçus une silhouette qui rôdait dans l'allée. Vera énumérait une liste de symptômes, dans le but de vérifier avec moi si Ruth en souffrait.

— Non, elle ne m'en a pas parlé du tout, Vera. Restez en ligne, s'il vous plaît, je crois qu'il y a quelqu'un dehors.

Je posai le combiné sur la table et allai voir à la fenêtre. La silhouette approchait : c'était Alex.

— Désolée, Vera... Non, il n'y avait personne. Elle descendra sûrement avant l'heure du thé... Oui, je lui dirai de vous rappeler. Au revoir.

Quand j'ouvris la porte, il était là, mains dans les poches, parcourant les derniers mètres comme s'il essayait de ne pas faire de bruit sur le gravier. Je fronçai les sourcils.

— Que faites-vous ici ?

— Je dois vous parler, Laura. S'il vous plaît.

Ses cheveux étaient en désordre, ses yeux fébriles.

— Vous ne pouvez pas entrer. Et je dois surveiller Edwin et Joel, je ne peux pas sortir.

— S'il vous plaît, Laura..., me supplia-t-il en m'attrapant la main. Dites-moi seulement... Il y a quelque chose dont je ne suis pas au courant, à propos de la grossesse de Ruth, ou je me trompe ?

J'aurais dû retirer ma main immédiatement. J'aurais dû rentrer et fermer la porte.

— Je me trompe ?

Les rires d'Edwin et Joel nous parvenaient depuis la salle de jeux. Je pensai au bébé d'Alex, là-haut, qui grandissait dans le ventre de sa mère, attendant de venir au monde.

Je m'écartai, sans conviction.

— Je ne peux rien vous dire, murmurai-je.

Il me regarda pendant un long moment.

— C'est mon bébé, n'est-ce pas ?

Je pinçai les lèvres tout en frissonnant. Il approcha, tendant une nouvelle fois la main pour saisir la mienne.

— Laura, dites-moi.

Lorsque ses doigts enveloppèrent les miens, je retins mon souffle. Et je hochai la tête.

Il chancela alors, lâcha ma main. Je m'attendais à le voir en colère, ou bouleversé. Ce ne fut pas le cas. Une vague d'euphorie sembla monter en lui. Il redressa les épaules, gonfla la poitrine. Ses yeux se mirent à briller.

Je reculai pour me réfugier à l'intérieur.

— Je dois la voir, je dois lui parler.

— Non.

J'essayai de fermer la porte, mais il posa un pied sur la marche et m'en empêcha.

— Je dois parler à Ruth, dit-il d'une voix plus forte.

J'entendis le parquet craquer, à l'étage, et mon pouls s'accéléra. Les enfants firent leur apparition à la porte de la cuisine et Edwin, voyant qui était le visiteur, avança timidement.

— Oncle Alex ? Pourquoi cries-tu ?

Une ombre passa alors dans les yeux d'Alex, qui fit un pas hésitant en arrière.

J'en profitai pour claquer la porte.

— Passe-moi les clés, Edwin.

Edwin, yeux écarquillés, s'exécuta.

Une latte du plancher craqua de nouveau, la porte de la chambre de Ruth s'ouvrit. Le gravier crissa, dehors, et, de la fenêtre, je vis Alex se diriger vers l'allée, se passant les mains dans les cheveux.

Ruth descendit l'escalier d'un pas lourd et je fis entrer les petits dans la cuisine. Elle se tenait l'abdomen, et sa joue était marquée par la trace de son oreiller.

— Qui était-ce ?

— Alex.

— Que voulait-il ?

Je me préparai à soutenir son regard.

— Il voulait savoir si…

Les garçons bavardaient tranquillement, à côté, mais je ne pus me résoudre à poursuivre. Je fixai son ventre rond.

Elle s'affala sur une marche, affreusement pâle.

— Que lui avez-vous dit ?

Je secouai la tête, mes mains esquissant un geste d'impuissance.

— Vous lui avez dit. Vous lui avez dit, n'est-ce pas ?

Je fermai les yeux, m'appuyai au chambranle de la porte.

— Qu'avez-vous fait ?

— Je suis désolée. Quand il m'a posé la question, je n'ai pas réussi à lui mentir.

Son regard devint flou, je n'étais même pas sûre qu'elle m'avait entendue.

— Qu'est-ce que je vais faire ?

23

Seraphine

Martin Larch arrive, accompagné d'un policier plus jeune que je ne connais pas. Edwin étant toujours avec Joel, Danny se charge des présentations. Martin observe attentivement Kiara.

— J'ai rencontré votre père, dans le passé, lui dit-il. Il connaissait la dame qui vient d'être agressée. Je voudrais bien savoir pourquoi vous êtes ici, aujourd'hui.

— Je n'ai aucune idée de ce qui se passe.

Elle est si tendue que Danny pose une main sur son bras, exactement comme il le fait avec moi quand je suis agitée.

Martin se tourne vers Edwin et Joel, qui descendent bruyamment l'escalier.

— C'est vous qui avez trouvé Mme Silveira, docteur Harris ?

Il s'est douché et porte des vêtements d'Edwin : je le dévisage, évitant de croiser ses yeux, à la recherche d'indices de culpabilité, ou d'innocence.

— Oui.

— Vous auriez mieux fait d'attendre, avant de prendre une douche, remarque Martin. Pourriez-vous me remettre vos vêtements, s'il vous plaît ?

Edwin commence à protester, mais Joel agite une main.

— Pas de souci. Désolé, je n'ai pas réfléchi, je vais les chercher.

Martin fixe chacun de nous à tour de rôle.

— Bien. Ce qui vient de se passer est un mystère. Je suis sûr qu'aucun d'entre vous ne sait ce que Mme Silveira faisait ici, ou qui pourrait l'avoir frappée à la tête ? Y a-t-il quelque chose dont vous voudriez me parler ?

Je m'attends à ce que l'un ou l'autre dise : « C'est la faute de Seraphine, quelqu'un a menacé Laura, lui déconseillant de parler de Summerbourne, mais Seraphine n'a pas arrêté de poser des questions. » Je ne peux pas révéler à Martin que Laura avait sur elle une lettre lui demandant de venir ici. Je crains que, si je lui raconte tout, il s'acharne à reconstruire les événements des dix derniers jours, pour, après, avoir des soupçons sur Edwin et Joel.

Edwin et Joel… C'est impossible, il doit y avoir une autre explication.

Martin nous observe, tandis que nous restons debout, en silence. Les secondes s'égrènent, et une certitude naît en moi : la signature en bas de la lettre n'est pas celle d'Edwin. Mais son auteur sait que Laura avait beaucoup d'affection pour lui, à l'époque, et a utilisé ses sentiments pour l'attirer sur la falaise.

Martin nous auditionne, en commençant par Joel. Au fur et à mesure que chacun de nous relate tous ses faits et gestes depuis ce matin, j'imagine l'homme à la mémoire d'éléphant enregistrer chaque détail de nos récits.

— Pourquoi avez-vous invité Mlle Kaimal sans son père ? Et pourquoi aujourd'hui ?

Pourquoi *précisément* aujourd'hui ? Voilà la vraie question que Martin ne formule pas.

— J'ai contacté Alex, grâce aux informations que vous m'avez transmises à son sujet par le biais de Pamela. J'ai pensé qu'il serait sympa de passer un peu de temps ensemble avec sa fille. Après tous, nos parents étaient amis.

Le visage de Martin ne trahit aucune émotion. Son regard se pose sur Kiara, puis sur Danny, pour revenir enfin à moi. Joel a expliqué qu'il marchait sur la falaise, où il était parti chercher Michael qui n'était pas rentré de sa promenade, quand il a aperçu Laura effondrée au pied de la tour. En tant que médecin, il s'est aussitôt rendu compte qu'elle venait de se faire agresser. Une équipe de policiers s'est déjà rendue sur les lieux pour examiner le secteur où l'agression s'est produite, et Martin, soucieux, les a appelés aussitôt pour les prévenir au sujet de Michael. Mais ses collègues n'ont pas vu la moindre trace.

— J'aurai probablement besoin de vous poser d'autres questions, demain matin, nous prévient-il avant de partir. Mademoiselle Kaimal, il serait préférable que vous passiez la nuit ici, en attendant des nouvelles de Mme Silveira.

Kiara est visiblement bouleversée.

— Je dois appeler mon père, dit-elle dès que la voiture de police a disparu dans l'allée.

Edwin, Danny et moi nous retirons dans la salle de jeux, pour lui laisser un peu d'intimité. Danny se jette sur l'un des canapés.

— Merde. C'était quoi, ce cirque ? Pourquoi Laura est-elle venue ici, pourquoi aujourd'hui ? Et qui est le cinglé qui lui a fait ça ?

J'ai pris mon sac avec moi et j'en retire lentement la lettre repliée de Laura, que je tends à Edwin.

— Laura a fait tomber ça.

Il la déplie, la lit, reste bouche bée.

— Je n'ai pas écrit ça. Ce message ne vient pas de moi, dit-il en me dévisageant avant de passer le papier à Danny.

Je fais un pas vers lui et prends ses mains glacées dans les miennes.

— Je sais. Je te crois. Mais qui l'a écrit, alors ?

Edwin secoue la tête.

— Joel ? dis-je dans un murmure.

— Non !

Il lâche mes mains d'un geste brusque et se dirige à grands pas vers la fenêtre, me tournant le dos, les épaules voûtées.

Dans le silence qui s'installe entre nous, un silence que je suis réticente à rompre, je range distraitement le contenu de la boîte à trésors d'Edwin, toujours éparpillé sur la table.

Je rejoins ensuite Danny sur le canapé, mais je me place à l'extrémité, entourant mes genoux de mes bras. Mon esprit se tourne sans cesse vers Joel, malgré mes efforts pour l'en empêcher. Joel, qui savait que je cherche à connaître la vérité sur le jour de ma naissance. Joel, qui avait accès aux clés de Summerbourne que son grand-père garde chez lui. Joel, qui était au courant du fait que Ralph avait un chalumeau à gaz dans sa camionnette, et qui aurait pu « l'emprunter ». Joel, que rien n'empêchait de se rendre à la tour au beau milieu de la journée, au moment exact où Laura s'y trouvait également.

Je ferme les yeux. Je crois que je vais vomir.

Le téléphone d'Edwin sonne dans la cuisine. Il revient quelques secondes après pour nous informer que Joel a retrouvé Michael, rentré au cottage entre-temps. Je ne rouvre pas les yeux. Qui dit que Michael a vraiment quitté le cottage ?

Kiara réapparaît à ce moment-là, nous dévisageant comme si nous étions de dangereux individus. Toute trace de la convivialité de notre déjeuner ensemble s'est envolée.

— Mon père va nous rejoindre.

Nous prenons acte, hochant la tête, et la regardons approcher lentement de la table où trône la boîte à trésors d'Edwin, maintenant fermée.

— Je voudrais tellement n'être jamais venue ici, déclare-t-elle d'une petite voix.

— Ton père et toi pourrez dormir dans l'annexe, cette nuit, propose Edwin. Je vais te montrer.

Mais quand il tourne la poignée de la porte, il la trouve fermée, et je dois avouer à tout le monde avoir caché la clé. Ils me dévisagent sans un mot, mais je n'offre aucune explication, me contentant d'aller la chercher dans la cuisine et de la confier à Edwin. Puis je reprends ma place sur le canapé. J'entends

Edwin ouvrir les fenêtres dans l'annexe, discuter de banalités. Les réponses feutrées de Kiara sont presque inaudibles. Je me lève d'un bond pour aller chercher des draps propres.

Plus tard, après avoir préparé le canapé-lit dans l'annexe, nous nous installons dans le patio, où nous sirotons des boissons fraîches. Kiara a recouvré son calme et le soulagement que j'en éprouve me prend au dépourvu. Au bout d'un moment, Edwin retourne dans la cuisine pour s'occuper du dîner. Je me sens nerveuse, instable, m'attendant à ce que le téléphone sonne à tout moment pour annoncer que Laura a récupéré la mémoire et qu'elle se souvient maintenant de son agresseur. *Pas Joel, faites que ce ne soit pas Joel.*

Au moment où nous terminons notre repas, la voiture d'Alex arrive dans l'allée. Kiara se jette dans ses bras. Il semble avoir vieilli en à peine quelques jours, depuis que je l'ai vu : son visage est crispé, ses yeux nous scrutent comme si nous étions des ennemis.

— Bonsoir, monsieur, dit Edwin. Vous souvenez-vous de moi ? Je crois que je vous appelais oncle Alex.

À ces mots, Alex sourit brièvement, tout en tenant Kiara à bout de bras pour vérifier qu'elle va vraiment bien, puis se tourne vers lui :

— Oui, je me souviens très bien de toi, Edwin. J'espérais ne jamais avoir à te parler de ce qui s'est passé. Et pourtant… Je sais que Kiara a raison quand elle dit qu'elle veut savoir la vérité sur sa mère.

Il pousse un soupir, regarde sa fille, puis de nouveau Edwin.

— Kiara m'a dit à propos de Dominic, ton papa. Je suis vraiment navré. Mais Laura ? A-t-elle vraiment été agressée ? Que faisait-elle ici ? Que s'est-il passé ?

— Nous ne le savons pas encore.

Je prononce ces mots tout en sondant son visage, afin de repérer tout signe éventuel de culpabilité. Car, comment pouvons-nous exclure qu'il n'était pas sur les falaises, tout à l'heure, guettant l'arrivée de Laura ?

Il m'observe attentivement.

— Qui êtes-vous ? Je veux dire, qui êtes-vous vraiment ?

Je fais un pas en arrière, me cognant contre Danny. C'est pratiquement la même question que m'a posée Michael il y a trois jours : « D'où viens-tu vraiment, ma chère ? » La question qui me hante depuis toujours. Qu'est-ce qui fait de moi un tel mystère ?

Edwin s'éclaircit la voix.

— C'est Seraphine, ma sœur, l'informe-t-il, et voici Danny, mon frère. Ils sont jumeaux.

Alex éclate d'un rire étrange, presque un aboiement. Mes frères et moi nous tenons parfaitement immobiles.

— Les jumeaux de qui ? demande-t-il enfin.

— De Ruth et Dominic, affirme Edwin avec autorité.

Il nous regarde, front plissé.

— Ou, du moins…, ajoute-t-il, avant de s'interrompre.

— Que vouliez-vous dire tout à l'heure, intervient Danny, à propos de Kiara, quand vous avez dit qu'elle veut savoir d'où elle vient ?

Kiara regarde Danny, puis son père.

— Papa ?

Alex secoue la tête, s'éloigne vers la porte, tire Kiara par la main.

— Désolé, je ne peux pas faire ça. Nous devons partir, maintenant.

Mais Kiara s'écarte et vient se placer à côté de nous.

— Papa. La police m'a demandé de rester ici, cette nuit. S'il te plaît ! Tu dois me dire la vérité, quelle qu'elle soit. De toute façon, maintenant il est trop tard, nous ne pouvons pas revenir en arrière.

Les épaules d'Alex s'affaissent en signe de reddition, et nous nous dirigeons tous ensemble dans le séjour. Alex et Kiara occupent un canapé, mes frères et moi l'autre, en face. Il refuse notre proposition de lui servir un rafraîchissement, et, pendant un long moment, le visage sombre, il fixe le plafond, comme s'il était en train de revivre dans sa tête un lointain souvenir, avant de baisser les yeux vers les livres disposés sur la table qui nous sépare.

— Votre mère et moi… Je suis tombé amoureux de Ruth dès le premier instant. J'étais amoureux d'elle avant qu'elle n'épouse votre père, et je l'étais après. Je ne vais pas essayer de trouver des justifications à ce que nous avons fait.

Il secoue la tête et lève brièvement les yeux vers nous.

— Nous avons eu une aventure. Je suis désolé.

Assise entre mes frères, mes doigts cherchent leurs mains, qu'ils serrent très fort.

— Ruth est tombée enceinte. De mon bébé.

Un frisson me parcourt l'échine.

Alex s'adresse maintenant à Kiara :

— Pendant sa grossesse, et tout de suite après l'accouchement, elle était très instable. Dangereuse. Comment aurais-je pu te laisser avec elle ? Je suis venu te voir, le jour où tu es née, et Ruth n'était même pas là, elle t'avait déjà abandonnée. Tu étais si parfaite, Kiara, si belle. Je t'ai ramenée à la maison avec moi. Pour que tu sois à l'abri. Je n'avais pas le choix.

Je n'arrive plus à respirer. Kiara est la fille de Ruth. Kiara est le bébé sur la photo. Kiara est la personne que je croyais être.

Alors, qui suis-je ? Et qui est Danny ?

Le regard de Kiara est rivé sur Alex, des larmes ruissellent sur ses joues.

— Elle était ma mère, et tu m'as éloignée d'elle ? Elle s'est suicidée à cause de toi ?

— Non, je ne savais pas qu'elle allait faire ça. Te protéger était ma priorité, Kiara. Dominic était absent. S'il avait été là quand je suis arrivé, je ne t'aurais peut-être pas prise avec moi. Nous aurions pu trouver un accord de garde partagée. Si seulement j'avais eu la certitude que tu étais en sécurité... Je ne t'ai pas emmenée sur un coup de tête, j'avais tout prévu. J'avais embauché une nourrice pour m'aider à prendre soin de toi. J'avais acheté tout l'équipement nécessaire, du lait en poudre, des couches, des vêtements. J'avais même changé de voiture, pour une plus confortable, plus sûre, pour toi. Je te voulais tellement.

— Vous la vouliez au point de l'enlever, dit Edwin d'une voix glaciale, une voix que je ne lui ai jamais entendue.

Alex prend une profonde inspiration.

— Ce n'était pas un enlèvement, Edwin. Je viens de l'expliquer, je l'ai trouvée seule à la maison, avec la jeune fille au pair. Ruth et Dominic étaient déjà partis, ils l'avaient déjà quittée. Elle avait faim. J'ai demandé à Laura de dire à Ruth et Dominic de m'appeler à leur retour, afin que nous puissions en discuter, trouver un accord. Oui, bien sûr, je voulais avoir l'autorité parentale, mais je n'aurais jamais empêché ta mère de la voir.

— Et vous l'avez dit à Laura ?

— Oui, je l'ai dit à Laura, qu'ils avaient laissée toute seule avec la responsabilité d'un nouveau-né.

Alex se tourne une nouvelle fois vers Kiara.

— Tu étais née depuis quelques heures à peine et ils t'avaient confiée aux soins d'une baby-sitter encore adolescente ! J'ai dit à Laura : « Fais en sorte qu'ils me rappellent, nous allons discuter. » Mais ils ne m'ont jamais contacté. Je possédais un petit cottage au village, à l'époque, que j'avais essayé de vendre. Mais quand j'ai appris que Ruth était enceinte, j'ai pensé que cela pourrait être un bon pied-à-terre pour nous deux, en ces premiers mois. J'avais aménagé une chambre de bébé avec tout le nécessaire. La nourrice et moi t'avons ramenée à la maison. Ce soir-là, évidemment, j'ai appris ce que Ruth avait fait.

Edwin lâche ma main, se penche en avant, sur la table basse, et lance rageusement :

— Ce qu'elle avait fait à cause de vous.

Dans le regard d'Alex, il y a une immense souffrance :

— Non, non, je n'ai jamais voulu ça.

Kiara se cache le visage entre les mains, les épaules secouées par des sanglots. Le visage d'Alex, qui regarde tantôt sa fille, tantôt Edwin, est ravagé par les émotions qu'il s'efforce de maîtriser.

— J'étais persuadé que Dominic finirait par m'appeler. Le jour suivant la mort de Ruth, une fois la première vague de choc passée, je t'ai emmenée à Leeds, Kiara. Je n'ai parlé à personne, au village. Nous sommes simplement partis. Dominic avait mon numéro. Pendant des mois, chaque fois que le téléphone sonnait, je me disais que c'était lui. Mais il ne s'est jamais manifesté. J'ai pensé qu'il avait découvert que tu n'étais pas sa fille et qu'il avait décidé qu'il ne voulait pas de toi. Alors, j'ai vendu le cottage au village. Je n'ai jamais raconté tout ça à qui que ce soit. Je n'ai plus jamais prononcé le nom de Summerbourne.

Malgré le nœud qui me serre la gorge, je me force à parler.

— Je ne comprends pas. Si Ruth a accouché de Kiara ce jour-là, alors..., dis-je en regardant Danny, qui sommes-nous ?

Alex ne jette qu'un coup d'œil rapide à Danny, puis me scrute attentivement. Je sens son regard sur mes cheveux, mon visage, mon corps. C'est une sensation très bizarre. Je vois ses pupilles se dilater, ses narines frémir, rien que l'espace d'un instant, puis il baisse les yeux, secoue la tête.

— Je suis vraiment désolé si ce que j'ai fait a eu des conséquences pour vous, dit-il en évitant mon regard, et si je pouvais vous aider, je le ferais. Mais, honnêtement, je n'ai aucune idée de qui vous êtes.

24

Laura

Juillet 1992

Le lendemain du jour où je lui avais confirmé son pressentiment d'être le père du bébé, Alex passa déposer une lettre à l'attention de Ruth. Je le regardai par la fenêtre de la cuisine, retenant mon souffle, tandis qu'il la glissait dans la boîte aux lettres. Une fois sa voiture disparue dans l'allée, j'apportai l'enveloppe à Ruth, qui me fit part du message.

> Les choses ont pris une tournure que nous n'avons pas choisie, mais je suis heureux pour le bébé, et j'ai la ferme intention de jouer mon rôle de père dans sa vie. J'aimerais que l'on se voie afin d'envisager ensemble comment organiser les visites pendant les premiers temps et mettre en place une garde alternée sur le long terme. Pourrions-nous, s'il te plaît, convenir d'un rendez-vous ? Si tu préfères que Dominic soit présent, ce sera avec plaisir pour moi. Je suis sûr que nous pourrons arriver à un accord à l'amiable.
> Alex

Elle resta longtemps immobile, le regard perdu au loin, puis elle déchira le papier en petits morceaux, qu'elle jeta dans la cheminée.

Deux autres lettres arrivèrent au cours de cette semaine. Alex appela tous les jours. Enfin, le vendredi,Vera arriva à l'improviste, inquiète parce qu'elle n'avait pas réussi à joindre Ruth. Celle-ci, inflexible, lui permit de déjeuner à Summerbourne à condition qu'elle parte aussitôt après.

Vera serra mes mains dans les siennes avant de monter dans le taxi.

— Appelez-moi à tout moment, jour ou nuit, et prenez soin d'elle, s'il vous plaît.

Dominic arriva le soir même, le coffre de la voiture chargé de paquets de couches, d'un couffin et d'un sac en toile contenant un kit pour accouchement à domicile. Il porta le tout à l'intérieur, et Ruth l'embrassa. Le samedi, il sortit se promener toute la journée avec Edwin. Il semblait ne pas être au courant du retour d'Alex dans le village, ce dernier se gardant bien d'approcher la maison pendant le week-end.

— Qu'a-t-elle encore, maintenant ? me demanda Dominic tout en pelant les pommes de terre pour le repas du dimanche.

— Je crois qu'elle est juste fatiguée.

Je me préparai un sandwich et me réfugiai dans l'annexe, les laissant à leurs problèmes.

Michael nous avait prévenus de l'arrivée de la canicule et, en effet, quand nous nous réveillâmes le lundi matin, il faisait chaud, et très lourd. Quelques heures après le départ de Dominic, à l'aube, Ruth et moi étions déjà assises à l'ombre, dans le patio, occupées à surveiller Edwin qui pataugeait dans sa piscine gonflable sur la pelouse. Ruth était encore dans sa chemise de nuit et se massait le ventre en gémissant.

— J'étais contente de réussir à boire du thé de nouveau, mais je crois que la théine a réveillé le bébé.

Un crissement de pneus sur le gravier se fit soudain entendre depuis l'entrée, mais elle ne montra aucun signe de l'avoir remarqué. Je suivis son exemple, ignorant même la sonnette qui retentit quelques secondes après. Nous continuâmes à regarder Edwin, espérant que le visiteur reparte.

Mais Alex, ce jour-là, n'était pas prêt à jeter l'éponge si facilement. Il apparut soudain à côté du mur qui rejoignait les écuries, qu'il avait dû escalader, puis marcha dans notre direction, les poings serrés en dépit de son sourire.

Ruth se dressa.

— Va-t'en.

Edwin, ruisselant, se leva aussi dans sa piscine, fixant tantôt sa mère, tantôt Alex.

— Nous devons discuter.

Il avait parlé d'un ton calme, mais ses traits tendus révélaient que cela lui coûtait.

Ruth se tourna vers moi.

— Appelez la police, Laura. Dites-leur que quelqu'un s'est introduit par effraction dans ma propriété.

Il éclata brièvement de rire.

— La propriété de ta mère, plutôt. Je me demande si elle portera plainte, quand la police lui expliquera que je suis le père de son petit-enfant.

— Maman ? appela Edwin.

Je pris une serviette et me dépêchai de le rejoindre, heurtant le coude d'Alex dans mon empressement.

— Edwin, ça te dirait de manger une glace en regardant une vidéo ? proposai-je en l'enveloppant.

— Mais je veux jouer ici, protesta-t-il.

— Nous pouvons mettre de la sauce au chocolat sur la glace.

Edwin glissa la main dans la mienne et, ensemble, nous allâmes dans la salle de jeux, où je l'installai devant la télévision. Son maillot de bain laissait des traces humides sur le canapé.

— Je reviens tout de suite. Je vais préparer les glaces, avec plein de sauce au chocolat et de vermicelles. Tu restes ici, d'accord ?

La glace, à peine sortie du congélateur, était tellement solide que la dresser dans nos coupelles était pour le moment impossible. En attendant qu'elle fonde un peu, j'observai Ruth et Alex par les portes ouvertes sur le jardin. Ils se faisaient face à plusieurs mètres de distance.

— Tu ne lui as pas dit, n'est-ce pas, Ruth ? Je n'arrive pas à croire que tu sois presque à terme, et que tu ne lui aies toujours pas parlé !

— J'arriverai à terme dans cinq semaines, rétorqua-t-elle, glaciale. Et ce n'est pas ton bébé.

Alex renversa la tête en arrière et plissa les yeux vers le ciel.

— Bon sang, si tu ne lui dis pas, c'est moi qui vais le faire. Je sais que c'est difficile pour toi, mais c'est mon bébé.

— Tu te trompes.

— Je suis le père. Je ne te laisserai pas m'exclure de la vie de mon enfant.

— Je vais dire à Dominic que tu me menaces. Que tu as tout inventé, que tu délires.

— Ce n'est pas moi qui délire, Ruth.

Elle avança vers lui, protégeant son ventre de ses mains. Sa voix baissa d'un ton, et je m'approchai discrètement de la porte, retenant mon souffle.

— Si tu ne pars pas immédiatement, je m'en irai avec mon bébé dans un endroit où tu ne pourras jamais nous retrouver.

Elle n'était plus qu'à quelques centimètres de lui, maintenant. Il fit un pas en arrière, levant une main comme pour la tenir à distance.

— De quoi parles-tu ?

— Tu sais très bien de quoi je parle.

Il la fixa.

— Non, Ruth, je ne sais pas.

Elle émit un son strident, semblable à un rire, et pointa le doigt sur sa poitrine.

— C’est à toi de choisir, Alex. Tu dois accepter que tout cela ne te concerne en rien. Tu peux regarder cet enfant grandir comme tu l’as fait avec Edwin, en tant qu’ami de la famille. Mais si tu me pousses à bout, si tu me menaces… je partirai. Et je prendrai mon bébé avec moi.

Elle fit volte-face, aussi rapidement que le lui permettait son ventre arrondi, et commença à marcher vers le côté opposé du jardin d’un pas dandinant.

— Que veux-tu dire ? Ruth ? Où vas-tu ?

Elle se tourna par-dessus son épaule, la bouche tordue en un rictus.

— Sur les falaises, cria-t-elle.

Un bruit soudain me fit sursauter, et mon cœur se mit à battre à tout rompre. Un couteau, tombé de l’égouttoir, tournoyait sur le carrelage.

Alex fit quelques pas derrière Ruth, puis s’arrêta, se passant les doigts dans les cheveux.

D’une main tremblante, je servis la glace dans les coupelles. Lorsque je retournai dans la salle de jeux, Edwin, absorbé par ses dessins animés, ne détourna même pas les yeux de l’écran. En posant le flacon de sauce au chocolat sur la table, je fis tomber le pot de vermicelles, qui se déversèrent par milliers sur le plancher. Ruth venait-elle de menacer de se suicider ? J’avais peut-être mal compris. Ce qu’elle avait dit avait peut-être une tout autre signification pour Alex. Une soudaine remontée acide, brûlante, me fit me plier en deux, me déstabilisant, au point que je dus m’agripper aux bords de la table.

— Laura ?

Je me retournai, essayant de me redresser sans y parvenir. Alex était à la porte de la salle de jeux, des gouttes de sueur perlaient à son front, et son visage avait pris un teint grisâtre.

— Avez-vous entendu ce qu’elle a dit ?

Je réussis enfin à me remettre droite. Je hochai la tête, sans croiser son regard. Edwin continuait à fixer l’écran.

— Vous devez m'aider.

Et là, sa voix se brisa.

— Le bébé n'est pas en sécurité avec elle, poursuivit-il. Elle est allée sur les falaises. Vous devez la ramener ici.

J'indiquai Edwin d'un geste.

— Je ne peux pas. Je ne peux pas le laisser seul ici.

— Si je la suis, j'ai peur de ce qu'elle pourrait faire. Je vais rester ici et le surveiller.

Je le dévisageai. Il inspira, avant de souffler.

— Vous ne me faites pas confiance.

— Non, ce n'est pas ça.

— C'est quoi, alors ?

— Je dois rester avec lui.

Même si je n'avais pas prononcé son nom, Edwin se tourna vers nous, cette fois-ci, pour nous observer.

— Elle est où maman ? demanda-t-il en fronçant les sourcils.

— Elle va revenir bientôt.

Je caressai sa joue pendant un instant et, dès que je le sentis rassuré, je forçai mes jambes à me porter jusqu'à la porte pour affronter Alex. Ses pupilles étaient dilatées, sa respiration précipitée.

— Rentrez chez vous. Quand vous serez parti, elle reviendra.

— Laura…

— Allez-y. Vous en avez assez fait.

Il s'exécuta. Quelques minutes après que sa voiture se fut éloignée, Ruth apparut de derrière les écuries. Elle n'était pas du tout allée sur les falaises, mais était restée dans les limites du jardin, guettant le bruit du moteur.

— Ça va ? lui demandai-je lorsqu'elle entra dans la salle de jeux.

Elle tendit les bras à Edwin qui bondit du sofa et se blottit contre elle.

— Très bien. Je meurs de faim, en fait. Je crois que prendre six repas légers par jour me réussit. Qui veut des pancakes ?

Nous les dévorâmes agrémentés de sirop et de jus de citron, assis dans le patio, nous empiffrant jusqu'à en avoir mal au ventre. Puis, affalés sur les coussins, à l'ombre, nos doigts tout poisseux, nous fermâmes les yeux, somnolant tels des animaux sauvages après la chasse.

25

Seraphine

Comme Edwin a décidé d'éviter Alex, et que Danny voulait appeler Brooke, c'est moi qui accompagne Alex et Kiara dans l'annexe, dont je leur confie la clé au cas où ils voudraient fermer. Ce qu'ils font immédiatement, car, à peine ai-je traversé la salle de jeux que j'entends le bruit d'une serrure. De retour dans la cuisine, je pense à ces deux inconnus que nous avons accueillis chez nous. Je commence à apprécier Kiara, mais quelque chose chez Alex me trouble. Méfiance oblige, je ferme également la porte, côté cuisine.

Edwin vient de terminer sa conversation téléphonique avec Vera.

— Je lui ai dit que Laura a été trouvée ici, blessée. Mais je ne lui ai parlé ni d'Alex ni de Kiara. Ni de tout le reste. Ce n'est pas le moment, c'est trop compliqué. Elle vient à Summerbourne demain, de toute façon, et elle veut que tu rentres à Londres avec elle. Seph, s'il te plaît, laisse-la s'occuper de toi pendant quelques semaines.

— D'accord.

Je fais un pas vers lui et pose la tête sur sa poitrine pendant quelques instants. Son cœur bat si vite. J'ai grandi avec la conviction que mon grand frère avait toujours une solution à tout. Mais, cette fois, ce n'est pas le cas. Cette fois, Edwin n'est plus mon grand frère. Il est le grand frère de Kiara.

Je voudrais discuter avec lui de tout cela, mais je ne sais pas quoi dire. Il semble distrait, distant. Et pourtant, alors que je m'écarte, il murmure :

— Je me fiche de savoir qui sont tes parents. Tu seras toujours ma sœur.

Je retiens mes larmes jusqu'à ma chambre.

Il fait trop chaud pour me glisser sous la couverture. Je me recroqueville au centre du matelas, me sentant fragile, sans défense. Vera voudra-t-elle toujours que je l'accompagne à Londres, quand elle découvrira que je ne suis pas sa vraie petite-fille ? Laissera-t-elle Summerbourne à Kiara ? Tout cela est ma faute. Si je n'avais pas contacté Laura ni rencontré Alex et Kiara, je pourrais faire le deuil de mon père avec mes frères. Si ce n'est que j'ai découvert qu'Edwin n'est pas mon frère. Quant à Danny, je ne sais pas quel est le lien qui nous unit.

Devons-nous officialiser cette histoire ? Devons-nous le dire aux gens ? Kiara voudra-t-elle rencontrer sa grand-mère, réclamer son héritage, garder pour elle le frère dont elle ignorait l'existence ?

Hélas, le pire, c'est que j'ai perdu toutes mes certitudes sans pour autant apprendre la vérité. Car personne n'est capable de m'expliquer d'où nous venons, Danny et moi. *Je ne sais toujours pas qui je suis.*

Le lendemain matin, tôt, je descends à pas feutrés dans la cuisine et déverrouille la porte avant de préparer du café pour nous trois. Kiara et Alex sauront se débrouiller.

À l'arrivée de la police, quelques heures plus tard, nous nous réunissons dans le séjour. Martin s'adresse d'abord à Alex, sa collègue prête à prendre des notes sur son calepin :

— Je suppose que vous pouvez attester où vous étiez hier autour de midi, monsieur Kaimal ?

— J'étais au club de golf d'Headingley.

Je sors alors le papier tombé du pantalon de Laura et le tends à Martin.

— Laura a fait tomber ça, hier. Ce n'est pas la signature d'Edwin. Il n'a pas écrit ce message.

Il l'étudie, puis me dévisage en fronçant les sourcils. Sa collègue produit un sac en plastique réservé aux éléments de preuve et Martin y dépose le papier, avant de me demander pourquoi je ne le lui ai pas montré hier.

Je baisse les yeux, marmonnant des excuses.

Martin murmure des instructions à sa collègue, qui quitte la pièce en emportant le sac avec elle, puis nous informe que Laura va mieux. Elle n'a pas vu son assaillant.

— Il semblerait que l'agresseur ait utilisé une grosse pierre détachée du parapet, au sommet de la tour. En effet, certaines pierres là-haut sont mal fixées. Nous pensons que l'agresseur a lancé cette pierre sur Mme Silveira, la touchant à la tempe. Un centimètre plus loin et les conséquences auraient pu être plus graves.

— Quand pourra-t-elle quitter l'hôpital ?

— Ce matin. Elle devrait sortir sous peu. Elle espérait revoir certains d'entre vous avant de rentrer chez elle, je me demandais si quelqu'un pourrait aller la chercher ?

Edwin et moi échangeons un regard.

— Vous pensez donc qu'aucun d'entre nous ne représente un danger pour elle ? demande-t-il.

— Nous avons d'autres pistes.

— Je vais la chercher avec Seraphine, déclare Edwin sans même jeter un coup d'œil à Alex.

Après le départ de Martin, Alex insiste pour partir immédiatement, mais Kiara n'est pas du même avis.

— Elle était ici quand je suis née, papa. J'aimerais vraiment la rencontrer.

Edwin ne fait aucun commentaire. Mais, une fois arrivés à l'hôpital, avant de descendre de voiture, il pose la main sur mon bras.

— Je ne suis pas sûr de ce que je veux.

— Laura nous attend maintenant. Nous ne pouvons pas la laisser ici.

— Non, je voulais dire… je ne sais pas si j'ai envie de… lui poser des questions. En fait… avant de l'interroger, nous devons nous assurer d'être prêts à entendre ses réponses.

Je repense au message au rouge à lèvres, au sang qui coulait sur le visage et le cou de Laura. À l'oiseau mort devant la porte. À la lettre anonyme dans la poubelle du parc.

Je dégage mon bras puis me masse les tempes.

— Parce que nous pourrions ne pas aimer ses révélations ? Ou parce que l'agresseur de Laura, quel qu'il soit, pourrait s'en prendre à nous aussi ?

— Je ne sais pas. C'est seulement que… j'ai un mauvais pressentiment.

— Penses-tu que nous sommes en danger ?

— Je l'ignore. C'est de la folie. Peut-être devrais-je l'accompagner directement à Londres. Tu pourrais rentrer à Summerbourne en taxi. Dans la voiture, je lui dirais que je ne veux rien entendre.

Je le regarde.

— Ou alors, je l'accompagne à Londres avec toi.

Il me décoche un petit sourire.

— Oui. Bien sûr. Ou encore, tu l'accompagnes à Londres et moi, je prends un taxi. Tu sais, je n'ai rien à cacher. Je voudrais juste… Ce n'est pas moi qui ai écrit le message. Je te le promets. Je veux seulement te protéger. Nous protéger.

Nous restons silencieux pendant un moment.

— Je sais.

Un couple monte dans la voiture garée à côté de la nôtre, ils ajustent les rétroviseurs, mettent leurs ceintures, font marche arrière et partent.

Je me penche vers Edwin, pose la tête sur son épaule. Mes mains sont humides, je ne peux pas m'empêcher d'imaginer que c'est du sang de Laura dont elles sont recouvertes. *Arrête de poser des questions.* Oui, nous devrions arrêter, moi, en tout cas. Edwin a raison. Nous devrions oublier tout cela avant qu'il ne soit trop tard. Avant que davantage de dégâts ne soient causés ; des dégâts que nous ne pourrions pas réparer. Je me redresse et le regarde dans les yeux.

— Je pense que nous devons poser ces questions à Laura, Edwin. Pas toi ? Comment pourrons-nous mettre tout cela derrière nous, sinon ?

Laura, qui nous attend assise sur un banc à l'entrée des urgences, semble aller infiniment mieux qu'hier. Un pansement propre lui enserre la tête, et ses yeux pétillent lorsqu'elle nous voit.

— Nous nous arrêtons à Summerbourne d'abord ? demande-t-elle à Edwin qui lui tient la portière de la voiture.

Après m'avoir lancé un regard rapide, il reporte son attention sur elle.

— Ça te ferait plaisir, Laura ? Une tasse de thé avant que nous te raccompagnions chez toi ?

Laura fait un signe d'assentiment.

— Oui, j'aimerais beaucoup, dit-elle d'une voix ferme.

Je prends place à côté d'elle sur la banquette arrière tandis qu'Edwin démarre.

— Je me sens responsable de vous avoir entraînée dans tout ça, dis-je. Je suis désolée ; c'est moi qui vous ai appelée la semaine dernière au bureau, faisant semblant d'avoir une livraison pour vous.

Elle me fixe calmement.

— Je l'avais deviné, Seraphine, lorsque vous m'êtes tombée dessus devant mon appartement.

— Comment m'avez-vous reconnue, ce jour-là ? Vous avez dit que vous saviez qui j'étais.

Elle soupire.

— Je vous ai recherchée et suivie sur le Net. Au fil des années.

— Parce que vous étiez là quand je suis née ?

— Oui.

Elle soutient mon regard et je poursuis :

— Vous savez que la lettre de menaces que vous avez reçue ce jour-là n'a rien à voir avec moi ? Et que ce n'est pas Edwin qui a écrit le message vous demandant de le rejoindre à la tour ?

Elle écarquille les yeux.

— Je me rends compte que quelqu'un a essayé de m'attirer à la tour, et je sais qu'Edwin ne me ferait jamais aucun mal. J'ai dit à Martin que j'avais...

Me jetant un coup d'œil angoissé, elle hésite avant de poursuivre :

— J'ai dit à Martin que j'avais appris la mort de Dominic et que je voulais juste faire un tour à la plage, en souvenir du bon vieux temps. Pour lui dire au revoir. Mais... comment... ? Seraphine, êtes-vous en train de me dire que vous avez récupéré cette lettre odieuse dans la poubelle du parc ?

Je baisse les yeux.

— Désolée.

— As-tu parlé de cette lettre à la police, Laura ? demande Edwin.

— Non, dit-elle au bout d'un moment.

Elle se tourne maintenant vers le paysage qui défile par-delà la fenêtre.

— Avez-vous une idée de qui vous a attaquée ?

Ses doigts montent jusqu'au médaillon suspendu à son cou. Elle secoue la tête, les lèvres pincées. Je voudrais lui poser des questions à propos de sa fille – celle dont parle la lettre anonyme. Je voudrais lui dire que je sais qu'Alex a pris le bébé de Ruth, lui demander si elle est au courant du fait qu'il a gardé cette petite fille, la vraie Seraphine, et qu'il l'a rebaptisée Kiara. Surtout, je voudrais lui demander si elle sait qui je suis vraiment. Qui nous sommes vraiment, Danny et moi. Mais son visage fermé me fait hésiter. Peut-être tout à l'heure, à Summerbourne, dans le patio, une fois que nous serons tous assis autour d'une tasse de thé.

— Alex et Kiara pourraient être toujours à la maison quand nous arriverons, dis-je doucement.

Elle ne dit plus un mot pendant le reste du voyage, mais, lorsque nous laissons le village derrière nous et que la voiture s'engage dans l'allée, elle se redresse brusquement.

— Ça va ?

Elle fait un signe d'assentiment.

Une voiture de police est garée devant le cottage de Michael. Martin, au téléphone, nous fait un geste distrait de la main en guise de salut. Joel est dans le petit jardin devant la maison, nos regards se croisent l'espace d'un instant, mais il ne sourit pas.

Danny ouvre la porte au moment où notre voiture s'arrête devant l'entrée. Edwin aide Laura à en sortir et, soudain, dans la lumière étincelante du soleil, elle semble si fragile, son pansement blanc faisant ressortir le teint cireux de sa peau.

Tandis que nous approchons, Danny dit d'une voix feutrée :

— Mamie est ici, elle est furieuse.

— Pourquoi ? demande Edwin.

— C'est à cause d'elle, explique Danny tout en indiquant Laura, à qui il adresse un petit sourire penaud. Je suis désolé, mais je crois qu'il vaudrait mieux que vous partiez tout de suite. Edwin, raccompagne-la directement chez elle.

Laura fixe Danny intensément, sans le quitter des yeux.

— Non, dis-je, elle est avec nous. Elle est notre invitée. Et nous devons discuter de certaines choses.

Danny hésite, et c'est à ce moment-là que Vera apparaît sur le pas de la porte. Épaules voûtées, elle montre les dents, avançant vers nous pas à pas, rigide, un doigt tremblant pointé sur Laura. Est-elle malade ? Je m'attends presque à voir Edwin voler à son secours, mais il est cloué sur place.

D'une voix cinglante, sibilante, elle s'adresse à Laura.

— N'approchez pas de ma maison, n'approchez pas de ma famille.

Laura prend appui contre la portière de la voiture.

Dans l'autre main, Vera tient une sorte de pipe en métal, qu'elle braque sur Laura, et ce n'est que lorsqu'une flamme jaillit à son extrémité que je comprends de quoi il s'agit : un chalumeau à gaz. Le chalumeau volé dans la camionnette de Ralph.

Nous retenons tous notre souffle, hypnotisés par la flamme. Plus personne ne bouge. Puis Edwin tend la main vers notre grand-mère, lui demandant le chalumeau.

Mais Vera continue d'avancer vers Laura, la flamme dirigée vers les boutons de son gilet. Laura s'aplatit contre la voiture, détournant le visage d'un mouvement brusque.

— Comment osez-vous ? crache Vera. Comment osez-vous venir ici après tout ce temps ? Vous n'êtes pas la bienvenue.

Edwin s'interpose entre Laura et la flamme, obligeant Vera à reculer.

— Je vais la ramener chez elle, maintenant. Mamie, nous allons partir tout de suite et elle ne reviendra plus ici.

Mais Vera secoue la tête, le foudroyant du regard.

— Elle va essayer de te raconter des choses, pendant le trajet. Des mensonges. Je ne le permettrai pas.

Alex et Kiara sortent à ce moment-là de la maison, mais, en voyant la scène, il repousse aussitôt sa fille à l'intérieur, claquant la porte derrière elle.

— Mamie, arrête, dis-je, laisse Laura repartir chez elle.

Vera cligne des yeux et se tourne lentement vers moi, baissant le chalumeau dont la flamme pointe maintenant vers mes jambes.

— Tout est ta faute, Seraphine.

— Ne dis pas ça.

— Tout allait bien jusqu'à ce que tu retrouves cette femme.

La gorge serrée, je secoue la tête.

— Non, ce n'est pas vrai. Comment peux-tu dire cela ? Papa est mort.

Elle lève le menton.

— Nous sommes une famille heureuse, n'est-ce pas ? Nous réussissons, dans la vie. Je suis fière de vous trois. Mais ça ne te suffît pas. Tout ce que j'ai fait, je l'ai fait pour vous. Mais toi, Seraphine… toi, tu ne le vois même pas.

— Mais si la vérité…

Elle éclate d'un rire sec.

— C'est moi qui ai pris soin de vous, pendant toutes ces longues nuits après la mort de Ruth. Et la vérité n'a jamais eu d'importance : vous étiez si petits, sans défense, quelle différence cela aurait fait de savoir d'où vous veniez ?

Un frisson me parcourt, car c'est la première fois que ma grand-mère admet ne pas être sûre de notre identité. Je m'efforce de saisir son point de vue, de me concentrer sur le fait qu'elle nous aime, peu importe nos origines ; mais cela n'est pas suffisant. Son amour pour nous ne lui donne pas le droit de nous cacher la vérité.

— Vous apparteniez à la famille, vous étiez nos enfants. Oh, je sais qu'il y avait des rumeurs, au village. Mais les gens n'ont jamais compris. Cela n'a pas d'importance. Nous n'avons pas besoin de savoir. Je ne veux pas savoir.

Elle a levé le chalumeau, mais mon ressentiment l'emporte sur la peur et j'avance vers elle.

— Tu as toujours pensé que c'était moi, l'intruse, j'imagine ? Pendant toutes ces années, tu as toujours cru que Danny était ton vrai petit-fils, pas moi.

— Non, ce n'était pas comme ça.

Je la dévisage. Visiblement, elle ne sait rien à propos de Kiara, mais je dois comprendre d'où viennent ses doutes concernant Danny et moi. Cela me donnera peut-être un indice quant à nos origines.

— Pourtant, tu vas faire de Danny ton héritier. Et tu crains ce que Laura pourrait me révéler.

La flamme baisse d'un cran et le ton de Vera, lorsqu'elle me répond, est presque raisonnable, presque convaincant.

— Je lègue Summerbourne à Danny parce que je veux

qu'il se pose. Tu sais que je n'aime pas qu'il soit tout le temps à l'étranger. Je t'ai dit que je t'achèterai une maison, Seraphine. Dans les environs. Je n'ai jamais su lequel de vous… Ainsi, vous pourrez vivre tous les deux ici, l'un près de l'autre. En sécurité.

Je ne sais pas ce qui m'exaspère le plus dans son attitude : qu'elle ne voie pas que mon attachement à Summerbourne est beaucoup plus fort que celui de Danny ; qu'elle pense avoir le droit d'interférer avec ses choix de vie ; qu'elle n'ait pas prévu qu'il me laisserait la maison quoi qu'il arrive. Elle a consacré tant de temps à nous protéger, mais aucun instant à essayer de nous comprendre.

Je m'accroche maintenant à la phrase qu'elle n'a pas terminée.

— Que voulais-tu dire, que tu n'as jamais su lequel de nous… ? Tu avais des doutes sur tous les deux ?

Elle sursaute, mais soutient mon regard.

— Cela n'a aucune importance. Je n'ai jamais rien su avec certitude. *Elle* était au courant de quelque chose, déclare-t-elle en jetant un coup d'œil à Laura. Mais cela ne la concerne pas. Ni elle ni personne d'autre. Vous êtes tous les deux mes petits-enfants. Et même si vous ne l'êtes pas…

Vera lève de nouveau le chalumeau et l'approche de la poitrine de Laura, mais quand elle se tourne vers moi, son regard est presque implorant.

— Je ne savais pas, Seraphine. Ruth m'a dit – bien sûr, elle n'allait pas bien, elle était désorientée – qu'elle avait fait quelque chose de terrible.

À ces mots, Edwin fait un pas vers elle.

— Quoi ? Quand ? Mamie, quand a-t-elle dit ça ?

Elle fait une grimace.

— Quand j'essayais de la persuader de s'éloigner du bord de la falaise. Elle déraisonnait, répétait que quelqu'un allait venir pour prendre son bébé. Je pensais qu'elle était devenue obsédée par les histoires qu'on racontait au village, à savoir que les jumeaux ne survivaient jamais à Summerbourne – l'un ou l'autre, oui, mais jamais les deux.

— Non…, lâche Edwin d'une voix enrouée.

— Elle était hystérique, divaguait. J'ai essayé de la convaincre, de la tirer loin du bord, mais chaque fois que je tendais la main… Il s'est passé quelque chose, son pied s'est coincé... Elle m'a repoussée, disant : « J'ai fait quelque chose de terrible, maman. » Je n'ai pas eu le temps… je ne lui ai pas demandé quoi. C'était trop tard.

Edwin pousse un grognement et détourne le visage, Danny serre mon bras.

La flamme tremblote, et, pendant un instant, je pense que c'est fini, que Vera va l'éteindre. Mais lorsqu'elle se remet à parler, sa voix est dure.

— Après ça, quelle importance cela pouvait-il avoir, si l'un de vous venait d'ailleurs... ? Et aujourd'hui, cela n'en a aucune. C'est pourquoi je dois me débarrasser de cette femme. Elle veut détruire notre famille, mais je ne la laisserai pas faire.

Et elle lève à nouveau le chalumeau, le balançant vers Laura, faisant rugir la flamme qui s'attaque aussitôt à son gilet, brûlant légèrement un peu de tissu. Laura pousse un cri.

— Mamie !

Edwin essaie de saisir le bras de Vera, mais elle détourne la flamme vers lui, l'obligeant à reculer. D'une main tremblante, Laura soulève un lambeau fumant de son gilet et l'éloigne de son corps.

Derrière nous, dans l'allée, quelqu'un claque la porte d'une voiture.

Vera donne un petit coup à Edwin, avec le chalumeau, pour le garder à distance, puis, décrivant un grand arc, le braque cette fois sur le visage de Laura. Tandis qu'elle lève le bras pour se protéger, une voix appelle ma grand-mère :

— Madame Blackwood.

Le chalumeau oscille à quelques centimètres du pansement et des cheveux de Laura.

— Martin ? dit Vera.

Martin Larch passe à côté de moi pour s'arrêter devant Vera, puis jette un regard circulaire à la scène.

— Ah, madame Blackwood. C'est une situation bien étrange, on dirait.

Il lui sourit avec bienveillance.

— Eh bien, ça me rappelle un peu le jour où vous nous avez surpris, Billy Bradshaw et moi, en train de nous battre. C'était il y a longtemps, vous vous en souvenez ?

Vera hoche lentement la tête.

— On avait 16 ans, Billy et moi. Vous m'avez dit : « La violence n'est pas une solution, Martin. »

La flamme du chalumeau pointe maintenant vers le sol, sifflant sur les cailloux.

— Et puis, vous m'avez trouvé un petit job, madame Blackwood ; et vous m'avez incité à reprendre mes études. Je n'oublierai jamais votre gentillesse. Maintenant, permettez-moi de vous rendre le service. Laissez-moi prendre ça, d'accord ? Et ensuite, nous irons nous asseoir pour discuter un peu.

Il tend sa grande main et, pendant un long moment, je me dis que Vera n'a pas entendu. Mais elle finit par éteindre le chalumeau avec un soupir avant de le lui donner.

Martin se tourne vers quelqu'un qui approche derrière nous.

— Est-ce qu'ils arrivent ?

Edwin, Danny et moi pivotons sur nous-mêmes : Joel, téléphone à la main, marche calmement vers nous.

— Ils seront ici d'une minute à l'autre.

À côté de moi, Danny se penche d'un mouvement soudain, comme s'il allait vomir, puis reste figé dans cette position, mains sur les genoux. Je vacille, mais Joel m'attrape le coude pour me soutenir. Edwin rejoint Laura, toujours appuyée contre la porte de la voiture, blême.

Martin prend gentiment Vera par le bras et la guide vers la maison, mais elle semble changer d'avis.

— En fait, je préfère rester ici, merci, Martin. Vous pouvez garder le chalumeau, mais je vais rester ici.

— Madame Blackwood, nous devons vous poser quelques questions.

Elle se redresse.

— Ce n'est pas nécessaire, Martin. Tout va bien.

— Madame Blackwood, pouvez-vous me dire pourquoi vous avez demandé à Ralph Luckhurst de venir vous chercher hier matin à la gare de King's Lynn, de vous déposer au chantier naval, puis de vous récupérer au même endroit quelques heures plus tard ?

Son ton est coupant, d'une dureté qui n'était pas présente il y a quelques instants. Où veut-il en venir ?

— Cela ne vous regarde pas, répond-elle, menton levé.

— Madame Blackwood, pourquoi, à votre avis, le siège passager de la camionnette de M. Luckhurst présente-t-il des traces de poudre à canon ? Le même type de poudre que nous avons trouvé sur le bloc de pierre, détaché du parapet de la tour, qui a frappé Mme Silveira à la tête, hier. Il serait plutôt difficile d'approcher le canon sans se salir les mains avec cette vieille poudre, vous ne trouvez pas ?

Je n'arrive pas à suivre. C'est comme si je regardais la scène de très loin. Ralph Luckhurst. Le plus grand fan de ma grand-mère, son fidèle allié. Un lien entre sa camionnette et l'individu qui a attaqué Laura. C'est donc lui, l'agresseur ?

— Ne soyez pas ridicule, Martin.

Mais Vera a pâli.

— Comment pouvez-vous expliquer que deux lettres, apparemment sans aucun rapport, l'une demandant la présence de Mme Silveira hier à la tour, l'autre concernant un entretien de travail pour Daisy Luckhurst, découverte dans la camionnette de M. Luckhurst, aient été imprimées avec le même type de papier, la même encre, la même police de caractères ? Le courrier au sujet de Daisy a été signé par vous, madame Blackwood. Pensez-vous que nous allons trouver vos empreintes sur les deux lettres ?

Toute trace de couleur a quitté le visage de ma grand-mère. Je chancelle, mais Joel me soutient une nouvelle fois. Je vois Vera s'affaisser. Elle semble vieillir sous mes yeux, se rapetisser. Edwin frémit, comme s'il était sur le point d'accourir vers elle, mais il n'en fait rien.

— Mamie ? Tu n'as pas écrit cette lettre ?

Frissonnant, tête baissée, elle répond :

— Je voulais seulement lui parler. La persuader de ne pas intervenir. Pendant que je l'attendais, je me suis peut-être appuyée contre une pierre mal fixée. Ce n'était pas un geste délibéré.

Ébahie, Laura effleure de ses doigts tremblants le pansement qui lui enserre la tête, en fixant sur Vera un regard incrédule.

— J'ai une autre question, madame Blackwood. Quand on s'est parlé, après l'accident de votre gendre Dominic, et que je vous ai demandé où vous étiez, ce matin-là, pourquoi avez-vous omis de préciser que M. Luckhurst vous avait accompagnée ici depuis la gare ? M. Luckhurst a indiqué que, lorsqu'il est venu vous chercher à Summerbourne, vous étiez en train de vous disputer avec Dominic, ici même, devant l'entrée. Vous avez renvoyé M. Luckhurst et, ensuite, vous l'avez appelé pour qu'il vienne vous récupérer au niveau du chantier naval.

Les paroles de Martin résonnent de plus en plus fort dans ma tête. Ralph a conduit ma grand-mère ici. Elle et papa ont eu une discussion. Avant l'accident.

— Non, mamie. Non…, supplie Edwin.

— Je savais que cela allait donner une mauvaise impression. Voilà pourquoi je ne vous ai rien dit…

Elle a parlé d'une toute petite voix, et, comme sa tête est toujours baissée, elle ne semble pas remarquer Laura qui avance vers elle en émettant un son à mi-chemin entre un rire et un cri.

— Et vous avez laissé entendre que c'était moi, la menace.

À ces mots, Vera se redresse. Les deux femmes se défient du regard, puis Vera tourne résolument la tête, son visage empreint de mépris.

— Je vous assure, Martin, que, quand je l'ai quitté, Dominic allait bien.

Martin prend une profonde inspiration.

— Madame Blackwood, je vous arrête sur présomption de tentative de meurtre sur la personne de Mme Laura Silveira.

Je vacille dans la lumière blanche du soleil qui m'aveugle soudain.

— Et sur présomption du meurtre de M. Dominic Mayes.

L'air devient si dense que j'ai du mal à respirer.

— Et, sur la base d'anciens éléments de preuve, sur présomption du meurtre de votre fille, Mme Ruth Mayes, en 1992.

Est-ce Edwin qui crie : « Non… » ?

— Vous avez le droit de garder le silence, mais cela pourra affecter votre défense si vous ne fournissez pas les éléments qui pourraient apparaître plus tard devant la cour. Tout ce que vous direz pourra être utilisé contre vous.

Il n'y a plus un seul bruit. Plus un seul mouvement. Mes genoux se dérobent et je dois prendre appui sur Joel. Vera ouvre la bouche, exhale un long soupir. Le visage d'Edwin est gris, Danny me cherche des yeux pendant un instant. Laura fixe le gravier à ses pieds.

— Nous allons au commissariat, maintenant, madame Blackwood, annonce Martin d'une voix étonnamment douce.

Une voiture de police approche, dans l'allée, baignant la scène de la lumière bleue clignotante d'une sirène. Une fois garée devant nous, Martin ouvre la porte et aide gentiment Vera à prendre place sur la banquette arrière.

Le grondement du moteur s'éloigne, et le silence s'abat sur nous. Une mouette s'envole dans un grand battement d'ailes depuis le toit du garage. Je la suis des yeux, jusqu'à ce qu'elle devienne un petit point noir dans le ciel qui surplombe la mer. Ensuite, la porte d'entrée s'ouvre et je reviens sur terre : à l'homme aux larges épaules et à la jeune femme à la mèche rose dans les cheveux. Les deux inconnus se tiennent sur le seuil de Summerbourne, comme s'ils étaient ici chez eux.

Les doigts crispés sur le médaillon suspendu à son cou, Laura jette un coup d'œil à Alex et Kiara. Elle s'éclaircit la gorge et, nous englobant tous du regard, propose :

— Et si nous rentrions ? Je crois qu'il vaudrait mieux que je vous raconte tout.

26

Laura

Juillet 1992

Ruth avait annoncé à tout le monde qu'elle devait accoucher vers la fin du mois d'août. Secrètement, je savais que son terme était plus probablement pour la fin juillet. Dominic rentrait toujours le vendredi soir pour repartir à Londres le lundi matin, et Vera venait déjeuner tous les mardis ou mercredis. Le reste de la semaine, c'était à nous de jouer.

Le lundi suivant la visite impromptue d'Alex, le 20 juillet, Ruth me pria de lui apporter un message.

— Assurez-vous de le lui remettre en mains propres. S'il n'est pas chez lui, ne le glissez pas dans sa boîte à lettres, ramenez-le.

J'aperçus une liste de conditions : Alex devait renoncer à toute demande de reconnaissance de paternité ; accepter d'effectuer des visites dont la durée et la fréquence seraient appropriées pour un ami de la famille ; éviter toute allusion « au père » de l'enfant.

— Croyez-vous vraiment que cela soit une bonne idée ?

Elle fit une grimace.

— Il n'a pas le choix. C'est moi qui décide.

— Je ne le vois pas supporter que son enfant l'appelle oncle Alex.

— Laura, limitez-vous à lui donner mon message. De quel côté êtes-vous ?

Ce jour-là, Ruth et Edwin restèrent à Summerbourne pour attendre le plombier qui devait venir régler un problème de tuyauterie. Seule, je marchai péniblement jusqu'au village dans la chaleur de début d'après-midi. Devant l'épicier, je croisai Helen Lockhurst, qui me demanda des nouvelles de Ruth, mais je coupai court en l'informant simplement qu'elle allait très bien.

Une fois arrivée au cottage d'Alex, je remarquai que la voiture jaune n'était pas là. Ce fut une inconnue qui m'ouvrit la porte, une femme dans la cinquantaine, qui m'examina d'un regard hostile.

— Êtes-vous Ruth ?

Je réprimai un rire d'incrédulité.

— Non ! Où est Alex ?

Il fit son apparition de derrière le cottage, retirant ses gants de jardinage.

— Bonjour, Laura.

La femme croisa les bras sur sa poitrine et continua de me fixer. Je serrai mon sac encore plus étroitement contre ma hanche.

— Pouvons-nous parler en privé, Alex ?

L'éclair d'espoir qui s'alluma alors dans ses yeux me fit beaucoup de peine ; je le suivis à l'intérieur, à travers un petit séjour, jusqu'à une jolie chambre bien rangée, à l'arrière du cottage. Elle sentait la peinture fraîche et il y avait un lit d'enfant sur un côté, avec des draps d'un blanc immaculé et un tour de lit aux couleurs vives. Une baignoire de bébé et une table à langer complétaient le décor, avec des paquets de couches et un lapin en peluche.

J'ouvris la bouche, mais fus incapable de produire le moindre son. Il ferma la porte.

— Ça vous plaît ?

— Je… Je ne m'attendais pas…

Il activa un mobile musical suspendu au-dessus du lit, et

les notes d'une berceuse emplirent la pièce, tandis que les petits oursons attachés au cadre tournaient et tournaient.

— J'ai fait la même chose chez moi, à Leeds. La chambre est plus grande, là-bas, bien sûr. Et j'ai acheté une voiture familiale. Mais nous improviserons. Si le bébé est en sécurité à Summerbourne, alors, il ou elle pourra venir seulement pour des visites, au début.

Il aperçut enfin mon expression choquée.

— Qu'est-ce qui ne va pas ? La femme que vous avez vue est une nourrice. Elle m'aidera pendant les premiers temps, je ne veux rien laisser au hasard.

Je lui tendis le message de Ruth et m'approchai de la fenêtre, le laissant à sa lecture. Un merle aux plumes ébouriffées apparut d'entre les broussailles et se précipita sur une plate-bande fleurie pour arracher un ver qui s'étirait dans la terre récemment retournée. J'observais la scène, lorsque j'entendis Alex chiffonner le papier entre ses mains.

— Elle pense encore que je pourrais laisser tomber !

Je me tournai lentement pour lui faire face.

— Elle l'espère, oui.

— Comment le pourrais-je ?

Je secouai la tête, mais il me saisit brusquement le poignet, me tirant vers lui. Nos visages n'étaient plus qu'à quelques centimètres.

— Vous devez m'aider, Laura. Elle n'est pas lucide. J'ai peur qu'elle puisse faire du mal au bébé.

J'essayai de me libérer de sa main qui m'enserrait. Je reconnaissais dans son expression le même âpre désespoir que j'avais vu sur le visage de Ruth quand elle lisait ses lettres.

— Vous devez me prévenir dès que le bébé sera né. Vous comprenez ? Je dois être au courant aussitôt que Ruth accouche.

— Laissez-moi !

Il cligna des yeux et me relâcha.

— Je suis désolé. Mais promettez-moi que vous me tiendrez au courant.

Je reculai vers la porte, me frottant le poignet. Ses propos étaient tout aussi illogiques et délirants que ceux de Ruth. Pendant tout ce temps, j'avais imaginé qu'ils pourraient arriver à un compromis, que je pourrais même les aider à trouver un terrain d'entente. J'espérais qu'ils me seraient reconnaissants. Que j'étais naïve ! Et immature. Inutile.

— Je rentre à la maison, Alex.

Il me regarda d'un air perplexe.

— D'accord.

— Je veux dire, je vais démissionner. Je rentre chez moi, à Londres. Dominic est en vacances à partir de la semaine prochaine, puis il sera en congé paternité. Ils n'ont plus besoin de moi.

Il écarquilla les yeux.

— Non. Vous ne pouvez pas partir. J'ai besoin de votre aide.

Pendant une fraction de seconde, je fus tentée de m'approcher de lui, de prendre sa main, de promettre de l'aider. De lui dire que nous pourrions affronter tout cela ensemble, prendre soin du bébé ensemble. Lui et moi.

Cela n'avait aucun sens.

— Je dois y aller.

La nourrice, assise à la table du séjour et concentrée sur ses mots croisés, m'ignora complètement quand je passai à côté d'elle pour regagner l'entrée. Une fois dehors, Alex posa la main sur mon bras. Je me retournai, persuadée qu'il voulait me dire au revoir.

— Pensez-vous que je devrais appeler Dominic ?

Un rire s'échappa involontairement de ma gorge et je fis volte-face, trébuchant sur le sentier inégal. Je traversai la route pour rejoindre le côté ombragé, et je me remis en marche à grand-peine sur le long trajet du retour. Mes yeux me picotaient, j'avais mal partout. Je n'allais probablement plus jamais revoir Alex, et il s'en moquait éperdument.

Arrivée enfin à Summerbourne, je trouvai Edwin et Joel dans le jardin, absorbés dans leurs jeux entre le bac à sable et la piscine gonflable. Ruth me fit signe de la rejoindre, à l'ombre. L'abricotier à côté du patio était chargé de fruits et un bol d'abricots fraîchement cueillis était posé sur la table.

— Alors ? Qu'a-t-il dit ?

J'enfonçai les dents dans un abricot encore tiède de soleil et essuyai quelques gouttes de jus, qui avaient coulé sur mon menton.

— Pas grand-chose.

— Est-ce qu'il va accepter mes conditions ?

— Je ne sais pas.

Elle souffla.

— Je pensais que vous reviendriez avec une réponse pour moi, Laura.

— Je lui ai donné votre lettre. J'ai essayé… Si vous voulez savoir ce qu'il en pense, vous devrez lui poser la question vous-même. Je suis désolée.

Je lançai le noyau dans un parterre de fleurs et retournai illico dans l'annexe. Dans le tiroir de mon bureau, dissimulée entre mes notes de révision, se cachait ma lettre de démission, que j'avais écrite si soigneusement sans la dater. Je décidai d'attendre le retour de Dominic le vendredi soir pour annoncer mon souhait de quitter Summerbourne, afin de pouvoir partir dès le samedi. En ce qui concernait Edwin, un départ imprévu, rapide, serait sans doute mieux que des adieux prolongés. Au plus profond de moi, je savais que je devais m'en aller. Peu m'importait la déception que maman et Beaky allaient éprouver : j'avais besoin d'un refuge, loin de cette famille.

Lorsque Ruth frappa doucement à ma porte, ce soir-là, je me dépêchai de sortir et de fermer la porte derrière moi, afin d'éviter qu'elle entre dans ma chambre et s'aperçoive que j'avais commencé à rassembler mes affaires.

— Pourriez-vous mettre Edwin au lit ? Ce serait adorable de votre part. J'ai beaucoup de fausses contractions et je voudrais m'allonger un peu, voir si elles passent.

— Bien sûr. Je vais monter dans cinq minutes.

Edwin portait le nouveau pyjama bleu que Vera lui avait offert la semaine précédente. Il avait réussi à boutonner la chemise tout seul, chose dont il était très fier. Il s'agenouilla sur son duvet et se jeta dans mes bras, plongeant son visage dans mon cou, et nous restâmes comme cela, immobiles durant ce câlin qui se prolongeait, sans dire un mot. Après lui avoir lu son histoire, je lui caressai les cheveux jusqu'à ce qu'il s'endorme.

Pendant toute la période où j'avais vécu à Summerbourne, je n'avais jamais fermé ma porte à clé, mais cette nuit-là, ce fut la première fois qu'on entra dans ma chambre pour me réveiller.

— Laura.

J'émergeai tant bien que mal de mon sommeil. Le visage de Ruth, qui secouait mon épaule, se profilait au-dessus de ma tête.

— Laura. J'ai besoin de vous. Ça a commencé.

Tremblant de tout mon corps, j'enfilai ma robe de chambre et mis mes chaussons, alors que, dans mon esprit, défilaient des pensées effrayantes. J'étais stupéfaite de constater que Ruth était dans un état de sérénité et d'excitation confondues. Elle alluma les lampes dans la salle de jeux et étala des serviettes sur l'un des canapés, fermant les yeux et respirant profondément à chaque contraction. Au fil des onze mois précédents, mes sentiments envers Ruth étaient passés de l'admiration à la frustration, mais, lors de cette fameuse nuit, je fus impressionnée par son sang-froid.

Sa confiance eut raison de mon anxiété et, au bout d'un moment, je me calai sur son rythme, me fiant à son corps pour me guider. Entre chaque contraction, nous bavardâmes de choses et d'autres, échangeant parfois des anecdotes drôles à propos d'Edwin, qui nous faisaient sourire. À mesure que les spasmes s'intensifiaient, elle se concentra pour ressentir les changements qui se produisaient en elle, et je l'accompagnai dans la respiration, contractant les muscles de mon abdomen dans un élan d'empathie.

La nuit cédait le pas aux premières lueurs de l'aube lorsqu'elle annonça que le moment était venu pour elle de pousser. Dans la pièce, l'atmosphère devint soudain fébrile et j'eus envie de fuir.

— Laissez-moi appeler quelqu'un, Ruth. Je ne peux pas.

Elle enfonça ses ongles dans mon bras.

— Vous devez, souffla-t-elle. Le bébé arrive.

Ce fut la dernière phrase cohérente qu'elle prononça pendant un long moment. Elle s'agenouilla sur le canapé, se tenant des deux mains au dossier, tandis que je faisais les cent pas derrière elle, luttant contre le besoin irrépressible d'ouvrir la porte et de prendre mes jambes à mon cou. Quand ses cris se firent plus forts, j'attrapai une serviette. Il n'y avait personne d'autre : je n'avais pas le choix.

La tête apparut la première, et, après une autre poussée, le bébé sortit en entier : rose, long, fin, son petit corps glissant recouvert d'une substance gluante. Je le pris et l'enveloppai dans la serviette, tandis que Ruth s'affalait sur le canapé. Elle ouvrit les bras sans un mot, et je le calai contre elle.

— C'est une petite fille. C'est le plus beau bébé que j'aie jamais vu.

Ruth haletait et je vis une larme rouler sur sa joue.

Les yeux du bébé étaient ouverts, sa petite poitrine se soulevait et se baissait doucement. Dans son visage rond, dans sa peau rosée, je ne voyais rien d'Alex. Ses lèvres minuscules s'ouvrirent à plusieurs reprises, mais aucun son ne s'en échappa.

— As-tu faim, mon bébé ? dit Ruth.

Elle réajusta la serviette autour du nourrisson et se redressa, pour le mettre à son sein.

— Passez-moi le sac, ordonna Ruth sans même un regard pour moi. Le placenta sortira dans quelques minutes, il faudra couper le cordon.

N'y tenant plus, je joignis les mains, les serrant fort.

— Voulez-vous que j'appelle Dominic ?

Elle sembla réfléchir pendant un instant, puis ses lèvres s'étirèrent en un sourire.

— Oui. Allez-y.

Dans la pénombre de l'entrée, je pressai les paumes sur mes yeux fermés. *Ne pleure pas*, me dis-je. *Ressaisis-toi.*

Je passai un doigt sur les onglets usés de l'agenda, m'arrêtant brièvement sur la lettre « K ». Je sentis mes entrailles se serrer. Je me dépêchai de chercher le numéro de l'appartement de Dominic à Londres.

— Je pars immédiatement. Je serai là dans trois heures maximum, déclara-t-il, au bout du fil.

Quand je retournai voir Ruth, avec du thé et des toasts, le cordon avait été coupé et elle caressait la joue du bébé endormi.

— Je vais l'appeler Seraphine. Elle ressemble à un ange.

Edwin descendit peu après, se frottant les yeux ; il observa la scène avec étonnement.

— Viens faire la connaissance de ta sœur, mon chéri, l'invita Ruth avec un sourire.

Il porta un pouce à sa bouche et fit une grimace. Je l'amenai alors dans la cuisine et lui préparai du porridge, qu'il refusa.

Le vrombissement de la voiture de Dominic se fit entendre juste après 9 heures. Une autre chaude journée s'annonçait, et Ruth s'était installée dans le patio, le bébé entre les bras. Le sourire de Dominic, lorsqu'il se pencha pour embrasser sa femme, puis le bébé, était immense.

— Ça a été dur, ma chérie ?

— Évidemment.

Ils échangèrent un sourire.

— Je n'aurais pas pu y arriver sans Laura.

Dominic m'adressa une grimace pleine de gratitude et intercepta Edwin qui passait à côté de nous, le lançant en l'air pour le faire rire. Mais le petit éclata en sanglots.

— Que se passe-t-il ? lui demanda Dominic.

— Je voulais un petit frère, gémit Edwin.

Dominic réprima un sourire.

— Une sœur est tout aussi bien qu'un frère. Mieux, même. Elle sera ta meilleure amie.

Edwin renifla.

— Joel est mon meilleur ami.

— Bon, d'accord. Mais ta sœur, Seraphine, dit que tu peux avoir des biscuits au chocolat pour ton petit déjeuner, pour fêter son arrivée. Qu'en dis-tu ?

Le visage d'Edwin s'illumina.

— OK.

Dominic berça la petite dans ses bras, tandis que Ruth partit se doucher. Je me retirai dans ma chambre pour me rafraîchir et me changer, moi aussi, mais aussi pour terminer mes bagages. Je sortis ma lettre de démission du tiroir et la posai sur le bureau, la datant et la signant en une seconde. Je la relisais lorsque Dominic m'appela depuis la salle de jeux. Je retournai la lettre, face contre le bureau.

— Laura, pourriez-vous nous prendre en photo, maintenant que le bébé est tranquille, avant la prochaine tétée ?

Je le suivis dans le patio. Il inséra une nouvelle pellicule dans l'appareil photo et nettoya les taches de chocolat autour de la bouche d'Edwin, puis j'attendis qu'ils prennent la pose pour former un joli tableau familial. Un grincement familier nous parvint du fond du jardin et j'aperçus Michael qui émergeait d'entre les arbres, poussant sa carriole vers le potager.

— Monsieur Harris ! Il y a un nouveau bébé ! cria Edwin.

Dominic et Ruth se tournèrent vers lui et lui firent un geste de la main, tandis que Michael les félicitait.

— Prenez-en plusieurs, dit Dominic en me tendant l'appareil.

Mais je ne me sentais pas très bien, ni physiquement ni mentalement, au point que j'eus du mal à me concentrer sur la mise au point. Après avoir appuyé sur le bouton une fois, je lui rendis l'appareil.

— Je suis désolée, je ne me sens pas bien.

Il fronça les sourcils.

— Pourquoi vous ne l'avez pas dit plus tôt ? Allez vous coucher, vous devez être épuisée. Ruth, je vais appeler ta mère.

Alors qu'il s'apprêtait à passer la porte, il fit demi-tour, comme s'il avait oublié quelque chose.

— Oh, je vais prévenir Alex aussi. Il m'a appelé hier soir – il est au cottage, il m'a demandé de l'informer dès que j'aurais des nouvelles.

Ruth blêmit. Sa petite fille, qui venait de coller la bouche à son sein, détourna la tête et se mit à pleurer, comme si elle avait perçu le soudain changement d'humeur de sa mère.

— Non, s'il te plaît. Ne préviens pas Alex.

Dominic, perplexe, fit un signe d'assentiment de la tête, avant de se tourner vers moi.

— Alex m'a demandé de vous rappeler de le contacter, Laura. Pour tenir votre promesse.

Il sourit, et je me rendis compte qu'il devait soupçonner une idylle entre nous. Je retins mon souffle et, face à mon silence, il haussa les épaules.

Il s'éclipsa, et j'allais lui emboîter le pas lorsque le regard de Ruth me pétrifia. Je voulais protester, expliquer que je n'avais rien fait, que je n'avais aucune idée de la promesse dont parlait Alex. Mais je devais faire des efforts surhumains rien que pour me tenir debout. Ruth, en revanche, bondit, serrant fort contre elle le bébé qui pleurait, et avança vers moi, tremblant de tout son corps.

— Traîtresse !

De sa main libre, elle m'attrapa par le cou, le bébé criant de plus en plus fort.

— Petite hypocrite. Je comptais sur vous. Alors que vous, vous étiez de son côté depuis le début !

Tout en secouant la tête, je fis un pas en arrière et trébuchai sur une chaise.

— Comment ai-je pu mettre ma confiance en vous ? Vous m'avez trahie.

Elle me poussa violemment et je tombai en arrière, sur les dalles en pierre. Une douleur aiguë m'étreignit le ventre, et je me recroquevillai sur moi-même, essayant de reprendre mon souffle.

Les larmes ruisselaient sur les joues de Ruth.

— Partez. Faites vos bagages et allez-vous-en. Laissez-nous tranquilles. Je ne veux plus jamais vous revoir.

27

Seraphine

Je n'arrive pas à détacher mes yeux de Laura, tandis qu'elle nous raconte la naissance du bébé de Ruth : Seraphine.

Je suis Seraphine, non ?

Mais Alex a enlevé Seraphine.

Dans son fauteuil, Laura commence à tousser et agite une main en l'air, le visage congestionné. Edwin, posté sur une chaise près d'elle, se précipite pour lui chercher un verre d'eau.

Il nous a demandé de ne pas émettre d'hypothèses quant à l'arrestation de Vera tant que Martin ne nous aura pas donné plus d'informations. Cependant, il m'est difficile de m'imprégner de l'histoire de Laura alors que des images de l'accident de mon père et du suicide de ma mère se bousculent dans mon esprit.

J'observe Alex, assis sur le canapé, en face. Si je suis Seraphine, alors cet homme est mon père. Mais, les yeux rivés sur Kiara à côté de lui, il ne se rend même pas compte de mon regard.

Kiara ouvre la bouche au moment où Edwin revient avec l'eau pour Laura. Je m'attends à ce qu'elle demande : « Qui suis-je, donc ? », au lieu de quoi je l'entends dire : « Alors, c'est moi, Seraphine ? »

Un son étranglé s'échappe de ma bouche et tout le monde se tourne vers moi. La réponse d'Alex ne se fait pas attendre :

— Oui.

Laura pose son verre, secoue la tête.

— Non.

Kiara la fixe, le visage de Danny s’assombrit, à côté de moi, Joel retient son souffle. Et les yeux d’Alex glissent vers moi pendant un instant, avant de se reposer sur Kiara.

— Laura, tout va bien ? demande Edwin.

Elle fait un signe d’assentiment.

— Alors, je crois que tu devrais continuer.

28

Laura

Juillet 1992

Je retournai dans l'annexe d'un pas chancelant, gémissant de douleur, puis me traînai jusqu'à la salle de bains pour m'asperger le visage avec un peu d'eau fraîche. Alors que les spasmes se relâchaient, un flot de liquide se déversa sur le sol et je ressentis une terrible vague de panique déferler sur moi. Ma valise était prête, ma patronne venait de me virer, et pourtant, je ne pouvais pas partir. Quelque part, au plus profond de moi-même, je savais depuis longtemps que ce jour viendrait, que c'était inévitable. Vous ne pouvez pas nier indéfiniment qu'une nouvelle vie est en train de grandir en vous.

Au cours des années suivantes, j'ai lu une quantité d'informations à propos du déni de grossesse, depuis des travaux scientifiques jusqu'aux articles sensationnels des journaux à scandales, en passant par tous les forums de discussion sur le sujet. Le déni de grossesse concerne environ une grossesse sur quatre et, parfois, la femme ne prend conscience de la situation qu'au moment de l'accouchement. Les causes sont méconnues, mais le seul médecin avec qui j'en ai parlé m'a dit que le mien était un cas très classique : une fille trop jeune pour élever un enfant, loin de sa famille et de ses amis, entourée de personnes plongées dans leurs propres problèmes. Le fait que je prenais la pilule, que je suis grande de taille et que ma faible prise de poids s'était concentrée sur les autres parties de mon corps avait contribué à rendre la grossesse invisible.

Recroquevillée sur le carrelage froid de la salle de bains, me positionnant parfois à quatre pattes, je perdis toute notion du temps. Je flottais. Dans les intervalles entre les violentes contractions qui me secouaient, j'essayais de reprendre mon souffle. Mon cerveau s'abandonna entièrement à mon corps. Et mon corps savait ce qu'il avait à faire. Soudain, un cri transperça la pièce et, en poussant, j'expulsai le bébé. Je compris seulement après que c'était moi qui avais hurlé. J'ouvris les yeux : l'enfant, minuscule, gisait, immobile. Sa peau avait un teint bleuté, le cordon qui nous reliait pulsait faiblement.

J'enregistrai à peine un léger bruit en provenance de ma chambre, puis une voix derrière la porte me tira de ma stupeur.

— Laura ? Tout va bien ?

C'était Dominic. Je tentai de m'asseoir, mais ma main glissa sur le carrelage et je me cognai brutalement le coude.

La porte s'ouvrit.

— Bon sang !

Il était apparu dans l'encadrement de la porte. L'instant d'après, il s'agenouillait près du bébé, libérant ses narines et sa bouche des glaires qui les encombraient, frottant son petit corps avec une serviette.

Il y eut un gargouillis, le son d'une respiration sifflante. À mesure que ses poumons s'emplissaient d'air, sa peau reprenait une coloration normale.

Dominic l'étreignit tendrement contre sa poitrine et me regarda.

— Est-il de moi ?

Je hochai la tête, puis sombrai dans un état second dans lequel des murmures affleuraient à peine le seuil de ma conscience. Soudain, je sentis Dominic me toucher le bras.

— Il a faim. Vous devez lui donner le sein.

Et il plaça le bébé sur mon ventre. Cela eut l'effet de me réveiller complètement. Liés par un instinct primitif, nous

nous trouvâmes pendant quelques instants, et malgré mon hésitation, malgré sa faiblesse, il arriva à téter un peu. Puis Dominic coupa le cordon.

Et alors que je ne pensais plus qu'à ma valise, qu'à quitter cet endroit le plus vite possible, je levai les yeux et fus surprise de ne voir aucune trace de colère sur son visage.

— Mon fils, murmura-t-il, le regard embué de larmes.

Dès que le bébé s'endormit, je le passai à Dominic et me traînai plus loin, mettant un peu de distance entre nous.

— Je ne peux pas, dis-je.

Envoûté, il caressait la tête du bébé.

— Tout va s'arranger. Il peut rester ici. C'est le frère d'Edwin et de Seraphine. Sa place est ici, à Summerbourne.

— Mais… Ruth ?

— Ce n'est pas à elle de décider. C'est mon fils. Il va rester.

Je regardai le petit corps minuscule, sa peau fripée, ses jambes et ses bras filiformes.

— Je ne peux pas, répétai-je.

Mais Dominic, qui enveloppait le petit dans une serviette propre, souriait, les yeux pétillants.

— Cela va bouleverser Ruth, je sais, mais tout va bien se passer. Nous pourrons dire la vérité aux gens, mais, à mon avis, elle n'y tiendra pas. Ou nous pourrons dire que nous avons eu des jumeaux. C'est ce que tout le monde souhaitait, ce que nous tous espérions.

Tout se mélangeait dans ma tête. Bouleversée ? Ruth serait furieuse. J'essayais de l'imaginer en train d'absorber la nouvelle, de comprendre l'étendue de ma trahison. Je me repliai sur le carrelage, déchirée par un nouveau spasme au ventre. Au fond de mon esprit, je m'accrochai à la seule, fragile garantie qui pouvait encore me protéger de Ruth : *je connaissais son secret*. Elle n'oublierait pas que, si la situation se dégradait, si j'étais acculée, il ne me faudrait pas plus de quelques secondes pour annoncer à Dominic que Seraphine n'était pas sa fille.

Il réussit à arracher son regard du bébé pour m'observer.

— Prenez une douche, Laura, remettez-vous. Ruth se repose pendant que Seraphine dort. D'ici peu, je vais aller à la gare pour chercher Vera. Elle ne sait rien, pour le moment. Je prendrai Edwin avec moi. En fait, je pourrais très bien lui annoncer directement que nous avons eu deux bébés. À mon retour, j'expliquerai tout à Ruth. Elle comprendra que c'est la meilleure solution. Nous allons nous en sortir.

Une contraction me tenailla le ventre.

— Ce sont des douleurs post-partum, me dit-il. Avez-vous du paracétamol ? Quand vous serez prête, j'appellerai un taxi qui vous emmènera directement chez votre mère. Vous pourrez dormir un peu pendant le voyage. Ce soir, vous serez dans votre lit, au chaud, et tout ceci sera derrière vous.

Il baissa les yeux sur son fils.

— Viens avec moi, mon petit.

Il s'arrêta sur le pas de la porte, hésitant.

— Quel prénom voudriez-vous lui donner ?

Je frissonnai. Il y avait bien un prénom que j'avais toujours rêvé de donner à mon enfant, si un jour j'en avais un.

— Danny.

— Danny. Daniel. J'aime bien.

Pendant un instant, la main posée sur la petite tête du bébé, il sembla oublier tout ce qui l'entourait.

— Bonjour, mon garçon. Tu es chez toi, Danny. Tu vas grandir ici, avec ton frère et ta sœur, et tu seras heureux.

Il lui embrassa le front, puis se tourna vers moi.

— Je vais l'habiller et le mettre dans le berceau, dans la salle de jeux, pour le moment. Je parlerai à Ruth quand je rentrerai.

29

Seraphine

En sortant précipitamment de la pièce, Danny se cogne le genou contre la table basse, faisant trembler les mugs et les verres qui sont posés dessus. Je me lance à sa poursuite, mais il ne ralentit qu'après avoir rejoint les écuries, hors de vue depuis la maison. Il donne un coup violent à la porte de la cabane à outils, qui était ouverte.

— Danny.

Je touche son épaule, mais il me repousse.

— Va-t'en.

Il pose son front contre la porte, respirant bruyamment, tandis que les abeilles bourdonnent dans les massifs de lavande.

— Danny.

— Elle ment. Elle veut s'infiltrer dans notre famille. Je ne veux plus rien entendre.

— Je suis désolée.

— Pourquoi elle fait ça ? Pourquoi elle dit des choses pareilles ?

Il se tourne enfin vers moi, s'appuyant le dos à la porte.

Je secoue la tête.

— Pourquoi tu es allée la chercher ? Pourquoi tu nous as fait ça ? me demande-t-il d'une voix plus profonde, éraillée.

Mes yeux s'emplissent soudain de larmes.

— Je veux savoir qui je suis ! Tu ne comprends donc pas ?

Je ne suis pas Seraphine. Alex a enlevé Seraphine. Je ne sais toujours pas qui je suis !

Une minute passe.

— Rentre avec moi, Danny.

— Certainement pas, dit-il avec un rire amer.

— S'il te plaît. Je ne peux pas y retourner toute seule.

— Eh bien, n'y retourne pas, alors. C'est toi qui as provoqué tout ça. Tu n'as pas besoin de moi. Je ne suis même pas ton…

— Ne dis pas ça.

Cette fois, les larmes perlent aussi à ses yeux.

— Je ne suis pas ton frère, murmure-t-il d'une voix altérée.

Nous nous regardons, respirant à l'unisson.

— Tu l'es, Danny.

— Vas-y. Tu as besoin d'entendre le reste de l'histoire. Alex est peut-être ton père. Ou peut-être pas. Rentre, pose la question à Laura.

— Pas sans toi.

— Je ne peux pas.

— S'il te plaît, Danny.

— N'insiste pas.

— Viens. Je dois savoir. Mais j'ai besoin que tu sois là.

Il ferme les yeux, et j'attends. Nous restons ainsi, l'un en face de l'autre, dans le parfum entêtant de la lavande, au même endroit où, il y a tant d'années, Joel a raconté à un groupe d'amis que nous étions les lutins jumeaux de Summerbourne. Si Danny ne dit rien, je m'allongerai sur l'herbe tiède de soleil, ici même, et je ne me relèverai plus jamais.

— D'accord, capitule-t-il. D'accord. Mais après, je ne veux plus jamais revoir cette femme.

Quand nous rejoignons les autres, nous faufilant jusqu'à nos places respectives, le bruit des glaçons s'entrechoquant dans les verres et le murmure rassurant de la conversation accentuent la dimension irréelle de cette scène dans laquelle se déchirent les liens qui nous unissaient.

Edwin nous accueille avec un sourire tendu. Je me laisse tomber sur le canapé à côté de Joel, qui me tend un verre d'eau. Sa présence me rappelle que mon enfance a *existé* et qu'elle m'a bien appartenu. Peu importe ce que Laura me dira, peu importe d'où je viens vraiment : une petite fille prénommée Seraphine a vécu ici, dans cette maison aux briques couleur miel.

Alex, l'air abasourdi, discute à voix basse avec Laura.

— Je savais que quelque chose clochait chez vous, cet été-là, dit-il. Vous sembliez… différente. Je me disais bien qu'il y avait un problème.

Elle le fixe avec des yeux ronds, exaspérée par son commentaire, ou peut-être agacée contre elle-même.

— J'avais pris douze kilos. J'avais dû acheter des vêtements amples, des leggings extensibles. Je croyais que c'était à cause du long hiver que j'avais passé à la maison sans bouger, sans faire de natation, m'empiffrant des gâteaux qu'on préparait. C'est difficile à expliquer… Au plus profond de moi, je savais. Je savais que je portais un enfant, et que cet enfant, un jour ou l'autre, allait venir au monde. Et pourtant…

Elle secoue la tête, perdue dans ses pensées.

— Vous ne saviez pas quoi faire ? suggère Alex.

— Ce n'était même pas ça. Simplement… ce n'était pas juste. Ça va vous sembler puéril... mais je prenais la pilule. Comment cela avait-il pu se produire ?

— Je n'arrive pas à croire que personne n'ait rien remarqué.

— Cette année-là, je n'ai pas fréquenté beaucoup de monde. La nourrice que vous aviez embauchée, elle, avait peut-être deviné. Je me rappelle son regard. Lorsqu'elle m'a ouvert la porte de chez vous, elle a pensé que j'étais Ruth. Mais au village, je n'étais que la jeune fille au pair qui vivait à Summerbourne. Un personnage secondaire, et pas très intéressant d'ailleurs, car je refusais de leur livrer les détails croustillants à propos de la prestigieuse famille Mayes, dont ils raffolaient.

— Papa, intervient Kiara, posant une main sur le bras d'Alex. Seraphine et Danny sont revenus.

Il nous regarde, ébahi.

— Ça va aller, Laura ? Peux-tu reprendre ? demande gentiment Edwin, toujours assis à côté d'elle.

Elle se redresse.

— Oui. J'ai presque fini.

Danny émet un petit gémissement, mais je crois être la seule à l'entendre.

30

Laura

Juillet 1992

Comme les pas de Dominic s'éloignaient, je me mis péniblement à quatre pattes, me préparant à ce qui allait suivre. Je devais expulser le placenta. Mais au lieu de la dernière poussée à laquelle je m'attendais, de nouvelles contractions, de plus en plus violentes, déchirèrent mon ventre. Je perdis à nouveau toute notion du temps et de l'espace jusqu'à ce que, soudain, ce fut terminé.

J'étais allongée sur le carrelage, tremblante.

Et un second bébé à la peau bleutée gisait, immobile, à mes pieds.

Je pris appui, dos contre la baignoire, pendant quelques instants, le temps de reprendre mon souffle. Les deux placentas sortirent de moi, et je sentis alors un peu de force revenir dans mes jambes. Le bébé tressauta et je rampai vers lui sur le carrelage mouillé. Imitant le geste de Dominic, je retirai les glaires de sa bouche, et, comme il n'y avait plus de serviettes, j'enlevai mon T-shirt pour l'envelopper. C'était une petite fille. Je la serrai contre ma poitrine tandis que mes pensées filaient à toute allure. S'il y avait déjà très peu de chances que Ruth accepte un enfant illégitime de Dominic, il n'y en avait aucune qu'elle se prête à la farce d'avoir donné naissance à des triplés.

Pouvais-je garder ce bébé ? Je regardai la petite, tandis qu'elle tétait mon sein. Pouvais-je rentrer avec elle, chez maman et Beaky, dans une maison où les apparences comptaient plus que tout et les erreurs n'étaient pas tolérées ?

Non. C'était impossible.

Ils ne me permettraient jamais d'habiter là-bas avec elle. Nous serions seules, sans domicile, sans famille, sans aucun soutien.

Vaincue par le froid, je m'efforçai de me lever, malgré mon état de faiblesse. Frissonnante, je m'affairai avec l'équipement que Dominic avait laissé dans la salle de bains et coupai le cordon. La petite s'était endormie et je me traînai dans la chambre sur mes jambes rigides pour la placer bien au milieu sur mon lit. Je m'effondrai à côté d'elle, regardant sa poitrine monter et descendre, sa tête tourner d'un côté puis de l'autre. Il n'y avait pas d'issue. Dominic rentrerait et nous retrouverait ainsi. Et tout cela n'allait pas bien se terminer.

Ne supportant pas l'idée d'être vue dans cet état, nue et tachée de sang, je marchai péniblement jusqu'à la douche où je m'accroupis, sous le jet d'eau chaude, me cramponnant fort à la paroi de peur de m'évanouir. Ensuite, comme mes muscles endoloris refusaient de coopérer, il me fallut une éternité pour m'habiller. Lorsque ma brosse me glissa des mains et tomba bruyamment par terre, le bébé sursauta.

Je le pris dans mes bras puis allai dans la salle de jeux. Le berceau était vide, mais j'y trouvai un mot de Dominic :

> Danny est un peu agité, je le prends avec moi. Nous allons à la gare et Edwin nous accompagne. Tout ira bien.

Je tremblais toujours lorsque je mis une couche à la petite fille. Je l'habillai et la déposai dans le berceau. Me penchant sur elle, observant ses minuscules cils frémir pendant son sommeil, je ressentis un calme glacial s'emparer de mon esprit. Il était inutile de réfléchir à une solution, je devais concentrer mes efforts sur la seule possibilité qui s'offrait à moi : fuir. Si j'arrivais à tenir debout, à convaincre mes jambes réticentes de me porter jusqu'au téléphone dans l'entrée, je pouvais prévenir quelqu'un, demander de l'aide.

Une fois arrivée près de la console, je tendis l'oreille, mais aucun bruit ne me parvint de la chambre de Ruth. La maison baignait dans le silence et la voiture de Dominic avait disparu de l'allée. Déterminée à me maintenir sur mes pieds, craignant de ne plus pouvoir me lever si je m'asseyais, je pris le combiné.

Puis je me figeai. Même si je trouvais un prétexte pour persuader ma mère et Beaky de venir me chercher, cela prendrait trop de temps. Il valait mieux contacter la compagnie de taxis et demander un chauffeur qui pourrait me conduire immédiatement jusqu'à Londres, sachant que je devais partir avant que Dominic ne rentre et trouve le deuxième bébé. Or, il n'y avait aucune chance que le taxi de King's Lynn arrive à Summerbourne avant son retour. J'avais donc besoin de quelqu'un qui puisse se rendre ici très vite. Quelqu'un du village.

Je lâchai le combiné et m'emparai du répertoire, le feuilletant jusqu'à la lettre K. Alex m'aiderait. Ma valise rentrerait aisément dans sa nouvelle voiture « familiale ». Il me devait bien cela, après tout ce que j'avais fait pour lui : l'informer qu'il allait être papa, assurer les échanges entre lui et Ruth, protéger son secret de Dominic.

Il répondit après la deuxième sonnerie et sa voix résonna très fort dans mon oreille. La mienne, en revanche, ne fut qu'un murmure.

— Alex.

— Laura ? C'est vous ?

Sentant mes jambes se dérober, je m'affalai sur la chaise.

— Alex, pouvez-vous venir ? J'ai besoin de votre aide.

Il y eut un moment de silence, puis j'entendis un son qui ressemblait à un rire.

— Le bébé est né, c'est cela ? J'arrive tout de suite !

— Non, non.

Mais il avait déjà raccroché. Le combiné me glissa des mains. Je levai les yeux. Ruth était là, sur l'escalier, immobile, le bébé dans les bras. Elle me fixait.

— Ruth, dis-je, m'efforçant de me lever.

— Vous lui avez dit ?

— Je ne lui ai pas… Je ne voulais pas, Ruth, je le jure.

Elle avait pâli.

— Il va venir, n'est-ce pas ? Il va venir prendre mon bébé.

Je croisai les bras sur mon ventre.

— Je veux juste rentrer chez moi.

Ruth, le regard effaré, descendit les dernières marches, ses doigts très blancs sur la couverture jaune du bébé.

— Je dois cacher ma fille. Mais où ? Je dois l'empêcher de me l'enlever.

Le bébé lança un cri aigu, déchirant, et elle le mit précipitamment entre mes bras.

— Faites en sorte qu'elle reste tranquille. Cachez-vous. Je vous en supplie, Laura.

Je ne voulais pas tenir cette petite fille, mais, dans mes bras, elle se tut aussitôt. Elle semblait lourde, solide, comparée aux deux petits que je venais de mettre au monde, elle pliait et dépliait ses jambes robustes, suçotait mon cou.

— Elle a faim, déclarai-je.

Le bébé m'approuva d'un hurlement strident.

Ruth verrouilla la porte d'entrée. Elle était blême, des gouttes de sueur perlaient sur son front. Tremblant de la tête aux pieds, elle se posta à la fenêtre pour scruter l'allée.

— Qu'est-ce que je vais faire ? Il va arriver d'une minute à l'autre. Il veut prendre mon bébé, mais je ne peux pas le laisser faire !

Une vague de nausée me saisit et le bébé gémit très fort, si bien que Ruth se tourna vers nous, paniquée, et me l'arracha des bras. Et puis, nous entendîmes le bruit d'une voiture qui approchait. Immobiles, retenant notre souffle, nous échangeâmes un regard. Le moteur rugit, puis se tut dans un crissement de pneus sur le gravier, et deux portes claquèrent l'une après l'autre. Le heurtoir s'abattit très fort sur la porte.

— Ruth ? C'est Alex. Ouvre, s'il te plaît, ordonna-t-il d'une voix forte, mais contrôlée.

Ruth s'appuya contre la porte, tout en serrant le bébé sur sa poitrine, les yeux rivés sur moi. Je sentais mon cœur battre la chamade.

— Qui est avec toi ? lui cria-t-elle.

— C'est une nourrice. Je veux seulement voir mon bébé.

Un autre coup secoua la porte, faisant vibrer la boîte aux lettres.

— Ce n'est pas ton bébé !

Nous entendîmes les murmures d'une conversation.

Ruth se tourna d'un mouvement rapide pour faire face à la porte, rompant ainsi notre contact visuel et, libérée de l'emprise de son regard, je me pliai en deux pour contrer la violence d'un autre spasme abdominal.

— Elle n'est pas ta fille ! Va-t'en !

Ruth vacilla et je pivotai sur ma chaise pour essayer de la rattraper, mais elle retrouva son équilibre et s'élança dans la cuisine, tenant le bébé tout contre elle. Quelques instants après, j'entendis une chaise érafler les dalles dans le patio et les pleurs du bébé, plus lointains. La sonnette retentit plusieurs fois et on frappa une nouvelle fois à la porte.

— Ruth, laisse-moi entrer, sinon j'appelle la police !

Alors que je regardais le verrou, une folle idée s'insinua en moi : ouvrir, me jeter dans la voiture d'Alex, lui demander de m'accompagner chez moi. Mais la douleur me poignarda le ventre, une nouvelle fois. Même si je trouvais la force de me lever, je n'aurais jamais l'énergie de distraire Alex de son but.

Dehors, le gravier crissa, je dressai alors les oreilles. Je me souvins qu'Alex avait déjà escaladé agilement le mur près des écuries, et en effet, quelques minutes plus tard, j'entendis sa voix depuis le jardin.

— Ruth ? Où es-tu ?

Et puis, il entra par la cuisine, se précipitant vers la porte d'entrée, qu'il déverrouilla pour laisser passer la nourrice. Elle fit irruption dans la maison, chargée d'un siège auto pour bébé et d'un gros sac à langer.

Je me mis péniblement debout et Alex m'agrippa fort les deux bras, son visage tordu en une grimace suppliante.

— C'est une petite fille, alors ? J'ai une fille ?

Je ne m'attendais pas à voir des larmes ruisseler sur ses joues. Je fis un signe d'assentiment.

La nourrice, qui entre-temps avait inspecté la cuisine, scrutait maintenant le jardin.

— Je vois une couverture de bébé sur la pelouse, nous informa-t-elle.

Alex me serra encore plus fort.

— Où est Ruth ?

Je sentais mes jambes se dérober tandis qu'il me répétait ses questions, encore et encore.

Enfin, il approcha son visage du mien pour que je le regarde dans les yeux, me secouant avec impatience.

— Est-elle allée sur les falaises ?

Je tremblais de tout mon corps et je voulais qu'il me voie vraiment, qu'il voie tout ce qui m'était arrivé et qu'il comprenne que c'était à moi qu'il devait prodiguer son attention. Ruth et son bébé allaient bien. Moi, en revanche, j'avais désespérément besoin de lui.

— Laura, cria-t-il, est-elle allée sur les falaises avec le bébé ?

— Oui, parvins-je à articuler.

Il me lâcha et je dus me cramponner à la console pour ne pas m'écrouler, heurtant le téléphone qui tomba bruyamment au sol. Alex courut dans la cuisine, puis dans le patio, la nourrice à ses trousses. Je les suivis d'un pas chancelant.

Soudain, je la vis s'arrêter.

— Alex ! Revenez ! appela-t-elle, un étrange sourire aux lèvres.

Il se retourna.

— Je l'entends pleurer, dit-elle.

Un faible gémissement provenait de la salle de jeux. Et, dans les yeux d'Alex s'alluma une lueur d'émerveillement.

Toute la précipitation, toute l'urgence qui avaient envahi la maison se dissipèrent en un instant. Alex rebroussa chemin, suivi par la nourrice, traversa la cuisine, la buanderie, ouvrit la porte de la salle de jeux avec précaution pour ne pas effrayer le bébé. Je trébuchai, me heurtant violemment l'épaule contre un mur dans mon empressement de les rejoindre. Nous hésitâmes tous les trois sur le pas de la porte, regardant le petit bras qui émergeait du couffin et s'agitait faiblement. Mon cœur commença à cogner violemment dans ma poitrine.

— Non, dis-je.

Mais Alex et la nourrice s'approchaient déjà de ma petite fille, entouraient le couffin, se penchaient avidement sur elle.

Ma gorge se serra. Je devais leur expliquer, il y avait un malentendu. Mais tout était tellement embrouillé. Je regardai le bébé attraper le doigt d'Alex dans sa petite main et le serrer. Les yeux vibrant d'émotion, Alex se tourna vers moi.

— Elle est jolie, elle est parfaite.

Il le dit avec un sourire que je ne lui avais plus jamais vu depuis notre course sur la plage, des mois auparavant.

— Comment l'ont-ils appelée ? poursuivit-il.

Le futur se matérialisa alors devant moi, flottant tel un navire prêt à appareiller, voiles déployées, mais qui se débattait dans les éléments, secoué par les flots de l'amour, de la culpabilité, du désespoir. Un navire qui n'attendait qu'un mot de ma part. Devais-je dire la vérité à Alex ? L'informer que sa fille était avec Ruth, probablement sur les falaises, ne sachant pas qu'une bataille faisait rage entre ses parents ? Devais-je lui avouer que ce beau bébé, ce bébé fragile qui se cramponnait à son doigt, n'avait pas été attendu, désiré, n'avait même pas de nom ? Qu'il n'était pas son père ?

J'ouvris la bouche, mais aucun son n'en sortit.

— Quoi ? Ils n'ont toujours pas choisi son prénom ?

Le bébé gémit et il se pencha sur elle, lui caressant tendrement le visage de son pouce.

— Bonjour, ma petite. Comment pouvons-nous t'appeler ? Kiara ? Est-ce que tu aimes ce prénom ? Tu l'aimes, non ?

Je fermai les yeux, et des rectangles de lumière explosèrent sous mes paupières. Les rouvrir me coûta un effort indicible.

La nourrice s'affairait autour du couffin.

— À quelle heure est-elle née ? À quand remonte la dernière tétée ? demanda-t-elle sans même se donner la peine de me regarder.

— Où est Dominic ? renchérit Alex.

— Ce bébé a froid, poursuivit-elle.

— Dominic est-il au moins au courant qu'elle est née ?

— Nous devons la réchauffer et la nourrir.

Alex lâcha doucement la petite main qui lui serrait le doigt pour laisser la nourrice rhabiller le bébé avec de nouveaux habits, puis se tourna vers moi, l'air soucieux.

— Vous avez très mauvaise mine, Laura. Je suis tellement désolé que nous vous ayons mêlée à nos histoires. Écoutez-moi bien. Je vais prendre la petite avec moi, pour qu'elle soit en sécurité. D'accord ? Dites à Ruth et à Dominic de m'appeler. On trouvera une solution.

La sonnerie aiguë du téléphone emplit soudain la pièce, me transperçant le cerveau.

— Laura, avez-vous bien compris ? poursuivit-il. Je ne peux pas la laisser ici.

La nourrice, qui, entre-temps, avait placé le bébé dans le siège auto, avança au pas de charge vers la porte, m'empêchant de voir une dernière fois le petit visage.

Alex serra brièvement ma main.

— Tout ceci n'est pas votre faute, Laura. Dites-leur de m'appeler.

Le bruit qui vibrait dans ma tête devint encore plus fort, lancinant, implacable. Il me fallut une éternité pour revenir sur mes pas jusqu'à l'entrée, et m'approcher de la fenêtre. Ils avaient disparu. Alex, la nourrice et ma petite fille étaient partis.

31

Seraphine

Je *suis* Seraphine. La fille de Ruth. Le bébé que ma mère tenait dans ses bras quand elle est allée sur les falaises. Je suis restée ici, à Summerbourne, et j'ai grandi avec un homme qui n'était pas mon vrai père. Mon vrai père a vécu toutes ces années persuadé que l'enfant qu'il avait pris – sauvé – était sa fille.

Je suis restée ici, à Summerbourne, et j'ai grandi avec des gens qui chuchotaient derrière mon dos, des voisins qui scrutaient le moindre de mes gestes, des amis qui me demandaient pourquoi je ne ressemblais pas à mes frères, des enfants qui se moquaient de moi, disant que je venais d'ailleurs.

Je suis restée ici, à Summerbourne. Chez moi.

Pendant qu'elle parle, Laura garde les yeux baissés. Sur la chaise près d'elle, Edwin semble prêt à bondir à son secours, comme s'il s'attendait à ce qu'elle s'effondre d'un moment à l'autre. Danny, Joel et moi regardons tantôt Laura, tantôt Alex et Kiara, sur le canapé face au nôtre. Le soulagement que j'éprouve d'être Seraphine – la vraie Seraphine – court dans mes veines. Mais cette révélation a des implications pour les gens que j'aime. Des implications dont j'ai une vague conscience, mais auxquelles je refuse de penser.

Alex secoue la tête, sa respiration est précipitée. Lorsque Laura termine son récit, son corps est crispé, son visage déformé en une grimace de douleur.

— Non, non, répète-t-il d'une voix rauque.

Kiara, poings serrés, se tient très droite, le regard rivé sur Laura.

— Alors, vous êtes ma mère ? demande-t-elle enfin.

Laura lève les yeux et fait un signe d'assentiment.

— Et Dominic est mon père, poursuit Kiara.

Alex se lève en chancelant, tend les mains vers Laura, comme pour la supplier de revenir sur ses mots, de donner une autre version des faits.

— Pourquoi faites-vous cela ?

— Papa…, commence Kiara, mais sa voix meurt dans sa gorge.

Et puis, il y a ce moment terrible où le regard d'Alex glisse sur moi, scrutant mes cheveux et mon visage, pour retourner très rapidement à Laura. J'ai l'impression d'avoir avalé une grosse pierre froide et, perdue que je suis dans mes pensées, je ne m'aperçois pas que Danny s'apprête à intervenir.

— Et vous nous avez quittés, comme ça, affirme-t-il durement sans regarder Laura. Vous avez laissé *cet homme* prendre votre fille et vous m'avez abandonné ici. Ensuite, vous êtes rentrée chez vous et vous nous avez oubliés.

Laura se redresse.

— Je sais que tout ce que je dirai ne pourra jamais défaire le passé, Danny. T'avouer à quel point je suis désolée ne sert à rien. Et pourtant, je le suis. Je l'ai été à chaque instant de ma vie depuis ce jour-là.

— Mon père…

— Ton père t'aimait. Il t'a aimé dès l'instant où il a posé les yeux sur toi.

Je serre la main de Danny, pose la tête sur son épaule.

Alex tire sur la main de Kiara pour la mettre debout, mais elle reste à sa place.

— Non. Nous devons parler de tout ça. Ici, maintenant.

Il se tourne alors vers Laura et approche brusquement d'elle, qui le regarde sans ciller, se limitant à se cramponner aux accoudoirs du fauteuil. Joel se lève et la rejoint, se plaçant à son côté.

— Comment avez-vous pu ? crache Alex. Kiara est ma fille. Je suis son père. Comment avez-vous pu nous faire ça ?

Laura se lève lentement, puis fait un pas en avant entre Joel et Edwin pour faire face à Alex. Ses yeux scintillent de colère.

— Nous avons tous commis des erreurs, Alex. Moi, vous, Ruth, Dominic. Si nous n'avons pas été arrêtés, contrairement à Vera, notre passé nous poursuit tout de même.

Le visage d'Alex se décompose et Laura lui touche légèrement le bras.

— Nous devons penser aux enfants d'abord. Je sais qu'on a cru faire pour le mieux, à l'époque. Ou alors, c'est l'excuse que nous nous sommes donnée pour justifier notre comportement. Mais ils sont notre priorité aujourd'hui.

— Et s'ils ne veulent rien avoir à faire avec vous ? demande-t-il d'un ton étonnamment gentil.

— Je ne leur en voudrai pas. Je n'ai jamais osé espérer que les choses se passent autrement.

Il y a un moment de silence où j'aperçois le regard de Kiara posé sur Danny, qui, en revanche, fixe Laura dans les yeux pour la première fois.

— Que s'est-il passé, ensuite, quand Alex est parti avec Kiara ? Que s'est-il passé quand papa est rentré ?

Edwin aide Laura à se rasseoir et Joel reprend sa place près de moi, me demandant doucement si je vais bien. Je hoche la tête, même si je ne vais pas bien du tout. Kiara tend la main à Alex, qui hésite, mais finit par rester.

— Martin pense que grand-mère les a tués, poursuit Danny. Papa. Et maman.

Il serre les lèvres, comme s'il se rendait compte à quel point ce dernier mot est désormais inadéquat.

Edwin lève une main.

— Danny, s'il te plaît. Nous ne savons rien encore. Martin se trompe peut-être…

— Oh, Edwin, c'est bon, regarde les choses en face. Elle était là, avec papa, le matin où il est mort. Elle était avec maman sur les falaises. Elle a avoué avoir lancé la pierre…

— Non !

Edwin lutte pour se maîtriser. Bien sûr, lui et Vera sont profondément liés. Mais sa loyauté envers elle, à cet instant, m'est insupportable.

Danny aussi fait un effort visible pour se calmer. Au bout d'un moment, il lève de nouveau les yeux sur Laura.

— Alors, que s'est-il passé quand papa est rentré de la gare et a trouvé… ?

Dans sa voix, toute trace de ressentiment a disparu, remplacée par une froideur qui montre bien à quel point cela lui coûte d'avoir à lui poser des questions.

Le silence règne dans la pièce. Chacun de nous est plongé dans les événements de ce jour d'été si lointain.

Dominic et Vera, en arrivant à Summerbourne, se sont-ils aperçus qu'il s'était passé quelque chose de grave ?

— Papa n'était pas au courant pour Kiara, dis-je. Il est allé à la gare avec Edwin et Danny et m'a laissée ici. Et j'étais toujours ici, non, quand il est revenu ?

Nous fixons tous Laura, qui prend une profonde inspiration.

32

Laura

Juillet 1992

Après le départ d'Alex, de la nourrice et du bébé, je m'assis à la table de la cuisine. Je mangeai un bol de céréales, puis un deuxième, tout en essuyant les larmes qui ruisselaient sur mes joues entre chaque bouchée. Ruth et Seraphine n'étaient toujours pas revenues, mais je n'avais pas la force, ni physique ni mentale, d'aller les chercher.

Je devais être assise à cette table depuis une quinzaine de minutes lorsque la voiture de Dominic apparut dans l'allée. Vera entra dans la cuisine la première, portant Danny dans le siège auto, suivie par Dominic et Edwin. Dominic évita de croiser mon regard, mais marmonna quelque chose à propos de Ruth, et monta immédiatement à l'étage.

Vera sortit Danny du siège.

— Elle est où, ta maman, mon petit garçon ? As-tu faim ? Nous devons te faire grossir un peu, je crois.

Je me levai, faisant grincer ma chaise sur le carrelage. C'était mon bébé. Mon fils. Il gémit et je tendis instinctivement la main vers lui, mais Vera me fixa d'un air contrarié.

— Laura, vous avez une mine affreuse. Êtes-vous restée debout toute la nuit ? Vous devriez aller dormir un peu.

— Elle est où, maman ? demanda Edwin.

Au même moment, Dominic entra dans la cuisine d'un pas vif.

— Où sont-elles, Laura ? Où est Ruth ?

Mes jambes se dérobèrent et je retombai sur ma chaise.

— Elle est sortie, dis-je en faisant un geste en direction du patio.

Je vis Dominic et Vera échanger un regard.

— Quoi ? Pourquoi ?

Je secouai la tête, les yeux rivés sur le bébé qui s'était remis à pleurer.

— Il y a combien de temps ? insista Vera.

— A-t-elle pris Seraphine ? Laura ? me pressa Dominic.

Je n'eus pas la force de répondre et il se tourna alors vers sa belle-mère.

— Je vais la chercher.

— Dominic, y a-t-il des biberons et du lait en poudre ? s'enquit-elle.

— Non.

— Je viens avec toi, annonça-t-elle.

Elle allait me passer le bébé, mais Dominic l'en empêcha en le prenant dans ses bras pour l'emmener dans la salle de jeux. Les gémissements étouffés du petit me parvenaient derrière la porte fermée. Il revint quelques minutes après.

— Ne bougez pas. Nous revenons tout de suite, ordonna-t-il en posant légèrement la main sur mon bras.

Ses yeux paniqués croisèrent les miens pendant un bref instant, puis il se dépêcha de rejoindre Vera dans le patio.

— Danny a faim, dit Edwin en les regardant s'éloigner.

— Oui.

— J'espère que maman reviendra vite.

Il se servit des céréales et je versai du lait dans son bol.

Dominic revint quelques minutes plus tard, serrant Seraphine dans ses bras, et se précipita dans l'entrée.

— J'ai besoin d'une ambulance, l'entendis-je dire au téléphone. Ma femme ne va pas bien. Elle vient d'accoucher, elle est confuse, en plein trouble. Je crains qu'elle ne commette l'irréparable.

Je retins mon souffle, surveillant la réaction d'Edwin qui tournait la cuillère dans son bol de céréales, visiblement inquiet.

— Sur les falaises, poursuivit Dominic. Non, elle ne m'écoute pas. J'ai besoin d'aide, tout de suite.

Il retourna à grands pas dans la cuisine et, tout en tenant fermement le bébé contre sa poitrine d'une main, il me tira debout de l'autre. Je n'eus d'autre choix que de le suivre en titubant jusqu'à la salle de jeux. Il déposa Seraphine dans le couffin avec Danny. Les deux bébés – la petite fille robuste et le petit garçon fragile – pleurnichaient en tournant leurs petites têtes d'un côté puis de l'autre.

Dominic lança un regard en direction d'Edwin, qui traînait dans la pièce.

— Edwin, dit-il enfin en s'efforçant de maîtriser sa voix. Va dans la cuisine finir ton bol de céréales. Tout de suite.

Dès que le petit fut sorti, il se tourna vers moi.

— Que s'est-il passé ? siffla-t-il entre ses dents.

Je vacillai et il me soutint en m'attrapant par le coude. Il me guida dans le patio, me poussant en avant chaque fois que je trébuchais.

— Qu'avez-vous dit à Ruth à propos de Danny ? Elle délire complètement. Vous devez m'accompagner et distraire Vera, de telle sorte que je puisse parler à Ruth en tête-à-tête.

Il essaya d'accélérer le pas, mais je n'arrivais pas à suivre son rythme et je tombai sur les genoux. Il se pencha sur moi, prit mes mains dans les siennes.

— Laura, je vous en supplie. Nous devons nous dépêcher. Vera va sûrement lui parler des jumeaux et Ruth ne saura… Je dois lui expliquer avant.

— Je ne peux pas.

— Vous devez. Elle ne va pas bien. Je crois qu'elle a des hallucinations.

Je fermai les yeux pour contrer une nouvelle vague de nausée qui montait en moi.

— S'il vous plaît, Laura, dit-il en essayant de me remettre sur mes pieds. Vous devez venir avec moi. Ruth n'arrête pas de répéter – je ne sais vraiment pas ce qui lui arrive – que quelqu'un va lui prendre son bébé.

— Il l'a déjà pris, murmurai-je d'une voix rauque.

Il me lâcha, alors, et je retombai sur l'herbe.

— Quoi ? Personne n'a pris le bébé. Ce que vous dites n'a aucun sens.

Il fit un geste vers la maison.

— Les deux bébés sont dans la salle de jeux. Seraphine et Danny. Mais je dois parler de Danny à Ruth. Je dois lui faire comprendre. Laura, je vous en supplie. Aidez-moi.

Je hochai la tête et m'efforçai de me lever et d'avancer. Mais nous n'étions pas encore arrivés près du bois que je tombai de nouveau. La tête me tournait de plus en plus et Dominic hésita.

— Allez-y. Je n'y arrive pas. Je suis désolée.

Une sirène se fit entendre dans l'allée, suivie par une deuxième, plus loin.

— Où est Edwin ? s'exclama-t-il soudain.

Je suivis son regard à travers la porte-fenêtre de la cuisine. La chaise d'Edwin était vide. Puis un petit objet blanc, sur les dalles de pierre du patio, attira mon attention : c'était un bol, cassé en deux, se vidant de son contenu de lait et céréales.

— Edwin ! appela Dominic. Edwin !

Il pivota sur lui-même, scrutant tour à tour les fenêtres, la haie, les arbres.

Je me hissai péniblement debout.

— Dominic. La grille est-elle ouverte ?

Il me regarda, les yeux écarquillés. Nous entendîmes alors des éclats de voix et des coups frappés à la porte.

Un homme en uniforme vert apparut depuis les écuries alors que Dominic s'élançait vers la grille et les falaises.

Le médecin des urgences courut vers moi et je fis un geste vers Dominic.

— Un petit garçon, dis-je à bout de souffle. Edwin. Il a 4 ans.

— L'appel que nous avons reçu concernait une femme, mademoiselle.

— Oui, mais... je crois que le petit l'a suivie sur les falaises.

Un agent de police arriva également, puis un autre.

— Pouvez-vous nous donner les clés de la porte d'entrée, mademoiselle... ?

— Laura. Laura Silveira, dis-je en essayant de faire quelques pas avant d'être saisie d'un violent tremblement. Elles sont dans le tiroir de la console, dans l'entrée.

Quelqu'un me rattrapa pour m'empêcher de tomber et m'aida à marcher jusqu'au patio, où je m'effondrai sur un fauteuil. Des voix crachant des ordres se firent entendre depuis un poste radio, à l'intérieur, d'autres sirènes hurlèrent au loin, des portes de voiture claquèrent. Des hommes et des femmes en uniforme couraient à travers la maison et dans le jardin. Aucun d'entre eux ne me jeta ne serait-ce qu'un bref regard.

Je ne m'aperçus d'avoir fermé les yeux que lorsqu'une secouriste secoua mon épaule, me faisant sursauter.

— Est-ce qu'il y a du lait en poudre dans la maison ? Pour les bébés ? Ils sont affamés.

— Non, nous n'en avons pas. Est-ce qu'Edwin va bien ? L'avez-vous retrouvé ?

Elle me fixa sans comprendre.

Des silhouettes émergèrent du bois au fond du jardin, et je me redressai pour mieux voir : deux agents de police se pressaient vers la maison. La secouriste les rejoignit au milieu de la pelouse, où ils échangèrent quelques mots. La brise transporta des bribes de phrases jusqu'à moi :

— ... camion de pompiers le long des falaises...

— ... pourrait être n'importe où...

— ... s'il y a une chance...

— ... trop tard.

Les pleurs aigus, stridents des bébés flottaient jusqu'à moi depuis la salle de jeux, et mon ventre se contracta.

Peu après, un jeune policier vint s'asseoir près de moi, posant la main sur mon bras. Il se présenta comme l'agent Martin Larch.

— Comment vous sentez-vous, mademoiselle Silveira ? Vous semblez éprouvée.

— L'avez-vous trouvé ?

— Edwin ? Pas encore, mais ne vous inquiétez pas. Nous vérifions en ce moment la maison et le jardin, il est probablement en train de se cacher quelque part.

— Il est allé sur les falaises. J'en suis sûre. Il est allé chercher sa maman.

— Je dois vous poser quelques questions à propos de Mme Mayes. Quand l'avez-vous vue pour la dernière fois ?

— Pourquoi ? Que s'est-il passé ?

Il se racla la gorge.

— Mademoiselle Silveira, je suis vraiment désolé de devoir vous annoncer que Mme Mayes est tombée de la falaise.

Tombée de la falaise. Tombée de la falaise.

— Qu'avez-vous dit ?

Il ferma les yeux, son visage tordu en une grimace.

Les larmes ruisselèrent sur mes joues, sur les coussins couleur crème. Des larmes que je retenais depuis des heures. Depuis cette nuit avec Dominic, depuis le tour en dériveur avec Alex, depuis le moment où j'avais lu l'annonce proposant un poste de fille au pair à Summerbourne, avec sa promesse d'un nouveau départ que je savais ne pas mériter. Le jeune policier, partagé entre l'attitude détachée que lui imposaient son métier et ses sentiments personnels, me serra la main pendant que je pleurais.

— Mais Edwin ? demandai-je dès que je parvins à maîtriser ma voix.

— Non, non. Mme Blackwood a vu Ruth tomber, mais Edwin n'était pas là. Nous allons le trouver. Avez-vous vu

Mme Mayes avant qu'elle aille sur les falaises ? Étiez-vous avec elle ce matin, quand elle a accouché de ses bébés ?

— Oui.

— Comment se sentait-elle ? Quelque chose l'a troublée ?

Ma vision se doubla et le visage du policier se fendit en deux disques flous, que je n'arrivais plus à focaliser.

— Je ne sais pas, murmurai-je.

— Vous n'avez vraiment pas l'air très en forme. Souhaitez-vous un verre d'eau ?

— S'il vous plaît... Vous devez trouver Edwin. Ils ont déjà perdu Theo. Ils ne peuvent pas…

Martin Larch fit un signe d'assentiment.

— Je sais. Restez ici.

Il me quitta et je fermai les paupières, incapable de penser de manière cohérente, dans un état second, perdue entre les voix, le grésillement des radios, les sons provenant de toutes parts.

Plus tard, la femme en vert réapparut à mes côtés, me demandant si j'allais mieux. Edwin n'avait toujours pas été retrouvé.

Des inconnus en uniforme s'affairaient partout, des voisins et des connaissances du village envahissaient maintenant le patio, leurs yeux avides buvant chaque détail de la scène qui se déroulait devant eux. Certains me dévisageaient furtivement, mais personne n'osa approcher pour m'adresser la parole.

Soudain, un éclat de voix se fit entendre à l'intérieur et, au même moment, Martin Larch émergea du bois, marchant à grands pas vers moi.

— Ils l'ont trouvé, ou plutôt, les ont trouvés. Le petit Joel Harris s'était échappé de chez son grand-père pour se cacher avec Edwin. Ils s'étaient enfermés dans la tour. Michael vient de les récupérer.

Une vague de soulagement me submergea. Martin se passa une main sur le front, et je me rendis alors compte qu'il les connaissait tous : Ruth, Dominic, Vera, Michael, probablement depuis l'enfance.

— Est-ce que les enfants vont bien ?

— Oui. Mieux que vous, on dirait. Est-ce que quelqu'un s'est occupé de vous ?

— Je veux seulement rentrer chez moi.

Michael apparut à cet instant au fond du jardin, tenant Edwin et Joel par la main. Mes jambes retrouvèrent un peu d'énergie et je me levai, les regardant approcher, tendant les bras pour accueillir Edwin. Mais Dominic, qui arrivait derrière eux en courant, fut plus rapide, et, après les avoir rejoints, il prit son fils dans ses bras. Il était très pâle, mais je vis ses yeux briller lorsque Edwin enfouit son visage dans son cou. Dominic passa à côté de moi sans me voir et disparut à l'intérieur. Je me laissai tomber sur mon fauteuil.

— J'ai vu votre valise, mademoiselle Silveira, ainsi que votre lettre de démission. Nous vous conduirons chez vous dès que possible. Vous habitez Londres, n'est-ce pas ? reprit Martin, posant une main sur mon épaule tandis que je m'efforçais de maîtriser ma respiration. C'est le choc. Vous vous sentirez mieux une fois rentrée à la maison. Je suis sincèrement désolé pour Mme Mayes. Nous enverrons un agent chez vous à Londres, demain, pour prendre votre déposition.

Et puis, Vera se matérialisa à l'orée du bois, telle une apparition tirée d'un cauchemar, flanquée d'un agent de police et d'une secouriste qui la soutenaient à chacun de ses pas hésitants. Son mascara avait coulé sur ses joues et un côté de sa bouche pendait, de travers. Tandis qu'elle approchait, lentement, je fus saisie d'un tremblement incontrôlable. Je devais tout lui raconter. Je devais lui dire la vérité au sujet des bébés qui venaient de voir le jour à Summerbourne. J'allais exacerber encore sa douleur déjà si profonde, je le savais, mais je n'étais pas suffisamment forte pour porter toute seule le poids de ce secret.

Elle était désormais dans le patio.

— Vera.

Elle se tourna dans ma direction, le regard perdu quelque part au niveau de mes pieds, et trébucha. L'agent de police la retint.

— Les bébés. Je dois vous parler.

Son expression était figée, au point que je me demandai si elle m'avait entendue.

— Je suis désolée, pour tout. Mais les bébés…

Vera leva les yeux et croisa les miens, haussant les sourcils pendant un instant, comme pour me poser une question. *À qui sont ces bébés ?* J'ouvris la bouche, tandis que m'efforçais de chercher les mots justes. Puis je vis ses traits se durcir.

— Non, dit-elle, d'une voix glaciale.

— Ils ne sont pas…

Elle vacilla vers moi, le visage défait, et je m'aplatis contre le dossier du fauteuil.

— J'ai dit non, cracha-t-elle, vous n'avez rien à me dire.

Son regard me sondait et j'étais incapable de détourner les yeux.

— Vous ne faites pas partie de cette famille. Vous n'avez rien à dire qui m'intéresse. Sortez de chez moi.

L'agent de police me regarda d'un air inquiet et, secondé par la secouriste, aida Vera à se redresser. Elle avança péniblement, puis disparut à l'intérieur, tandis qu'un groupe de voisins nous fixait depuis la pelouse, les yeux écarquillés. Martin vint près de moi et baissa la voix pour que personne n'entende :

— Ne le prenez pas personnellement. C'est le choc. En temps voulu, elle reviendra vers vous, j'en suis sûr.

C'était impossible. Maintenant, je savais que Vera ne voudrait jamais discuter de tout cela, qu'elle ne voudrait jamais m'écouter. Elle avait dû s'apercevoir que quelque chose clochait, mais ce que j'avais lu sur son visage était éloquent : Vera voulait ces bébés – elle avait besoin d'eux – et elle était prête à tout pour les garder. La vérité ne comptait pas face à Vera et à ses jumeaux de Summerbourne.

Plus tard, Martin me prévint de l'arrivée du taxi et porta ma valise jusqu'à la voiture. Dans l'allée, les moteurs de deux ambulances ronronnaient. Par les portes arrière ouvertes, j'aperçus les médecins examiner les bébés. Je me glissai dans le taxi. Le chauffeur était le même qui m'avait conduite ici depuis la gare de King's Lynn onze mois auparavant, mais il fit mine de ne pas m'avoir reconnue, et je l'imitai.

Tandis que la voiture démarrait, je fermai les yeux. Mais l'image des briques couleur miel de Summerbourne baignant dans la lumière bleue, argentée des gyrophares hante mes rêves depuis.

Ruth était morte. Kiara avait été enlevée. Dominic ignorait que Seraphine n'était pas sa fille. Vera avait vu Danny et Seraphine, et je la soupçonnais d'avoir des doutes concernant leur identité. Quant à Alex – qui, dans son cottage, un peu plus loin, tombait sous le charme d'un bébé que personne ne réclamerait jamais, et qui n'était pas le sien – que lui avais-je fait ?

C'est mieux ainsi pour les enfants, me répétai-je encore et encore, tandis que le taxi m'emmenait loin. J'étais sûre qu'Alex adorerait Kiara ; et que Danny serait en sécurité avec Edwin et Seraphine – son demi-frère et cette petite fille qui n'était pas sœur – entre les murs dorés de Summerbourne. Je devais me persuader que Vera, Dominic et Alex protégeraient pour toujours ces enfants comme s'ils étaient les leurs.

33

Seraphine

Pendant tout le temps que dure son récit, les doigts de Laura restent crispés sur son médaillon, puis ils reviennent se poser sur ses genoux quand elle se tait. En silence, nous essayons d'intégrer ses derniers mots, et j'ai la sensation que la même image plane devant nous tous : une lumière bleue palpitant sur les briques couleur miel, deux bébés n'appartenant qu'à moitié à cette maison, un autre quittant ces lieux.

Laura fixe la table basse, nous laissant le temps de nous remettre de ses révélations, et soudain, je reconnais son attitude. J'ai vu la même immobilité chez Danny, lorsqu'il se prépare à subir le feu de mes questions.

— La police vous a-t-elle interrogée le lendemain ? demande Kiara au bout d'un moment.

— Oui. Ils sont venus prendre ma déposition chez maman. J'étais au lit. Je leur ai dit que je ne savais pas pourquoi Ruth était partie sur les falaises ni ce qui avait pu la troubler. Que j'ignorais le nom du médecin qu'elle avait consulté à Londres.

Alex passe la main sur ses yeux.

— Et papa ne s'est jamais douté que je n'étais pas…

Je ne parviens pas à terminer ma phrase. J'ai senti mon cœur se serrer en prononçant ces mots, comme si je trahissais sa mémoire. Je dois me rappeler que *ce n'est pas moi qui ai trahi.*

— Je ne crois vraiment pas. Je ne pense pas que la possibilité que vous ne soyez pas sa fille lui ait jamais effleuré l'esprit.

— Et vous n'avez jamais rien raconté à personne ? demande Danny, sans la regarder. Vous n'avez jamais voulu nous récupérer ?

— Je..., commence Laura, ses doigts se crispant de nouveau autour de son médaillon. Après avoir tenté de tout avouer à Vera, je me suis dit que... Qu'allais-je obtenir, en divulguant le secret ? Je n'avais rien à vous offrir, ni à l'un ni à l'autre. Beaky m'aurait jetée dehors, si je vous prenais avec moi. Vous étiez mieux avec une famille qui pouvait s'occuper de vous. Et une fois la première année passée, puis la deuxième... Je veux dire, comment aurais-je pu me manifester ?

— Et donc, poursuit Danny avec un grognement, vous avez repris le cours de votre vie avec la conscience tranquille ?

— Avez-vous d'autres enfants ? ajoute Kiara.

— Non, je... Après cela, je suis restée chez maman, sans sortir, pendant des mois. Évidemment, je ne lui ai rien raconté à propos de vous. Je n'ai pas pu me lever du lit durant des semaines. Rien ne m'intéressait plus, je n'arrivais plus à ressentir la moindre émotion. Ma mère était tellement inquiète qu'au bout d'un certain temps, elle a demandé à ma tante de venir me voir. Mais elles sont jumelles, ma tante et elle, et elles étaient brouillées depuis des années. En tout cas, cela ne fit qu'envenimer les choses – me rappeler ce que j'avais fait. Ce que j'avais perdu.

— Et tes épreuves du Bac ? s'informe Edwin.

— J'ai eu trois 20/20, soupire-t-elle. Mais ça a été tout. Je n'arrivais pas à sortir, ne serait-ce que pour faire quelques courses, alors l'idée de déménager dans une autre ville et de commencer des études à l'université me dépassait complètement. Quand j'ai enfin récupéré un peu de forces, j'ai trouvé du travail dans une petite entreprise du coin. Il m'a fallu économiser pendant un an afin de pouvoir quitter la maison de ma mère.

— Et ensuite ? l'interroge Alex.

Laura le regarde, secoue la tête sans un mot. La pièce plonge dans le silence et ce n'est qu'au bout d'un long moment qu'elle annonce enfin :

— Je suis seule depuis.

Alex s'appuie sur sa chaise en fermant les yeux, comme si cela lui faisait de la peine.

Edwin, assis à côté de Laura, se penche pour vérifier une nouvelle fois son téléphone posé sur la table basse. Il a parlé avec Martin, tout à l'heure – lorsque j'essayais de convaincre Danny de rentrer –, et ce dernier lui a dit qu'il pourrait peut-être nous accorder un peu de temps pour nous entretenir avec Vera avant ce soir. Je sais qu'Edwin est impatient de la voir, de mon côté, je ne suis pas sûre de vouloir l'accompagner, et je pense que c'est pareil pour Danny.

Comme je le sens s'agiter près de moi, je pose la main sur son bras, mais il la repousse, furieux.

— Tu sais que tout ça est ta faute, non ? Tu as entendu ce que Martin a dit : que Vera était là, qu'elle se disputait avec papa et qu'ensuite…

— Danny. Ça suffit, l'interrompt Edwin d'une voix cassante.

Mais Danny l'ignore en me fixant toujours de ses yeux rougis.

— Je parie que papa appréhendait de devoir nous dire que je n'étais pas le fils de Ruth. Mais à cause de *toi*, il pensait qu'il n'avait pas le choix. Il savait que Vera allait me léguer Summerbourne s'il ne disait rien, et qu'alors, *tu ferais* de nos vies un enfer. Si tu n'étais pas si obsédée par cette maudite maison, il n'y aurait pas eu d'altercation et Vera n'aurait pas…

— Danny ! rugit Edwin.

L'injustice de ses propos me frappe telle une gifle et je suis incapable de prononcer le moindre mot. J'ai le cœur serré et envie de pleurer. Danny m'échappe, détournant les yeux.

— Danny, retire ce que tu viens de dire, ordonne Edwin.

Nous ne discuterons pas de mamie et de ce dont elle est accusée tant que nous ne connaîtrons pas les faits. Et rien de tout ça n'est la faute de Seraphine.

— Edwin a raison, dit soudain Alex.

Je retiens mon souffle. Alex est-il en train de me défendre ? Et puis-je supporter que mon père, cet inconnu, me protège de mon frère jumeau, qui ne l'est plus ?

— C'est la faute de Vera, ajoute-t-il.

Je sens le bras de Joel contre le mien et, pendant un instant, je ferme les paupières, pensant aux soupçons qui pèsent sur elle. Puis je les rouvre et me tourne vers Alex, mais c'est plus facile de laisser mon regard glisser sur les autres que de le fixer droit dans les yeux.

— Vous le pensez vraiment ? Pensez-vous vraiment que Vera ait pu faire des choses pareilles ?

Edwin lève les mains comme pour nous supplier.

— C'est bon, nous devons soutenir mamie. Qui pourrait la défendre, à part nous ? Quelles chances aura-t-elle de s'en sortir ? Il n'y a pas de témoins. Personne n'a rien vu.

Joel s'éclaircit la gorge.

— En fait, ce n'est pas tout à fait vrai.

— Quoi ? s'étonne Edwin.

— Ce jour-là, sur les falaises… tu t'en souviens ? Ta mère, ta grand-mère et mon grand-père criaient. Vera a demandé à papi de les laisser seules, et il s'est exécuté, mais, toi et moi, nous nous sommes enfermés dans la tour. Ruth et Vera se hurlaient dessus et nous avions peur. Tu es resté en bas, Edwin, mais moi, je suis monté jusqu'à la plate-forme et je les ai vues.

— « Le rouge-gorge est mort », dit Edwin lentement. « Robin est mort. » C'est ce que mamie criait. Et aussi, « Theo est mort. Je ne peux pas en perdre un autre. »

Joel pousse un soupir.

— Je ne me souviens pas de ça, dit Joel avec un soupir.

— Et après ? Qu'as-tu vu depuis là-haut ?

— En réalité, je ne sais pas. Mais, hier, après que Martin a découvert que Vera s'était disputée avec ton père, il a consulté le dossier concernant la mort de ta mère. Et il est venu me voir, parce qu'il a trouvé un élément dans la déposition de mon grand-père…

— Continue.

— Lorsque papi m'a mis au lit, ce soir-là, quelques heures après la mort de ta mère, je lui ai dit que j'avais vu… apparemment, je lui ai dit que j'avais vu ta grand-mère pousser ta mère de la falaise.

Edwin s'étire, faisant un effort visible pour détendre ses muscles et baisser ses épaules contractées, avant de reprendre la parole.

— Et ça, c'est ce que Martin appelle se baser sur d'anciens éléments de preuve ? Ce ne serait pas valable dans un tribunal. La parole d'un enfant de 4 ans, relatée par un homme connu pour raconter des bobards.

Joel ne cille pas.

— Je sais. Et je me suis peut-être trompé. Ce que j'ai vu, peut-être était-ce ta grand-mère essayant de retenir ta mère. La police, à l'époque, n'a évidemment pas tenu compte de la déposition de papi.

— Vous savez, intervient Alex, Vera a toujours été le chef de la meute. Elle a dû être euphorique lorsque Dominic lui a appris que, dans la famille, étaient nés des jumeaux. Si Ruth lui a dit, là-haut sur les falaises, qu'elle avait accouché d'un seul bébé, qu'elle avait fait quelque chose de terrible… Vera a dû voir son rêve d'avoir d'autres jumeaux à Summerbourne se briser.

Kiara le fixe, comme si elle le connaissait à peine.

— Cela ne signifie pas qu'elle l'a poussée.

Alex a la décence de prendre un air gêné. Je lui lance des regards à la dérobée : cet homme est mon père. Il aimait ma mère et s'est battu contre elle – pour moi. Lorsque je m'aperçois que Kiara m'observe, je baisse la tête.

— Votre grand-père, Michael, dit-il soudain en s'adressant à Joel. Qu'a-t-il dit quand Martin a ressorti son ancienne déposition ?

À cette question, Joel se crispe et je pose alors ma main sur la sienne.

— Il n'était pas lucide. Il souffre de démence sénile. Il a raconté une histoire sans queue ni tête à propos de jumeaux, de capes de sorcières, de bébés volés.

Puis il se tourne vers moi.

— Cela me fait penser que l'obsession de papi pour ces histoires de jumeaux et de gens se jetant de la falaise… doit être à l'origine des cauchemars que je faisais sur Theo. Mes souvenirs de la chute de ta mère ont dû se mélanger avec les récits de mon grand-père et j'ai commencé à penser que tout était ma faute.

Je serre sa main, ne sachant pas trop quoi dire. Si Joel peut au moins laisser derrière lui les horribles contes qui ont ponctué son enfance, cette crise que nous traversons aura au moins eu un effet positif.

— Pauvre Michael, dit Laura.

— Gardons à l'esprit que, comme l'a dit Joel, la déposition de Michael ne reflète pas forcément la réalité. Mamie a peut-être essayé *d'attraper* maman, conclut Edwin.

— Je ne suis pas de cet avis, dit Alex.

Edwin bondit, renversant sa chaise, et se dresse au-dessus d'Alex, les poings serrés.

— Vous dites ça parce que vous voulez rejeter la faute sur quelqu'un d'autre, gronde-t-il. Mais c'est à cause de vous que maman s'est retrouvée sur cette falaise. Ma grand-mère n'avait aucune raison de la pousser. C'est beaucoup plus probable que maman se soit jetée en bas, pour ce que vous aviez fait !

Joel se lève et lui attrape le bras.

— Edwin, s'énerver ne sert à rien.

— Je suis d'accord avec Alex, déclare Danny soudain.

— Nous sommes en train de parler de mamie, ici, s'insurge Edwin.

— *Elle n'est pas ma grand-mère !*

Edwin vacille, comme s'il avait reçu un coup de poing. Et je me sens seule, tout à coup : Joel est debout près d'Edwin, Danny irradie de fureur. Entre l'un, certain de la culpabilité de Vera, et l'autre, prêt à tout pour croire à son innocence, je me sens isolée, pas sûre de moi, tiraillée entre les deux.

— Penses-tu qu'elle ait pu faire ça ? me demande alors Kiara. Qu'elle ait tué ta maman et ton... ton papa ?

Je voudrais l'embrasser pour l'avoir appelé « mon papa ». Les autres nous dévisagent tour à tour et je me dis que la vraie jumelle de Danny sera pour lui une bien meilleure sœur que moi.

— Je ne sais pas. Elle a dit qu'elle pressentait que quelque chose clochait, mais qu'elle n'a jamais su quoi exactement. Pourquoi aurait-elle eu recours à des mesures si extrêmes quand elle n'était même pas au courant du secret ?

— Parce qu'elle avait peur, dit Laura tout bas, serrant de nouveau son médaillon entre ses doigts. Vera craignait que, si la vérité, quelle qu'elle soit, éclatait au grand jour, la famille en soit déchirée.

Il y a un moment de silence, rompu par la voix de Danny qui emplit la pièce :

— Eh bien, on dirait qu'elle avait vu juste.

Je me lève, animée d'une détermination que je n'avais plus éprouvée depuis la mort de papa.

— Nous devons parler avec Vera. Rappelle Martin, Edwin. Si Vera est innocente, nous devons lui donner une chance de s'expliquer. Et si elle ne l'est pas, alors nous méritons de savoir ce qui s'est passé.

34

Seraphine

Martin nous reçoit dans les bureaux de l'imposant commissariat en brique rouge de King's Lynn puis nous accompagne dans la salle d'interrogatoire où Vera nous attend, assise bien droite, le menton relevé dans un air de défi. Comme mon cœur cogne douloureusement dans ma poitrine chaque fois que nos regards se croisent, je renonce à sonder son expression pour me concentrer plutôt sur l'observation de la pièce, où règne une chaleur insupportable : la caméra dans un coin, le mug contenant un thé pâle posé près de son coude, la rangée de trois chaises derrière lesquelles nous hésitons.

Vera étire ses lèvres en un sourire.

— Mes chéris. Vous n'allez pas me croire, nous dit-elle en indiquant son mug, mais ils n'ont plus d'Earl Grey !

Martin nous invite à nous asseoir, puis, se tournant vers elle, précise qu'il nous concède dix minutes.

Nous gâchons la première en gardant le silence. Je fais un effort surhumain pour ne pas fuir de cette pièce en courant, et, d'ailleurs, je m'oblige à me rappeler que, si je veux, je peux le faire à tout moment. Contrairement à Vera qui, elle, n'a pas le choix et doit rester ici et endurer cette épreuve.

— Je l'admets, annonce-t-elle enfin.

Martin, depuis sa chaise au fond de la salle, dresse les oreilles, et Vera le foudroie du regard.

— Oh, par pitié, Martin, je ne parle pas de tes ridicules accusations, dit-elle sèchement. D'ailleurs, plus vite tu abandonneras les poursuites, mieux ce sera. J'admets seulement que je voulais persuader Laura de ne pas parler avec vous, parce que j'avais peur qu'elle vous dévoile ce qui s'est passé au moment de votre naissance. Je voulais vous protéger. À ma connaissance, ce n'est pas un crime.

Je jette un coup d'œil à Edwin, m'attendant à un commentaire de sa part, mais il reste sur ses gardes.

Vera soupire et joue avec ses bagues, les faisant tourner.

— Après ce jour sur la falaise, j'ai toujours su qu'il était possible que l'un de vous ne soit pas l'enfant de Ruth. Mais… cela n'avait aucune importance, vous comprenez ? Je ne voulais pas connaître les détails. Et encore moins, que Laura vous les fournisse. En revanche, j'avoue que j'ai géré cette éventualité d'une manière irréfléchie, ajoute-t-elle en redressant le menton encore plus haut. J'en suis désolée, car, bien sûr, je n'avais aucune intention de faire du mal à qui que ce soit.

— D'une manière irréfléchie ? s'exclame Danny, incrédule. Tu as fait tomber une pierre sur sa tête. Tu as essayé de la brûler avec le chalumeau à gaz.

Elle le regarde, ignorant complètement sa remarque. Son expression est, tout au plus, pensive.

— Mes chers enfants nés à Summerbourne pendant l'été, dit-elle avec un sourire. Vous savez, au début, je me disais que Seraphine devait être le bébé de Ruth – lorsque je suis arrivée sur la falaise, Ruth la tenait dans ses bras. Quand elle m'a avoué avoir fait quelque chose de terrible, j'ai pris peur, pensant qu'elle avait peut-être volé Danny. À une inconnue, à une femme du voyage. Tous les soirs, pendant des mois, j'ai écouté les informations, redoutant d'entendre une histoire d'enlèvement de bébé, m'attendant à ce que la police débarque à tout moment.

Je vois Danny trembler et je regarde Edwin, me demandant si on ne devrait pas mettre Vera au courant maintenant, mais je veux entendre d'abord ce qu'elle a à dire. Dans cette pièce étouffante, la récente découverte de notre vraie identité me pèse, mais pas autant que l'incertitude de la culpabilité ou de l'innocence de Vera.

— Tu étais si minuscule, Danny, si fragile. Je m'inquiétais pour toi, ne sachant pas qui tu étais, d'où tu venais. Mais ensuite, à mesure que tu grandissais, j'ai changé d'avis. Tu ressemblais tellement à Edwin et à Theo, c'était évident que tu étais leur frère. J'ai commencé à me détendre, à oublier. Quant à toi, Seraphine…

Vera se tourne vers moi, son sourire s'élargit, et je suis choquée de sentir les larmes jaillir et couler sur mes joues.

— Tu me rappelais tellement Ruth, par moments. Je voulais me débarrasser à tout prix des doutes que j'avais eus au début. Vous étiez tous deux nos enfants.

Danny s'éclaircit la voix.

— Dis-nous ce qui est arrivé à papa.

— C'est vrai que nous nous sommes disputés, ce matin-là. Je ne l'ai pas dit après l'accident à cause de… l'impression que cela allait donner. Et puis, c'était un détail inutile. Dominic m'avait informée qu'il avait quelque chose à nous annoncer – avant que je ne prenne ma décision concernant Summerbourne.

Elle jette un coup d'œil à Martin et, soudain, un soupçon se forme en moi, me glaçant le sang : elle est en train de déterminer exactement quelle partie de sa confrontation avec papa Ralph pourrait avoir surprise.

— Dominic a cité Laura, poursuit-elle. J'étais… préoccupée. J'ai haussé un peu le ton, mais seulement parce que je voulais qu'il me révèle tout de suite ce qu'il pensait nous annoncer, au lieu d'attendre que l'on soit tous réunis. Voilà ce que Ralph a dû entendre. Cet idiot a garé sa voiture devant le cottage de Michael, si bien que nous ne nous sommes pas aperçus qu'il était arrivé.

— En ensuite ? renchérit Danny.

— J'étais gênée, évidemment. J'ai demandé à Ralph de nous laisser, et dès qu'il est parti, je me suis excusée auprès de Dominic. Nous avons alors discuté de la fête prévue pour le week-end. Nous avions déjà oublié notre différend.

— Qu'est-ce qu'il voulait nous dire, à ton avis ? demande Edwin en fronçant les sourcils.

Les yeux de Vera glissent sur moi, et j'interviens :

— Tu croyais qu'il allait nous annoncer que j'étais la fille de Laura, j'imagine ?

Vera prend une profonde inspiration et semble arriver à une décision.

— Je dois être honnête, déclare-t-elle enfin. Parfois, je l'ai pensé. Ruth avait dit que quelqu'un allait venir prendre son bébé, et Danny ressemblait tellement à Edwin... La couleur de ta peau, Seraphine, est similaire à celle de Laura, et souvent, quand elles sont enceintes, les femmes grandes et élancées comme elle parviennent à cacher leur état. Je me disais que, peut-être, le petit ami de Laura, qui que cela puisse être, allait vouloir te réclamer.

Mon cœur bat la chamade. Qui de nous trois va lui annoncer la vérité ?

— Mais cela n'avait aucune importance, ajoute-t-elle. Et Laura a eu le bon sens de se tenir à l'écart de Summerbourne. Jusqu'à maintenant. Jusqu'à ce que *tu* la retrouves.

Les événements des dernières semaines se mélangent dans ma tête et je repense à la lettre de menaces que j'ai récupérée dans la poubelle du parc.

— La lettre, dis-je. C'est toi qui l'as écrite, n'est-ce pas ?

Je la regarde droit dans les yeux, et même dans un moment pareil, je refuse d'accepter l'évidence. Je veux qu'elle se mette à rire, qu'elle nous explique, qu'elle déclare qu'il s'agit d'un malentendu.

— Tu as pris le papier avec son adresse dans mon sac, et tu as rédigé cette lettre, menaçant sa fille. C'est à moi que tu pensais, non ?

Vera fait tourner ses bagues autour de ses doigts, puis se fige.

— J'ai paniqué, admet-elle au bout d'un moment. Je voulais m'assurer qu'elle ne parlerait pas avec toi. Le jour où Ruth est morte, elle a essayé de me dire quelque chose à propos de vous deux, mais je n'ai rien voulu entendre. Alors, quand tu m'as annoncé l'avoir retrouvée, j'ai commencé à réfléchir... Quelles révélations pouvait-elle faire, te concernant ? Et puis, j'ai pensé – regarde tes cheveux, ta peau, Seraphine – que, peut-être, tu étais bel et bien sa fille. Je suis tellement désolée. Je voulais te protéger.

— Me protéger ? dis-je en me levant.

Vera tente de se mettre debout, elle aussi, mais Martin l'arrête d'un geste de la main et elle retombe sur sa chaise.

— Oui, persiste-t-elle.

— C'est toi aussi qui as écrit le message sur le miroir et le mot brûlé sur l'herbe... ?

Edwin et Danny se tournent vers moi pour me fixer d'un air intrigué.

— Votre père..., commence-t-elle, puis se reprend, sans nous regarder. Dominic allait bien quand je l'ai laissé. Nous nous sommes quittés en bons termes. J'ai décidé alors de faire un tour par les falaises pour profiter du paysage avant de rentrer à Londres. Voilà pourquoi j'ai téléphoné à Ralph depuis le chantier naval pour qu'il me raccompagne jusqu'à la gare.

Son petit discours semble bien préparé et les secondes s'égrènent dans le silence.

— Dominic allait bien quand je suis partie, insiste Vera.

Danny se lève aussi et prend son temps, l'observant attentivement, avant de déclarer qu'il ne la croit pas.

Vera lui adresse un regard suppliant.

— Quand tu m'as appelée pour m'informer de l'accident, j'étais déjà de retour à Londres. Cela a été un tel choc pour moi. J'étais inquiète, sachant que Dominic utilisait cette échelle, mais j'étais loin d'imaginer que… Quand je suis arrivée à Summerbourne, notre dispute du matin était le moindre de mes soucis.

— Je ne te crois pas, renchérit-il.

— Il allait bien, je te dis, tu dois me faire confiance.

— Et maman ? demande alors Edwin, la voix brisée. Les dépositions recueillies par Martin à l'époque attestent d'un témoin qui t'a vue la pousser.

Les yeux de Vera vont d'Edwin à Danny.

— Votre mère est tombée. Ou elle a sauté. Tout s'est passé si vite. Je ne l'ai pas…

— Elle n'était pas *ma* mère, gronde Danny.

Edwin bondit et l'attrape par le bras, le forçant à se tourner vers lui.

— Danny, attends…

Martin suit la scène sans perdre une miette, et je voudrais bien savoir combien de temps il s'est écoulé dans ce box minuscule et suffocant depuis le début de cet entretien.

— Comment ? dit Vera, blême. Qui… ?

Danny trébuche sur le nom de sa mère biologique en essayant d'expliquer.

— *Seraphine* est ta vraie petite-fille, articule-t-il finalement. La fille de Ruth et d'Alex Kaimal.

Vera nous dévisage, Danny et moi, puis semble se concentrer sur ses souvenirs, à la recherche d'un détail qui confirme, ou infirme, ce qu'elle vient d'entendre.

— Mamie, intervient alors Edwin. Danny est le fils de Dominic et de Laura.

Vera retient son souffle, perdue, et jette un regard circulaire à la pièce, à tout sauf à nous trois. Danny approche alors de la table et se penche sur elle, pour se mettre à son niveau.

— Tu les as tués, n'est-ce pas ? Papa et maman.

— Non, répond Vera d'une voix étranglée.

— Je ne te crois pas, dit-il tout en respirant péniblement. J'espère qu'ils t'enfermeront en prison pour toujours.

Et puis il sort précipitamment de la pièce.

Edwin jette un dernier regard à Vera, avant de suivre Danny, et l'angoisse que je vois dans ses yeux me fait mal. Le visage détourné, elle ne nous regarde pas partir. Son expression est distante ; elle s'est déjà repliée sur elle-même.

L'expression compatissante de Martin est teintée d'un soupçon de satisfaction. Je ne sais pas à quel point notre visite a pu l'aider dans son enquête, mais j'ai l'impression que ces révélations, qui éclaircissent enfin le mystère des jumeaux de Summerbourne, compenseront toute déception éventuelle quant à la résolution du cas.

Nous sortons enfin dans le parking, goûtant l'air frais et la liberté.

Pendant tout le trajet retour, Danny, assis sur la banquette arrière, ne nous adresse pas la parole.

35

Seraphine

Joel s'est proposé de raccompagner Laura en voiture à Londres, ce soir, pour nous donner l'opportunité – à Edwin, Danny et moi – de nous retrouver et de discuter tranquillement entre nous. Danny n'est pas au courant, en revanche, puisqu'il est parti comme une furie vers les falaises, disant qu'il ne voulait plus nous voir. S'il ne rentre pas avant la tombée de la nuit, j'irai le chercher.

Laura fait un tour dans le jardin avec Edwin – en souvenir du bon vieux temps, a-t-elle dit, même si je pense qu'elle a simplement envie de parler un peu avec lui en tête-à-tête. Bizarrement, cela ne me dérange pas : maintenant que la vérité a été révélée, nous avons tous besoin de l'apprivoiser, chacun à notre façon. Désormais, je tends à considérer Laura plus comme une alliée que comme un danger.

À travers la fenêtre, j'aperçois Kiara et Alex dehors en train de charger les affaires de la jeune femme dans la voiture de ce dernier. Ce soir, ils rentrent à Leeds ensemble, quelqu'un viendra récupérer le véhicule de Kiara dans la semaine.

— Tout va s'arranger, me dit Joel.

Je tourne le dos à la vision de mon père prenant dans ses bras celle qu'il voudrait avoir pour fille.

Joel m'observe, les mains dans les poches de son pantalon. Je me dis que, si j'approchais de lui, la forme de mon corps épouserait parfaitement la sienne – ma joue contre sa poitrine, ses bras autour de mon dos. Mais le flot de souvenirs qui surgit en moi me retient : j'éprouve de la honte pour avoir pensé qu'il pouvait être l'agresseur de Laura, un sentiment d'horreur pour ma part de responsabilité dans la blessure qui lui a laissé une cicatrice, et de l'embarras, pour la soirée où je l'ai embrassé, provoquant la bagarre avec Ralph Luckhurst, qui l'a frappé.

Une pensée me traverse l'esprit.

— C'est la faute de Ralph, dis-je lentement.

Ralph. De toutes les personnes impliquées dans cette histoire, de tous les noms que j'aurais pu évoquer…

— Que veux-tu dire ?

— C'est sa faute si Laura a été blessée, non ? S'il avait informé la police, quand il a su pour l'accident de papa, que Vera était avec lui, ce matin-là…

Joel hoche prudemment la tête.

— Peut-être cela aurait-il changé le cours des événements. Peut-être. Mais ce n'est pas comme s'il avait menti. Si la police ne lui a pas posé de questions…

J'essuie une larme qui coule sur ma joue, fâchée contre moi-même pour m'être mise à pleurer.

— Mais moi, j'aurais pu lui poser des questions ! Si je lui avais parlé… C'était trop tard pour papa, mais j'aurais pu éviter que Laura soit agressée.

— Seraphine. Ralph est responsable de ses agissements. Ne t'en veux pas pour ça.

— Mais nous étions amis. Je n'ai même pas su garder notre amitié, quand nous nous sommes…

Je m'interromps, faisant un geste vague de la main, choquée par le fait même d'avoir essayé de décrire à Joel ma relation avec Ralph. Je reprends mon souffle.

— Et si Ralph n'avait rien dit à la police à cause de moi ?

— Pourquoi ? Pour ne pas te faire de peine ? Pour te protéger de ce que ta grand-mère a fait ?

— Non. Peut-être n'a-t-il rien dit parce qu'il s'agissait

de ma famille et qu'il ne voulait plus avoir le moindre lien avec moi.

Il sort les mains de ses poches et fait un pas vers moi, mais, comme je recule, il attend.

— Ralph doit beaucoup à ta grand-mère. Elle a toujours aidé sa famille, non ? Elle a soutenu Helen, trouvé un poste à Daisy. Je crois qu'il voulait seulement… qu'il ne voulait pas causer d'ennuis à Vera. Il pensait juste au bien de ses proches. Tu es en train de chercher des prétextes pour te blâmer, Seraphine, et tu dois arrêter.

Je le fixe sans rien dire.

— Ordre du docteur. Et je suis sérieux.

Quelque chose dans la douceur de son ton apaise la tension qui me crispe. Mes yeux se posent tour à tour sur sa cicatrice, ses sourcils froncés, l'ombre d'un sourire sur ses lèvres.

— Tu l'as sauvée.

— Qui ?

— Laura. Je l'ai mise en danger, mais tu l'as sauvée.

— Oui, enfin, je l'ai trouvée.

— Tu as fait beaucoup plus… Tu lui as sauvé la vie.

Il approche, lentement, et prend ma main dans la sienne.

— J'étais juste au bon endroit, au bon moment. Et sais-tu pourquoi ?

Il me caresse le poignet de son pouce.

— Grâce à Michael ?

— Grâce à toi. J'aurais pu attendre à la maison le retour de papi, mais je suis allé le chercher pour faire un tour et m'éclaircir les idées. Pas parce que j'étais inquiet pour lui, mais parce que je pensais à toi.

Je lève la tête et, tout en essayant de résister à l'attirance magnétique qui me pousse vers lui, je réfléchis au sens de ses mots.

— Tu cherches à me convaincre que tu as sauvé Laura grâce à *moi* ? Bien joué, mais je ne suis pas si naïve.

Son sourire s'élargit et je me souviens de notre enfance

insouciante, quand nous allions cueillir des mûres, pédalant à toute vitesse sur nos vélos, le vent dans les cheveux.

Il hausse les épaules, beau à se damner avec cette étincelle dans ses yeux bruns, sa bouche prête à rire.

— Que puis-je dire ? C'est la vérité. J'étais au bon endroit au bon moment parce que je pensais à toi.

Je secoue la tête, mais je sens que j'ai envie de sourire avec lui.

— Je pense à toi tout le temps, ajoute-t-il.

Nous nous embrassons. Et je constate que c'est vrai : la forme de mon corps épouse parfaitement la sienne. La porte de l'entrée grince et Joel met doucement fin à notre baiser. Pendant un instant, je pose le front sur son torse. Cœurs battants, mûres, vent dans les cheveux. Joel est tout ce que je veux.

— Seraphine.

C'est la voix de mon père qui m'appelle. Nous le rejoignons dans l'entrée. Je vois dans ses yeux un reflet de ma propre confusion.

Kiara se tient juste derrière lui, elle me lance un sourire timide. Je serre fort la main de Joel, attendant que quelqu'un parle.

— Danny n'est-il toujours pas rentré ? demande-t-elle.

— Non, dis-je.

— Edwin et Laura sont dans le jardin, les informe Joel. Voulez-vous que j'aille les chercher ?

— Non, répond Alex.

Son ton sec fait écho au mien et nous échangeons un bref regard. J'ai presque envie de rire : est-ce cela que nous avons en commun ? Une prédisposition génétique aux répliques tranchantes ?

Kiara lui jette un coup d'œil à la dérobée. J'ai l'impression qu'elle voudrait le contredire, qu'elle voudrait dire au revoir à cette mère et à ce demi-frère qu'elle vient de retrouver, mais, de toute évidence, Alex a très envie de s'éloigner de nous tous et finalement, fatiguée, elle laisse tomber.

— Pouvons-nous t'appeler ? me demande-t-elle. Dans quelques jours, peut-être ?

Je fais un signe d'assentiment, n'étant pas sûre de pouvoir maîtriser ma voix.

— Je suis désolé, Seraphine, dit Alex.

L'instant d'après, Kiara et lui sont dehors, et leurs pas résonnent sur le gravier.

Je ferme la porte et y appuie mon dos.

— Tout va s'arranger, me répète Joel.

Il est là, avec moi, et cela me donne envie de sourire.

Lorsqu'ils rentrent, Edwin s'affaire autour de Laura, lui demandant si elle a bien pris ses antalgiques, insistant pour qu'elle accepte un sandwich, un Thermos de thé pour le trajet.

— Edwin, Laura va à Londres, pas sur la Lune !

Il me jette son regard sévère de grand frère et une vague de soulagement m'emporte, me coupant le souffle.

— Je vais les accompagner jusqu'à la voiture de Joel, annonce-t-il, comme ça, je vérifierai si Michael a besoin de quelque chose. À mon retour, nous irons chercher Danny.

En réalité, lorsque je suis allée récupérer le sac de Laura dans le séjour, j'ai aperçu Danny à travers la fenêtre. Il se cache dans le patio, attendant sans doute que Laura parte, mais je n'en dis pas un mot.

— D'accord, bien sûr.

Joel pose la main sur mon bras et noue ses yeux aux miens.

— Tu te souviens de ce que j'ai dit tout à l'heure ?

— Que tout allait s'arranger ?

— C'est cela, confirme-t-il en déposant un baiser sur ma joue.

Laura m'observe, vaguement amusée, mais sous son sourire, je perçois une tristesse qui me serre le cœur. Elle a survécu à une agression et a rencontré ses deux enfants désormais adultes, qui sont aussitôt sortis de sa vie sans même lui dire au revoir.

— Vous me rappelez votre mère, dit-elle au bout d'un moment. Vous êtes forte, comme elle.

Je les accompagne jusqu'au pas de la porte et les suis du regard tandis que la voiture s'éloigne dans l'allée.

Dans la cuisine, Danny est en train de se préparer un sandwich au fromage. Il éparpille des miettes partout, fait tomber le couteau taché de beurre par terre sans le ramasser. Il ne me regarde pas. J'ouvre deux bouteilles de bière et le suis dans le séjour, où nous nous asseyons sur le même canapé.

Je lui passe une bière.

— Merci, murmure-t-il.

Il n'a pas ajouté « sœurette », et cette omission laisse un vide qui s'élargit entre nous tel un abysse.

— Je suis désolée, dis-je tout bas.

Je le regarde : c'est toujours la même personne. Mais ce n'est pas mon frère. Tout ce que nous avons en commun ? Un demi-frère, le seul lien qui nous unisse.

— Kiara est ma sœur, déclare-t-il enfin.

— Et Laura est…

Il m'interrompt d'un geste de la main.

— Alex est ton père.

Nous nous dévisageons, et je vois une ombre passer dans son regard. Il baisse les yeux.

— Bon, tu as eu ce que tu voulais, j'imagine.

— C'est-à-dire ?

— Summerbourne.

Je le fixe, la bouche ouverte, muette de stupeur.

— Vera va te laisser Summerbourne, non ? Maintenant qu'elle sait que tu es sa vraie petite-fille et que je ne suis pas son petit-fils. Ta grand-mère la meurtrière va te laisser la maison que tu as toujours voulue. Toutes mes félicitations.

Je secoue la tête.

— Danny, tu es injuste. Les choses ne sont pas telles que tu les décris.

— C'est pour Summerbourne que tu as tout chamboulé.

— Non ! Ce n’est pas pour ça ! Je voulais juste…

Je n’arrive plus à respirer ni à énoncer une phrase cohérente.

— Si elle me lègue Summerbourne, je te la donnerai, d’accord ? Je savais seulement que… quelque chose ne tournait pas rond. Je voulais savoir d’où je venais. Qui j’étais. Qui je suis.

Il renverse la tête en arrière et ferme les yeux. Il a une nouvelle jumelle. Une sœur parfaite pour lui, me dis-je tout en essuyant une larme qui coule sur ma joue. Au fil des minutes, le silence plane entre nous. La chaleur de cette journée s’est dissipée et je me frotte les bras, trop épuisée pour aller me chercher un pull.

— J’aurais dû m’en douter, dit-il en poussant un long soupir.

— Te douter de quoi ?

— C’était tellement évident. Je me suis toujours demandé pourquoi j’avais hérité de tous les bons gènes et pas toi. Maintenant ça a un sens.

— Danny…

— Toutes ces heures passées à essayer de t’apprendre un tas de choses, par exemple les règles du cricket, alors que toi, tu voulais seulement aller lire un de tes vieux livres barbants sur les falaises. J’aurais dû me douter que nous n’étions pas de la même famille.

Je secoue la tête, le regardant à travers mes yeux plissés, et cette fois, je vois un petit sourire apparaître sur ses lèvres.

— Heureusement, ajoute-t-il.

Danny est toujours Danny. Mes yeux sont voilés de larmes, mais je parviens tout de même à le frapper sur le bras avec mon coussin. Il éclate de rire.

— Fais attention, je suis toujours ton aînée.

Je reprends mon coussin et le serre contre ma poitrine, alors que Danny, un soupçon de sourire planant toujours sur les lèvres, s’installe plus confortablement sur le canapé.

Puis Edwin revient, et nous discutons en buvant de la bière pendant que le soleil couchant emplit le séjour d'une lumière rose orangé. Je me demande ce que Kiara et Alex se disent dans la voiture qui les ramène chez eux. Je me demande si Laura nous recontactera, ou si l'un de nous la recontactera. Je me demande si Vera réussira à dormir cette nuit, dans sa cellule. Je me demande si Joel pense à moi autant que je pense à lui.

— Avez-vous remarqué l'incision sur le médaillon de Laura ? s'enquit Edwin.

Danny et moi secouons la tête.

— Il y a trois cœurs brisés. Mais pourquoi trois ?

— On s'en fiche, déclare Danny.

Il bondit sur ses pieds et balaye d'un geste de la main le sujet de Laura. Il va chercher le vieil album photo dans la bibliothèque et le tend à Edwin. Passant d'une main à l'autre, l'album s'ouvre sur la double page vide, qu'Edwin tourne rapidement. Nous nous penchons tous les trois sur le cliché qui suit, en silence.

On nous a toujours dit, à Danny et moi, que celle-ci était la première photo de nous, prise après plusieurs mois de deuil. La scène baigne dans une claire lumière hivernale, la neige recouvre le sol. Edwin, 5 ans, porte un duffle-coat bleu marine et des mitaines bleu ciel. Derrière lui, les branches nues des arbres du verger. Edwin se tient près d'un bonhomme de neige sans nez, il brandit une carotte. Au lieu de regarder l'appareil photo, il observe deux bébés calés dans une poussette vintage.

Un souvenir me vient à l'esprit : papa me disant que celui-ci a été le seul stade de nos vies où Danny et moi faisions la même taille, avant qu'il ne passe à la vitesse supérieure, me laissant à jamais derrière lui comme la plus petite des deux. Nous portons des bonnets à pompons rouges, sûrement tricotés par Vera, et sommes emmitouflés dans des doudounes matelassées, l'un à côté de l'autre. Nous regardons le monde – la neige, le ciel, notre grand frère – avec la même expression étonnée.

Je passe le pouce sur une tache colorée dans un coin, que je n'avais jamais remarquée auparavant : quelque chose de jaune qui émerge de la neige – un jouet abandonné, peut-être, ou alors une jonquille précoce ?

— Je me souviens du moment où cette photo a été prise, confie Edwin doucement.

— De quoi te souviens-tu, exactement ? Du gâteau au chocolat qu'ils t'ont donné après, pour te réchauffer ? peste Danny.

Chaque fois que quelque chose me fait rire, de nouvelles larmes ruissellent sur mes joues. C'est épuisant. Mes pensées sont décousues. Je ne veux pas penser à Vera et à ses crimes. Le fait qu'elle ait imaginé qu'elle nous protégeait, qu'elle me protégeait, même lorsqu'elle a écrit le message sur le miroir dans la salle de bains, m'effraie. Et je ne veux pas non plus penser à Alex. Et pourtant, comment l'éviter ? C'est mon père. Mais je suis encore en deuil après la mort de papa.

Nous parlons, nous pleurons, nous parlons encore, jusqu'à ce que l'obscurité envahisse la pièce. Un mince croissant de lune brille dans le ciel, dehors, tel le reflet d'un médaillon d'argent.

— Nous sommes toujours une famille, non ? dis-je tandis que nous gagnons nos chambres.

— Absolument, affirme Edwin.

Danny roule des yeux.

— Si tu le dis, sœurette.

Je me traîne jusqu'à mon lit. Cette nuit est plus fraîche que les précédentes, et je me pelotonne sous la couverture, tout en poussant un soupir, attendant qu'un nouveau jour se lève. Nous sommes toujours une famille, nous trois. Je suis toujours Seraphine.

Épilogue

Seraphine

Décembre 2017

Winterbourne. Edwin fait la bise à Laura et l'aide à retirer son manteau. Joel les rejoint dans l'entrée, au chaud. Chargée des arômes de romarin et d'ail, la vapeur dans la cuisine monte en volutes jusqu'au palier, où je me cache dans l'ombre, tout en les observant.

— Je vais à la gare, annonce Joel. Le trajet est long, depuis Leeds. C'est plus sympa si je vais chercher Kiara, plutôt que la laisser prendre un taxi, surtout si elle est toute seule.

Il lève les yeux en direction de l'escalier, mais ne semble pas m'avoir aperçue. Laura remercie Joel et suit Edwin dans la cuisine. Je les entends parler graisse d'oie et températures du four, avant qu'ils ne referment la porte derrière eux.

Je me précipite en bas pour attraper Joel avant qu'il ne s'en aille. Il est debout, près de l'horloge, comme s'il m'attendait depuis tout à l'heure. Je ne l'ai pas vu souvent depuis que j'ai déménagé à Winterbourne il y a trois mois. Les déplacements quotidiens jusqu'au bureau et les retours sont longs, et Joel travaille les week-ends en tant que médecin remplaçant, tout en cherchant un poste fixe. Il a l'air en forme, aujourd'hui, ses yeux pétillent, sa peau rasée de près a un joli éclat. Je me tiens si près de lui que je sens le froid de décembre émaner de son manteau et de son écharpe.

— Bonjour. Comment vas-tu ?

— Bien.

Son sourire s'élargit lentement, me faisant oublier tout ce que j'allais dire. Nous nous dévisageons, tandis que les secondes s'écoulent au rythme des aiguilles de l'horloge.

— C'est super que tu aies réussi à convaincre Danny de venir aujourd'hui, dit-il.

— C'est l'œuvre de Brooke, en réalité. Je dois admettre qu'elle a une influence positive sur lui. Elle lui a dit qu'il doit donner une chance à Laura et qu'il doit être ici pour soutenir Kiara.

Il jette un coup d'œil en direction de la cuisine.

— Alors, Alex refuse toujours de parler à Laura ?

Je lui suis reconnaissante de l'appeler « Alex », cela me met encore mal à l'aise quand les gens se réfèrent à lui comme mon père, même si nous avons commencé à parler un peu et avons fait quelques pas en avant dans nos tentatives de nouer une relation.

— Il traverse une période difficile. Pendant toutes ces années, il s'est dit qu'il avait agi pour le mieux, et maintenant… il se sent coupable envers ma mère, envers moi. Entre Kiara et lui, tout va bien, mais le fait que Laura *savait* qu'il n'avait pas pris le bon bébé… Pour le moment, c'est plus simple pour lui de ne pas la voir.

— Et toi, comment te sens-tu aujourd'hui ? Vis-à-vis de Kiara et de Laura ?

— Bien. Comme dit Brooke, nous avons tous un lien de parenté les uns avec les autres. Et si nous nous en donnons la possibilité, nous pourrions découvrir que nous nous apprécions.

— Elle a raison.

La distance qui nous sépare est si mince que, si je le voulais, je pourrais caresser la cicatrice sur son visage.

— Edwin m'a dit que tu as visité des maisons, au village. C'est pour être plus près de Michael ?

— Oui, je voulais justement t'en parler.

— Oh ?

— Le vieux cottage des Collison est en vente. Celui qui a appartenu à Alex.

Je réfléchis à cette nouvelle.

— Le vieux cottage où Alex a installé une chambre de bébé pour moi et a fini par y mettre Kiara.

— C'est trop bizarre, non ? Mais ce n'est pas grave. Il y aura d'autres maisons qui vont se libérer.

— Je vais retourner à Summerbourne. Le notaire de Vera m'a écrit il y a quelques semaines, pour m'informer que, finalement, elle veut me laisser la maison.

Vera est toujours en détention dans l'attente de comparaître devant le tribunal pour tentative de meurtre sur Laura. Seul Edwin lui rend visite. Elle maintient toujours avoir fait tomber la pierre sur Laura par accident, et que le choc l'a empêchée de descendre de la tour et d'aider Joel qui lui prêtait secours. Elle insiste pour dire que papa allait parfaitement bien quand elle est partie et que notre mère s'est suicidée devant ses yeux.

Joel me surveille et me demande si tout va bien.

Oui, tout va bien. Je commence à me faire à l'idée que nous ne saurons peut-être jamais la vérité sur ce que Vera a réellement fait, ou pas. Jusqu'à quel point elle est innocente, ou coupable.

Le service du procureur de la Couronne a décidé de ne pas retenir les autres chefs d'inculpation – Martin nous a expliqué qu'il n'y a pas suffisamment de preuves dans le cas de la chute de papa, et aucune dans le cas de maman.

— Danny va-t-il mal le prendre, si Vera te lègue Summerbourne ?

Je souris.

— Est-ce que tu imagines Brooke vivre au milieu de nulle part ? Non, cette décision lui convient. Et, de toute manière, je mettrai la maison à nos deux noms, quand j'en deviendrai légalement la propriétaire.

Il approche son visage du mien.

— Il vaut mieux que j'y aille. Je ne voudrais pas que Kiara saute dans un taxi avant que j'arrive à la gare. Veux-tu venir avec moi ?

— Non, en fait, je voudrais parler avec Laura avant que les autres n'arrivent.

— D'accord.

Mais il ne bouge pas et je sens son regard glisser sur mes lèvres avant de revenir à mes yeux.

— Joel.

La laine de son manteau est légèrement humide sous mes doigts. Il me caresse doucement la joue de son pouce.

— Seraphine.

Nous nous embrassons. Je ne suis pas encore habituée à la sensation délicieuse que son désir pour moi me procure. Comme je l'ai précisé, nous ne nous sommes pas vus très souvent au cours des trois derniers mois. Il affirme être amoureux de moi depuis aussi loin qu'il s'en souvienne, et chaque fois qu'il dit cela, je lui réponds que je ne le crois pas. Alors, il me décoche son lent sourire et j'oublie mes doutes… et décide qu'après tout, oui, je le crois.

L'horloge sonne et nous nous écartons l'un de l'autre.

— J'ai une meilleure idée concernant le lieu où tu pourrais vivre au village, dis-je.

— Oh, vraiment ? Et où ? me demande-t-il en souriant.

— À Summerbourne. Avec moi.

Je l'embrasse de nouveau, mais une porte s'ouvre, nous interrompant.

Laura nous lance un : « Désolée ! », avant de retourner précipitamment dans la cuisine.

— Je dois vraiment y aller, dit Joel en s'écartant.

— Tu y réfléchiras ?

— Oui, j'y réfléchirai.

Une fois parti, je reste immobile quelques minutes, tâchant de synchroniser les battements fous de mon cœur avec le tic-tac des aiguilles de l'horloge, puis j'entre dans la cuisine, où Edwin s'affaire autour de poêles et casseroles. Il pointe une spatule dans ma direction.

— Seph, bon sang, si tu as fini de te bécoter avec Joel, pourrais-tu laisser passer Laura qui doit aller au vestiaire ?

Mais lorsqu'il se tourne vers la plaque chauffante, je vois son sourire en coin.

Il y a quelque chose en particulier que je veux demander à Laura, et dès qu'elle revient, je lui jette quelques regards à la dérobée. Edwin et elle échangent des banalités à propos du repas qu'il est en train de préparer, mais je la vois consulter souvent sa montre et je crois bien savoir qu'elle appréhende encore plus que moi d'entendre la sonnette retentir. Elle propose de faire un peu de vaisselle, mais je fais un pas en avant, l'empêchant d'atteindre l'évier.

— Venez, Laura, je vais vous montrer le jardin de Winterbourne, avant que les autres n'arrivent. Il y a quelque chose qui pourrait vous intéresser.

Nous enfilons nos manteaux et, tandis que nous traversons le couloir jusqu'à la porte vitrée qui ouvre sur le jardin, je remarque qu'elle observe les autres pièces au passage, sans me poser de questions. Nous marchons le long de l'allée centrale, côtoyant les cerisiers du Japon, avec leur touffe vaporeuse de bourgeons roses. Sur les côtés persistent des couleurs automnales et il règne ici un calme incomparable, loin du trafic de la rue.

— Merci, Seraphine, de m'avoir invitée ici.

La tension creuse le coin de ses yeux. Et pour cause, elle va bientôt s'asseoir autour d'un déjeuner avec ses deux enfants, qui ont ignoré pendant vingt-cinq ans qu'elle était leur mère. Les gestes impulsifs sont rares chez moi, mais comme je flotte encore sur un petit nuage après avoir vu Joel, je glisse un bras sous le sien. Après tout, elle a bien aidé ma mère à me donner naissance. Et elle m'a confié ce que ma mère a dit à propos de moi quand je suis venue au monde, alors que personne d'autre ne pouvait le faire. Nous marchons ensemble, bras dessus, bras dessous.

— Edwin pense que c'est une manière sympa de marquer son anniversaire. Histoire de célébrer les nouveaux départs. Kiara a vraiment envie de mieux vous connaître, non ? Quant à Danny, eh bien…

Je ne suis pas tellement sûre de ce que je peux dire de Danny. Il a eu besoin de plusieurs semaines de solitude, mais quand il est revenu, il a assuré avec beaucoup de force que notre identité génétique ne nuirait pas à nos liens de frères et sœur. Et pourtant, il se hérisse chaque fois que l'on prononce le nom de Laura. J'expire et mon souffle se condense sous forme d'un petit nuage de vapeur.

— Danny en aura envie, lui aussi. Mais il faut lui donner du temps.

Elle hoche la tête, lèvres plissées, et regarde mon collier – une chaînette délicate avec un petit ange doré en pendentif.

— C'est joli.

— C'est Brooke qui me l'a offert, en souvenir des mots de ma mère. Brooke fait du bien à Danny. Elle lui a dit qu'il devait au moins vous dire bonjour, aujourd'hui, et essayer de vous parler.

Je lui décoche un bref sourire et je vois une lueur d'amusement briller dans ses yeux.

— Pauvre Danny. Et vous ? Avez-vous discuté un peu avec Alex ?

Lorsque l'on parle de lui, je ressens encore mon ventre se contracter. J'ai pris en considération l'idée de rompre tout contact avec lui, et, dans mes moments les plus sombres, je me suis même demandé si cela ne l'arrangerait pas, au fond. Mais je suis captivée par Kiara, fascinée par les mille et une manières qu'elle a de me rappeler Danny. Et je vois que Kiara aime Alex ; il a été un bon père pour elle.

Je suis heureuse qu'il ne m'ait pas trouvée, le jour de ma naissance. Je suis heureuse d'avoir grandi avec Dominic pour père. Quoi qu'il arrive entre Alex et moi, rien ne pourra jamais changer cela. Nous nous sommes rencontrés plusieurs fois, maintenant, et si nous mettons toutes les complications de notre famille de côté, je crois que nous nous apprécions vraiment. Je suis surprise de ressentir cette grande déception, aujourd'hui, à l'idée qu'il ne veuille pas se joindre à nous.

Le regard de Laura me tire de mes pensées.

— Oui, nous avons parlé. Je suis allée les voir, Kiara et lui, encore la semaine dernière. Ça s'est bien passé.

— C'est bien. Et pourtant, aujourd'hui, il ne viendra pas, à cause de moi.

C'est une affirmation, pas une question.

— Il a besoin de temps.

Mais je ne sais pas si elle m'écoute.

— J'aurais voulu… J'aurais tellement voulu…

Elle secoue la tête, comme si elle reconnaissait l'inutilité de ce genre de spéculations lorsqu'il est trop tard.

— Nous ne pouvons pas changer le passé. C'est fini, dis-je d'un ton ferme. Cela a fait de nous ce que nous sommes.

Un moineau aux yeux perçants penche la tête vers nous lorsque nous arrivons au bout du jardin, là où se trouve ce que je veux montrer à Laura.

Quatre bancs incurvés, en pierre, sont disposés en cercle autour d'un grand cadran solaire posé sur une plate-forme, également en pierre.

— Il a été construit pour rappeler celui de la tour, à Summerbourne. En plus petit, bien sûr.

Laura lâche mon bras et tourne autour du cadran

solaire, étudiant les serpents de mer entortillés et l'inscription en latin.

— *Fruere hora*, lit-elle à voix haute.

— Profite de l'heure.

— Il n'y a pas de canon.

— Nous sommes plus modestes, à Winterbourne.

Comme elle pose une main sur le cadran solaire et ferme les yeux, je m'approche pour mieux observer le médaillon qui émerge à peine de sous le revers de son manteau.

— Laura ? Votre médaillon aussi est très joli. Pourquoi trois cœurs brisés ?

— J'ai dépensé tout l'argent que j'avais économisé à Summerbourne pour l'acheter, confie-t-elle doucement en rouvrant les yeux.

— Mais vous auriez pu utiliser cet argent pour emménager plus vite dans un appartement à vous, dis-je en haussant les sourcils.

Son regard se pose de nouveau sur le cadran solaire.

— Pourquoi un médaillon ? Que contient-il ?

Je m'attends presque à ce qu'elle m'assure qu'il est vide, mais je vois une lueur vibrer dans son regard et je sens que mon intuition est juste : ce médaillon recèle quelque chose, quelque chose en lien avec Summerbourne.

Elle me regarde. J'ai l'impression qu'elle hésite, qu'elle est en train de prendre une décision. Puis elle tient le médaillon entre ses doigts, le fait passer par-dessus sa tête et libère la chaîne qui s'est emmêlée dans ses cheveux.

— C'était il y a si longtemps, murmure-t-elle. Je suis trop sentimentale, c'est stupide. Je devrais laisser le passé derrière moi. Je n'ai plus jamais ouvert ce médaillon depuis le jour où j'y ai mis ce souvenir.

Elle pousse le petit bouton, rien ne se passe. Elle pousse de nouveau, et, soudain, il s'ouvre. Je me penche dans l'air glacial pour voir ce qu'il cache. Des fleurs séchées, toutes fines, pressées les unes sur les autres, de la couleur du thé pâle, mais avec une nuance violette.

— Des fleurs de lavande. Cueillies sur la plage, à Summerbourne.

— Et vous les avez gardées, toutes ces années ?

— C'est Alex qui me les avait offertes.

Je regarde ces petits pétales tout fragiles lorsque, soudain, d'un geste rapide, Laura les disperse dans la brise, où ils voltigent puis se dissolvent tels des grains de poussière. Laura fixe pendant un instant le médaillon désormais vide, puis les arbustes de sarcococca derrière le cadran solaire, et le lance dans le feuillage dense, où il glisse entre les feuilles sombres et brillantes, et disparaît.

— J'ai tout gâché dans ma vie. Je suis tombée enceinte en terminale et mon petit ami n'a rien voulu savoir. Il m'a jetée dehors. Beaky m'a fait avorter.

— Les trois cœurs ?

Elle hoche la tête.

— Je n'ai jamais pu être une mère, pour aucun de mes enfants.

Le parfum suave des fleurettes blanches qui pointent entre les branches des sarcococcas arrive jusqu'à nous, transporté par le vent.

— J'ai été vraiment mal, après, et je n'ai pas pu me présenter aux épreuves du Bac. Alors, Beaky m'a obligée à accepter le poste de jeune fille au pair, pour me montrer à quel point c'est dur de s'occuper d'un enfant. Pour que je prenne une leçon.

Je visualise mentalement le formulaire de l'agence qui mentionnait une « situation familiale difficile ».

Laura me regarde. Maintenant, elle sourit presque.

— Mais ce n'était pas dur. J'ai adoré m'occuper d'Edwin. Et ensuite…

Je lève la main d'un geste hésitant, effleure la manche de son manteau.

— Alex ? dis-je.

— Je n'étais pas suffisamment bien pour lui. Je ne pouvais pas rivaliser. Puis...

Elle me lance un regard contrit.

— Il y a eu Dominic... Je suis tellement désolée, Seraphine. Alex ne supporte même pas de me regarder, maintenant. J'ai ruiné votre vie, et celle de Danny, et celle de Kiara. Je suis tellement désolée.

Je me tourne vers la maison pour suivre son regard : des silhouettes s'agitent derrière la porte vitrée, des voix jaillissent, des exclamations fusent.

Laura saisit ma main.

— Je ne vais pas y arriver. Je ne peux pas. Je dois partir.

— Non, attendez, Laura. Nous devons y arriver.

Elle s'accroche à moi et je la soutiens, essayant de lui transmettre tout le courage que je peux rassembler en moi.

— Vous êtes la mère de Danny et Kiara. Ils sont venus pour vous.

Nous regardons toutes les deux vers la maison : Joel et Edwin se tiennent sur les marches qui descendent dans le jardin.

Mais Danny et Brooke, main dans la main, se dirigent déjà vers nous, suivis de près par deux autres personnes. Je sens un sourire s'épanouir sur mes lèvres. Il s'agit de Kiara et de l'invité qui ne voulait pas venir : mon père. Alex a décidé de se joindre à nous, ici, à Winterbourne, malgré tout.

Je sens le bras de Laura trembler sous mes doigts.

— Si je vous laisse, allez-vous vous enfuir ?

Elle arrache ses yeux du groupe pour me fixer, sourcils froncés, sans parvenir à dissimuler les larmes qui embuent ses yeux. Elle s'écarte et pivote sur elle-même, lentement, regardant tour à tour les massifs, les bancs, le cadran solaire, les personnes qui approchent et qui, désormais, font partie de notre famille.

— Profite de l'heure, dit-elle. Comment fait-on pour profiter de l'heure ?

— Aucune idée.

Elle inspire profondément.

— Bon. Nous sommes arrivés jusque-là. Pourquoi ne pas tenter l'expérience ?

Nous échangeons un petit sourire, je glisse de nouveau mon bras sous le sien et nous partons à leur rencontre.

Remerciements

J'ai une chance incroyable de travailler avec la merveilleuse Rebecca Ritchie, mon agent. Merci, Becky, de m'avoir accompagnée avec enthousiasme dans le projet de ce livre, et pour les conseils avisés que vous m'avez prodigués dès le début. Je suis énormément reconnaissante à Emma Beswetherick chez Piatkus, et à Amanda Bergeron chez Berkley, pour leurs excellentes compétences éditoriales et leurs idées. Merci à vous deux d'avoir permis à cette histoire de prendre forme et d'atteindre sa meilleure version finale.

Merci à Suzanne Harrison, Val Watson et Jo Brand, le « vétérinaire volant », pour toutes nos discussions constructives et pour les gâteaux. Merci au personnel et aux clients du Cromwell Veterinary Group dans le Cambridgeshire d'avoir accueilli ma reconversion professionnelle avec bienveillance et de m'avoir chaleureusement soutenue. Merci à Danielle Feasby d'avoir répondu à toutes mes questions concernant les plantes (bien que toutes éventuelles erreurs en matière d'horticulture restent les miennes). Merci à Xanthe Randall, pour la précision de ses remarques et son retour positif à chaque étape. Et merci à toutes les personnes qui m'ont si aimablement donné leur avis quant à mes premières tentatives d'écriture et qui m'ont encouragée à persévérer : Rachel Niven, Andrew Baron, Suzie Bishop, Charlotte Harrison, Ami Quenby et surtout ma brillante belle-mère, Susan Brown.

Merci à mes parents, Steve et Joan Smith, et à mes sœurs, Clare Redmond et Lucy Bell : merci pour votre soutien indéfectible et votre engouement pendant toutes les phases de ce projet. Merci à mes enfants, William, Edward et Arthur, d'avoir célébré chaque victoire avec moi. Et, enfin, merci à mon mari, qui a réorganisé nos vies dans la bonne humeur afin que je puisse poursuivre mon rêve d'écriture, et qui, chaque matin, me prépare toujours cette tasse de thé si précieuse : je n'aurais pas pu relever le défi sans toi, Brian (et je ne dis pas cela pour le thé). Je vous remercie.

Achevé d'imprimer en août 2018
sur les presses de la Nouvelle Imprimerie Laballery
58500 Clamecy
Dépôt légal : septembre 2018
Numéro d'impression : 808233

Imprimé en France

La Nouvelle Imprimerie Laballery est titulaire de la marque Imprim'Vert®